멀리서 본 한국
가까이서 본 미국

재미언론인 이효식 칼럼집

전예원

머리말

  재미교포들은 고국을 머나먼 곳이라고 느끼지 않습니다. 불과 몇 시간이면 고국의 신문이나 방송을 미국에서도 볼 수 있을 뿐 아니라, 먹을 것 입을 것 등 일상생활의 모든 것이 고국과 별로 다르지 않기 때문입니다. 하다 못해 어제 서울에서 나돌기 시작한 것을 오늘에는 이곳 LA나 뉴욕에서도 볼 수 있을 정도입니다.

  세계는 그만큼 좁아졌습니다. 정보화시대의 지구촌은 가히 일일생활권에 접어들었다고 할 수 있지요. 그럼에도 교포들은 고국과 미국사회를 비교해볼 때 '거리'를 실감할 때가 있습니다. 고국을 다녀온 사람일수록 어딘가에 차이가 있다고 생각하는 것 같습니다.

  그같은 거리감은 단지 두 나라의 역사와 전통, 생활문화와 언어가 다르다 해서 생겨나는 것은 아니라고 봅니다. 교포들이 미국사회 속에서 살아가면서 보거나 듣거나 하는 평소생활의 평범한 것들에서 두 나라의 상이성(相異性)을 실감할 때가 있는 것입니다.

  두 나라에는 장단점이 엇갈리고 있습니다. 살다보면 사람들의 시각이나 사고가 달라질 수도 있습니다. 어느 쪽이 옳고 그른지는 속단할 수 없어도 필자의 생각으로는 사람 나름이 아닌가 싶기도

4

합니다.

한국은 날로 발전하고 있습니다. 해외교포들은 누구나 긍지를 갖고 고국의 발전을 바라보고 있습니다. 나라 밖에서 살고 있는 몸이기에 더욱 그런지도 모릅니다.

이 책은 95년 10월부터 97년 9월까지 샌프란시스코『한국일보』에 게재된 칼럼 '이효식 시리즈 — 지구촌 생활일지에서'를 한데 모아 엮은 것입니다. 93년 12월부터 시작된 칼럼은 이미 제1집이 발간된 바 있고 현재도 계속중에 있습니다.

재미교포의 한 사람으로 ■ 밖에서 본 고국 ■ 미국 속의 교포사회 ■ 미국생활의 이모저모 ■ 한반도의 남북문제 등 필자 나름의 관점에서 다루어·본 것들이 조금이나마 독자 여러분에게 참고가 되었으면 합니다.

이 책을 출간하는 데 큰 힘이 되어주신 한국외국어대학교의 김진홍 박사, 그리고 서울의 언론계 옛 친구들과 이곳 샌프란시스코 한국일보 동료 여러분께 진심으로 감사의 말씀을 드립니다.

1997년 10월
샌프란시스코에서 이효식

차 례

6

제3부 · 미국 속의 교포사회

제4부 · 분단국가 한반도의 남과 북

제5부 · 문민시대와 언론자유

제1부
미국의 이모저모

미국적인 너무나 미국적인
—'심슨' 무죄판결을 보며

그 순간 TV 화면을 지켜보던 사람들은 환호와 박수로 열광했다. 거의가 흑인들이었다. O.J. 심슨에 대한 '무죄평결'은 미 전역을 온통 흥분의 도가니로 몰아넣었다. 한 TV 해설가는 미국뿐만 아니라 전세계가 이 순간을 지켜봤을 것이라고 했다.

TV 생방송을 보면서 필자는 '니체'의 "인간적인 너무나 인간적인……"이란 말이 떠올랐다. 뜻이야 다르지만 이번 심슨 재판과 평결을 에워싼 미국사회의 반응들은 "미국적인 너무나 미국적인" 부분이 적지 않다. 배심원 평결에 대한 가부(可否)는 말하지 않겠다. 다만 이번 재판 심리의 밑바닥에는 미국 특유의 '인종문제'가 깔려 있지 않았나 하는 점을 말해보고 싶다.

무죄평결 후 담당변호인 '로버트 샤피로'는 ABC-TV '바바라 월터'와의 인터뷰에서 "나는 처음부터 '심슨'의 무죄를 확신했다. 재판진행에서 '레이시즘'이 끼여든 부분은 전혀 없었다. 우리는 (변호인단) 검찰측 증거물의 허구성을 가려내는 데 전력을 기울였다"고 했다. 그의 말을 곧이들을 사람이 얼마나 있을까. 변호인들이야말로 이번 재판을 인종차별문제와 결부시키는 데 온힘을 기울여오지 않았던가?

무죄평결에 대해 약 70%의 백인들은 O.J. 심슨의 '유죄'를 확신한다는 것이었고, 나머지 30% 대부분도 '무죄'라기보다 잘 모르겠다거나 또는 별 반응을 보이지 않았다는 것이다. 반면에 흑인들은 70% 내외가 무죄라고 믿고 있었고 18%만이 '유죄'로 본다는 것이었다(CNN-TV).

같은 사건을 놓고 어째서 이토록 정반대의 반응이 나타나게 되나. 이것은 너무나 미국적인 현상이 아니겠는가.

평결이 발표되기 전—정확히는 3일 아침 8시께 필자는 한국일보 샌프란시스코 지사 편집국장과의 전화통화에서 "결국 '무죄' 평결이 나올 것으로 본다"고 했다. 필자에게 미국사회 또는 사법제도에 대해 특별한 식견이 있던 때문은 물론 아니다. 그저 이 나라에 살다 보니 어느 새 그런 생각이 들게끔 되었을 뿐이다. 12명의 배심원 중 흑인이 9명, 백인이 2명, 히스패닉계가 한 명이라 하지 않았던가.

'로드니 킹' 공판 때는 백인 배심원들이 절대 다수였다. 폭행 경찰관들에 대한 '무죄' 평결은 급기야 LA폭동사태로 번지고 말았다.

새삼 미국의 '배심원제도'를 생각해 보게 된다. 대학 때 이 제도를 처음 듣게 되었다. 교수님은 이 제도의 특징은 증거 우선주의에 입각하여 재판에 일반시민을 참여시킴으로써 법관의 독단적인 판단을 막고 심리의 공정성을 기하는 데 있다고 했다. 그러나 현실적으로 배심원제도를 채택한 나라는 그리 많지 않고 채택했다가 폐지한 나라도 있다.

이에 대해 교수님은 배심원제도에도 일장일단이 있다는 짤막한 설명이었지만 단점에 대해 구체적인 설명은 없었다. 단점이 있다면 무엇일까? 그 해답을 우리는 지금 '로드니 킹' 재판이나 'O.J. 심슨 재판'에서 얻을 수 있을 것 같다.

'O.J. 심슨' 재판에 있어 왜 배심원들은 그토록 사회에서 격리되어야만 했나? 배심원들은 오랫동안 완전히 일반사회에서 격리 수용됐었다. 언론이나 일반인들과의 접촉도 차단됐었다. TV 법정 카메라마저 배심원들에게 앵글을 향하는 것은 일체 금지됐었다. 심지어 배심원들은 가족들과의 면회도 2주일에 한 번 정도라는 보도도 있었다.

이쯤 되면 배심원들이란 사람들의 입장이 무엇인지조차 알 수 없고 그들의 인권은 어떻게 돼 있는 건지 의문이 인다.

그렇게까지 엄중경호(?)를 받으면서 배심원 노릇을 해야 하는 사람들이 딱해 보이기도 했다. 법정에의 시민들 참여는 왠지 부자연스럽고 불합리한 느낌이 든다. 일종의 공포분위기마저 엿보이게 했다.

배심원제도의 근본 취지는 그게 아닐 것이다. 오늘의 미국사회는 제도 자체에 대한 '재평가'를 말하는 사람이 늘어나고 있다. 미국의 비극이 아닐 수 없다. 역시 다인종사회만이 갖는 구조적 어려움에 원인이 있는 건가?

심슨 '무죄' 평결이 내려진 후 필자에겐 한 가지 가정이 생겼다. 단 이것은 어디까지나 가상적인 개인의 소견임을 전제하고 말해 보겠다.

절대다수의 흑인배심원들은 무죄평결을 내림으로써 참으로 귀하고 드문 '아까운 찬스'를 놓쳤다는 생각이 든다. 만약 흑인 배심원들이 '유죄' 평결을 내렸다면 사람들은 어떤 눈으로 그들 배심원들을 보게 되었을까?

백인들은 흑인 배심원들의 용기와 침착·냉정한 판단에 놀랐을 것 같다. 놀라움은 곧 위경으로 변하여 흑인들에 대한 존경과 두려움이 뒤섞인 감정으로 변했을지 모른다. 백인들은 비로소 그간의 그릇된 인식(흑인들에 대한)을 반성하지 않을 수 없었을 것이다. 그들 자신을 부끄럽게 여기게 되지 않았을까?

그러나 이런 건 모두가 현실로서 있을 수 없는 일이 되었다. 유죄평결을 내렸다간 첫째 흑인사회가 가만히 있지 않았을 것이다. 흑인들이 그릇되었기 때문은 아니다. 그들은 '로드니 킹' 사건을 비롯 과거 너무나 많은 불공정에 시달리지 않았던가? 지금 '심슨' 무죄평결에 실망하는 백인들은 먼저 지난날의 자신들을 다시 되돌아봐야 한다.

'무죄' 평결 후 유달리 같은 말이 자주 들린다. 하나는 정의, 그리고 실망(I'm dissappointed), 또는 충격(Shocked)이라는 말들이다. 주로 백인들이 내뱉듯이 하는 말이다.

미국사회의 정의란 과연 무엇인가?

〈1995. 10. 5.〉

미국적인 너무나 미국적인
— 위대한 희극사회

"……그는 이제 자유의 몸이 되었습니다(He is now freeman)."
TV 보도는 뭔가 여운을 남기듯 끝을 맺었다.

'무죄' 평결 직후 '심슨'은 수감소에서 풀려났다. 집으로 돌아가
는 흰색 밴츠가 공중촬영으로 TV 화면에 소개됐다. 작년 6월 그
가 탄 흰색 브롱코 지프를 역시 하늘에서 추적, 생중계로 방영한
때와 비슷한 장면이었다. 다만 작년의 '심슨'은 '자살'마저 염려
되는 피의자 신세였지만 이번은 무죄평결을 받은 자유인의 몸이
었다.

지금 많은 사람들은 매우 소박한 의문을 품고 있다. 대체 범인
은 누구란 말인가? 범인은 지금 어디서 뭘하고 있나? O.J. 전처와
그녀의 남자친구는 분명 피살된 시체로 발견됐다. '죽인 사람'이
있을 텐데. 진범으로 지목됐던 '유일한 용의자'는 소위 '세기의
재판' 끝에 범인이 아니라는 판정(평결)을 받았다. 그후 새로운
'유력한 용의자'는 떠오를 낌새조차 없다. 기막힌 노릇이 아니겠
는가?

예전에 야구경기를 다룬 한 추리소설이 일본에서 큰 화젯거리

였다. 4만 명의 관중 앞에서 양팀 주전선수들이 교묘히 그러나 당당히 사기시합을 진행했다는 줄거리이다. 4만 명의 시선(視線)에도 사각(死角)지대나 맹점이 있다는 것이다.

그래서 야구 전문가들(임원·평론가·스포츠기자 등)도 속아 넘어갔다는 것이고 주동선수들은 박진감 있는 연기·동작 등 고도의 '지능'을 발휘했지만 또 다른 사람의 지능이 결국은 진상을 캐내고 만다는 얘기였다.

심슨 재판과 추리소설은 비교의 대상이 아니다. 내용도 성격도 다르다. 사기시합은 양 선수들의 공모 아래 이뤄진 것이고, 살인 혐의 재판은 양쪽(檢·辯)의 팽팽한 대결로 맞서온 것이다.

그러나 재판과 소설 사이에 한 가지 유사한 데가 있다. 많은 사람들이 시종 '진실'을 모르고 있다는 점이다. 재판은 '무죄'평결로 일단락됐지만 소설에서나 재판에서나, 누군가는 속고 있고 누군가 속이고 있다는 얘기가 될 수 있다. 소설은 4만 명 관중 앞에서 벌어지는 일부 선수들의 사기극을 그려냈다. 재판은 4만 명 아닌 4백만, 4천만 앞에서 진행된 거나 다름없다. 더블 머더의 진범은 아마도 이 세상 최고의 '연기자'인지도 모른다.

달리 보면 심슨 재판은 시작부터 끝까지 하나의 희극 같기도 하다. 피고인을 비롯 판사·검사·변호사 그리고 가족들과 시민들도 참여한 거대한 사회희극처럼 보이기도 한다. 제각기 '맡은 바 역할'을 '진지한' 연기력으로 잘 해나간 것 같다.

희극의 연출자는 누구였나? 매스 미디어, 이를테면 언론매체들을 손꼽을 수 있다. TV 방송을 비롯 신문·잡지 등은 그야말로 수단과 방법을 가리지 않다시피 하며 온갖 보도를 쏟아냈다. 오죽하면 동부의 어느 신문은 가급적 심슨 재판 보도를 삼가겠다고 독자들에게 약속했고 그래서 크게 환영을 받았겠는가.

대량보도를 쏟다 보면 있는 소리 없는 소리, 되는 소리 안되는 소리가 섞이게 마련이다.

문제는 그런 것들이 일반의 관심을 끌어낸다는 데에 있다. 미국 사회에서는 개인의 '프라이버시'가 존중되고 언론사가 오보(誤報)를 하면 막대한 보상을 치르게 된다.

그런데도 신문, 방송마다 별의별 보도를 쉴새없이 쏟아냈다. '심슨' 피고를 비롯 판사, 검사, 변호사, 증인, 가족 모두가 취재의 도마 위에 올랐다. 담당 여검사 '마샤 클락'도 화제의 중심으로 클로즈업됐다. 여검사이기에 더욱 그렇게 되는 것 같았다. 그녀의 옷차림이나 머리 모양이 어쩌구저쩌구했고 머리 모양은 비버리 힐즈에 있는 미용실에서 한번에 1백50달러인가를 주고 한다는 뉴스도 있었다.

그에 대한 그녀의 답변이라는 기사가 또한 걸작이었다.

"많은 시민들이 연일 나를 보고 있어요. 보기 흉하지 않게 해야 되지 않나요"라고 말했다는 것이다. 막말로 뭇사람들의 '눈요기'가 되는 데 지장이 없도록 해야 한다는 말과 같지 않은가. 그 '클락' 여검사는 재판기간 중 연일 귀가시간이 늦는 바람에 두 자녀를 제대로 돌볼 수 없는데다 몸치장 비용도 늘어나 전남편과 옥신각신했다는 보도도 있었다. 미국 일반 가정에서 있을 수 있는 일로 그같은 보도가 읽을 거리의 대상일 수도 있다.

그런데 그 뒤의 다른 보도가 흥미(?)를 끌었다. 마샤의 남편은 어쩌면 '연기'를 하는 건지도 모른다는 것이었다. 즉 남편은 자신에게도 스포트라이트를 비춰주기를 바랐던 게 아니냐는 것이다. 그뿐인가. 남편은 그렇게 함으로써 돈벌이 찬스를 노리는 것 같다는 보도도 있었다. 심지어는 아내 '마샤'와 합의하에 그랬을 가능성도 있다는 말까지 나왔다.

사실 여부는 어쨌든 이게 어디 정상적인 사회의 상식적인 일로 받아들여질 수 있겠는가.

'O.J. 심슨'은 지금 돈방석에 오르게 됐다는 보도가 눈에 띈다. CNN—TV가 1천 몇백만 달러인가를 지불해서 대담 프로인지 자서전인지를 기획중이라는 것이다. 그밖에 상품광고 등에 출연하면 그의 수익은 그동안 지출한 변호인료를 몇 배 웃돌 것이라는 기사도 있다. 변호인료가 근 1천만 달러였다니까 그는 몇천만 달러를 손쉽게 벌어들인다는 얘기가 된다. '재미있는' 사회다. 그 모두가 희극 같다면 비뚤어진 시각이 되는 걸까?

〈1995. 10. 12〉

미국적인 너무나 미국적인
— 어설픈 '아메리칸 드림'

 백만인 행진(Million Man March)은 끝났다. 워싱턴이, 미국이 술렁거리는 듯했으나 그 열기는 세상을 뒤흔들 정도는 아니었다는 평이다.

 흑인민권운동지도자 '마틴 루터 킹' 목사가 주도한 62년의 대행진에 비해 이번 대회는 어딘가 부자연스럽다는 평도 있다. "I have dream……"으로 유명한 '킹' 목사의 연설은 흑인들뿐 아니라 소수민족들과 백인들의 심금마저 울리는 데가 있었다. 비록 20여만 명의 소규모(?) 집회였으나 당시의 공공연한 흑백차별과 불리한 여건에도 불구, 워싱턴에 모여든 많은 사람들의 대행진은 역사의 전환을 이룬 큰 뜻을 지니고 있었다.

 강경·온건세력이 운위되고 Man March라는 명칭부터 잘못으로 지적된 이번 대회는 63년의 대행진과 비교될 바가 아닌 것 같다. 이날 워싱턴의 흑인시장 마리언 배리는 환영사를 통해 "Rise up Blackmen, and be Strongmen!" 하고 절규하듯이 외쳤지만 왠지 공허하게 들렸다.

 O.J. 심슨은 지금 뭘하고 있나? 출감 후의 '심슨' 기동이 궁금

해진다. 플로리다 주 파나마 시의 한 '골프' 장에 나타났다고 한
다. 그는 여전히 화제의 인물이다. 그는 NBC—TV와의 대담기획
을 돌연 취소했었다. NBC는 시간마다 '심슨' 과의 대담방영을 예
고하며 시청자들의 관심을 모으게 했고 NBC와 '심슨' 과의 과거
인연으로 특별출연하게 된 것이라는 '선전' 도 했다.

그 이유에 관한 온갖 보도내용이 역시 O.J.다웠다. 아니 미국의
미디어다웠다는 게 옳을지 모른다. NBC측은 "변호인(자니 코크
란)이 O.J.의 입을 다물게 한 것 같다"고 했으나 O.J.측은 "두 유
자녀 양육문제로 장차 법정에 서게 될 때 지장이 없도록 하기 위
한 것"이라고 했다. NBC 출연을 일방적으로 취소한 O.J.는 '느닷
없이' 뉴욕 타임스 사에 전화를 걸어 이러쿵 저러쿵 말하기도 했
다. NYT 자신 당황했을 것이다.

그런데 NBC가 '무기연기' 한 데는 반드시 O.J.측 탓으로만 돌
릴 것이 아니라는 보도가 나왔다. 내용은 이러했다. NBC—TV는
O.J. 신슨과의 생방송 인터뷰기획 발표로 시청자들의 빗발치는
항의전화와 여성단체들의 '시청거부' 위협 등으로 곤혹을 치렀다
는 것이다. 여성들은 O.J. 인터뷰가 방영되지 못하도록 NBC 방송
실까지 몰려와서 시위하겠다고 으르렁댔다고 한다. 시청자들
65% 이상이 그까짓 대담을 보느니 채널을 딴 데로 돌리겠다는 여
론조사까지 나왔다.

O.J.는 상습적인 '여성 구타자' 의 낙인이 찍혀 있었다. NBC인
들 무슨 배짱으로 그에 관한 방송을 할 수 있었겠는가.

흔히 O.J. 심슨을 '아메리칸 드림' 을 이룬 표본이라고 한다. 그
는 넉넉치 못한 집안에서 태어나 뒷골목을 쏘다니며 15세 때 술집
을 털어 경찰신세까지 졌었다. 그는 운동(풋볼)선수로 전신하면서
부터 눈부신 활약으로 미국 청소년들의 영웅으로 떠올랐고 79년

은퇴 후에는 스포츠 해설가, 영화배우, 광고모델로 활약하며 돈과 명예를 한몸에 거머쥔데다 '백인미녀'까지 손아귀에 넣었다.

가히 그는 '아메리칸 드림'의 실현자였다. 그렇게들 보고 있다. '아메리칸 드림'의 개념이 무엇인지 필자는 잘 모른다. 맨주먹으로 자라난 한 인간이 부(富)와 명예(인기?)를 쌓게 되면 그게 아마 미국의 꿈을 이룬 것이 되는 것 같다.

그런 것이 '아메리카 드림'이라면 오늘의 O.J. 심슨은 어쩌면 '제2의 아메리칸 드림'을 이루는 사람이 될지 모른다. 까다롭던 재판의 시련과 많은 사람들로부터 의혹의 눈초리를 받고도 끝내 '무죄'평결을 받아냈고 이제는 다시 수천만 달러의 거액을 벌어들일 수 있는 몸이라기에 하는 소리다. 그의 '명성'과 '부'와 지위에 아무런 손상이 없어 보인다. 아메리칸 드림을 두 번 실현하는 주인공으로서 조금도 손색이 없지 않겠는가

아메리칸 드림 — 듣기에 참 좋은 말이다. 미국은 기회의 나라, 이민의 나라, 자유의 나라라고 한다. 때문에 '아메리칸 드림'이라는 말도 생겨났을 것이다. 그러나 O.J. 심슨 같은 경우가 과연 아메리칸 드림이란 말인가. 오늘의 O.J.가 하나의 모델이 된다는 건가. 바다 건너 미대륙에 건너온 숱한 이민들이나 노예로 팔려온 흑인 후손들은 지금 과연 심슨을 '교과서'처럼 여기고 있는 것일까?

그렇지 않을 것이다. 만약 그렇다면 그건 이민자들과 흑인들에 대한 모욕이자 굴욕이 될 수 있다. 오늘날 흑인들의 재능은 여러 분야에서 돋보이고 있다. 비단 스포츠뿐 아니라 음악 등 예능계에서 그밖의 사회 각 분야에서 그들 나름의 독특한 자질을 나태내고 있지 않은가. 그들은 결코 범죄와 마약에만 뛰어들 사람들이 아니다. 그들은 지금 보다 나은 내일을 향해 노력하고 있다. 그들이 오

늘의 O.J. 심슨을 하늘처럼 숭배할 이유는 없다고 스스로 말하지 않던가.

백만인 행진에 참가한 흑인들은 저마다 범죄와 마약을 멀리하고 어린 세대를 보호하자고 역설했다. 그들은 또 '인권을 위해 투쟁합시다'(You must fight for your human rights)라고 부르짖었다. 그들이 인권회복을 이루는 것은 그들뿐 아니라 모든 소수계 민족들의 염원이기도 하다.

빗나간 '아메리칸 드림'을 꿈꾸어서는 안된다. 어설픈 꿈이어서는 안된다. 도덕과 정의가 살아 있는 '꿈'을 이뤄나가는 사회여야 한다.

〈1995. 10. 19〉

노교수의 낙방 · 대학생과 마리화나

어릴 적에 일년지계재원단(一年之計在元旦)이란 말을 자주 들었다. 한 해 계획은 설날부터 단단히 세우라는 뜻이었다. 그래서 '계획' 비슷한 걸 그려보기도 했지만 대부분 이불 속에서 꿈틀거려본 (추워서) 막연한 것이었다.

새해 첫날을 맞은 지 사흘이 지났어도 '막연한 계획'은 여전하다. 계획보다는 지나간 잡일들이 떠오르기만 한다.

새해 잡상(雜想)을 늘어놓아 본다.

■ 많은 TV 채널 중에는 이따금 옛날 영화나 연속극을 재방한다. 그중 하나에 잭 베니쇼(Jack Benny Show)라는 코미디 시리즈가 있었다. 30분짜리 연속물이었다.

어느 날 그걸 보다가 한참 웃었다. 줄거리는 이러했다. 운전면허 기간이 찬 '잭'이 인근 DMV에서 필기 테스트를 치르게 됐다. 시험이랬자 간단한 OX식이다. 용지를 받아 시험장(?)에 들어서니 때마침 웬 노인이 시험문제와 씨름하고 있었다.

'잭'이 답안 기입에 열중하기 시작할 때 옆에서 '슷, 슷' 휘슬도 말소리도 아닌 낮은 기음(奇音)이 자꾸만 들렸다. 노인이 '잭'에게 보내는 신호였던 것이다. 노인은 정답을 몰라 '잭'의 도움을, 말하자면 커닝을 하려는 것이었다.

두 사람 사이에 높이 1피트쯤의 나무칸막이가 있다. '치사한 노인'다 보겠다고 '잭'은(이때의 표정이 걸작) 도리어 답안지를 팔꿈치로 가렸다. '슷, 슷' 소리는 더욱 커지고 마치 "너, 너무하지 않느냐"는 듯 노인은 성화다. 어린애 떼쓰듯 했다. 견디다 못한 '잭'이 직원에게 달려가서 "저 영감 때문에 시험을 볼 수 없다"고 하소연했다. 고자질을 한 셈이다.

노인 쪽을 힐끗 본 직원은 정색을 하고 '잭'을 나무라듯 말했다. "당신, 저분이 누구신 줄 알고 그러느냐!"는 것이다. 함부로 말하는 게 아니라는 얼굴이다. 직원은 "저분은 대학교수이며 미국이 자랑하는 우주과학의 세계적 권위자시다"라고 타이르듯 '잭'에게 일러 주었다. 멈칫했던 '잭'은 "아니, 그러나 자꾸만 귀찮게 구는 걸요"라고 했으나 직원은 말도 안되는 소리 작작하라는 듯이 손을 내저으며 "어서 당신 답안지나 써갓고 오리"며 상대도 하시 않았다. 잭이 제자리에 돌아갔더니, 노인은 시험지에 열심히 기입하는 것 같았으나 괜스런 시늉 같기도 했다. 그의 등이 "너 정말 그러기냐!"고 '잭'을 원망하는 것 같았다.

시험 결과 — '잭'은 거뜬히 합격, '노인'은 보기 좋게 낙방하였다. 즉석에서 채점을 마친 직원이 "교수님, 실패하셨군요"라고 위로하듯 말하자 노인은 어깨를 으쓱하면서 "할 수 없지 뭐, 다음에 또 도전하겠다"면서 '상쾌한 얼굴'로 사라졌다. '잭'이 그것 보라는 얼굴로 직원을 보자 직원은 무서운 눈으로 '잭'을 노려보았다.

■ 골프채를 안 잡아본 지도 10년이 넘는다. 특별한 이유가 있는 것도 아닌데 어쩌다가 그쯤 됐다. 그런데 '골프' 하면 생각나는 한 장면이 있다. 한동안 버클리 대학 뒤 '틸든 파크'의 골프장

에 가끔 다녔다. 산비탈에 자리잡은 험상궂은 골프장이다. 하루는
혼자 그곳에 갔을 때 두 젊은이와 짝을 짓고 필드에 나가게 됐다.
젊은이들은 학생 같기도 하고 건달 같기도 하고. '정체불명'의 미
국청년들이었다. 그들은 다정한 사이인 것 같았다. 몇번째 홀에선
가 담배 한 대를 번갈아 나눠 피는 걸 보았다. 혹시 '호모'인가 했
으나 그런 것 같지는 않았다. 프런트 나인을 마치고 10번째 홀에
들어섰을 때 그중 한 녀석이 필자에게 "이거, 하겠느냐(Try)?"며
피우던 담배를 가리켰다. 그 담배 모양을 본 순간 아차했다. 그게
바로 말로만 듣던 '마리화나'임을 알 수 있었다.

"노 생큐" 했더니 녀석은 미소를 짓고 더 이상 권하지 않았다.
다른 한 녀석도, 그러니까 또 두 녀석이 번갈아 그걸 피워댔다.
'마리화나'의 약효가 어떠한 건지 잘은 모르지만 플레이를 계속
하면서 좀 불안해지기 시작했다. 이녀석들이 별안간 '발작'이라
도 하는 게 아닌지, 환각증세를 보이는 게 아닌지. 슬며시 지켜보
았으나 별로 그런 것 같지는 않았다. 골프 매너도 양순한 편이다.
마지막 18홀 쪽으로 걸어가면서 필자는 물어보았다. "버클리 학
생들이오?" 했더니 그렇다는 대답이었다.

학생이란 말에 좀 착잡한 기분이었다. 그날은 분명 평일의 11시
쯤 — 뭘 전공하는 것까지는 묻지 않았지만 학생들이 어떻게 이런
시간에 골프놀이인지 그리고 또 '마리화나'인지 궁금한 노릇이었
다. 가짜 학생인가 했으나 그건 '한국적 시각'일 테고. 아무튼 질
나쁜 젊은이들 같지는 않았다. 필자에게 한 모금 피워 보겠느냐고
할 때의 그들은 도리어 선량해 보였다. 어쩌면 두녀석은 괜찮은
가정의 아들인지도 모를 일이었다.

쓰다 보니 뭘 얘기하려는 건지 애매해졌다.

간단한 '테스트'에 낙방한 남루한 옷차림의 노교수와 대낮에

'마리화나'를 흡연하던 대학생들, 그들 사이에는 직접적인 연관
성은 전혀 없다. 없지만 어딘가 있을 것 같기도 하다. 미국이기에
볼 수 있는 일이라면 확대해석이 될까?

한국 같으면 ― 세계적 대학자가 애당초 그런 시험장소에 가야
한다는 것부터 있을 수 없을 것 같고, 또 젊은이들이 골프장에서
초면의 연장자에게 '마리화나'를 권한다는 것도 상상할 수 없는
장면일 것 같다.

그런 일들을 어렵지 않게 볼 수 있는 사회가 좋다는 건지 나쁘
다는 건지, 뭐라고 선뜻 단정하기 쉽지는 않다. 새해 들어 실없는
글을 쓰고 말았다.

〈1996. 1. 4〉

보거나 들으며 느끼는 것들
— 미국 잡기(雜記)(1)

지구촌은 날로 좁아져간다. 한국과 미국 사이의 거리감각도 가깝게 느껴진다.

흔히 미국을 가리켜 거대한 '용광로' 같은 나라라고 한다. 잡다한 인종과 언어가 뒤섞여 살아가면서 미국이라는 한 국가·한 사회를 조화롭게 형성해 나간다는 것이다.

미국에 살면서 누구나 민감하게 느끼는 것이 있다. '인종차별' 문제이다.

■ LA 버몬트(Vermont) 거리와 올림픽 블루버드가 마주치는 곳에 한국인 식당이 하나 있었다. 그 일대는 한국인들의 가게나 사무실이 비교적 몰려 있다.

미국 온 다음 해던가. 어느 날 저녁 그 식당에 들렀다가 '색다른 장면'을 보게 됐다. 주지사 당선을 노리는 '제리 브라운'이 10여 명의 한인들에게 둘러싸여 뭔가 부지런히 얘기하고 있었다. 그 식당에는 바(Bar)도 있고 온돌방도 있다. '브라운'은 방에 앉아 있었다. 바에 앉아 약속한 사람을 기다리는 필자에게 온돌방이 잘 보였다. 문도 없고 칸막이 같은 것도 없는 방이었다.

'브라운'의 앉은 자세가 좀 어색해 보였다. 갖가지 음식접시나 그릇들 앞에서 간혹 숟가락으로 고깃국을 떠마시는 것도 서툴러 보였다..

이날 '브라운'은 선거 득표를 위해 한인 커뮤니티 인사들과 회동한 것이다. 한인측 초청에 그는 주저없이 응한 끝에 이뤄진 회동이었다. 그게 필자로선 흥미로운 일이었다. 그때만 해도 한인 커뮤니티는 아직 대표단체 같은 것이 제대로 형성되지 않은 때였고 한인들 대부분은 이민생활에 정착하느라 다른 경황이 없었을 때였다.

미국선거나 정치문제에의 관심도가 거의 없었을 터인데도 주지사 선거의 '유력 후보자'가 온돌방에 거북스럽게 앉아 열심히 자기 소신을 말하고 있는 게 자못 '기특한 일'처럼 여겨졌다. "미국은 역시 미국이구나." 뭔가 재미 있었다.

■ 워싱턴, 뉴욕, 로스앤젤레스, 시카고, 애틀랜타……미 연방국 수도를 비롯 이름난 세계적 대도시들이다. 아마 외국인들도 웬만큼 그 도시들을 알고 있을 것이다.

그 도시들에 한 가지 유사점이 있다. 70년대 중반께부터 눈에 띄는 일이다. 무엇일까? 최근의 '샌프란시스코'를 하나 더 보태어 본다. 짐작되시는지? 실은 그들 도시의 시장들이 얼마 전까지 또는 현재도 모두 흑인들이라는 점이다.

미국은 지방자치의 나라다. 흑인시장들은 선거에 의해 당선된 '당당한 시장'들이다. 전 LA시장 '톰 브래들리' 같은 이는 연속 당선으로 20년간 시장 자리에 앉아 있었고 현 워싱턴 시장은 과거 1차 재임중 마약 사범 연류험의로 말썽이었으나 94년 11월 선거에서 무난히 재선된 사람이다.

그들이 당선된 것은 흑인들의 집결지역이기 때문이라는 말이 가끔 들린다. 일종의 선입견 같은 거라고 필자는 본다. 아무리 흑인 유권자가 많아 보이고 또 그들이 선거에 적극 참여한다 해도 백인들이나 기타 소수계들의 후원없이는 흑인시장의 탄생은 불가능한 일이다. 신임 '윌리 브라운' 샌프란시스코 시장만 해도 백인들('엘리엇' 여사 등)이나 마이너리티계의 지지 표명없이는 당선이 어려웠을 것이다.

■ 미국사회의 주종을 이루는 백인들 사이에 인종차별 의식은 아직도 있다. 보이게 안 보이게 어딘가에서 차별의식이 슬쩍 고개를 쳐든다. 때문에 흑인들을 비롯 소수계 시민들에 의한 차별철폐 운동이 가끔 벌어진다. 작년 10월에 있었던 '백만인행진'도 그 한 예이다.

그런데 이같은 운동이 벌어질 때마다 소리없이 비난의 대상이 되는 소수계 민족이 있다. 동양계, 그중에서도 한국계나 일본계가 매우 소극적이라는 지적이 있다. 남들이 그렇게 비난하는 게 아니라 도리어 자체비판의 소리이다.

적극적인 사람들도 있기는 하지만 대부분은 언제나 '방관자' 같은 입장에 서 있다는 것이다. 흑인이나 스페니시계 소수계 시민들의 데모현장에서 동양계 사람들을 보기 힘들 것이라는 지적도 나왔다.

워싱턴 주재 한 특파원(일본인)은 이같은 현상의 원인으로 '우리는 흑인들과는 다르니까' 하는 잠재의식 때문이라고 했다. 뿐더러 흑백간에 얽힌 뿌리 깊은 갈등 사연에 말려들지 않으려는 회피의식도 있다고 분석했다. 동양계는 말하자면 미국사회의 혜택은 받되 백인들의 미움을 사는 짓은 되도록 안 하려는 때문이라고 했다. 결국 미국이라는 다인종사회의 한 구성원임에도 내 나라 내 사회라는 주체의식이 거의 없다는 결론이었다.

이같은 원인분석이 빗나간 것 같지는 않다. 우리는 현실을 외면하고 있는 것이 아닐까? 인종차별없는 사회란 쟁취하는 것이지 수혜(受惠)받는 것이 아니지 않겠는가. 차별철폐운동에 방관자란 결코 있을 수 없을 것이다.

미국 내 한인 커뮤니티는 날로 커져가고 있다. 미국 주류사회에 끼여든 한국계 시민들도 늘어나고 있다. 사회공동체의 일원으로서 능동적인 참여의식이 높아졌으면 한다.

〈1996. 1. 18〉

알다가도 모를 사회 속의 청소년들
— 미국 잡기(雜記)(2)

　　나라 역사는 짧고 전통문화도 없고 게다가 마약과 청소년 범죄·총기 범람 등 미국을 낮게 보는 사람은 적지 않다. '점잖은 사람'일수록 그런 눈으로 본다. 막된 나라에 잡다한 인종이 우글댄다고 보는 것이다.

　　■ 평가절하 이유 중엔 이런 것도 있다. 도대체 성(姓)과 이름의 구별조차 분명치 않은 족속들이라는 것이다. '휴버트 험프리(Humphrey)'란 이름이 있었다. '린든 B. 존슨' 대통령 당시 부통령이자 미네소타 주 출신 상원위원이던 그는 민주당 대통령후보로 지명됐던(68년) 사람이다. 그런데 그의 성은 옛 영화「카사블랑카」나「사브리나」의 주연남우 '험프리 보가드'의 이름과 똑같은 스펠링이다. 한쪽은 성이고 다른 한쪽은 이름이다.

　　몇 해 전 어쩌다가 샌프란시스코 베이지역 바닷물에 잘못 들어선 한 마리의 고래가 연일 뉴스의 대상이었다. 그때 사람들은 고래에게 '험프리'라고 이름지었다. 성인지 이름인지 그저 애칭인지 아무튼 '험프리'였다.

　　개척시대 노예의 신분으로 신대륙에 팔려온 흑인들은 성도 제대로 없었으나 오늘의 흑인들 중엔 '희한한 성'이나 이름을 갖고 있는 이가 적지 않다. 워싱턴, 제퍼슨, 윌슨……역대 대통령들의 성이다. 잭슨, 브라운, 브래들리 등 전형적인 WASP계 성을 가진 사람도 있다.

가문이나 족보, 본관 같은 걸 중히 여기는 점잖은 사람들로선 도무지 그 모두가 상놈들 짓으로 보일지 모른다. 엉망진창 뒤죽박 죽 막돼먹은 사람들로 여겨질 것이다.

■ 88년 서울올림픽 때 몇 명의 미국선수들이 밤의 용산 어느 술집에서 실내 장식용 조각품을 집어들고 도망치다가 근처에서 바로 붙잡혔다. 64년 동경 올림픽 폐회식 때는 메인 스타디움을 돌던 미국선수들 중 일부가 중앙단상 귀빈석에서 선수들을 환송 하는 황태자 내외(현 국왕)를 향해 엎드려 큰절하는 듯한 시늉의 익살을 부렸다.

한국과 일본 언론들은 동양인 경시 탓이 아니냐고 떠들썩했으 나 결국은 철부지 미국 젊은이들의 '악이 없는 장난기' 징도로 흐 지부지 넘어갔다. 어차피 막된 나라의 철없는 젊은이들이란, 하는 생각이 일종의 이해와 관용으로 변한 것이다.

■ 주말 TV에서 '프로 레슬링' 경기를 보면 미국사람들(관중 들)이란 알다가도 모를 것 같다. 근육 덩어리 같은 '레슬러'들이 치고 밟고 꺾고 내던지고 무지무지한 격투를 벌이지만 자세히 보 면 그건 '쇼'에 불과하다는 걸 쉽게 알 수 있다. 프로 권투선수가 경기로 인해 사망한 일은 있어도 프로 레슬링계에 그런 일은 없 다. 그토록 험한 경기를 하는데도 말이다.

흥미로운 건 '관중'들이다. 레슬링 경기가 '절정'에 달하면 관 중들의 흥분과 고함소리는 요란해지고 더러는 선수의 '비겁한' 반칙행위에 야유와 항의를 퍼부어댄다. 관중들도 경기진행이 각본에 따른 '쇼'임을 알고 있을 텐데도 모두들 흥분의 도가니이다.

관중은(아이들 제외) '알면서도' 분위기 그 자체를 즐기려고 구경하려는 게 아닐까? 단조로운 일상생활을 잠시 떠나 고함지르고 야유하고 아수라장을 이루는 분위기에 듬뿍 젖는 맛에 구경하러 온 것 같다. 일종의 '스트레스' 해소인가? 재미있는 사람들이다.

■ 예전 '서울시청' 안에 국제결혼 신고를 접수하는 부서가 있었다. 거의가 서울지역에 주둔하는 미군병사들과 그들의 '애인'인 한국인 여성이 신고하러 오는 것이었다.

남편될 사병은 이미 소속부대 상관에게 결혼할 뜻을 보고한 모양이었다. 시청접수만 무사히(?) 끝나면 두 남녀는 어엿한 남편과 아내, 이를테면 한 쌍의 부부가 되는 것이다.

그 무렵 출입기자들은 그들에게 관심을 갖게 됐다. 까닭인즉 남편될 군인들(주로 백인들)이 대부분 '애송이' 같은 데 비해 여성 측은 나이가 좀 들어보여 어딘가 부자연스럽고, 신혼부부라는 이미지가 잘 떠오르지 않는 때문이었다. 실제 취재해보면 어김없이 여자 쪽이 연상이고 병사, 즉 신랑이 20대 초반들인데 신부는 심지어 열 살쯤 위의 경우도 있다. 하긴 결혼까지 결심한 남녀간의 사랑에 나이가 무슨 문제일까마는 아무리 봐도 어색한 데가 있다는 게 취재기자의 말이었다.

그 기자는 신랑의 애띤 얼굴을 새삼 다시 보게 된다고 했다. 어쩐지 세상물정 모르는 '어린애' 같고 그의 부모, 다시 말해 신부의 시부모는 이들의 '결혼'을 알고나 있는 건지, 알고 있다면 특히 시어머니는 어떤 눈으로 '며느리'를 대하게 될 건지 괜스레 궁금해진다는 것이었다. 뭔가 미국 젊은이들의 일면이 엿보이는 듯했다.

■ 며칠 전 『한국일보』 로컬면에 11세의 한국입양소년에 관한

머리기사가 실렸다. 백혈병 진단을 받은 그 소년은 날로 몸이 쇠약해져 소년이 살고 있는 인구 5천 명의 소도시(케임브리지, 위스콘신 주) 사람들이 한결같이 소년의 쾌유를 빌고 있다 한다.

소년이 다니는 학교의 농구팀 학생 11명은 소년의 건강회복과 골수기증 호소를 위해 자신들의 머리를 빡빡 깎았다. 그들은 "케인(소년)은 훌륭한 친구이며 우리는 머리를 깎는 데 아무런 주저도 하지 않았다"고 말했다. 그들은 또 "회복된 '케인'을 찾아가면 그는 우리의 머리를 보고 웃을 것"이라면서 자신들이 머리를 깎은 것은 "케인(소년)이 혼자가 아니라는 것을 보여주기 위해서이다"라고 했다.

막된 나라의 철부지 같은 청소년들. 마약과 범죄·총기에 둘러싸인 청소년일지라도, 그렇다고 그런 시각으로만 미국 청소년들을 보아서는 안될 것 같다.

〈1996. 1. 25〉

장·단점이 뒤섞인 곳이지만
— 미국 잡기(雜記)(3)

　제30회 '슈퍼볼' 시합이 끝났다. 미국사람들, 특히 미국의 남편들은 이 시합이 끝남으로써 비로소 한 해를 넘겼다는 실감이 난다고 했다. 이날의 남편들이 아내들한테 얼마만큼 '임금님' 행세를 했는지 몰라도 『크로니클』지 일요일판의 '블론디' 만화를 보면 집 밖에서 그저 떠들썩한 남편들에 불과했다. 아내들의 '흉계'(실례) 탓이었다.

　영화 「킬링필드」의 한 장면이 생각날 때가 있다. 미군철수가 막바지에 이를 무렵 '사이공' 시(당시 월남 수도)의 혼란은 극도에 달했다. 어떻게 해서든 미군을 따라가려는 월남 피난민들, 심지어 헬리콥터에 매달려서라도 탈출하려는 사람도 있었다.

　■ 94년 8월 '쿠바' 난민사태가 미국의 큰 정치적 문제의 하나였다. "쿠바난민을 받아들이지 않겠다"는 클린턴 행정부의 정책 천명에도 불구, 쿠바인들의 본국 탈출 러시는 계속됐었다. 그래서 의회에서 크게 논란이 되었다. 그런가 하면 멀리 중국 본토 사람들이 배 한 척에 짐짝처럼 실린 채 태평양 건너 샌프란시스코에 다다른 일이 있었다. 비싼 돈내고 관헌의 눈을 피해 승선한 이른

바 보트 피플들이었다. 밀입국자(Border Crossing People)란 용어
도 있다. 국경선을 넘어 육지를 통해 밀입국하는 사람들이다. 그
들은 한결같이 목숨을 걸다시피하며 미국을 향해 밀려오는 것이
지만 적발되면 불법입국 취급을 당하기 십상이다.

 ■ 미국이란 나라는 하느라고 하고도 욕을 먹는 어수룩한 데가
있다. 다른 나라의 복구를 위해 물자원조를 제공하고도 "너희가
뭐 우리가 이뻐서 도와준 거냐"라는 핀잔을 듣는다. 특히 미·소
냉전시대에는 받는 쪽이 도리어 큰소리치는 경우도 있었다. 전재
국(戰災國)들의 복고에 도움을 주고도 그 나라 국민들의 반미감정
을 사기도 한다. 어딘가 엉성해 보인다.

제2차 세계대전 후 미국은 마셜플랜 등 각종 원조로 유럽 각국
과 그리고 패전국 일본에 막대한 복구사업비를 들이고도 결과적
으로 강력한 경제 '라이벌'을 낳게 한 꼴이 됐다. 이미 오래 전부
터 독일, 일본 등은 미국의 온갖 산업 분야를 위협하고 있지 않은
가. 자동차사업은 본래 미국이 세계 으뜸이었지만 지금 그렇게 보
는 사람은 없다. 누군가 일본을 가리켜 "맛나는 고깃덩이(미국시
장)를 마구 뜯어먹으려는 '하이에나'와 같다"고 했다. 일본뿐 아
니라 네 마리 작은 용으로 불리는 아시아 지역 나라들도 마찬가지
일지 모른다는 말도 나왔다.

 ■ 밀입국자들은 주로 '멕시코' 사람들이다. 장장 2천 70여 마
일의 접경지대에서 해마다 몇만 명이 밤낮을 가리지 않고 넘어온
다. '캘리포니아' '텍사스'의 국경선에서 수비대원들의 눈을 피해
넘어오는 사람들이 그치지 않는다. 더러는 대낮의 고속도로를 떼
를 지어 뛰어오는 간 큰 사람들도 있다.

미국에 있는 밀입국자가 얼마나 되는지 정확한 숫자는 아무도
모른다. 5, 6백만 명이 될 거라는 말이 있는가 하면 1천만 명을 넘

을 거라는 추산도 나돈다. 미국은 95년도에 2억 3천6백여만 달러
의 연방예산을 국경수비대에 할당했고 주정부들도 예산지출을 늘
려 단속강화에 나섰다. 예산은 94년도에 비해 25% 증가된 것으로
1천 명의 수비대원이 증원됐고 헬리콥터, 야간 망원경, 컴퓨터 시
설 등도 보강됐다.

　■ 이같은 미국 대비책에 대해 '멕시코' 정부는 반발하고 있다.
멕시코 정부의 반응이 흥미롭다. "보다 나은 생활을 위해 넘어가
는 사람들은 우리 정부로서는 굳이 단속하지 않겠다"는 것이다.
그들에게 무슨 잘못이 있느냐는 말처럼 들린다. 나라 체면상 웬만
하면 단속할 법도 한데 단속은커녕 오히려 장려하는 듯하니 이색
적인 일이다. '쿠바'의 경우는 더욱 미묘하다. 독재자 '카스트로'
야말로 어김없이 국외탈출자들을 철저히 단속할 줄 알았더니 보
고도 못본 체 거의 방임상태에 있다. 공산국가의 위신도 체면도
아랑곳하지 않는가 보다. 그쯤된 사정은 있겠지만 어쨌거나 미국
은 또하나의 골칫거리를 안게 된 셈이다.

　■ 예전에 필리핀의 일부 정치 유지들이 공공연하게 "필리핀은
미국의 한 주로 편입되기를 바란다"고 주장했었다. 독립이고 뭐고
차라리 미합중국의 일원이 되는 게 좋다는 생각이었던 것이다. 당
시 미국은 그같은 움직임을 완곡하게 사절하느라 애를 먹었다. 그
무렵 미국은 2차대전 이전의 식민통치국들에 대한 시범으로 솔선
해서 필리핀을 독립시킨 것인데 주 편입이란 절대 있을 수 없는
일이었다.

　미국과 필리핀 사이는 분명 이례적이다. 과거의 식민지 지배국
과 피지배국 사이가 그토록 원만할 수 있는 것은 세계 어느 나라
식민역사에도 없다. 영 · 불 · 독 · 일 · 이탈리아 등 과거의 식민통
치국들과 식민지의 관계는 으레 착취하는 쪽과 착취당하는 쪽으

로 갈라졌었다. 때문에 독립 후에도 민족의 원한은 남아 있게 마련이다. 그렇거늘 필리핀은 미국에 대해 별다른 원한이 없는 것 같다.

■ 최근 미국사회의 반(反)이민 분위기가 종전보다 어수선한 양상을 띠고 있다. 특히 공화당의원들이 상·하원 다수의석을 차지한 후로 차츰 노골화되고 있다. 공화당은 '미국과의 계약'이라는 공약을 내세워 반이민·반빈곤의 인상이 짙은 법안을 추진해 나가고 있다. '공화당'에 이유와 명분이 없는 것은 아니다. 그러나 이대로 가다간 미국의 미국다운 모습이 송두리째 달라질 것 같다.

뭐니뭐니해도 미국은, 미국민들은 단점보다 장점이 많은 나라이자 사람들이라고 본다. 장점을 살리기 위해 이민자들을 추방하려 든다면 그건 미국의 최대 단점이 되고 만다.

〈1996. 2. 1〉

그래도 따뜻한 인정이 흐르고 있다
― 미국 잡기(雜記)(4)

　‘고어’ 부통령 내외 앞을 지날 때 ‘테네시’ 주의 한 고교 악대는 행진곡으로 편곡된 「테네시 왈츠」를 취주했다. 93년 1월 대통령 취임 축하 퍼레이드 때다. 테네시 주 출신 연방상원의원이기도 한 ‘고어’는 손을 흔들며 미소로 밴드원들에게 답례했다.

　페티 페이지가 노래한 「테네시 왈츠」는 50년대 서울에서도 크게 유행했다. 그 무렵의 젊은층이 즐겨듣는 곡이었는데 가사가 다소 생소한 느낌이 들었다. 미국의 남녀 사이가 알 듯 모를 듯했다. 사랑도 친구도 서로 뺏고 빼앗기고 하는 관계인 것 같았다. 그 노래는 그래도 서울 젊은이들의 가슴을 두근거리게 하고 상상의 나래를 펴게도 했다.

　그 무렵 서울에서는 몇몇 외국영화가 화제였다. 「태양은 가득히」(A place in the sun)도 그중의 하나였다. 가난하고 불우한 환경의 한 젊은이가 어쩌다가 부잣집 딸과 사귀게 되어 요행히 양지바른 사회에 끼여들 뻔했으나 결국은 불가능했다는 줄거리였다. 비슷한 처지였던 다른 처녀와의 온당치 못한 사건이 발생한 때문이었다.

44

영화의 법정 장면에서는 젊은이의 살의(殺意) 여부가 문제의 초점으로 그려지고, 젊은이 자신은 시인도 부인도 못하는 심리적 갈등을 극명하게 다뤘지만 미국사회는 그의 살의를 의심치 않는다는 줄거리로 영화는 진행됐다. 그늘진 환경의, 외롭고 가난한 젊은이라면 누구이건 그곳에서 벗어나려고 살인까지 저지르게 된다고 보는 줄거리였다.

그 시절 미국 노래나 영화는 서울 젊은이들의 관심대상이었다. '고어' 부통령에게 「테네시 왈츠」를 선사하는 고교생들의 행진을 보며 미국이란 어딘가 다르다는 생각이 들었다. 그 노래의 가사대로라면 남녀간의 사랑도 친구간의 신의도 믿을 수 없을 것 같다. 그러나 막상 그렇게 심각히 생각하는 미국사람은 별로 없는 것 같다. 테네시 사람들에겐 그곡은 그저 추억과 낭만의 노래로 불리고 있다. 그들은 오늘날도 주의 자랑처럼 그 노래를 아끼고 있다.

미국에서 살면서 당황한 것 중의 하나가 공인된 도박장이나 성인영화 또는 라이브 쇼 등이었다. 도박장은 네바다 주의 독점사업인 줄만 알았더니 오래 전부터 이미 '애틀랜타'에서도 공인됐고 최근엔 캘리포니아 중남부에서도 카지노판이 개장될 예정이다. 도박장이나 외설공연 또는 간행물들의 범람이 이방인의 눈엔 '타락사회'처럼 보이기도 했다.

미국사람들처럼 매사 돈걸기를 좋아하는 사람들도 없을 것이다. 대부분은 흥을 돋구기 위해 배팅 그 자체를 엔조이하는 것 같다. 어찌보면 모두들 면역성 있는 사람들 같기도 하다.

미국은 냉혹한 관리사회이기도 하다. 뿐더러 만사 기계화 방향으로 나가는 사회이고 보면 사람들마저 어딘가 유기물처럼 보일 때가 있다. 그런 사회에서 살아가는 사람들에게 인정이란 있을 것 같지도 않다. 그런데 그게 꼭 그런 것만도 아니니까 미국사회의

'묘미'를 맛보게 된다. 어쩌면 그건 기계화된 사회에 대한 반항적인 역현상인지 모른다.

70년대 후반 미국 중서부에 유학중이던 한 일본인 여학생이 「사람들 있는 곳」이란 제목의 기고문을 한 잡지에 실었다. 여름방학 때 LA까지 급행열차 여행을 하게 된 그 학생은 어릴 적에 앓던 '천식'이 열차에서 갑자기 재발, 심한 호흡곤란으로 신음하였다.

놀란 승객들이 황급히 승무원을 불렀다. 여학생은 거의 질식상태였고 승객들은 어찌할 바를 몰랐다. 승무원은 곧 차내방송을 통해 이 사실을 승객들에게도 알렸다. 그리고는 "이 열차는 급행이므로 앞으로 LA까지 두 시간 남짓 계속 운행해야 됩니다. 도중에 정차역이 없습니다. 지금 환자의 용태가 심상치 않은데 임시정차해도 괜찮겠습니까?"라고 물었다. 운행지체를 해도 괜찮겠느냐는 것이었다. 승객들이 웅성거렸다. 벌떡 일어선 몇몇 승객들이 "뭘 꾸물거리는 거냐, 어서 열차를 세워라"고 소리쳤다. 다른 승객들도 이에 동의했다.

한 작은 도시에서 열차는 멈추었다. 학생은 곧장 의사한테 실려 갔다. 뒤쫓아온 일부 승객들이 근심스럽게 지켜보았다. 다행히 학생은 약복용과 주사 한 대로 곧 정상회복됐다. 학생은 열차로 되돌아왔다. 그 사이 열차는 물론 제자리에 멈춰 있었다. 학생이 열차 안에 들어서자 모든 승객들이 일어서서 뜨거운 박수와 환호로 그녀를 맞이했다. 열차는 다시 달리기 시작했다.

학생은 그때의 고마운 사람들을 "영원히 잊을 수가 없다"고 했다. 자기의 조그만 생명을 그토록 소중히 여겨주는 사람들을 난생 처음 보았다고 했다.

지금 백혈병으로 사경을 헤매는 미 공군사관학교 생도이자 한국입양아인 '성덕 김 바우만' 군(21)에 대한 구원의 손길이 한국에서 밀물처럼 일고 있다. 수많은 골수기증 지원자들이 쇄도하고 있어 '성덕' 군은 건강을 되찾을 것이라는 소식이다.

한국에서 그리고 미국에서 이 사실이 보도됐다. 양부모인 '바우만' 씨 내외는 할 말을 잊은 듯 그저 고개를 숙여 고마워하고 있다 한다.

필자는 아직도 미국사회를 잘 모른다. 아는 것보다 모르는 게 더 많다고 생각하고 있다. 미국은 덩치 큰 다민족사회이기 때문인지도 모른다.

이 글의 부제는 '미국 잡기'이다. 두서없는 내용들이었지만 한마디만 더 하고 싶다. 사람 사는 곳 어디이건 따뜻한 정은 흐른다고.

〈1996. 2. 8〉

여유를 잃어가는 미국
— 공화당대회를 보고

'공화당' 대회가 끝났다. 이번 대회는 대통령후보 공식선출을 위한 전국대의원대회였다. 내주부터는 '민주당' 도 시카고에서 대회를 갖는다.

대통령후보지명대회는 언제 봐도 축제분위기를 이룬다. 풍선과 깃발로 장식된 대회장에 환성과 박수가 그치지 않는다. 4년마다 보게 되는 비슷한 광경이다. 심심치 않은 구경거리이다.

처음 본 것은(TV 중계) 지난 76년 — 민주당은 '지미 카터', 공화당은 '제럴드 포드' 가 물망에 오른 끝에 결국 조지아 주지사와 현직 대통령인 두 사람이 각기 대통령후보로 지명됐다. 지명대회를 시발점으로 두 진영의 전국유세 또는 후보간의 TV 토론 등 본격적으로 돌입된 선거전이 무척 열기를 띠기 시작했다. 언론보도들과 일반시민들의 반응도 다채로웠다.

이민 초년생인 당시의 필자는 미국대통령 선거전의 이모저모가 본국에서는 결코 볼 수 없는 풍경으로 비쳤다. 미국의 특색을 만끽하는 기분이었다.

기억나는 것이 있다. 『타임』지 표지에 함박 웃는 '지미 카터' 의 얼굴이 크게 실렸다. 흰 이빨을 몽땅(?) 드러낸 얼굴이었다. 얼굴 옆의 제목은 "Who is Jimmy Carter?"였다. 그 무렵 카터의 이미지는 큰 입과 땅콩(장수)으로 대표됐었다. 표지제목이 카터의 전부를 벗겨본다는 뜻인지, 카터는 아직도 미국사람들에게 낯설다는 평가절하인지, 여하튼 그런 사람이 어느 날 갑자기 대통령후보로 각광을 받게 되는 미국사회가 재미있었다.

선거전이 막바지에 접어들면서 일부 언론은 '조지아 군단 백악관을 향해 진격하다' 고 했다. 카터와 선거참모들의 분전(奮戰)을 그렇게 표현한 것이다. 공화당 제럴드 포드도 자주 신문, 잡지 등에 등장했다. 포드의 색다른 경력이 얘깃거리이기도 했다.

그는 선거를 거치지 않은 대통령이었다. 유권자들의 의사결정(투표) 없이 닉슨에 의해 부통령이 됐고 급기야 대통령 자리까지 앉게 된 사람이었다. 탈세혐의로 물러나게 된 애그뉴 부통령 대신 닉슨 대통령(당시) 지명으로 부통령이 됐고 그 닉슨이 '워터게이트' 사건으로 임기 도중 사임하자, 대통령이 된 것이다. 보기 드문 행운아였나?

그에 관한 '가십' 도 많았다. 그의 부인(재혼녀)이 알코올 중독자였다느니, 학생시절 선수였던 포드는 지금도 '미시간' 풋볼팀의 열렬한 팬이라느니, 그의 아들이 모여자 '테니스' 선수와 다정한 사이라느니. 미국사회의 공인(公人)이란 프라이버시고 뭐고, 구석구석까지 화제대상이구나 싶었다.

그해 선거는 카터의 승리로 끝났다. 그 카터는 4년 후 69세의 '로널드 레이건' 과 대결하게 되었다. 두 후보가 TV에서 열띤 논쟁을 벌이는 것을 보면서, 어쩐지 카터는 수세(守勢), 레이건이 적극적인 공세를 펴나가는 인상이었다.

특히 카터가 외동딸 '에이미' 의 이름을 들먹거리며 인류평화와 핵무기 생산제한문제에 언급, '에이미' 같은 어린아이마저 근심하는 질문을 할 때 가슴이 아팠다고 말하는 대목이 자못 어색하고 부자연스러웠다.

레이건은 시종 '강력한 미국'을 역설했다. 미국은 동서냉전 중에서 더 이상 양보와 후퇴를 할 수 없다고 그는 강조했다. 레이건은 카터가 간접적인 표현으로 그의 나이를 건드리자 즉각 "나는 여러 과정을 거쳐 후보로 지명된 사람이다. 그 사이 건강을 걱정해본 일이 없다"면서 "고맙다"고 받아넘겼다. 카터가 좀 좁쌀스럽게 뵌 장면이었다.

레이건의 '강력한 미국' 주장은 미국시민들에게 먹혀들었다. 그 무렵 카터 행정부의 이미지는 치명적인 손상을 입고 있었다. 이란에서 많은 미국인들이 인질로 잡힌 사건이 났을 때 카터 정부는 비밀리에 '구조작전'에 나섰으나 실패했다. 현장을 향하던 헬리콥터가 도중에 고장, 작전도 제대로 펼쳐보지 못하고 들통나고 말았다. 미국의 엉성한 일면을 드러낸 꼴이었다.

대통령에 당선된 '로널드 레이건'은 8년간 미국을 이끌어 나갔다. 그가 재임중 얼마만큼 강력한 미국을 이뤘는지 그건 정치평론가에게 맡길 일이다. 다만 레이건 정부도 국내정책을 등한시한 것은 아니었다는 것을 특기하고 싶다.

미국의 국내 주요시책은 사회복지, 이를테면 저소득층·신체장애자·노인층에 대한 생계보조나, 의료혜택문제로 집약된다. 교육, 교통, 범죄문제도 등한히 할 수 없다. 그 모두가 저소득층을 대상으로 하는 것이라 해도 과언이 아니다. 미국이 아무리 중산층 사회라지만 연수 2만 달러(95년도 현재)도 안되는 하층계급이 전체 취업자의 20 내지 30%선을 오르내리고 있다.

지금은 1996년 ― 공화, 민주 양당은 외교보다 내치(內治)정책에 중점을 두고 있다. 균형잡힌 예산과 세금감축이 큰 '이슈'이다. 그러다 보니 이민문제가 다시 논의되고 시민권자와 비시민권자에 대한 정책의 윤곽이 드러나기 시작했다. 공화당이 연방 상하원의 다수세력이 된 후 더욱 노골화되어가고 있다.

비시민권자라는 이유만으로 노인들과 어린이들에 대한 각종 혜택이 전면 또는 부분적 삭감에 직면하게 됐다. 속지(屬地)주의 또는 출생주의에 따라 자동적으로 부여된 미국시민 자격도 수정될 전망이다. 미국은 어디를 향하는 건가? 이민의 나라 미국의 모습은 퇴색해간다. 미국은 마음의 여유를 잃어가고 있다. 왜 그쯤 돼가나? 필자 나름의 견해를 말해 본다.

〈1996. 8. 22〉

여유를 잃어가는 미국
— 민주 · 공화당대회는 끝났지만

시카고에서의 '민주당' 대회도 축제분위기였다. 언론 보도에 의하면 공화당 대회 직후 '밥 돌' 후보가 4%선까지 바짝 '클린턴'을 추적했었으나 다시 벌어지기 시작하여 두 자리 숫자로 벌어졌다고 한다.

국외자(局外者)는 11월 선거를 구경할 수밖에 없다. 지난 22일 아침 ABC—TV 전국뉴스는 묘한 보도를 했다. LA의 한 학부모가 "수업아동들이 자꾸만 늘어간다"면서 "교실은 비좁아지는데 교사 증원도 없고 교실수도 부족해졌으니 시프트(Shift)제라도 실시해야 된다"고 불평이 대단했다.

학부모는 30대 후반쯤의 흑인여성 — 카메라 앵글은 그녀의 말을 입증이라도 하듯이 교실에 가득한 아이들에 맞춰져 있다. 중남미계로 보이는 얼굴들이 간간이 클로즈업됐다. 흑인자모는 "영어를 이해하지 못하는 아이들이 적지 않다"고 했다. 언제 어디서 어떻게 온 건지도 모르는 아이들 때문에 수업은 더디고 결과적으로 다른 학생들이 피해를 입고 있다는 것이었다. 뉴스는 교육현장의 심각성을 강조했다. 그것이 오늘의 현실이라고 말하고 싶은 듯했다.

　왜 하필 흑인을 등장시켰나, 왜 아동들을 소재로 삼았나, 거기에 그 어떤 작위성이 엿보였다. 아동교육문제에 국한된 것 같지만, 그것은 바로 예산문제와 결부되고 더 나아가 비시민권자 전반에 관한 정책문제로 번지게 된다.

　몇 해 전부터 워싱턴 정가에는 균형잡힌 예산이라는 말이 나돌고 있다. 『1995년의 세계』라는 책자에서 '윌리엄 웰드'(매사추세츠 주지사 · 공화)가 말한 내용 일부를 소개해 본다.

　"행정부와 의회는 예산문제로 늘 논란을 빚고 있다. 정부는 교육과 실업자 대책, 마약범죄 그리고 복지정책과 경찰관 증원, 국방예산 편성에 혼선을 빚는다. 의회는 예산안을 약간 줄여놓고 대단한 일을 한 것처럼 생색낸다. 미국은 세계 제일의 부채국이다. 미국 시민들은 평균 25% 이상의 연방소득세를 지불하는데도 정부는 예산부족으로 정책수행의 어려움이 있다고 호소한다.

　'균형잡힌 예산'과 '국가채무상환'이 최대과제이다. 정부는 예산지출을 억제해야 한다. '정책시행'과 '예산증대'를 결부시키려는 것은 정부의 무능무책을 증명할 뿐이다."

　이 글은 민주당 행정부를 겨냥해서 쓴 것 같다. 그러나 필자가 보기에 레이건과 부시의 공화당 정부시대를 까맣게 잊고 있다. 8년간의 레이건 정부는 증폭되는 국방예산에도 불구하고 복지정책에도 막대한 예산을 투입했다. 그런 사이 국가부채는 눈덩이처럼 불어났다.

　레이건의 뒤를 이은 '조지 부시'는 대통령선거 당시 "Read my lips"로 유명했다. 세금불인상을 그처럼 자신있게 공약한 정치인도 보기 드물 것이다. 부시는 대통령으로서 막상 나라살림을 맡게 되자 세금을 인상하지 않고는 세입이 부족해서 정책을 수행하는 것이 어렵다는 것을 알게 됐다.

그래서 세금인상을 했다. "Read my lips" 공약이 무산되고 만 것이다. 부시는 걸프전의 승리 직후, 무려 90%가 넘는 국민들의 지지를 받고도 92년 대선에서 젊은 '클린턴'에게 그만 패배하고 말았다.

지금 공화당 '돌' 후보는 연방소득세 15% 감세를 선거공약으로 내걸고 있다. 그는 균형예산을 이룩하여 중소기업들을 돕고 많은 일자리를 창출할 수 있다고 주장한다. 뿐더러 정부규제를 줄이는 한편, 연금을 늘리고 모든 시민들에게 보다 유익한 기회를 제공하는 대통령이 되겠다고 역설한다. 이에 대해 전문가들은 회의적이다. 세금삭감액의 72%를 정부지출 억제로 상쇄할 수 있다지만, 메디케어와 소셜시큐리티, 국방예산문제 등의 변경없이 4년 동안 재정균형을 이루겠다는 '돌'의 공약은 듣기에는 좋을지 몰라도 실현가능성은 거의 없다는 반응을 보이고 있다.

그럼에도 돌의 정책을 환영하는 사람들도 적지 않다. 대부분 백인일 테지만 그들은 실현가능성이 있는 것으로 믿고 있다.

세금을 줄이고 연금을 늘리고 일자리도 창출하고 복지제도와 국방예산을 그대로 지켜나가고……정부지출 억제만으로 가능하다고 보는 것이다. 지출억제란 낭비방지를 뜻한다. 어디에 낭비했다는 건가? 비시민권자의 증가가 도마 위에 올랐다. 미국은 지금 합법이민자들에 대한 각종 복지혜택을 수정하는 방향으로 나아가고 있다. 불법입국자들의 철저한 단속도 다짐하고 있다. 공화당은 물론 민주당도 부분적으로나마 그같은 정책이나 법안에 찬동한다. 그 모두가 예산지출 억제를 위한 것이다.

과도한 예산지출은 해외입국자들 때문이었나? 아니다. 미국사회는 일하는 사람과 일하지 않는 사람, 다시 말해서 납세자와 비

납세자를 구분하여 복지혜택에 차등을 두려 하지만 일하지 않는 사람이란 과연 누구인가?

평론가 '마빈 올레스키'는 『미국 — 연민의 비극』이란 저서에서 이런 말을 했다.

"미국정부나 자선단체들은 잘못된 연민의 정을 가져왔다. 역경을 딛고 일어서려는 사람들만이 도움을 받아야 함에도 그같은 자격요건은 현실과 동떨어지게 관리되고 있다. 연민받을 자격이 있는지 없는지를, 즉 일을 할 의지가 있는 사람인지 아닌지 제대로 식별하지도 않는다. 정부는 일을 할 수 없는 사람(고령자, 병약자 등)을 도와야 하지만, 일하기를 싫어하는 사람들까지 도울 의무는 없다. 생활보호 혜택만으로 지내려는 게으른 사람들의 증가는 모든 사람들의 생활을 위협하고 있다."

그는 요컨대 일하지 않는 자는 도움받을 자격이 없다고 했다. 놀면서 먹고 지내려는 사람들을 문제시한 것이다.

〈1996. 0. 29〉

여유를 잃어가는 미국
— 원인은 시민들 자신에게 있다

약 2백만 명 — 언론에 가끔 등장하는 숫자이다. 캘리포니아에 만도 2백만 명 가량의 불법입국자가 거주한다는 것이다. 더 많을 것이라는 기사도 있었다. 숫자와 통계의 나라 미국도 밀입국자들만큼은 정확한 숫자를 산출해낼 재간이 없나 보다.

미 전역의 불법거주자는 얼마나 될까? 5, 6백만이라는 추산이 있고, 시일을 소급하면 줄잡아 1천만 명을 넘을 것이라고도 한다. 어쨌건 대단한 숫자이다. 그 많은 사람들이 어디서 어떻게 입국했으며 언제부터 살고 있다는 건지, 그들은 분명 법망을 피해 다니는 몸일 텐데도 그 많은 사람들이 버젓이(?)이 살고 있다. 미국사회의 수수께끼가 아닐 수 없다.

접경지대와 동서 연안의 주정부들은 연간 수십억 달러를 투입, 인원증가와 최신장비로 불법입국자들에 맞서지만 그 성과가 어느 정도인지는 미지수이다. 육지와 바다 심지어 하늘에서까지(단순여행자를 가장) 밀입국이 그치지 않는다고 한다.

지명대회를 마친 '민주' '공화' 양당은 이제 본격적인 선거전에 들어섰다. 그들에게 정책상의 공통점이 하나 있다. 두 정당 모두

불법이민 단속을 철저히 강화하겠다는 것이다. 뿐만 아니라 불법 입국자들은 사회복지 혜택도 받지 못할 것이라고 강조한다. 캘리 포니아 주지사는 이미 의료혜택 중단 등의 행정명령에 서명했다.

불법이민자와 복지혜택문제가 대통령선거의 '핫 이슈'로 떠오 른 느낌이다. 공화당은 상하원 장악으로(94년 11월 선거 결과) 줄 기차게 문제시해온 터였고 이젠 민주당마저 부분적으로 공화당에 끌려다니고 있다. 클린턴도 소위 복지개혁법안에 서명했다. '백인 중산층'을 의식하기 때문인가?

문제가 있다. 불법거주니, 복지혜택이니 떠들썩하다 보니 그 틈 에 합법이민자들의 입장이 미묘해졌다. 밀입국자들에 대한 단속 강화를 마다할 수는 없다. 그런데 왜 그 틈에 합법이민자들까지 피해를 입어야 하나? '클린턴' 행정부는 합법이민자들에 대한 비 현금(非現金) 각종 혜택 계속유지를 천명했지만, '공화당'은 시민 권자만이 복지혜택의 대상이라고 주장한다. 민주당정책이 이민 쿼터의 현수준 유지인 데 반해 '공화딩'은 쿼터 축소를 내걸고 있 다.

공화당 정책대로 나간다면 미국의 모습은 달라질 수밖에 없다. 미국은 이민의 나라이다. 이민의 나라이자 자유와 기회의 나라이 다. 미국은 그 점에 긍지와 자부심을 갖고 있지 않았던가.

논픽션 소설이나 TV 드라마에서 이민들이 미대륙에 첫발을 디 딜 때의 장면을 읽거나 본 일이 있다. 희망과 불안이 뒤섞인 이민 가족들은 비록 미지의 세계이지만 '이민의 나라'에서 열심히 잘 살아보겠다고 다짐하는 표정들이다. 일종의 안도감 같은 것이 스 치는 얼굴이기도 하다.

오늘의 이민자들에게도 그같은 '안도감'을 볼 수 있을까? 오늘 의 미국사회는 합법이민들마저 소외감에 잠기게 될 것 같다. 시민

권자니, 비시민권자니, 복지혜택이니 뭐니 그 모두가 차별정책으
로 연결짓게 마련이다.

어째서 미국사회는 그처럼 우선회(右旋回)해가는가? 저임금·
중노동으로 오늘의 미국을 지탱해 온 이민자들(합법·불법을 막
론하고)이 이제는 성가신 존재들처럼 보이게 되었는가? 미국사회
의 장애물로 여기는 건가? '균형잡힌' 예산편성에 지장을 준다는
건가?

얼마 전 샌프란시스코 『한국일보』에 한 사회평론가의 글을 소
개한 일이 있다. 그는 놀고 지내려는 사람들이야말로 사회의 암적
존재라고 했다. 생활보호대책에만 의존하려는 사람들의 증가가
미국사회의 쇠퇴원인이라고 했다.

그는 또 정부와 자선단체들은 역경을 딛고 일어서려는 사람들
과 게으른 자들을 구분해서 도움을 줘야 한다고 강조했다. 그는
게으른 자들이 온갖 범죄의 온상이 될 수 있다고도 했다.

그가 말하는 '게으른 자들'이란 다름 아닌 시민권자들을 지적
한 것이지 이민자들을 말하는 것은 아니다.

생활보조혜택에 의존해서 놀고 지내려는 게으른 족속들을 우리
주변에서 가끔 볼 수가 있다. 놀랍게도 그들은 3, 40대의 피둥피
둥한 청장년층이다. 한창 일할 나이인데도 적당한 핑계로 각종 혜
택을 받으며 놀고 지낸다. 하는 일 없이 지내다 보면 마약과 각종
범죄에 끼여들게 된다.

이민자들은 할 말이 많다. 미국은 교육과 청소년 선도, 그리고
경찰관 증원 등 범죄에 대비한 소요예산 증대를 우려하지만 그러
한 사회문제를 야기시키는 사람들은 과연 누구인가? 비시민권자
들인가, 시민권자들인가.

미국은 마음의 여유를 잃어가고 있다 근본적으로 뭔가를 잘못

짚고 있는 느낌이다. 이민정책이 정당들의 논쟁거리가 되는 것 자체부터 냉정과 이성이 없어 보인다. 과거에는 볼 수 없던 일이다.

7, 80대의 교포노인들이 열심히 시민권 공부를 하시는 것을 보도사진에서 보았다. 눈물겨운 장면이다. 그들은 활동 나이를 넘은 분들이다. 그분들에게 무슨 잘못이 있는가. 범법행위를 일삼는 사람들이 아니다. 범죄에 가담하는 무법의 시민권자들보다 월등히 선량한 사람들이 아니겠는가.

거듭 말한다. 미국은 어디로 가는 건가. '세계의 미국'을 스스로 포기하려는 건가?

〈1996. 9. 5〉

달라진 세계 10대 뉴스와 미국 속의 다민족사회

　AP통신이 선정한 96년도 세계 '10대 뉴스'는 과거와는 좀 달라진 데가 있다. 흑백분규 등 미국 특유의 인종문제가 종전처럼 눈에 띄지 않는다. 95년도에는 'O.J. 심슨 사건'이 세계 10대 뉴스 중 3위로 선정됐었다(1위는 '오클라호마' 연방청사 폭파사건, 2위는 '보스니아' 내전과 미군 파병). 그보다 몇 해 전에는 흑인 '로드니 킹'에 대한 백인 경찰관들의 집단구타와 그후의 LA 흑인 폭동사태가 단연 손꼽혔다.

　60년대 들어 표면화된 공민권운동(Civil Rights Movement) 이래 거의 해마다 인종문제는 10대 뉴스의 하나에 포함되게 마련이었다. 그랬던 것이 96년도엔 끼여들지 않았다. 그러나 그 대신이라고나 할까. 다른 것이 선정됐다. '웰페어 개정안' 의회통과와 그에 대한 대통령 서명이 6위로 등장한 것이다. 미묘한 변화이다.

　한편 캘리포니아 주 10대 뉴스로는 투표 결과 주민발의안 209가 첫째로 손꼽혔다. 네번째로는 공화당 표밭을 뚫고 주하원위원에 당선된 '히스패닉' 여성과 역시 히스패닉 남자의원이 사상 처음으로 주하원의장에 선출됐다는 뉴스였다. 소수계 민족의 정치

60

적 급성장을 중요 뉴스로 채택한 느낌이다.

웰페어 개정안 발효나 프로로지션 209(소송계류중), 그리고 소수계 민족의 정치적 부상문제들은 캘리포니아 주만이 풍기는 미국사회의 달라진 모습을 감지케 한다.

세계 10대 뉴스도, 캘리포니아 주 10대 뉴스에서도 과거와 같이 집단시위나 대규모 폭동 같은 인종간의 대립은 찾아볼 수 없게 됐다. 그 자체는 다행스럽지만 그렇다고 다인종사회의 갈등과 알력이 완전히 가셨다고는 할 수 없을 것 같다. 지난 한 해의 미국사회는 시민권자와 비시민권자를 구별하는 해였다고 볼 수도 있다. 시민권자냐, 아니냐에 따라 생활여건의 불이익을 실감케 하는 한 해였다. 96년은 미국 내의 이민들에게 많은 것을 생각케 하는 해이기도 하다.

미국사회는 아직도 주류 백인 계층과 소수계 민족들로 양분돼 있는 실정이다. 두 세력간에 충돌과 마찰의 소지는 여전히 남아 있다고 봐야 한다. 소수계들은 시민권 소지 여부에 상관없이 불안해질 때가 있다. 아시아계도 마찬가지다. 더러는 백인주류사회에 1백% 융합된 듯한 사람도 있지만 극히 드물거나, 아니면 당사자들의 단순한 자부심인지도 모른다.

유색인종들에 대한 백인들의 편견은 점차 개선되리라는 시각도 있다. 정초에 모처럼 읽은 연방 상원의원 '다니엘 K. 이노우에' (일본계 2세·하와이 주 출신)의 자서전 『워싱턴으로의 여정』을 통해 그런 시각이 들게 됐다. 67년에 출판된 그의 자서전에는 'L.B. 존슨' 대통령과 'H. 험프리' 부통령, 'M. 맨스필드' 상원 원내총무 등 정계 거물급 인사들의 서문이 실렸다. 그중 '맨스필드'의 서문을 요약해본다.

"……미국인들의 조상을 출신국별로 보면 지구상에 관련없는 나라가 없다. 수백 년을 두고 많은 사람들이 신대륙에 건너와 정착해왔다. 미국은 다민족사회이다. 백인과 흑인이 있는가 하면 본래 미대륙에서 살던 원주민이 있다. 또는 제 나라 영토를 잃고도 그대로 눌러 앉은 히스패닉계도 있다. 우리 조상은 미국이 오늘의 부강을 이루기까지 피땀어린 노력을 기울여왔다. 조상이 후손들에게 남긴 유산은 참으로 위대하고 훌륭한 것이다.(중략)

그럼에도 우리의 역사는 인종간의 마찰로 점철된 기록이기도 하다. 소수계 민족들은 백인 주류사회로부터의 소외감을 느끼고 있다.(중략)

우리는 아시아계 이민들도 주목해야 한다. 그들은 개개인의 성격과 행동이 유럽이나 아프리카 또는 중남미 출신 이민들과는 다르다. 19세기 말 중국이나 일본에서 건너온 그들은 묵묵히 일에만 종사하는 사람들이었다. 당시만 해도 황무지나 다름없던 대륙 서부의 철로부설공사장이나 채금(採金)광산, 사탕수수밭에서 일했다. 치안상태가 나쁜 곳에서 중노동, 저임금을 감당하며 살아왔다.(중략)

3세까지 이어온 그들의 후손들은 오늘날 각계에서 뛰어난 자질과 노력으로 사회에 공헌하는 인물로 성장하고 있다.(중략)

이 책에서 '다니엘 켄 이노우에' 의원은 그의 조상이 겪은 고난의 발자취를 담담하게 술회하고 있다. 머나먼 이역땅에서 너무나 힘들었던 초기 이민시대로부터 차츰 자리잡아가는 시련의 과정을 미국 역사의 한 단면으로 그려냈다.(중략)

'이노우에' 씨는 2차대전중 현지부대에서 장교(중위)로 승진한 후 '이탈리아' 전선에서 전투중 오른쪽 팔을 잃었다. 그가 소속한 일본계 미군부대는 유럽전선의 미군부대 중 가장 많은 훈장과 표창을 받았다. 그는 미국에 공헌을 했다. 그의 용기와 신념은 미국과 미국시민들의 자랑이자 긍지이다."

  '이노우에' 스토리는 특수한 경우에 속할 것이다. 지금은 다른 형태로 사회에 공헌하는 아시아계 2, 3세들도 많다. 미국이 명실공히 다민족간의 동질사회를 이룩하려면 각자 커뮤니티에의 봉사와 공헌이 하나의 '가늠자'가 되지 않나 생각해본다.

〈1997. 1. 9〉

볼품없는 엄숙한 사람들
― '보브 호프'와 '게리 라슨'을 생각하며

　차가운 날씨가 며칠째 계속된다. 이런 밤이면 왠지 헤어진 연인 생각이 난다는 친구가 있었다. 가슴 조이듯 옛 사람이 그리워진다는 것이다.

　필자에겐 좀 별난 얼굴들이 떠올랐다. 두 사람 ― 하나는 코미디언 '보브 호프' 또 한 사람은 만화가 '게리 라슨'. 왜 하필 그들인가? 아마 NBC―TV를 떠나게 됐다는 보브 호프에 관한 얼마 전의 보도 때문일 것이다. '라슨'도 꼭 1년 전 이맘때 은퇴를 선언했다.

　두 사람의 은퇴는 그때마다 아쉬움을 남겼다.

　그들을 얘기해본다.

　■ "세상이 나를 알아주지 않는다고 비관하는 사람들이 있다. 간단한 방법이 있다. 월부금 지불을 중단해보라. 당장에 당신은 주목의 대상이 된다. 당신은 어디를 가든 악착같이 쫓겨다니는 몸이 될 것이다. 그만큼 세상은 당신을 알아주는 것이 아니겠는가?"

　언젠가 '보브 호프'는 TV 쇼에 나와 이런 얘기로 사람들을 웃겼다.

64

혹백영화시대의 단짝이던 '빙 크로스비'의 사망 후 '보브 호프'
는 그나름의 재기 넘치는 원맨쇼로 인기를 누려왔다.

그는 해마다 1월 말께 '보브 호프 클래식' 골프대회를 개최했었
다. 전대통령 '제럴드 포드'도 참가했다. 두 사람 사이는 아주 절
친하다. 나이가 위인 '호프'는 특유의 익살과 능청으로 포드를 슬
쩍 골려주며 약올릴 때가 있다.

골프 때 두 사람은 으레 한 조가 된다. 몇 해 전 '티 오프'를 앞
둔 두 사람이 마주보는 사진이 신문에 난 일이 있다. 두 사람의 표
정이 걸작이었다. '보브'가 특유의 웃음을 띤 데 반해 포드는 경
계하듯 "이 친구가 무슨 또 엉뚱한 소리를 하려구. 이번에도 내가
웃을 줄 알구, 안 넘어갈 테다" 하고 약간 노려보는 듯한 얼굴이었
다. 장난꾸러기 '보브 호프' 앞에선 전대통령도 위신차리기 힘든
가 보다.

6·25 때 '보브'는 미군장병 위문차 한국에 온 일이 있다. 한국
에는 '마릴린 먼로'도 다녀간 일이 있지만 당시 『스타즈 앤드 스
트라이프』(Stars and Stripes)지 — 미군신문·주간 — 에 이런 기
사가 났었다.

"그들은 장병들의 열광적인 환영을 받았다. '먼로'가 스테이지
에 오를 때 환호소리와 휘슬소리가 요란했다. '보브 호프' 때는
그가 얘기하는 사이마다 자주 터져나오는 폭소와 박수소리로 부
대광장이 흔들리는 듯했다."

그는 오랜 세월 인연을 맺던 NBC—TV를 떠날 때도(지난 12월)
사람들을 웃겼다. 나이 90줄에 다가선 그는 "나는 리타이어하지
만……그렇다고 너, '마이클 조던' 좋아하지마!" 난데없이 '아무
잘못도 없는' 농구의 왕자를 끌어들인 익살로 사람들의 웃음을 자
아내게 했다.

■ 만화작가 '게리 라슨'도 많은 사람들의 사랑을 받았다. SF크로니컬지(이그재미너) 일요판 만화란에 등장하는 그의 작품은 독자들의 인기였는데 96년 정초 갑자기 은퇴했다.

그의 만화는 보는 사람들로 하여금 저도 모르게 웃음이 나게 한다. 그러면서도 어째서 우스운 건지 얼핏 알 수 없는 묘미가 있다.

그의 작품에는 사람들과 함께 사는 세상이 지겨운 듯한 무표정한 동물들이 자주 등장한다. 얼빠진 인간과 멍청한 동물이 한데 어울릴 때도 있다. 한 컷의 만화를 통해 '라슨'은 동물이나 사람의 가당치 않은 행동을 그려내지만 인간사회 어딘가에 있을 수도 있는 일로 보이게 하는 맛이 있다. 웃음 끝에 뭔가 생각케 한다. 그런 맛에 이끌렸는지 필자같은 아둔한 사람도 일요판을 손에 들면 그의 만화부터 보는 사람 중의 하나였다.

미국엔 세계 제1을 자처하는 것이 많다. 우주과학이나 외과의학 또는 막강한 군사력 등 세계 으뜸인 분야는 많겠지만 필자의 소견은 좀 다르다. "만화야말로 단연 미국이 세계 제1이다"라고 말하고 싶다.

미국은 가히 만화의 나라이다. 별의별 만화들이 TV · 신문 · 잡지 · 영화 등을 통해 홍수처럼 범람한다. 한동안 만화잡지 MAD가 유명하더니 이제는 숫제 종일토록 만화만 방영하는 TV 채널(Cartoon Network)까지 생겼다.

어떤 때는 올스타쇼 어쩌구하며 여러 만화의 주인공들이 한꺼번에 출연(?)하는 것도 있다. 얼마 전까지는 문어 같은 머리모양에 당구공만한 눈알을 굴리는 '심슨' 가족의 만화가 큰 인기였다.

아주 웃긴 것이 하나 있었다. '벅스 바니'를 뒤쫓던 녀석(이름이 뭐더라?)이 헐레벌떡 골탕을 먹어가며 숨가쁘게 쫓아다니더니 별안간 '시청자' 쪽을 향해 "내, 이거 정말 못해먹겠다. 왜, 난 늘 이런 역할만 맡는 건지, 워너 브라더스 사(만화 제작자)에 단단히 따져 계약을 취소하든지 해야지. 이게 무슨 꼴이람." 불평불만이 대단했다. 만화의 소재치곤 매우 기발한 것이었다.

만화가 '게리 라슨'을 얘기한다는 게 이상한 데로 번졌다. '라슨'의 만화는 미 전국 1천여 신문·잡지 등에 게재됐었다. 그의 갑작스런 은퇴로 신문, 잡지들은 직접간접의 영향을 받게 됐다. '라슨'은 과거 88년도에도 은퇴했다가 14개월 만에 컴백한 일이 있으니까 다시 그의 만화를 보게 될 날이 올 것으로 믿고 싶다.

여담이지만 한국관공서 장관전용 별실에는 대개 역대장관들의 사진이 걸려 있다. 그 얼굴들은 보면 웃음이 난다. 하나같이 딱딱하고 굳은 표정들이다. 그런 사람들을 한번 '보브 호프'나 '게리 라슨'과 대면시켜봤으면 할 때가 있다.

'보브'가 어떤 인물평을 할 것인지, '라슨'이 어떻게 그려낼 것인지, 재미날 것 같다. 한국에는 괜스레 무겁게 구는 엄숙한 사람들이 너무 많다. 권위주의의 수산인가?

〈1997. 1. 16〉

미국의 대통령과 한국
— '트루먼'에서 '클린턴'까지

  재선된 윌리엄 J. 클린턴 대통령 취임식이 지난 20일 거행됐다. 고 마틴 루터 킹 탄생일도 겹쳐 그날은 미 전역에 걸쳐 축하와 추념의 날이기도 했다.

  미국 대통령을 주목하게 된 것은 아마도 '해리 S. 트루먼' 때부터로 기억된다. 45년 이른 봄 F.D.R.(프랭클린 루스벨트)의 갑작스런 사망으로 대통령직을 계승한 트루먼은 취임 얼마 후 3국원수회담(미·영·소)에 참석했고, 8월 초에는 인류사상 처음으로 원자폭탄투하(일본)를 명령한 대통령이기도 하다.

  그로부터 벌써 52년에 가까운 세월이 흘렀다. '트루먼'에서 '클린턴'에 이르기까지 미국대통령에 얽힌 얘기는 적지 않다. 그들은 한국과도 직접간접의 인연이 있었다.

  기억나는 대로 적어본다.

  ■ 언론들의 예상을 뒤엎고 트루먼이 대통령선거에 당선된 것은 48년 11월. 그는 제33대 대통령이 됐으나 불과 1년 반 만에 한국전쟁에 직면했다. 그의 대응은 신속했다. 미군의 한반도 출병(出兵)과 UN긴급결의안 채택을 단시일에 처리했다.

68

51년 후반 그는 당시의 주한 UN군 총사령관이자 공산침략의 강경대응론자인 더글러스 맥아더 원수를 적격해임한 것으로도 유명하다. 재임중 트루먼은 대통령답지 않게 평소의 언동이 다소 거칠고 야했지만 반면에 솔직하고 서민적인 데가 있다는 평이었다.

그에게는 따뜻한 면도 있었다. 53년 초 그의 뒤를 이은 아이젠하워 대통령 취임식날 아이크(아이젠하워) 내외는 '뜻밖의 선물'에 눈이 휘둥그래졌다. 한국전선에서 복무중인 외아들 존 아이젠하워 소령이 취임식장에 나타난 것이다. 크게 기뻐하는 아이크 내외를 보며 옆자리의 트루먼은 미소짓고 있었다. 실인즉 그의 배려로 특별휴가를 받아 일시귀국하게 된 존 소령은 아버지의 영광스러운 자리에 참석할 수 있었다.

■ 선거기간중 "I Like IKE!"라는 구호와 '백만 달러짜리 웃음'으로 무난히 승리한 아이크는 52년 11월 당선되자마자 '대통령 당선자' 자격으로 급거 내한, 전선을 시찰했다. 한국동란의 조속한 수습이 그의 선거공약이었다.

아이크는 4·19가 나던 해 6월 한국을 공식방문했다. 수행원 중에는 '존 S. 아이젠하워' 중령(승진) 내외도 있었다. 아이크를 맞는 한국민들의 환영은 가히 열광적이었다. 당시 신문들은 이렇게 보도했다.

"아이크와 허정 총리(과도정부수반) 등이 탑승한 차량행렬이 용산에서 서울역에 이를 무렵 연도의 백만 시민은 환호성과 손을 흔들며 아이크가 탄 승용차에 다가섰다. 서울역에서 시청앞 광장·광화문 사이는 인도, 차도 할 것 없이 수백만 인파로 뒤덮여 아이크는 몇 번이고 차를 멈추어 두 손을 치켜들며 활짝 웃는 얼굴로 군중들에게 답례했다."

당시 D지는 아이크의 '백만 달러짜리 웃음'을 여러 차례 볼 수 있었다고 보도했다. 현장취재를 한 필자가 보기에도 시민들의 환영열기는 대단했다.

훗날 미국신문들은 "일본방문 취소로 언짢은 심정이던 대통령도 한국민들의 뜨거운 환영에 놀라고 기뻐했다"고 보도했다. 당시 일본은 미·일 안보조약을 둘러싼 좌익계열의 과격시위로 연일 소란했고 급기야 미국 대통령의 신변안전보장마저 의문시돼 아이젠하워는 부득이 공식방문일정을 취소하지 않을 수 없었다.

아이크는 극동지역정세에 대한 우려를 반공국가 한국에 와서 말끔히 씻어버린 셈이 됐다.

■ 60년 11월 아이젠하워 다음으로 젊은 'J.F. 케네디'가 '리처드 닉슨' 후보를 물리치고 대통령에 당선됐다.

대통령 취임 전후(기억이 확실치 않음) 케네디는 아이크에게 주요 국사의 자문을 요청했다. 당시 『라이프』지(월간)는 뒷짐을 지고 나란히 뜰을 거니는 두 사람의 뒷모습을 크게 게재했다.

제목은 「새로운 세대와 떠나는 세대의 대화」였다. 인상적인 사진이었다.

케네디의 대통령 취임축하 퍼레이드에는 그가 태평양전쟁 당시(해군 중위로 복무) 바다에 표류했을 때의 보트 모형과 그때의 일부 대원들이 참가해서 그로 하여금 기쁜 박수를 치게 했다.

케네디 대통령은 61년 11월 '국가재건최고회의' 의장 박정희의 방미를 공식초청했다. 해방 후 16년 동안 미국은 각종 원조제공과 인명피해(한국전쟁)까지 냈는데도 군사 쿠데타가 발생하는 한국 내정을 직접 들어보기 위해서였다. 15일과 16일 두 차례에 걸쳐 박·케네디 회담이 있었다. 박정희는 국내에서 선언한 대로 63년 여름에는 모든 권한을 민간인에게 이양하고 군인들은 원대복귀할 것이라는 '혁명공약'을 거듭 천명했다. 엷은 색안경과 민간복(양복) 차림의 박의장과 그를 똑바로 보며 설명을 듣는 케네디의 모습이 또한 인상적이었다.

63년 늦가을 케네디는 댈러스 시에서 암살됐다. 장례식날 미국민들의 슬픔도 모르는 듯 성조기로 덮인 아버지 유해에 거수경례하는 어린 케네디 주니어(2세)의 천진스런 동작은 많은 사람들의 눈시울을 적셨다.

■ J.F. 케네디의 급서로 대통령직을 계승하게 된 '린든 B. 존슨'은 워싱턴으로 오는 비행기 안에서 미망인 재클린 케네디 등이 지켜보는 가운데 대통령직 계승선서를 했다. 다음해 여름 '민주당' 대회에서 대통령후보 지명을 받은 존슨은 H. 험프리를 러닝메이트로 선정, 11월선거에서 어렵지 않게 당선됐다. 케네디암살의 배후에 관해 온갖 억측이 나돌기도 했다.

존슨의 대통령직 수행은 결코 순탄치 않았다. 국내외가 어수선했다. 베트남 전쟁 때문이었다.

'L.B. 존슨'도 한국을 공식방문했다. 한국군의 월남 파병에 대한 답례 성격이었다. 월남에 파견된 한국군 부대는 '베트콩' 출몰지역의 공로(公路) 안전유지에 만전을 기했다. 그러나 정황은 미국에 불리하게 돌아갔다. 뿐더러 미국 내의 반전(反戰) 기운도 차츰 확산됐다. 국제 여론도 나빴다. 미국은 동남아 일대의 공산화현상(도미노현상)을 우려한 나머지 월남에 파병했지만 '무력개입 곧 침략행위'라는 국제 여론이 비등했다.

내한한 존슨 대통령은 청와대로 향하는 도중 광화문 네거리에서 한 아가씨로부터(시민대표) 환영 꽃다발을 받느라 일부러 하차하고 군중에게 손을 흔들어 보이기도 했다. 박수소리가 들렸으나 왠지 의례적인 박수 같았다. 아이젠하워 방한 때 같은 환영열기는 없었다.

존슨에게는 또다른 난제가 있었다. 공민권운동과 '마틴 루터 킹' 목사의 암살사건 등으로 미국 전역이 험한 분위기였다. 이래 저래 존슨은 빼도 박도 못하는 궁지에 몰리고 있었다. 고뇌에 찬 그의 얼굴이 미국 신문들에 크게 났다. 그는 마침내 재선출마 포기를 내외에 공식선언했다.

68년 11월 리처드 닉슨이 대통령선거에서 승리했다. 과거 케네디에게 패했던 그는 캘리포니아 주지사 선거에 출마했다가 또 낙선한 일도 있다. 당시 닉슨은 기자들에게 "다시는 여러분을 대할 날이 없을 것"이라며 사라졌다(62년).

그랬던 그가 6년 만에 대통령의 몸으로 다시금 기자들에게 둘러싸이게 됐다. 닉슨은 재임중 한국을 방문한 일이 없다(사임 후 개인자격으로 내한했다). 그는 미 대통령으로서 중공(당시)문제에 온 신경을 쏟았다. 키신저의 극비 방중(訪中)에 이어 닉슨 대통령의 중국 공식방문은 일종의 깜짝 쇼처럼 세계를 놀라게 했다. 72년 중공은 미국의 묵인(간접시인) 아래 UN가입이 성취됐다.

닉슨은 또 패전의 불명예를 무릅쓰고 베트남에서 미군 철수를 단행, 월남전 종식을 이룩했다. 월남은 공산화됐지만 일부 정치학자들이 염려했던 도미노현상은 전혀 일어나지 않았다. 닉슨은 국내문제에서도 징병제 완전폐지를 실시했다. 70년대 초반, 아직 미·소 냉전이 한창인 시기였다. 비록 '워터게이트' 사건으로 창피스런 도중하차를 했지만 또 재임중 '리처드 왕조' 운운하는 비판도 받았지만, 정치가 리처드 닉슨의 대통령 재임중 치적을 역사가들은 긍정적으로 평가할 줄 알아야 될 것이다.

닉슨을 이은 제럴드 포드 대통령은 불과 2년 남짓한 재임기간 중 한국을 방문한 일이 있다. 그는 관민 공동주최(한국측) 만찬석상에서 "나는 자동차(미국 포드 사 지칭)와는 아무런 관련이 없는 사람이다"고 조크를 했다는 보도가 기억에 남는다. 포드는 76년 대선에서 '시골뜨기' 주지사(조지아 주)였던 지미 카터에게 패배했다. 카터는 이른바 '인권외교'를 내걸어 정치후진국들의 주목을 받았다. 그 무렵 한국은 '유신헌법' 시대였고(72년 선포) 긴급조치 9호 등으로 독재체제가 더욱 굳혀진 때였다. 한국과 미국과의 '불편한 관계'가 차츰 표면화됐다. 인권문제에 대한 미국의 경고설이 항간에 나돌았고 심지어 미군 전면철수가 수근거려지기도 했다.

카터도 공식 방한했다. 그는 청와대 예방에 앞서 미군부대를 먼저 방문했다. 박·카터 회동 때와 공식만찬회 때는 냉랭한 분위기가 감돌았다. 박대통령의 환영사에 답한 카터는 간접적인 표현으로 한국의 인권개선을 촉구했다.

중대변화가 한국에 나타나기 시작했다. 일부 국민 사이에 반미감정이 일게 된 것이다. 특히 80년 5월의 광주항쟁과 그보다 앞선 12·12사건 등 일부 한국장성들의 국헌문란행위는 국민들로 하여금 우방국가 미국에 대한 신뢰성마저 상실케 했다. 국민은 결코 미국의 내정간섭을 바라는 건 아니었지만 군사독재정권을 용인하는 미국을 의혹에 찬 눈초리로 보기에 이르렀다.

서울을 비롯 부산·광주 그리고 대전·대구 등지에서 미국문화원이 젊은이들에 의해 습격되기도 했다. 전두환 정권의 출현으로 '물밑의 반미감정'은 더욱 확산되는 것 같았다.

81년 초 대통령에 취임한 로널드 레이건은 8년간의 재임기간 중 두 차례 한국을 방문했다. 그의 첫번째 공식방한 때 대통령 전두환은 김포공항까지 마중나가 트랩을 내린 레이건에게 바짝 다가가서 백년지기를 대하는 것처럼 얼싸안는 시늉을 해, 키 큰 레이건을 당혹케 했다. TV 등에서 그 장면을 본 많은 사람들은 레이

건의 반응을 주시했다. '강력한 미국'을 내세우는 레이건은 한국
에 있어 군사정권의 친구일망정 한국국민들 편은 아닌 성싶었다.

조시 부시도 재임중 방한했다. 부시는 국회에서 연설했다. 그는
특별히 한·미간 무역문제에 언급, 미국제품에 대한 관세율 인하
와 수입자유화 그리고 자국 내에서의 한국상품 덤핑행위금지 등
을 언급하면서 필요하면 미국은 대응조치(보복조치)를 택할 수밖
에 없다고 시사했다. 그의 연설은 다소 설교조였다.

지금은 1997년 1월 — 재선된 클린턴 취임식이 막 끝났다. 클린
턴은 이미 두 차례나 방한했다(서울과 제주). 국회에서 연설도 했
다. 그의 '한반도정책'은 미묘하다. 미국의 대북자세가 아리송할
때가 있다. 한반도정책이라기보다 동북아전략이라고 보는 게 옳
지 않을까? 핵폭탄 소유설에서부터 오늘의 '4자회담' 문제에 이르
기까지 북·미간의 공식·비공식 접촉은 이따금 미국의 진의를
의심케 한다.

한 가지 덧붙인다. 지금 대만의 핵폐기물 북한 이전이 심각한
문제로 부각되고 있다. 핵쓰레기는 관리기술 미달이나 취급이 소
홀한 경우 방사능오염으로 1백 년 이상 상당지역의 토양과 수질
이 악화되고 인체에까지 해를 끼치게 된다. 북은 핵폐기물을 휴전
선 인근(황해남도?)에 매장할 방침이라고 한다.

한국에는 3만 8천여 명의 주한미군이 있다. 대부분 서울 북쪽에
주둔하고 있다. 북한이 핵쓰레기 처리장이 돼가는데도 미국은 아
직 아무런 공식반응이 없다. 한국의 입장에서 볼 때 '클린턴' 행
정부는 과연 무엇인가?

〈1997. 1. 23 · 30〉

'아카데미'상 시상행사와 영화 「영국인 환자」

미국의 극장에서 처음 본 영화가 「대부」(代父) 제1편이었다. 74년께로 기억한다. 다음 해던가, 두번째로 본 영화가 「파리에서의 마지막 탱고」였다. 우연의 일치겠지만 둘다 맬런 브랜도 주연의 영화였다.

영화 「대부」는 시작부터 천천히 퍼지는 '트럼펫' 솔로의 구슬픈 소리(그렇게 들렸다)가 인상 깊었다. 영화 도중 가끔 흘러나오는 배경음악들(주로 이탈리아 민요)도 비정한 마피아 세계의 잔혹성과 허무함을 한층 부각시키는 듯했다. 외로운 남녀간의 사랑을 그린 「라스트 탱고」에서는 잠깐 나오는 남녀 주연배우의 알몸 신이 영화의 새롭고 대담한 작풍(作風)을 엿보게 했다.

두 영화에서 맬런 브랜도는 한 해 간격으로 아카데미 남우주연상 후보에 올랐다. 실제 「대부」로 그는 주연 남자배우로 결정됐다. 그런데 막상 그는 시상식에 나타나지 않았다. 영화인들과 팬들이 궁금히 여겼지만 맬런 브랜도는 행방조차 묘연했다. 다음해 「라스트 탱고」로 그는 또다시 남우주연상 후보로 올랐다. 주최측은 전번과 같은 '결석'이 없도록 행사 40여 일 전부터 브랜도를 찾았으나 또한 연락이 닿지 않았다.

　이같은 사실은 심사위원들에게도 알려져 그들은 '오스카' 상을 외면하는 듯한 브랜도의 행동에 자존심이 상했다. 각 부문의 수상 물망에 오른 영화인들도 마찬가지였다. 뿐더러 아카데미상 시상식에 초청된 각계 '유명인사' 나 영화팬들도 은근히 실망했다. 왜 그랬을까? 일부 영화평론가들은 이렇게 해석했다.

　"맬런 브랜도는 시상식장의 들뜬 분위기가 싫었을 것이다. 사치와 겉멋에 가득찬 행사에 아무런 의미가 없다고 보는 것 같다. 오늘날의 오스카상은 상업성에 의해 지배되고 있다. 영화인들의 '영광된 자리' 라기 보다 기업광고주들이 판을 치는(특히 TV 중계) 호화찬란한 축제라는 인상이다. 맬런 브랜도는 영화작품에 대한 평가는 극장에서 관객들이 내릴 일이지 들뜨고 화려한 장소에서 몇몇 심사원들이 결정할 일은 아니라는 생각일 것이다."

　올해 오스카상은 영화 「영국인 환자」가 작품상을 비롯 9개 분야에서 수상했다. 그날의 행사는 예상대로 진행됐다. 행사에 뒤따른 갖가지 호화판 뒷얘기들을 새삼 소개할 건 없다. 다행인 것은 그같은 '북새통' 속에서도 무명의 독립영화사가 제작한 「영국인 환자」가 각광을 받게 됐다는 사실이다.

　그 영화는 하마터면 제작이 불가능할 뻔했다. 배우 선정을 둘러싸고 제작자와 자금지원자(20세기 폭스 사) 사이에 의견대립이 있었다. '알려지지 않은 배우' 기용을 주장하는 제작자에게 흥행성을 중시한 자본주는 소위 '일류배우' 를 고집했다. 끝내 '폭스 사' 와 결별한 제작자는 한 회사로부터 약간의 자금을 지원받았다. 예산이 빠듯해서 출연자들에게 계약금액의 절반밖에 지급하지 못했다고 한다.

　「영국인 환자」는 물 쓰듯 돈을 써가며 만든 영화가 아니다. 그러고도 오늘의 상을 휩쓸다시피했다. 필자 같은 문외한도 멀리서나마 박수를 보내고 싶다. 소신을 굽히지 않는 영화제작자가 있는 한 오스카상은 건재하리라는 생각이 들었다.

사담이지만 영화를 무척 좋아하던 시절이 있었다. 학생 때 특히 그러했다. 중학 2학년 때 겨울철(44년) 담임교사 지시로 땔감을 구하러 장충동 어느 산에서 나무를 베서 각자 2인 한 조로 질질 끌며 학교로 돌아오다가 단성사 앞에서 영화 광고간판(「몽테크리스토 백작」·알렉상드르 뒤마 원작)을 보고는 '엣다 모르겠다' 하고는 나무를 길가에 팽개치고 급우와 함께 극장으로 들어간 일도 있다(다음날 일본인 담임교사한테 매맞고 벌을 섰지만).

해방이 되자 그간 적성(敵性)국가 영화라고 상영금지되던 외국 영화들이 쏟아져 들어왔다. 대부분 프랑스 영화였고 일어자막이 그대로 나오기도 했다.

성격배우 장 가뱅이 출연한 「망향」「우리 친구들」 등은 지금도 기억에 남는다. 그가 출연하는 영화들은 어둡고 허무한 밑바닥 사회를 그려내는 것들이었다. 한가닥 희망을 안고 일어서 보려다가도 사회의 두터운 벽에 부딪쳐 끝내 좌절되고 만다는 스토리들이었다. 그밖에 그 무렵엔 「무도회의 수첩」「갓난아기」「자유는 우리에게」 등이 영화애호가들 입에 오르내렸다. 그후 전위적 영화를 만든 감독 장 콕토와 장 마레 콤비의 새로운 수법의 작품들(「미녀와 야수」 등)이 화제거리였다.

직장인이 되고부터 극장출입이 뜸해졌으나 그런 중에도 「우리 생애 최고의 해」「지상에서 영원으로」「젊은 사자들」 같은 미국영화를 보게 됐다.

한 가지 질색인 것은 이른바 '음악영화', 대화를 나누던 주연배우들이 갑자기 노래하는 것이 왠지 자연스럽게 받아들여지지 않았다. 재미나게 본 음악영화는 「7인의 신부」였다. 30대 들어서자 명작이고 감상이고 그런 골치 아픈 것보다는 007시리즈 같은 영화를 가까이 했다. 긴장의 연속인 직업 탓인지 모른다. 그러다 어쩌다가 보게 된 「러브 스토리」는 오랜만에 영화의 신선미 같은 것을 맛보게 해줬다.

영화는 본래 미국의 3대산업 중의 하나다. 서부영화나 월트 디즈니 영화는 미국의 특색이지만 오늘의 영화들은 줄거리도 무대도 '세계화' 된 느낌이다.

훌륭한 영화란 제작자, 감독을 비롯 원작에서 음향효과에 이르기까지 모든 분야가 하나가 될 때 비로소 완성된다. 영화 「잉글리시 페이션트」는 그것을 입증해 주었다.

〈1997. 4. 10〉

장난이 심했던 중학 시절
─ 어쩌다 생각난 일들

지난 주 필자의 칼럼에서 영화얘기를 했더니 몇몇 지인들이 웃음 섞인 반응을 보였다. 중학시절 영화구경 끝에 담임교사한테 매 맞고 벌을 섰다는 것이 꽤나 재미났던 모양이다.

"거, 아주 불량학생이었던 게로군. 학생 신분에 영화관 출입이라니, 선생님한테 매 맞아 싸지. 핫핫!" ─ 보아하니 그들 역시 왕년에 극장깨나 들락거렸음직하다. 그들이 굳이 필자의 비행(?)을 화제삼는 것은 그들에게도 비슷한 과거가 있는 때문이 아닐까 싶었다. 괜스레 필자도 유쾌한 기분이었다.

그때 일을 좀더 얘기해본다. 사실은 급우와 미리 짜낸 적당한 구실이 없었던 건 아니다. 예상했던 대로 다음날 아침 담임교사는 우리를 교직원실로 호출했다. 대뜸 "너희들, 어제 오후 점호 때 보이지 않았다. 이유가 뭐냐!" 심상치 않은 눈초리로 물었다.

약 155cm의 작은 키인 '호리우치' 선생(九州帝大 출신)은 평소 온화하고 겸손한 성격의 소유자다. 예절이 바른 데도 있다. 언젠가 그의 가정에 상사(喪事)가 나서(어린 딸 사망) 학우들이 신당동 집에 문상을 갔을 때 선생 내외는 정좌한 자세로 우리를 맞이

했고 돌아갈 때는 문밖까지 나와서 "일부러 와주셔서 감사합니다" 하고 깊이 머리 숙여 정중히 인사했다.

사람됨이 그러한데 그가 지금 성난 말투로 "왜 학교로 돌아오지 않았느냐. 나무(땔감)는 어쨌느냐" 다그쳐 묻고 있다.

"실은……." 꺼질 듯한 목소리로 먼저 필자가 입을 열었다. 몹시 죄송해하는 얼굴이었을 것이다. "……가나야 군(급우)과 학교로 오는 도중 종로 5가 근처에서 웬 아주머니가 길가에 쭈그리고 앉은 채 신음하고 있었어요. 어디 편찮은지 물어도 대답을 못하리만큼 고통스러워했고……." — 가나야 군이 말을 이었다. "틀림없는 '급성맹장염' 같아 저희들은 병원을 찾으려고 허둥댔지만 어디 있는지 알 수가 없어서……결국은 근처 상점주인의 도움을 청해 그 사람 가게 안으로 옮기고 그집 아주머니가 의사를 부르기로 했는데, 그런 저런 일로 밖은 어느 새 어두워지고……그래서 하는 수 없이 각자 집으로 돌아갈 수밖에 없었습니다. 길가에 놔둔 나무는 누가 갖고 갔는지 제자리에 없었습니다."— 필자와 급우는 더듬더듬 그러나 막힘없이 '각본' 대로 얘기해나갔다.

교사는 의자에 앉은 채 잠자코 듣고 있었다. 그는 이윽고 "그럴 때는 파출소에 연락하는 게 빠른 방법이다. 그 아주머니 혹시 출산 진통은 아니었는지……." 진통 운운은 무슨 소린지 몰랐으나 (경험?이 없어서) 아무튼 교사는 우리의 '다급한 사정'을 이해하는 것 같았다. 이해는 곧 용서(Understanding is Forgiving) — 예상밖의 '거뜬한 효과'에 두 너구리소년들은 내심 안도의 한숨을 내쉬었다.

게까진 좋았다. 그런데 그만 실수를 저지르고 말았다. 사람이란 긴장하면 도리어 웃음이 날 때가 있나보다. 우리는 웃음을 참느라 이를 악물고 입술을 깨물기까지 했다. 나란히 서 있던 우리는 교사 몰래 서로를 발로 툭 치기도 하고 엉덩이를 살짝 꼬집기도 했다. "선생님, 저희가 잘못했습니다. 용서해주세요." 이상한 억양으로 사과할 때의 우리 얼굴은 쭈글쭈글 괴상망측했을 것이다.

이상히 여긴 교사가 드디어 눈치챘다. "이놈들이! 너희들 거짓말했구나!" 교사는 다짜고짜 학생출석부(길이 50, 폭 20, 두께 2.5cm 가량)로 두 너구리의 목과 어깨 언저리를 마구 때렸다. 온순한 사람이 성을 내니까 무서웠다. "선생님, 거짓말 아녜요, 정말입니다." 매를 맞으면서도 우리는 연방 '변명' 했다.

우리는 실컷 매를 맞고도 교직원실 모퉁이 마룻바닥에 오전 내내 무릎을 꿇고 앉아 있어야 했다. 12시 사이렌과 함께 풀려난 우리는 교실로 돌아왔다. 때마침 점심시간의 학우들은 어떻게 알았는지 손뼉을 치고 웃어대며 "야, 맹장염 아주머니 어떻게 됐냐? 문병 가보라"고 놀렸다. 싱거운 녀석들. 우리는 시무룩한 얼굴로 제자리에 앉아 가방 속 도시락을 꺼내 밥을 먹기 시작했다.

지금 생각하면 그 무렵 우리들은 조숙한 장난꾸러기들이었다.

이런 일도 있었다. 일어 문법담당의 '니시카와' 교사는 매서운 사람이었다. 수업중에 한눈을 팔거나 옆자리 학생과 잡담(작은 소리로)하다 들키면 그 학생은 그 선생 시간만큼은 맨 앞줄 학생과 자리를 바꿔 앉아야 했다. 어느 날 형용사·부사의 연결을 가르치던 '니시카와' 는 한 학생에게 예문을 들어보라 했다.

학생은 잠시 머뭇거린 후 "선생님 얼굴은 꽃처럼(부사) 아름답다(형용사)"고 했다. 교실 여기저기서 '억누른 웃음소리' 가 났다. 교사는 "뭐라고?" 하며 학생 얼굴을 빤히 쳐다봤다. '니시카와' 교사는 누가 봐도 험상이다. 결국 그 학생은 '멋진' 예문을 작성하고도 선생을 놀렸다는 오해(는 아니었겠지만)를 받고 교편(회초리) 몇 대를 맞고 앞줄 자리로 옮겨야 했다.

'이토'라는 젊은 교사(화학 담당)가 결혼했다. 신부도 모여중 교사, 이름이 하루코(春子)였다. 신혼여행에서 돌아온 교사는 별일 없었다는 듯 '시치미를 떼고' 수업을 시작했다. 제법 말끔한 옷차림이었다(그래야 국방색, 소위 국민복이지만).

뒤돌아서서 흑판에 H_2O니 H_2SO_4니 귀찮은(학생들로선) 방정식을 쓰고 있을 때 별안간 교실 한구석에서 "하루코!" 하는 큰소리가 터져나왔다. 그러자 다른 쪽에서 "하야쿠 누간카"(빨리 벗어!) 하는 소리가 들렸다. 홱 돌아선 교사는 약간 벌개진 얼굴로 "누구야! 누가 그랬느냐!" 하며 소리난 쪽 학생들에게 다가갔다.

교사는 장난꾸러기들의 놀림을 예견했던지 미리 갖고온 '시나이'(竹刀)로 닥치는 대로 주변 학생들 어깨를 때렸다. 맞은 학생들은 아픈 시늉을 했지만 실은 그다지 아픈 것은 아니었다. 왜냐하면 학생들은 '시나이' 세례에 대비해 미리 저고리 안 어깨 부분에 두툼한 책을 끼워놨기 때문이었다.

장난기 많은 시절이었다.

〈1997. 4. 17〉

아름답고 추하고 화려하고 외로웠던……
— 세기의 여인이 남기고 떠난 것들

　'다이애나' 비 장례식은 끝났다. 그날 영구차가 지나가는 길가는 고별인사를 하려는 수많은 군중들로 꽉 찼다. 짧은 생애였지만 '다이애나'는 '세기의 여인'이었다.

　고인을 추도하는 TV·신문들을 볼 때 왠지 고(故) '재클린 케네디' 여인이 떠올랐다(정확히는 '재클린 케네디 오나시스'겠지만……).

　왜 '재키'였나? '다이애나'와 '재키'는 살아온 시대가 다르고 걸어온 발자취도 다르다. 세상을 떠날 때의 마지막 모습도 각자 다르다.

　그런데도 '재키'가 연상됐다. 어딘가 공통점이 있는 것 같아서였다. '재클린 케네디'를 얘기해 본다.

　'J.F. 케네디'가 60년 11월 대선에서 승리하자 '케네디' 못지않게 세계의 시선을 모은 것은 그의 아내 '재클린'이었다. 지성과 품위를 갖춘 젊은 그녀의 일거일동은 뉴스가 돼 사람들을 매료시켰다. 어느 해던가 미국을 공식 방문중인 프랑스의 '샤를 드골' 대통령은 귀국 후 "미국에 부러운 것이 꼭 한 가지 있었다. '재클

린' 여사다"라고 능청스런 한마디를 해, 미국과 프랑스 두 나라
국민들의 박수갈채를 받기도 했다.

그 무렵 많은 미국인들은 직장과 사무실에 '재키'의 사진을 벽
에 걸어놓고 있었다. '재키'는 그만큼 일반의 사랑을 받았다. 사
람들은 그녀를 동화 속의 공주를 보듯 아끼며 자랑했고 '케네디'
의 뉴프런티어 정신과 더불어 미국의 앞날에 꿈을 갖게 됐다.

63년 가을 '케네디'는 암살자의 흉탄으로 피살됐다. 전세계가
놀랐다. 장례식날 세계의 시선은 검은 상복·검은 베일의 '재클
린'에게 쏠렸다. '재키'는 슬픔을 삼키듯 고개를 숙인 채 영구차
뒤를 따라 국립묘지로 향했다. 길가 사람들은 그녀의 가슴 속을
헤아려 소리없이 눈물지었다.

'재클린'의 비운은 이에서 끝나지 않았다. 남편을 잃은 지 4년
남짓 이번에는 시동생 '로버트 케네디'마저 흉탄에 쓰러졌다.
'민주당'의 유력한 대선 후보 주자였던 '로버트'는 LA에서 연설
도중 암살당하고 만 것이다 잇따른 '케네디'가의 비극에 미국민
들은 분노했다. Shame on you!의 소리가 미 전역에 일었다. 민
주주의를 짓밟는 암살행위는 미국 사회의 수치라고 모두들 분개
했다.

'재키'는 그래도 침묵을 지킬 뿐이었다. 시동생 '로버트'는 생
전의 남편이 누구보다도 신임했던 사람이었다. 부정과 불의와 타
협을 모르는 착한 시동생이었다.

몇 해 후 — 갑자기 '재키'의 재혼이 세상에 알려졌다. 결혼상
대는 그리스의 선박왕이자 나이 많은 '오나시스' — 아무리 봐도
두 사람의 결합은 어울리지 않는 것 같았다.

사람들은 심한 충격을 받았다. 미국의 자존심을 실추시켰다고
분개했다. 사무실에 걸었던 '재키' 사진을 당장 치워버린 사람

이 속출했고, 사진을 그냥 두되 거꾸로 걸어 매달아놓은 사람도
있었다.

'재키'는 왜 그같은 길을 택했을까?

일부 심리학자들은 부성애(父性愛)에 굶주린 탓이라고 분석했
다. 일찍 아버지를 여읜 그녀는 어려서부터 아버지 같은 따뜻한
품을 그리워했다는 것이다. 그런가 하면 다른 한쪽에선 '재키'야
말로 미국사회로부터 배신당한 사람이며, 때문에 위선과 가식에
가득찬 현실사회에 도전장을 내민 것이라고 보는 이들도 있었다.
실의 끝에 등을 돌려버리게 됐다는 해석이었다.

현실사회에 대한 도전 — 그것은 외롭고 힘겨운 싸움이었을 것
이다. 그렇긴 해도 사회의 온갖 규범과 인습에 반항하는 한 인간
의, 한 여성의 모습을 엿볼 수 있었다. '재키'는 세상이 상식으로
믿는 것들을 벗어나는 길을 택했다. 그녀의 행동은 '수신교과서'
적인 것은 아니었다.

바로 거기에 '다이애나'와 '재클린'의 유사점이 있다. 한 나라
의 왕세자비로서 또는 대통령의 미망인으로서 그녀들은 관습과
전통에 어긋나는 '몰상식' 때문에 문제여성으로 지목되기도 했
다. 어쩌면 그녀들은 현대판 '노라'였는지 모른다. 극작가 '입센'
(Henrik Ibsen · 노르웨이 태생 · 1828-1906)의 작품『인형의 집』
에 나오는 '노라'는 자신에 대한 남편과 주위의 사랑이 알고보니
인형을 대하듯 했을 뿐인 것을 깨닫게 되자 집을 뛰쳐나와 남편
곁을 떠나버린다.

사담이지만 — 필자의 중고교 시절 그때의 남학생들은 뭘 좀 아
는 체하느라 여학생 친구들에게『인형의 집』·『테스』(토머스 하
디 작) ·『여자의 일생』(모파상 작) 등을 꼭 읽어보라고 권했었다.

작품 속의 여인들은 성격도 생애도 다르지만 제각기 하나의 '여

인상'을 그려내고 있었다. 그러나 지금 생각하면 그 당시에 이미 '다이애나'와 '재키' 같은 여성들이 있었더라면 그 작품들은 화제의 대상도 되지 않았을 것 같다.

　세상은 많이 변했다. 여성의 사회적 지위도 향상돼 가고 있다.

　'다이애나'와 '재클린'의 한평생이 옳았는지 틀렸는지는 사람 나름으로 평가도 달라질 것이다. '재키'가 남편과 시동생의 사별 후 부자노인에게 시집간 일이나, '다이애나'가 '찰스' 황태자와 이혼 후 왕세자비답지 않은 자유분방한 사생활을 가진 일이나, 선뜻 뭐라고 말할 수가 없다.

　이 세상엔 그녀들의 행동에 이해의 여지가 있다고 보는 사람들도 적지 않다. 두 여인은 나름대로 그 시대 그 사회의 규범과 속박에서 벗어나고 싶었을 것이라고 보는 것이다. 어쩌면 그녀들은 이따금 허전한 심경에 빠질 때도 있지 않았을까?

　'다이애나'는 갔다. '재키'도 몇 해 전에 갔다.

　그녀들의 생애는 — 아름답고 추하고 화려하고 외로웠던, 지극히 인간적인 것이 아니었나 싶기도 하다.

〈1997. 9. 11〉

제2부
멀리서 본 고국

전직 대통령과 비자금
— 잘도 집어삼켜댔네(1)

전직 대통령 '리처드 닉슨'은 취임 후 2년도 못 가서 그의 '러 닝 메이트'이자 부통령이던 '애그뉴'를 자리에서 물러나게 했다. '애그뉴'의 과거 1만 달러 미만의 탈세 사실이 탄로났던 것이다.

한국의 정치인들이나 고위 공직자·기업인이라면 아마도 "거, 뭐, 그 정도 가지고……" 했을지 모른다.

'빌 클린턴' 대통령 내외는 아칸소 주지사 당시 구린 짓을 한 것 같다 해서 이따금 의회윤리위원회에서 떠들썩하다. 소문에 오 르내리는 '액수'는 2, 30만 달러선을 넘지 않는다.

한국의 대통령직이란 참 '희한한 자리'인 것 같다. 5년 또는 7 년(전두환) 집권기간 동안 돈을 마음대로 주물럭거릴 수 있나보 다. 두 달 전 서모 전총무처장관이 느닷없이 전직 대통령의 4천억 원 비자금 은닉설을 사석(私席)에서 터뜨려 화제를 불러일으켰다. 사람들은 크게 놀라면서도 "설마 그렇게까지는……" 하며 반신반 의했다. 국내언론들도 미심쩍은 투의 보도들을 했다. 서모가 현 대통령의 측근이라 해서 정치성을 띤 '근거없는 무책임한 사담(私 談)'처럼 돌리는 기사도 있었다.

　그랬던 것이 이번에는 사석이 아닌 국회 본회의 석상에서 야당
(민주당)의원 발언을 통해 공개적으로 터져나왔다. 막연한 폭로성
이 아닌 구체적인 내용이 담겨 있었다. 여·야는 물론 언론들도
벌집을 쑤셔놓은 듯 온통 떠들썩해졌다.

　4천억 원 — 큰 돈일 것이다. '것이다'라는 건 필자 역시 얼마만
큼의 돈인지 짐작이 안 가기 때문이다. 달러로 환산하면(780 대 1
로) 5억 1천 달러가 된다. 5억 달러가 얼마만한 것인지도 잘 모르
지만 아마 그 정도의 현찰을 지녔다면 세계 어디서나 재산가축에
들 것이다.

　박계동 의원 발언 직후 노태우 전직 대통령측은 "명예훼손으로
고소할 준비를 하겠다"고 으름장을 놓았다. 그런 지 며칠 못 가서
이모 전직 경호실장의 입을 통해 그가 노씨 의향대로 4개의 가
명·차명 은행계좌에 4백85억 원을 입금시킨 일이 있고 아직도 3
백60억 원이 남아 있다는 사실이 밝혀졌다. 이모는 "그밖에 또 다
른 비자금이 있는지 나는 모른다"고 했다.

　노태우 씨의 얼굴을 다시 보게 된다. 한 가지 기억나는 일이 있
다. 몇 해 전 그 사람의 외동딸과 그녀의 남편 최모가 19만여 달
러의 미화를 밀반입하려다 이곳 세관당국에 적발되어서 구설수에
올랐다. 지금 생각해도 알다가도 모를 일이다. 전직 대통령의 딸
과 국내 10대 기업주의 맏아들인 그들 내외라면 '그까짓 푼돈'쯤
어렵지 않게 들여올 방법이 많을 텐데, 왜 굳이 양쪽 집안에 망신
살을 뻗히면서까지 그 짓이었는지 그거야말로 '미스테리'가 아닐
수 없다.

　잠깐 전모 전직 대통령에게 눈길을 돌려보자. 그자는 집권기간
중 퇴직장관이나 퇴역장성에게 적게는 1억 많게는 5억 원이 넘는
'전별금'을 주었다고 한다. 그가 떵떵거리던 시절 그자의 형제

들·장인·처남·동서까지 모두들 한 재산을 챙겼다고 한다. 전모 내외는 한동안 시골 절간에서 '고생'하는 것 같더니 서울에 돌아오자 여전히 연희동 '저택'에 도사리면서 어떤 때는 가족들·측근들·수행원 등 수십 명을 거느리고 제주에서 일류호텔이니 골프니 해서 말썽이다. 그러고도 최근에는 재기한답시고 정당을 꾸민다던가 그래서 동생인가 아들을 총선에 입후보시킨다는 소문이 나돈다.

어떻게 된 나라, 어떻게 된 사람들인가. 여기서 말하는 사람들이란 '전'이나 '노'가 아닌 바로 국민들을 말하는 거다. '전·노' 같은 자들이 아직도 행세할 수 있게끔 된 데에는 다름 아닌 우리 국민들에게도 책임의 일단이 있지 않겠는가? 전직 경호실장의 실토로 일부나마 노태우의 은닉자금 사실이 확인되자 신문·TV는 "국민들은 경악과 분노에 차 있다"고 했다. 얼마만큼 국민이 경악했는지, 언론이 그렇게 표현해본 건지, 어지간히 감각이 무딘 세상이라는 느낌이 든다.

또 다른 소문이 있다. 달포 전 서울의 한 친구(언론인)로부터 '괴상한 얘기'를 들었다. 전직 대통령의 비자금설이 한창 떠들썩하지만 머지않아 보다 충격적인 '진상'이 터져나올 것이라는 것이다. 뭐가 충격적인 사실인가 했더니 검은 비자금은 실인즉 야당의 어느 인사와도 직접·간접의 관련이 있다는 것이다. 그 사람들에게도 최소한 백억 단위의 정치자금이 흘러들어갔다는 것이다. 예전에는 '야당지도자' 하면 으레 고생하는 사람인 줄 알았는데 요즘 세상에서는 그쪽도 집권자 부럽지 않은 막대한 돈을 은닉해 오고 있다는 건가?

믿고 싶지 않은 얘기였다. 사실이라면 너무나 암담한 얘기가 되지 않겠는가. 그렇지 않아도 서울과 몇몇 지방에서 '교육위원'이나 '지방위원' 입후보자들이 당선보장을 얻기 위해 몇백만 원씩인가를 모야당에 헌납했다 해서 말썽이었다. 최근에는 어느 지방시장이 선거기간에 돈을 뿌렸다거나 시장 취임 후 큰 공사를 자기소유회사에 낙찰케 했다 해서 구속됐다. 그뿐 아니라 두 명의 국회의원도 돈에 얽힌 혐의로 구속됐다.

그때마다 그 정당은 표적수사라고 검찰수사를 비난했다. 그러나 이에 대한 일반의 반응은 좀 엇갈리는 것 같다. 문제는 혐의내용이 사실무근이라는 것을 증명하는 데 있지 표적수사 운운은 그 다음에 따져볼 일이라고 생각하는 것이다.

그 정당 말처럼 혐의사실이 일방적으로 조작된 것이라면 검찰은 실로 엄청난 탈선을 저지른 셈이 되고, 만에 하나 구속된 사람들의 혐의가 사실로 판명된다면 그 정당이 하는 소리를 국민들은 어떻게 들어야 할 것인가?

〈1995. 10. 26〉

도둑촌의 후예들
— 잘도 집어삼켜댔네(2)

그는 늘 '보통사람'임을 자처했다.

대통령선거 때는 국민들 앞에서, 이임할 때는 연희동 주민들 앞에서 "보통사람이 보통사람들 곁으로 돌아온다"고 했다. 대통령 재임중 그는 "나를 믿어주세요"라고 했다. 또 어느 땐가는 '브리프케이스'를 손수 들고 다니기도 했다. '평범한 대통령'이라는 인상을 잔뜩 풍겨댔다.

이제사 그의 정체가 벗겨지고 있다. 그는 보통사람도 믿어줄 사람도 아니었다. 언론이 추켜세운 '브리프케이스' 속에는 위선과 가면의 소도구들이 가득찼었을 뿐이다.

60년대 중반 대통령 박정희는 조모 상가(喪家)에 불쑥 나타났다. 비행기(세스나)사고로 추락사한 고인은 이른바 5·16거사 주체세력(8기생)의 한 사람이자 박대통령의 충실한 추종자였다. 상가 객실에 앉으면서 대통령은 내심 놀랐다. 집이 너무나 호화롭고 사치스러웠던 것이다. 전보다 좀 팔자가 나아졌으려니 했어도 설마 그 정도까지 호강을 누린 줄은 박씨도 미처 몰랐었다.

한동안 서울시민들은 한남동 외인주택 주변의 신흥주택지를 가리켜 '도둑촌'이라고 수군거렸다. 새로 지었거나 증축을 한 주택들(대개 2층 양옥)은 한마디로 으리으리한 집들이었다. 철벽 같은 대문에는 당시로는 보기 힘든 인터폰이 부착돼 있고 차고는 으레 자동 개폐장치였다. 뿐더러 화사하게 가꾸어진 마당에는 풀이 있고 집안에는 '에스컬레이터'까지 있다는 거짓말 같은 귓속말이 나돌았다. 대문 옆에 '경비초소'를 설치한 집도 있었다.

어떤 사람들이 주인이었나? 거의가 권력주변의 '주체세력'이란 자들이거나 그들과 밀착해서 손쉽게 떼돈을 벌게 된 벼락부자들이었다. 그 무렵 경호실장 박모는 자기집 대지를 넓히느라고 허름한 인접 가옥들을 시가의 몇 배로 사들여 복덕방 사람들을 놀라게도 했다.

상가에서 돌아온 박대통령은 '혁명동지'들의 생활실태를 내밀히 조사 보고토록 측근에게 지시했다. 한두 달 지나서 조사결과가 보고됐으나 그 내용이 과연 완벽하고 신빙성이 있는 건지, 특히 '고의적인 누락'은 없었는지 대통령 자신도 의문을 느꼈을 것이다. 측근에 지시했지만 측근이라야 비서실이나 경호실 소속 직원들이었을 테고, 그들의 직속상사인 이모, 박모야말로 가장 먼저 조사대상에 올라야 할 사람들이 아니었겠는가.

이런 얘기를 당사자한테 직접 들은 일이 있다. 내무부의 한 고위직 인사가 업무보고차 청와대에 갔었다. 그때 대통령 집무실에는 '각하'와 박경호실장이 있었다. 마침 무슨 얘기 끝인지 박실장은 꽤나 성난 어조로 "제가 어디 제자신을 위해서 쓴 겁니까!" 하고는 '꽝' 문을 닫고 나가버렸다. 짐작컨대 경호실 경비 과다지출로 대통령이 꾸중을 한 것 같은데 경호실장의 버르장머리 없는 행동에 '각하'가 아무 소리 안 하는 게 이상하게 여겨졌다는 게 훗날 그 사람의 말이었다. '피스톨 박'은 육여사 저격사건 후에야

자리에서 물러나게 됐다.

5·16 몇 해 후 집권주체간의 대립이 차츰 표면화될 즈음 그들 중 몇몇 사람들은 걸핏하면 "시골 가서 농사나 짓겠다"는 말을 했다. 무슨 '울분'이 쌓인 듯 내뱉는 말투였다. 상대방에 대한 욕지거리도 나왔다. 그들은 밤마다 요정에서 어울렸고 때로는 저들끼리 권총을 빼들고 너 죽고 나 죽자 하는 치태(稚態)를 벌이기도 했다. 그런 끝에 나오는 소리가 시골 가서 농사 운운이었다. X수작 같은 짓들이었다.

농사를 뭘로 알고 그 따위 소리 함부로 지껄이는 건가. 농지(農地)와 하늘(날씨) 그리고 농우(農牛)에만 의존하고 살아온 농민들인데 네놈들이 그 틈에 끼여 살겠다는 거냐 — 분노가 치밀었다.

하긴 그자들에게 땅은 있었다. 얼마든지 토지를 주물럭거릴 수 있지 않았던가. '어떤 자는 충남 서산 주변에 2백여만 평의 토지를 손에 넣었고(태반이 산비탈에 위치한 땅이라고 훗날 변명) 제주에는 목장인가 밀감밭인가를 개척한다는 판이었다. 비단 그자뿐 아니라 그밖의 일부 '주체세력'이란 자들도 토지건 가옥이건 마음대로 집어삼켜대는 판국이었다. 세상이 그 모양으로 변해갔다. 이른바 '한탕주의' 풍조는 그때 이미 싹트기 시작했다. '도둑촌'이 형성됐다 해서 하나도 이상할 것 없는 세태였다.

그로부터 30년의 세월이 흘러갔다. 나라의 권력은 '전·노' 등 총칼을 쥔 자들로 이어졌다. 그자들은 누구인가? 바로 '도둑촌'의 후예들이었다.

마구 터져나온다. 4천억도 상상을 넘는 액수인 줄 알았더니, 노씨 자신이 5천억이라고 '실토'했다. 실토했다지만 사람들은 그 이상일지도 모른다고 생각하는 분위기이다. 7천억 심지어 1조 원에 이를 것이라는 보도도 나오고 있다. '스위스' 은행이니 방대한 부동산 소유니 하는 기사도 눈에 띈다.

　몇 가지 하고 싶은 말이 있다. 첫째는 언론 ― 언론은 이제사 취재에 열을 내기 시작한 것인가? 아니면 풍문따라 항설(巷說)따라 허둥지둥 떠들썩하는 건가. 8월 초 서모 전직장관의 발설 이후 그동안 언론은 뭘 하고 있었나? 능동적인 취재 한번 제대로 해보았던가.

　또 있다. 그간 베이징(北京)에 머물렀던 그 사람 ― 아무런 조건도 없다기에, 단순한 '위로금'이라기에 20억을 받았다고 했다. 말이 된다고 생각하는 건가. 노태우가 과거 어떤 길을 거쳐온 자던가.

　그자의 돈을 받다니……세월 탓인가, 사람 탓인가 ?

〈1995. 10. 31〉

고국 기자들에게 하고 싶은 말
― 잘도 집어삼켜댔네(3)

 50년대 말에서 60년대 초반 사이 서울의 주요신문들은 하루 두 번 조·석간을 발행했다. 곧바로 출입처로 '출근'하는 취재기자들, 특히 경찰이나 검찰 등 사건부서 담당기자들은 며칠씩 귀가를 거르는 것쯤 예사로웠다. 모처럼 집에서 잠을 깨어보니 내 자식은 어느 새 유치원생이더라는 '슬픈 농담'이 나올 정도였다.

 지난번 서울에서 D신문사를 방문했다. 서대문의 신축사옥이었다. 필자 자신 믿을 수 없지만 신사옥이건 구사옥이건 D사를 찾은 건 21년 만이었다. 그동안 안 찾았던 이유는 오직 하나, 옛 추억이 한꺼번에 밀어닥칠까봐서였다. 그래서 H이사(옛 동료)가 편집국에 안내하겠다는 것도 굳이 사양했다. 그날 새로운 사실도 알게 됐다. 오늘의 편집국 인원이 무려 3백 명 안팎이라는 사실이었다.

 흔히 요즘 기자들은 '단순한 월급쟁이' 또는 '평범한 가정인'과 같다고 한다. 실인즉 필자 재직시에도 그런 말은 들렸었다. 64, 5년께 다시 단간제(單刊制)로 되돌아간 때였다. 하루 아침, 저녁 두 차례 발행됐던 신문이 한 번으로 줄었으니 그만큼 기자들의 자기 시간도 늘어난 셈일 텐데, 그래도 당시의 기자 초년생들은 같은 또래 타사 친구들에 비해 '고된 직업'이라는 푸념이었다. 젊은 기자들의 '월급쟁이' '가정중심' 현상을 나무랄 것은 없다. 그것은 하나의 시대적 추세가 아니겠는가. 오랜만에 집에 들어간다거나 가장으로서의 위치를 잊을 지경이라는 건 결코 자랑거리가 될 수 없다. 기자도 직업인이자 가정인이다. 월급이나 보너스에 신경을 쓰는 건 '당연한 일'일 것이다.

H형은 기자들의 봉급수준도 들려주었다. 상당한 액수들이었다. 본래 D사는 1류 기업 못지 않은 봉급수준이었지만 오늘날에는 대부분의 한국 TV · 신문사들이 모두들 충분한 대우를 한다는 것이었다.

지금 고국에선 나라가 온통 뒤집힐 것 같은 큰 사건이 연이어 터져나오고 있다. '검은 안개'에 가리었던 부정부패의 정체가 조금씩 드러나기 시작하고 있다. 권력이나 정치인들 주변이 얼마나 추악한지 새삼 국민들을 놀라게 하고 있다. 언론들은 연일 이에 관한 기사 일색이다.

'흑막'의 규모로 보아 정치부 · 사회부 · 경제부 모두가 총력 취재 태세를 갖추는 건 당연한 일일 것이다. 그런데 ― 그런 기사들을 볼 때마다 어딘가 석연치 않고 납득하기 어려운 대목이 있다.

전직 대통령의 4천억 원 비자금설이 나돈 것은 지난 8월 초 서모 전장관의 발설에서 비롯된다. '국가적 대사건' 같은 내용이었다. 기자라면 그만한 취재대상이 또 어디 있겠는가. 귀가 번쩍했음직하다. 그러나 그때 기자들의 취재는 미흡했다. 알맹이 없는 코걸이 귀걸이 같은 기사가 자주 눈에 띄었다.

첫째 서모 발설 후 두 달 반이 지나도록, 다시 말해 박계동 야당 의원의 국회 발언이 있기까지 언론들은 뭘 하고 있었던가. 서모 전직장관 발설 때 잠깐 떠들썩하더니 결국은 흐지부지. 도리어

'정치적 복선'이 깔린 무책임하고 근거없는 '말장난' 정도인 것처럼 넘겨버렸다. 그러다가 박의원 발언이 터져나오자 다시 허둥대기 시작했다. 그게 기자 본연의 자세이던가. 박의원 발언이 없었다면 흐지부지 넘겨버렸을 것이라는 얘기밖에 되지 않는다.

또 최근의 기사 내용들, 그게 뭔가? 왜 그토록 '……하다는 견해가 지배적이다' '……할 것이라는 설이 유력하게 대두하고 있다'는 식의 기사투성이인가. 그것도 기사라고 써대는 건가. '견해'이건 '분석'이건 '설'이건 그건 바로 기자들 자신의 '편안한' 분석, 견해가 아니던가?

정계에서 그런 견해나 분석 또는, 알맹이 없는 '설'이 나돌고 있다면 곧바로 그걸 취재하고 파헤쳐보는 게 기자들 할 일이 아니겠는가. 파헤쳐보는 직업의식도 없는 주제에 어째서 감히 '그런 설이 돌고 있다'는 안이한 기사를 독자들 앞에 내놓는가. 낯 뜨겁다고 생각되지 않던가. 정당이나 국회 출입한답시고 이 사람 저 사람 발언이나 발설 때마다 내용의 진부(眞否)도 알아보지 않고 마구 기사화하는 게 기자들의 할일이던가.

서울 주재 한 일본 특파원은 "한국 언론들의 보도는 대부분 추측인 것 같다"면서 "일본에서 그런 식으로 보도를 했다간 명예훼손 소송대상이 된다"고 말했다. 때문에 "한국언론의 보도내용은 따르기 어렵다"는 것이다.

TV 드라마 「모래시계」에 등장했던 한 '여기자'가 생각난다. 얼마나 기자다운 기자였던가. 비록 극중의 인물이었지만, 그녀의 기자정신에 몇 번인가 눈시울이 뜨거워졌었다. 필자 자신 과거 검찰 출입경험이 있기에, 혹은 국장이나 부장과 다투어본 일도 있기에 실감이 났다.

기자라면 누구나 '발로 뛰라'는 말을 들었을 것이다. '설' 따위를 쓰라고 한 선배는 하나도 없었을 것이다. 오늘의 기자들, 특히 정치부 기자들 어째 그 모양들인가. 단순한 봉급자화, 가정인화가 됐기 때문인가? 말이 안된다.

닉슨 전대통령을 끝내 자리에서 물러나게 한 W신문사의 두 기자를 생각해보라. 일본의 전수상 다나카를 기어코 수감(收監)케 한 '프리랜서' 기자를 생각해보라. 그들도 월급쟁이나 다름없었다. 월급쟁이였지만 기자들이었다. 기자였기에 그들은 발로 뛰며 악착같이 물고 늘어지는 직업의식에 투철하였다. 기자란 그래야 한다.

〈1995. 11. 2〉

3김씨, 뭘 어쩌자는 겁니까
— 잘도 집어삼켜댔네(4)

노태우도 전두환도 결국 그자들은 그런 자들이었다.

국민이야 이제사 알게 됐지만 그러나 훨씬 전부터 알았어야 할 사람들이 있다. 아니 알고 있었을지 모른다.

3김씨 — 여러분은 지금 뭘 하고 있는 건가. 서로 물어 뜯고 흠 잡기에 나날을 소모하고 있다. 당신들의 졸개들은 연일 누구는 돈을 덜 받았느니, 누구는 더 받았느니 여·야간에 난장판 수작에만 골몰하고 있다.

그 사람들이 정치가인가. 나라살림을 맡을 사람들인가. 무엇을 위해 그짓들인가. 나라는 당신들의 정치 놀이터가 아니다.

5·16 얼마 후 육군소장 박정희는 한 사석에서 거사(擧事)의 동기를 이렇게 말했다. "그 사람들과 신문들, 이대로 나가다간 나라가 망할 것 같아 우리가 나선 것이다." '그사람들'이란 정치인들이었다.

4·19혁명 후 과도정부 당시 서울거리는 소란하고 불안했다. 걸핏하면 "가자 북으로! 오라 남으로!" 하는 '정치불명'의 데모대 장사진이 광화문 거리를 누볐다. 장면 내각 탄생 2개월 후엔 일부

4·19 부상 젊은이들이 국회 본회의장에 난입, 의장석을 점거하는 소동도 있었다. 상이군·경들은 일약 10배의 연금지급을 요구하는 데모를 벌였다. 그밖에도 별의별 단체들이 제각기 자기 주장을 내세우며 거리에서 아우성이었다.

사기가 위축된 경찰은(자유당 정권의 앞잡이로 몰려서) 각종 데모에 그저 허둥지둥댈 뿐 속수무책상태였다. 게다가 하루는 김모 국회의원이 대낮 큰 길가에서(중부소방서 앞) 데모에 대비해 시민들의 통행을 제한하는 경찰간부(警監)에게 "나를 몰라본다"며 따귀를 후려친 일도 있었다. 부하경찰들이 보는 앞에서 그랬다.

현장을 목격한 시민들은 "경찰이 좀더 강해져야겠다"고 했다. 경찰에 동정하며 경찰이 본연의 임무를 수행할 수 있게 강력한 자세를 취해주길 바랐던 것이다. 시민들이 자진해서 경찰력 강화의 필요성을 말한 것은 아마도 그때가 처음이었을 것이다. 세상은 그쯤 어수선했다.

시국이 그런 파국인데 정계는, 정치인들은 어떠했었나? 60년 7월의 민·참의원 총선거로 4/5 이상의 압도적 다수의석(민의원)을 차지하게 된 '과거의 야당' 민주당은 이른바 신·구파 싸움을 벌이기 시작, 갈수록 심한 대립 끝에 두 당으로 갈라지고 말았다. 그러고도 허구헌날 상대측에 대한 비방과 모함, 중상, 책략으로 시종했다. 조선 중엽의 당파싸움 그대로였다. 그 사람들 눈에 연일의 데모 소동이, 난국이 제대로 비치겠는가. 마침내 5·16이 터져 정치인들을 침묵케 했다. 그들은 그제야 "앗, 그런 세력(군부)이 있었던가" 하고 제정신이 들었다. 이미 몇 달 전부터 일부 군장교들의 동태가 심상치 않다는 '정보'가 있었음에도 정치인들은 설마했을 뿐 그저 저들끼리의 싸움질에만 열중했었다.

그게 34년 전의 일이다. 그 사이 국가통치는 박씨에 이어 '전·

노' 등 군부세력에 의해 이어져왔다. '야당'이란 이름의 저항세력
이 없었던 건 아니지만 독재자들은 한낱 '유리컵 속의 태풍' 정도
로 가볍게 야당을 보아넘겨왔다.

문민정부가 등장한 지 3년 가까이 된다. 30여 년 만에 총칼을
쥔 자들의 독재정치가 사라진 것이다. 그러나 — 오늘의 정치인들
은 어떠한가. 달라진 게 있는가? 최근의 그꼴들은 뭔가?

지난 4일자 샌프란시스코『한국일보』의 정치면 기사와 가십란
을 훑어보자(기사 원문 그대로 인용).

■ 김대중 국민회의 총재는 3일 "김영삼 대통령은 지난 대선에
서 수천억 원의 선거자금을 쓰고서도 노태우 씨로부터 한푼도 받
지 않았다고 주장하며, 비자금 파문을 전략적으로 이용하려 하고
있다"면서 자금공개를 촉구했다. 김총재는 이날 의원 및 당무위원
연석회의에서 이같이 말하고 "여권은 김대통령의 선거자금을 은
폐왜곡하고 나를 음해하려는 데 주력하고 있다"고 비난했다.

■ 청와대의 한 관계자는 "검찰이 열심히 수사하고 있는데 도와
주지 못할 망정 엉뚱한 소리만 하고 있다"며 "노 전대통령의 비자
금사건을 덮어주는 제1공신은 바로 김대중 총재 아니냐"고 김총
재를 직접 공격했다.

■ 민주당의 이부영 · 박계동 의원은 노태우 비자금 폭로가 여권
의 정계개편 시나리오에 따른 것이라는 일각의 음모설 주장과 관
련, "박의원의 폭로를 눈치채고 고발하겠다며 협박한 자들이 여권
의 실세들인데 그들과 짰다니 무슨 해괴한 논리냐"며 거듭 부인했
다.

■ 자민련 김종필 총재는 DJ가 "노 전대통령이 3당 합당할 때 2
천억 원을 공급했다는 정보가 있다"고 주장한 데 대해 "2천억 원
이 어디 애 이름이냐"라고 합당자금 수수설을 일축했다.

　이것이 작금 우리의 정치현실이자 정치인들의 수준을 짐작케
하는 기사나 가십이다.

　박의원 폭로발언으로 세상이 왈칵거릴 때 DJ는 전주에서 기자
들에게 이런 말을 했다. 지난 대선 때 김대통령측이 1조 원 가량
자금을 쓴 것은 세상이 다 알고 있다 — 라고. 그 기사를 읽으며
세상에 참 별일 다 보겠다는 느낌이었다. 첫째 세상이 다 알고 있
다 하는데, 그 '세상'이란 도도체 어떤 세상인가(대부분의 국민들
은 모르고 있었으니까). 그처럼 세상이 다 아는 일이었다면 벌써
부터 말썽이 됐어야 했고 그걸 조사하고 규명하는 게 바로 야당
정치인의 할 일이었을 텐데 왜 하필 이제야 그같은 발언인가.

　금년 들어 3김시대 재래 운운하는 큰 활자가 자주 신문에 등장
한다. 정치의 '뒷걸음질' 같은 불안한 예측이 들었다.

　불행히도 작금의 정치인 작태로 미루어볼 때 예측이 현실로 나
타나고 있는 것 같다. 3김씨 — 특히 두 분 김씨, 민주화 투쟁의
과거사가 너무나 아까운 생각이 든다. 두 분은 이제 '후진양성'에
여력을 바치는 게 어떻겠는가. 나라를, 국민을 그리고 두 분 자신
을 위해서 그게 최상의 길이라면.

　우리 정치인들의 생리를 모르는 철없는 소리가 되나?

〈1995. 11. 9〉

우리 자신에게도 잘못은 있다
― 잘도 집어삼켜댔네(5)

노태우 비리사건 ― 지금 사람들은 냉소와 허탈에 빠져 있다. 자포자기하는 모습이 엿보인다. 인간의 양심이나 정직, 노력과 정성이 지금처럼 허무하게 여겨질 때도 없을 것이다.

대포집마다 붐빈다고 한다. 모두들 술이라도 마시지 않고선 울분을 달랠 길이 없다. "멀쩡한 도둑놈들. 여당이고 야당이고, 재벌이고 뭐고……그놈이 그놈인데 뭣 때문에 우린 바보처럼 살아왔는가. 5천억, 1조 원, 정말 지랄 같은 세상이구나." 분노가 새롭지만 그러나 잔을 거듭할수록 차츰 세상만사 허무하다는 생각으로 기울게 된다. 그리고는 한(恨)과 애(哀)에 젖어들고 만다.

그게 문제이다. 한과 애는 순박하고 선량한 사람들을 연상케 하지만 한편으로 무기력·무책임한, 나약한 사람일수도 있다.

왜 술의 힘에 기대려드는 건가. 왜 걸핏하면 '체념'부터 앞서는 건가. 술김에 '개새끼들' 욕한들 무슨 소용이 있겠는가. 그 모두가 '세상 바로 세우기'에 장애가 될 밖에 없지 않겠는가.

그런데 ― 우리에겐 이따금 '넘치는 열기'에 가득할 때가 있다. 92년 대선 때 외국 특파원들이 깜짝 놀랐다. 그들은 유세장에 모

106

여드는 '백만 군중'에 놀랐다. 서울을 비롯 주요지방 도시마다 각 정당 유세장에 어김없이 1백만 명 안팎이 글자 그대로 구름처럼 모여 들었다. 그나마 1백만은 '보통'이고 주최측은 2백만 명으로 추산했다. 서울 여의도광장 때는 3백만 명을 웃돈다고 주장하는 판이었다.

어쨌거나 외국 기자들도 최소 백만 명은 훨씬 넘는 것으로 보았다. 그래서 그들은 자기들 나라 같으면 상상도 못할 일이라고 '감탄'했다. 한국 사람들의 정치관심도가 그토록 높은 줄 몰랐다면서 또 다른 '한국의 기적'을 보는 것 같다고 거듭 '감탄'했다.

그러나 우리로선 감탄할 수만도 없다. 그처럼 열기에 찬 '정치관심'도 뒤에는 언제나 '타락선거' 양상이 뒤따르게 마련이기 때문이다. 후보진영도 유권자들도 온당치 못한 부정행위를 예사로 이 일삼았다. 돈봉투가 오가는 것쯤 '상식적인' 일에 속했고 술집들이 때아닌 호황을 누리는 것도 당연한 일로 여겼다. 심지어 부녀자들마저 먹자 마시자판이 야외놀이에 들뜬 광면도 볼 수 있었다. 그게 유권자들 '정치관심'의 뒷모습이었다.

노태우 부정축재사건에 지금 온 국민의 시선이 쏠리고 있다. 선거 때처럼 사람들은 높은 관심을 갖고 지켜보고 있다. 대포집들도 선거철 못지않게 북적대고 있다. 다만 선거 때는 남의 돈(후보자측)으로 흥청거렸고 이번에는 자기들 호주머니 털며 홧김에 마셔대는 게 판이(判異)하다.

까놓고 말해 모두가 그릇된 노릇이다. 선거 때나 지금이나 한심스럽긴 매한가지다. 이제 정신차릴 때가 아니겠는가.

웃지 못할 '우스개 소리'가 서울에서 들려온다. 최근 부부싸움이 부쩍 늘어났다고 한다. 특히 30대 후반에서 50대 초반 사이의 부부 사이가 냉랭해졌다는 것이다. 술에 취해 집에 돌아오는 남편을 부인은 멸시에 찬 눈으로 본다. 전같으면 "밖에서 얼마나 속상한 일이 있기에……" 하고 감싸주듯 남편을 맞아주던 주부가 요새는 "이런 못난 남자같으니……"로 변했다고 한다.

아내의 눈은 차츰 '사나워' 진다. 남편이 세상을 한탄하는 술주정이라도 하면 아내는 마침내 폭팔하고 만다.

"기왕에 도둑놈들 세상인데 그걸 인제사 알았다는 거예요! 막들 집어삼켜대는 판에 당신은 하다못해 백분의 일, 천분의 일도 벌어들일 엄두도 못 내는 주제에 맨날 술은 무슨 술이에요!"

실제 이런 말을 하지는 않겠지만 어쩌면 그에 가깝게 남편을 구박하는 아내가 있을지 모른다.

남편도 아내도 사람들의 마음은 그만큼 멍들고 있다. 5천억 원은커녕 단돈(?) 5억도 평생 바라보지 못하는 남편과 아내가 가엾고 불쌍하게 여겨진다. 우리는 불신사회에서 살고 있다. 부조리와 부도덕, 사치와 허영, 위선이 가득찬 사회 속에서 살아오고 있다.

'못난 남편'을 다그치는 아내는, 오죽하면 그쯤 사람이 달라졌겠는가. '노'의 처는 '남편덕분'에 걸핏하면 재벌부인들을 불러들여 수표를 챙기고 이권에도 개입하지 않았던가. 그런데 우리 남편들은 고작 대포집에서 술이나 안주를 나르는 여자에게 '순자야!' '옥숙아!' 하고 멋대로 붙인 이름을 불러대며 '허약한 화풀이'나 하고 있으니 아내인들 분통이 터지지 않겠는가.

'세월이 약'이라는 말이 있다. 언제부터인가 사회에서 지탄받는 정치인들이나 고위공직자 · 기업인 등이 무슨 신조처럼 간직하는 말이 되어버렸다. 부정이 들통났건, 그들은 아무리 세상이 시끄럽건 시일이 지나면 흐지부지 다 잊어버리게 된다고 믿고 있다. 그러기에 '정치꾼'들은 최근의 난리통에 아랑곳하지 않고 내심 내년 총선이나 그후의 대통령 선거에 신경을 쏟고 있는 게 아닌가.

느닷없이 "친일파의 돈을 받기도 했다"며 백범 김구 선생을 욕되게 하는 '미치광이' 같은 소리가 튀어나왔다. 20억 수수를 감싸려는 어느 졸개의 발설이다. 굳이 비유한다면 — 정치지도자라는 그분의 입장에서 '노'의 돈을 받았다는 건 친일파 아닌 바로 '왜놈총독'의 돈을 받은 것과 다름없다. 한모씨는 그런 것쯤 모르고 함부로 지껄였는가. 그러고도 국회의원이요, 측근 중의 측근이란 말인가.

한국정계에는 또하나 못된 말이 전부터 나돌고 있다. '물이 맑으면 고기가 살아남지 못한다'는 것이다. '윗물이 맑아야 아랫물도 맑다'를 빈정거리는 말이다. 냇물이건 강물이건 적당히 탁하고 지저분해야 생선들이 자라기에 알맞고 그런 고기라야 맛도 한결 좋다는 것이다. 어디서 줏어들은 말인지. 하필 그런 말을 즐겨 속삭이려드니까 이 또한 고얀 노릇이다.

우리는, 우리 국민은 볼 만큼 보아왔다. 당할 만큼 당해왔다. 이제 우리 모두 '사회개선'에 참여할 때가 아니겠는가. 한과 애에 잠길 때가 아니다. 남의 탓으로만 여기는 건 패자들의 논리를 낳게 할 뿐이다.

좀 가혹하지만 — 우리 자신에게도 잘못은 있다. 높은 '시민의식'에 눈을 떠야 한다.

〈1995. 11. 16〉

구속된 전직 대통령 · 구속한 현직 대통령

70년대 중반 신민당 당수 김영삼이 대통령 박정희와 단독회담을 가졌다. 어느 쪽이 먼저랄 것도 없이 대좌의 필요를 느낄 만큼 국내정국이 어수선한 때였다. 회담 후 YS는 양자간의 약속이라면서 회담내용을 일체 공개하지 않았다. '당연히' 이상한 소문이 나돌기 시작했다. YS가 박씨로부터 돈을 받았다는 것이었다. 물론 반대파 세력(이모씨계)이 퍼뜨린 소리였다. '3억 원'이란 구체적 액수까지 떠돌았다.

그후로 기자들의 질문이 집요하게 계속됐다. 어느 날 YS는 웃음을 머금은 얼굴로 말했다. "기왕이면 한 3백억쯤 받았다고 하지 3억이 뭐야 3억이⋯⋯." 나를 째째한 사람으로 보지 말라는 뜻이었다. 뿐더러 무책임한 소문에 놀아나는 것을 비웃는 것 같기도 했다.

전직 대통령 노태우 씨가 마침내 구속돼 서울교도소에 수감됐다. 헌정 사상 처음 있는 일이다. 막상 그렇게 되고 보니 "사람들은 착잡한 심정인 것 같다"는 방송보도가 나왔다. 착잡한 표정을 지었다는 뉴스 자체를 듣고 필자는 그런 보도에 도리어 착잡해지는 기분이었다. 80% 이상의 국민이 '마땅히 사법처리(구속)해야 한다'고 응답한 여론조사 결과가 엊그제 일인데 새삼 착잡할 게 뭐 있는가.

지금 서울시는 별의별 소문이 파다하다. 일간지·주간지 할 것 없이 '성급한 추측기사'를 마구 써대고 있다. 더러는 이번 '노'의 구속이 실인즉 '아무개 죽이기'를 위한 것이라고 대서특필했다. 그런 시각도 있을 수 있을 것이다. 그러나 필자라면 차라리 '싹쓸이 하기'를 위한 것이라고 표현하겠다. '노' 이건 아무개건 차제에 싹 쓸어버리겠다는 '냉혹한 현실'이 감돈다고 느껴지기 때문이다.

정국(政局)은 그쯤 험악한 양상을 띠어가고 있다. 발단은 YS라고 봐야 한다. 지난 8월 서모 전직장관의 '발설' 때부터 이미 '싹쓸이작전'은 개시됐다고 볼 수밖에 없다. 거슬리는 장애물은 일체 쓸어버릴 생각인 것 같다. 뭐가 거슬린다는 건가? 좋게 말해 정치 풍토쇄신 등 '개혁' 직입에, 나쁘게 말해 날로 커져가는 정적(政敵)들이 눈에 거슬렸던 게 아닌가?

YS — 여간한 사람이 아니다. 좋은 뜻으로도 나쁜 뜻으로도 YS는 과연 YS로구나 싶다. 몇 가지 YS를 얘기해본다.

92년 대선 때 그에게는 이런 평가가 뒤따랐다. DJ의 능숙한 구변과 예리한 판단력에 비해 YS는 두뇌회전이 더디고 언변도 부족해서 어딘가 모자라는 사람 같다는 것이다. 게다가 발음마저 '확실'치 못해 DJ와의 TV 토론을 피한다는 소리가 많았다. 사람들은 DJ는 '명석' YS는 '멍청'으로 보기도 했다. 그런데도 — YS에게는 정치 9단이니, 10단이니 하는 꼬리표가 늘 붙어다녔다. 그가 여간내기가 아니구나, 보이게 된 것은 소위 '3당 통합'부터였다. 불과 50여 석의 원내세력을 이끌고 110여 석의 여당과 합친 후 그는 계파간의 끈질긴 반목에도 불구하고 어느 새 당내 주류를 형성해서 대통령 후보가 됐고 당 총재직도 차지했다. 우여곡절도 많았지만 그는 끝내 대통령이 되고 말았다.

사람들은 YS가 '범 소굴에 들어가 범 새끼를 잡은 격'이라고 했다. YS가 '저력'을 보인 것은 79년 'YH사건'(남녀 근로자들이 야당 당사에서 농성, 청와대와 수도방위사 무술대원들이 섞인 '경찰력'에 의해 강제해산돼 그 와중에서 여직공이 투신자살까지 했다) 때와 그후 정운갑 등 당내 '사쿠라'들의 소송으로 당수직을 박탈당하고 국회의원직마저 빼앗겨 의사당에서 축출된 때였다.

박정권의 그같은 강압조치는 끝내 부산·마산에서 민중봉기를 발생케 했다. 부마사태는 급기야 '박대통령 피살사건'의 한 원인으로 번지고 말았다.

YS는 '민자당' 대통령후보로 선출된 후 당총재 노태우가 제발로 당을 떠날 때 가까운 측근에게 "내 40년 정치 역정(歷程)에서 싱겁고, 실없는 두 사람을 보았다"고 말했다. 하나는 그의 뒷받침으로 국회의원(서울)에 당선, 당수까지 되고도 '빗나간 길'을 택한 이모씨이고 다른 한 사람은 바로 노태우였다. 측근의 말에 의하면 민자당 대표 당시 YS는 청와대에서 총재 노태우와 독대(獨對)할 때 책상을 치며 언성을 높인 일이 몇 번 있었다고 한다. 심지어 "당신, 정 그 따위로 놀면 내 손으로 그냥 두지 않겠다"고 화낸 적도 있다는 것이다.

지금 고국의 언론들은 구속수감된 '노'가 '대선자금' 내막을 불지 않는 이유에 온갖 추측보도를 쏟아내고 있다. '노'의 '마지막 카드'라는 기사도 있다. YS와의 협상용으로 간직하는 카드라는 것이다.

필자는 그렇게 보지 않는다. 그가 입을 다무는 것은 그 자신이 얼마나 엉큼한 2중, 3중 인격자였나 들통날까봐서라고 본다. 또 그에게는 치사스런 약점이 있다고 본다. 대통령 재임시 여·야 정치세력에 자금을 주었지만 그 액수는 일반의 예상보다는 적었다는 사실이 알려지는 것을 꺼려하는 게 아닐까. 그것은 곧 그가 자기 욕심 채우는 데만 집착했다는 증명이 된다. 뿐더러 자금제공이 실인즉 야당 모인사에게 치중됐다면 그는 퇴임 후의 자기 개인 안전만을 꾀했다는 비열한이 될 수도 있다. 오죽하면 과거의 측근들마저 최근 하나 둘씩 이탈했겠는가.

YS도 직접이건 간접이건 거액의 선거자금을 건네받았을 것이다. 그 모두가 사실대로 밝혀져야 한다. YS는 그간 "누구를 막론하고 법대로 처리하겠다" "한국병을 뜯어고치고 말겠다"고 강조했다. 그가 그런 말을 할 '자격'이 있는지 필자도 의문이다. 다만 그는 현직 대통령이다. 이미 그는 공직자 재산공개, 금융실명제, 부동산 실명등록제 등 역대정권이 엄두도 내지 못한 정책을 단행했다. 그는 또 취임 직후 "재벌들의 돈을 한푼도 안 받겠다"고 국민 앞에 공언했다. 이제 국민의 시선은 그에게 쏠리고 있다.

〈1995. 11. 18〉

한국 재벌
— 당신들도 거듭 태어나야

"못난 노태우는……." 눈물 닦는 시늉으로 국민에 대한 '사과문'을 읽은 것은 그가 검찰에 출두, 5천억 원 비리를 실토한 직후였다. '노'는 얼마 전에도 중국의 '문화혁명'(60년대 후반)에 비하면 광주사태는 별것 아니라고 망발했다가 사과한 일도 있다.

구속 수감될 때 그는 또 말했다. "정당간의 불신·갈등·혼란 등 그 책임은 내게 있으며 모든 것을 안고 가겠다." 자못 침통한 어투였다. 그리고는 "……나로 인해 기업들이 곤욕을 치르는 것을 가슴 아프게 생각한다. 우리 기업이 국제 경쟁력에 뒤지지 않게 되기를 진심으로 바란다"고 했다. '노'는 마치 자신이 희생양이나 되는 것처럼 말했다.

사람들은 그러나 그의 말을 겉치레 수식사일 뿐 반성의 기색이 없다고 했다. "여전히 가면을 쓰고 있다"고 비난했다. 특히 기업의 국제경쟁력 운운한 대목에 숫제 경멸했다. 그토록 가슴 아프고 경쟁력이 염려된다면 애당초 5천억 원이고 부동산이고 왜 닥치는 대로 돈을 긁어모았는가. 욕심 사나운 짓으로 기업을 좀먹은 게 누구인데. 그는 철저한 이중인격자이자 위선자에 불과하다.

한국재벌들이 지금 곤욕을 치르고 있는 건 사실이다. 20여 명의 재벌총수들이 차례로 검찰에 불려다닌 것은 분명 전례없는 일이다. 한 번 불려간 사람이 다시 출두해야 했고 한 번 불려가면 10여 시간 조사를 받기도 했다.

그러다보니 국내기업이 휘청거리게 될 것 같다느니, 대외신용도를 잃게 될 우려가 있다느니 하는 소리가 나오게 됐다. 언젠가 성수대교 붕괴사고 때도 비슷한 말이 들렸었다. 공사수주자인 '동아건설'에 대한 비난이 거세게 일자 그 회사의 국제신용도가 염려된다느니 했었다. 당사자보다 정치인들이나 언론이 그런 소리를 했다.

거참, 이상한 소리라는 생각이 들었다. '국제경쟁력' 때문에 웬만한 국내사고나 부실공사는 그냥 쉬쉬해야 된다는 건가? '국제신용도'란 그렇게 눈가림식으로 나가야만 얻을 수 있는 건가? 다른 나라에서도 그런 식으로 국제경쟁력을 유지해왔는가?

흔히 '정경유착'이라고 한다. 한 예로 해군잠수함 기지공사를 에워싼 '노'의 비자금 조성 수법을 보자. 이 공사는 90년 8월 '공개입찰'에 부치게 되어 있었다. 당시 대우는 과거 잠수함 건조(建造)회사라는 '연고권'으로 당연히 기지(基地)공사도 맡을 것이라고 생각했지만 89년 말 동아그룹 회장 최원석은 노태우와 단독면담, 공사를 맡겨달라고 청탁했다. '노'는 이경호실장을 시켜 대우측에 "기지공사는 동아건설에 줘야겠다"는 뜻을 전했다. 그러자 '대우'의 김우중은 '노'에게 달려가 "연고권 사업을 이런 식으로 처리하면 우리는 설 곳이 없게 된다"고 호소, 그의 번의를 얻어냈다.

공사입찰 때 현대, 삼성, 동아, 대림 등이 참가했으나 절차상의 형식일 뿐 결국 대우에 낙찰됐다.

낙찰된 지 8개월 후인 91년 4월 해군으로부터 공사대금이 나오자 김우중은 노태우를 만나 50억 원을 전달했다. 그러나 그는 이실장에게 "커미션이 10%는 되어야 하는데 왜 5%뿐이냐"고 질책, 김회장은 며칠 후 다시 50억 원을 더 전했다.

정경유착의 본보기였다. 이쯤되면 '유착' 정도가 아니라 끼리끼리 나눠먹고 갈라먹는 판이다. 공사에 소요된 돈은 나라의 예산(더욱 국방부문)이자 국민의 세금으로 편성된 것 아니겠는가.

지금 노태우의 부정축재는 계속 드러나고 있다. 사람들은 그의 '악덕한 탐욕'에 분개한다. 그러나 그런 와중에서 자칫 사람들의 시선 밖으로 새어나오는 존재가 있다. 재벌 — 바로 그들이다. 그들은 슬며시 모든 부정부패를 통치자나 정치인들 탓으로 둘러대려 한다. "달라고 하는데 안 줄 수 있겠느냐"는 논리를 펴낸다. 그들은 '상투적 수법' (돈의 힘)으로 몇몇 분야 사람들(기자들 포함)을 움직여 비자금 수사 여파(餘波)로 국가 이미지가 손상되느니, 대외신용도가 떨어지느니, 해외사업이 어둡게 될 전망이니 하면서 정치권이나 수사당국이 해도 너무한다고 울상을 짓기도 한다. 대기업 자체의 잘못은 없었단 말인가?

우리는 가끔 '중소기업' 인의 자살기사를 볼 때가 있다. 그 사람들은 자금 사정의 압박에 못 이겨 끝내 자살의 길을 택했다. 은행융자는 물론 시중의 사채마저 얻을 길 없는 약한 기업인들이었다. 왜 그토록 중소기업의 자금사정이 악화됐나? 대기업의 '횡포'는 없었던가?

중소기업 사장들은 대기업을 늘 찾아다녀야 했다. 부품도 납품하고 수금도 원만히 진행되어야 하기 때문이다. 50대 사장이 대기업의 30대 사원 앞에서 허리를 낮춰야 했다. 그러나 대기업은 괜히 심통을 부릴 때가 있다. 한달 내에 주겠다던 대금지불이 두 달석 달이 지나고도 깜깜 무소식일 때도 있다. 그래도 중소기업주는 항의 한마디 못한다. 품질에 아무런 하자가 없는데도 그래야 한다. 대기업 횡포에 '무저항'일 수밖에 없었다.

재벌은 생성과정부터 비정한 면이 있다. 그들은 박정권 때의 수출입국정책에 힘입어 성장하기 시작했고 역대 독재정권 밑에서 저임금, 노사분규 탄압의 비호를 받으며 자라온 것이다.

한국재벌들에게 반성할 점은 많다. 그들은 정경유착의 고리를 스스로 끊을 줄 알아야 한다. '4류 정치인'들을 비웃지만 그들 역시 결코 1류는 아니다.

그들도 이젠 이익의 일부를 사회에 환원할 줄 아는 기업인이 되어야 한다. 재벌들이 학교나 병원마저 돈벌이 사업으로 세웠다면 그들은 최소한의 기업윤리나 양심까지 저버린 '악덕기업인'에 불과하다.

오늘의 대통령은 취임 직후 재벌들의 돈을 한푼도 받지 않겠다고 했다. 재벌들도 정치인들의 돈줄이 되는 페습을 스스로 중단할 줄 알아야 한다.

재벌들이 거듭 태어날 차례다. 국제신용도를 높이는 가장 빠른 길이 될 것이다.

〈1995. 11. 23〉

전두환의 구속과 한국 정계
— 예상됐던 것일 텐데(상)

전두환이 구속됐다. 전직 대통령들에 대한 구속 조치가 잇따르고 있다. 최규하 씨도 '참고인' 조사를 받게 될 것이라고 한다.

노태우 씨가 구속 수감됐을 때 사회가 다소 긴장하고 얼어붙는 듯한 분위기마저 감돌았다. 사람들은 마땅한 일로 받아들이면서도 착잡한 표정이라는 보도가 있었다. 평소 목청 높여 떠들어대는 여·야 정치인들도 잠시 숨 죽인 듯 침묵이 흘렀다.

그러나 침묵도 잠시일 뿐 정계와 언론은 다시 말문이 요란했다. 노씨 구속은 '대선자금 행방의 초점을 흐리기 위한 것이다', '노태우 전대통령의 입을 틀어막으려는 저의가 있다'고 야단이었다. 정부와 여당이 12·12사태와 5·18 진상규명에 필요한 특별법 제정을 하겠다는 것은 '대선자금' 문제를 은폐하려는 술책이라는 비난이 쏟아져 나왔었다.

그러나 처음 정계 그리고 언론은 막상 전두환까지 전격적으로 구속 수감돼자 예상밖의 사태진전에 할 말을 잃은 듯 주춤거렸다. 앞으로 무슨 수선스런 소리들을 할지 흥미롭다. '노'와 '전'이 구속됐다 해서 놀랄 것이 뭐 있겠는가. 하물며 '충격적인' 사실로 본다면 그게 도리어 비정상적일 수도 있다. 전직 대통령이건 뭐건 '국법'을 어겼거나 부정축재를 일삼았다면 마땅히 사법처리돼야 한다 — 는 것이 오히려 상식적인 일이자 당연한 일이 아니겠는가?

그런데도 어수선한 일로 여기고 있다. 왜 그러나? 그만큼 우리는 비정상적인 사회에서 살아왔고 그러다보니 불의에 대한 감각이 무디어졌다는 것인가?

지금 한국 정치인들 간에는 진상규명이니 진의파악이니 갈피를 못 잡는 듯한 말들이 나돌고 있다. 특히 YS의 속셈이, 다음 수순(手順)이 과연 뭐냐고 별의별 억측들이 무성하다. 정계를 비롯 이른바 '지식인 계층'이나 언론까지 한마디들이 무성하다. 민주주의란 시끄러운 것이라니까 오만가지 추측·억측도 있을 수 있을 것이다.

그러나 대다수 국민은 어리둥절하다. 대부분 근거가 희박한 무책임한 추측들 때문이다. 마말로 무떡대고 장구치고 북치고 나팔불어대는 꼴이다. 결국 국민은 여건 야건 어느 쪽 말이 옳은 것인지 식별하기 어렵게 된다.

신문 보도 하나를 인용해 본다. "⋯⋯아무튼 YS는 두 전직 대통령을 한꺼번에 감옥에 보내는 충격적 카드를 내놓았다. 정치권에서 YS가 '전·노'의 5, 6공 세력을 초토화시킴으로써 집권세력의 틀을 개편하는 한편 자신의 '아킬레스'건인 대선자금문제를 덮어버리는 동시에 DJ와 JP의 정치적 기반을 뒤흔들어버리는 국면전환용으로 평가하고 있다. YS는 자신의 대선자금 방어뿐 아니라 '노'의 비자금 수사에서 드러난 모종의 물증을 토대로 DJ와 JP를 5·18 원흉의 검은 돈을 받아 챙긴 부도덕한 정치인으로 몰아붙여 정치적으로 매장시키려는 수순에 돌입했다는 얘기다."(후략)

이 기사의 제목은 '불순의도 깔린 다목적 칼'이었다. 기사를 쓴 기자는 아마도 정치인들 사이에 나도는 소리들을 듣고 '정계분위기'를 요약했을 것이다. 그러나 그 '정계분위기'를 보는 시각과 판단에 문제가 있는 것 같다. 예나 지금이나 한국의 정치풍토는 정파간의 상호불신에서 비롯돼왔다. 정책이나 이데올로기의 차이도 별반 없으면서 그저 여·야로 갈라진 채 허구헌날 상대방에 대한 비방이나 음모 꾸미기에만 열중하였다. 요즘 따라 '음해공작'이란 말도 자주 들리지만 그런 말을 하는 것 자체가 바로 공작이라는 비판도 있다. 결국 누가 무슨 말을 하든 그 모두가 계략이자 술책으로 보는 판국이다.

그런 정치풍토에서 참다운 '대정치가'가 나올 수 있겠는가.

예전에 야당정치인 조병옥은 "빈대잡기 위해 초가삼간을 태울 수 없다"고 했다. 자유당 정권의 이박사의 실책을 사정없이 지적하며 공격하는 그였지만 그러나 국가의 안녕 질서 파괴와 민심 동요 확대를 미연에 방지하기 위해서는 기꺼이 자유당 정권에 협조할 때가 있었다. 큰 정치가다웠다.

오늘의 우리 정치인들은 어떠한가. 지금은 분명 사회불안이 가중되고 있는 시기이다. 심지어 군부 쿠데타설마저 유포되고 있다. 그러나 그런 걸 우려하는 정치인을 볼 수가 없다. 군부 구데타는 그동안 '하나회' 등 5, 6공 '정치군인'들을 숙정했으니까 염려없다고 보는 것인가?

정치인들 특히 야당 사람들에게 한 가지 묻겠다.

'노'의 구속에 이어 '전'도 구속 수감됐고, 건강상 이유로 조사 불응의 뜻을 내비친 최규하 씨에 대한 조사도 머지않아 있을 것이라 한다.

이같은 일련의 조치들은 잘하는 일인가? 못하는 일인가?

그릇된 일이라고는 말할 수 없을 것이다. 그러나 "잘못된 일은 아니지만 방법이나 순서에 문제가 있다"는 이의(異議)가 쉴새없이 들린다. "너무 다그친다"는 말 같기도 하다. 하다못해 "구속까지는 차마……" 하는 소리도 있다.

앞서 인용한 기사를 읽다보면 세상에 YS처럼 잔인하고 정략적인 사람도 없을 것 같다. 어찌보면 '전·노'보다 더 악랄한 사람 같이 보일 수도 있다. 과연 어떠한가? 제대로 된 평가인가?

〈1995. 12. 6〉

놀라는 것이 놀랍다
— 예상됐던 것일 텐데(중)

문민정부 — 지금은 분명 문민정권시대이다.

5·16 이래 30여 년 만에 군사정권 아닌 민간인 정부가 들어선 것이다.

3년 가까운 시일이 지났다. 누군가 한국 정치가 파국으로 치닫고 있다고 했다. 전두환이 '전격구속'됐다 해서 그러는 것 같다. '전'과 '노' 세력의 큰 반발이 예상된다는 말도 들린다. '전·노'의 잔재 세력이 꿈틀거릴 것이라고 보는 것이다. 그들이 들락거린다 해서 그것을 '세력'이라고 꼭 말해야 되나. 어째서 그런 자들이 꿈틀거릴 수 있는 세상인가가 보다 큰 문제이다. 한국 특유의 값싼 정서가 사회에 흐르고 있는 것은 아닌가?

우리는 차츰 '문민정부'의 의미를 잊어가고 있다. 뿐더러 "예전 (군사독재)에 비해 나아진 것이 없다"에서 "예전이 오히려 안정감이 있었다"는 말까지 들린다. 그래서 오늘의 정치현실을 파국으로 보는 시각이 생기나보다.

파국? 과연 '파국'인가? '금융실명제'가 단행됐을 때 언론들은 경제파탄의 염려가 있다고 했다. 금융계가 대혼란에 빠질 것이라느니, 거액의 사채시장이 지하로 잠복하므로 많은 기업들이 망하게 될 것이라느니 했다. '문민독재'라는 활자도 등장했다.

'부동산 실명등록제' 실시 때도, 또는 그보다 앞선 '공직자 재산공개' 때도 정계나 언론은 '부작용이 우려된다'는 소리부터 하기에 바빴다.

군내부 숙정작업 때도 비슷한 소리들이 나왔다. '하나회'라는 사조직(私組織)을 제거하자 항간의 '참새'들은 군장성들의 동요가 있을 것이라면서 군의 사기저하와 군의 기강 해이를 지적하는 비난이 떠돌았다. 문민정부로선 큰 용기로 단행했을 텐데 '용단'을 수긍하는 낌새는 보이지 않았다. 수긍은커녕 야당은 PK출신 장성들이 군부를 장악하게 됐느니, YS 직계들이 군요직을 차지했느니 떠들썩했다. 언론도 물론 그런 보도를 했다. 군내부에 언제 그토록 YS 직계세력이 있었는지 사람들은 어리둥절했을 것이다.

한국정국이 파국지경에 이르렀다면 그 이유는 '전·노'의 구속이니 재계 총수들의 수사당국소환 등으로 야기된 '긴박감' 때문이 아니라 무책임하게 떠들썩한 정치인들의 저질 때문이라고 필자는 본다.

정치인들이 보이고 있는 양식없는 꼴들이 한심하다. 전직 대통령들의 구속으로 극에 달한 인상이다. 여당 내의 계파별 동태가 심상치 않다는 보도가 있는가 하면 야당들도 저희들끼리 '집권당의 제1중대나 제2중대'라고 남의 당을 비난해대고 이에 다른 한쪽에선 "야당이면서 '노'나 '전'의 대변자 역할을 하고 있다"고 맞받아치는 등 수준 이하의 '쇼'를 벌이고 있다.

다시 한번 — 지금은 문민정부시대다. 정치인들의 활동은 자유롭다. 언론의 자유도 있다. 그로 인한 '혼란'이란 있을 수 없는 일이어야 한다.

군사독재시대를 뒤돌아본다.

■ 소위 '유신헌법'이 선포된 무렵 야당의원 최형우는 '정보부'에 강제연행돼 벌거벗긴 채 혹독한 고문을 당했다. 최씨는 '점찍힌' 정치인이었던 것이다. 그의 부인까지 끌려와서 최의원 보는 앞에서 '이년' '저년' 수사원은 욕설을 퍼부었다. 몇 해 동안 이같은 일은 일체 세상에 알려지지 않았다가 75년 '동아일보 파동' 때 최의원의 폭로로 널리 알려졌다.

그때 최의원은 그간의 침묵 이유를 묻는 기자들 질문에 "폭로한들 당신들이 신문에 낼 수 있었겠느냐?"고 반문했다. 써낼 용기조차 없으면서, 하는 뜻이었다. 최의원 폭로 회견에는 많은 기자들이 참석했지만 기사화된 신문은 동아일보뿐이었다.

■ 70년대 초 동아일보 편집부국장 진모형(현재 뉴욕 거주)은 남산(당시 정보부)에 연행됐다. 곱상스럽지 않은 기사들이 눈에 띄어 지면제작 경위를 캐내려는 것이었다. 진형은 다음날 오밤중에 정보부 차로 집에 돌아왔으나 편집국엔 1주일 후쯤에 나타났다. 동료들의 궁금증에 그는 "집에서 좀 쉬고 있었다"고 할 뿐 더 이상 말이 없었다. 그는 남산에서 특히 발바닥 부분이 부어터지도록 회초리로 매질을 당했다. 그래서 진형의 걸음걸이는 오래도록 부자연스러웠다. 그래도 그는 그간에 있었던 일에 입을 다물고 있었다. 정보부의 '보이지 않는 협박' 때문이었다.

당시 정보부에 끌려간 국회의원이나 언론인들 처지는 그러했다. 하물며 일반시민들이야 오죽했겠는가. 군사독재시대의 실체란 그런 것이었다. 그 무렵의 '독재자' 주변도 얘기해보자.

■ 대통령 경호실장 박종규는 외무부 주관의 한 의전식장에서 자기 자리가 뒤로 처졌다고 분개, 민간출신 장관에게 "각하의 신변안전을 네가 책임질 거냐!"고 소리치며 많은 사람들 앞에서 장

관을 구둣발로 걸어찼다.

■ 세종로 일대에서 데모하던 학생들은 해가 질 무렵 어둠과 함께 대거 출동한 군인들에 의해 '시민회관' 뒷골목으로 끌려가 개머리판으로 죽기 직전까지 두들겨 맞았다. 학생들은 피투성이가 된 채 길바닥에 쓰러졌다. 그래도 정계나 언론은 말 한마디 못했다.

문민정부의 오늘날은 어떠한가. 정치인이나 기자들이 개 끌려가듯 '안기부'에 연행된 일이 있던가? 기관원들이 제집 드나들 듯 정당이나 국회 · 신문 · 방송사 등에 들락거리던가? 청와대 경호실장이 대통령 심부름꾼으로서 재벌들의 돈을 마구 걷어들이던가? 요즘에는 경호실장의 이름조차 모르는 사람이 많을 것이다.

문민정부는 제 방향을 걸어간다고 본다. YS 개인을 높이 평가하자는 것은 아니다. 문민정부라면 누가 집권한들 군사독재 때와는 달라졌을 것이다. 그런데 — 그런데 왜 오늘의 정치풍토는 그 모양 그 꼴로 돼가나? 원인은 무엇이고 언제까지 그러고 있을 것인가.

무슨 일이 돌발하면 대체 누가 책임질 것인가. 정치인들은, 양식있는 사람들은 정쟁(政爭)이나 비난에 앞서 '문민시대'를 소중하게 아끼고 가꾸어 나갈 줄 알아야 한다. 그게 바로 '정치 선진국'에의 걸음이 된다.

〈1995. 12. 7〉

성숙한 국가를 이룩해야
— 예상됐던 것일 텐데(하)

'전·노'의 구속과 때를 같이해 자주 사람들 입에 오르내리는 '직함'이 있다. '대통령 경호실장'이란 자리다. '노'의 부정축재에는 항시 이아무개 경호실장의 그림자가 뒤따랐고 '전'에게도 장세동을 비롯 안모 등 전경호실장들 이름이 붙어다닌다.

경호실장이란 무엇인가? 대통령의 '신변안전'이 그들의 직책일 것이다. 그런데 '독재자' 때의 경호실장은 '무한정 권한'을 휘두를 수 있었나보다. '노'가 재벌들의 돈을 거둬들일 때마다 경호실장이 심부름꾼 노릇을 했다. 그 무슨 '위압감'이라도 주려 했던 건가.

장세동이란 자는 전두환정권의 경호실장과 안기부장 등 '막강한' 자리를 지내면서 그 또한 '전'의 '축재사업' 대리인 역할을 했다.

전두환도 노태우도 참 먹성 좋은 자들이다. 대통령 자리에 있는 동안 닥치는 대로 돈을 삼켜댄 자들이었다. '전'이 독재자로서의 위압공갈형이었다면 '노'는 어물쩍거리면서 해먹을 건 다 해먹는 2중인격의 위선형이었다. 어찌보면 '노'가 한수 위였는지 모른다.

그자들이 하필 육사 출신이라는 게 사람들의 마음을 어둡게 한다. '육사 출신' 하면 씩씩하고 용감한 군인을 연상한다. 국토방위의 정예장교들일 텐데 '전·노'는 얼마나 돈에 눈이 멀었으면 공군 기종(機種) 변경을 해가면서까지 막대한 국방사업비를 떼먹었겠는가. 그들이 육사출신에 별 네 개까지 달았다는 이력이 믿어지지 않는다.

'구속' 전후의 전두환은 더욱 무인(武人)답지 않았다. 그는 사직(司直)의 손이 닥쳐올 낌새가 보이자 느닷없이 고향으로 내려갔었다. 그는 그에 앞서 연희동 '저택' 앞에서 소위 '대국민성명'이란 걸 발표했다. 미리 준비한 원고를 읽으면서 그는 "……저는 대한민국 전임 대통령의 자격으로 김대통령 취임식에 참석, 격려를 아끼지 않았고 김대통령이 저를 방문했을 때(선거 당선 후) 조언을 했던 기억이 난다"고 했다. 말하자면 '전'은 YS에게 격려도 하고 조언도 해주었는데 내게 이럴 수가 있느냐는 것이었다.

그의 '단순세포'에 쓴웃음이 난다. 그는 아직도 권위주의에 사로잡힌 채 세상이 어떻게 돌아가는지 모르는 것 같았다. 어쩌면 그는 그까짓 몇천억 원쯤 먹었기로 명색이 대통령이었는데 그게 뭘 그리 잘못이냐고 생각하는지 모른다.

구속수감 후 그의 '작태'는 자못 가관이다. 그는 지금 단식중이라고 한다. 한 시민은 "코미디가 따로 있나. 전씨 단식이야말로 진짜 코미디다"라고 비꼬았다.

코미디는 다른 곳에도 있다. 노태우 구속에 이어 전두환도 구속되자 정계와 언론은 연일 되는 소리 안되는 소리 마구 늘어놓고 있다. 모두들 점술가나 예언자라도 된 것처럼 앞날의 정국에 별의별 소리를 해댄다. 그 또한 코미디가 아니겠는가.

이 칼럼의 제목은 「예상됐던 것일 텐데」이다. 무엇이 예상됐던 일인가? '전·노'의 구속과 재벌들 소환 그리고 5, 6공 핵심인물들에 대한 검찰수사 등이다. 어째서 예상됐던 일들인가? 필자 나름의 소견을 말해본다(자칫 필자 또한 무슨 점쟁이로 보일까 걱정이지만).

전두환이 구속된 바로 그날 낮 문민정부 대통령은 직접 '국방부'에 가서 3부요인과 국무위원들 그리고 각 군 지휘자들이 참석한 가운데 '국방회의'를 주재하였다.

그날의 회의는 대북경비 태세가 주요의제였지만 실제로는 정부와 각군 장성 그리고 국민 모두에게 정국 변수에 동요할 필요가 없다는 뜻이 담겨 있었다.

정치인들이나 일부 언론들은 최근 사태를 'YS의 초강경 드라이브' 또는 '성급한 무리수' '파국초래 우려'라는 말로 표현하고 있다. 그러다보니 "병 고치려다 사람 죽인다"느니 "박수는 받을지 몰라도 표는 떨어질 것이다" "5, 6공 세력이 뭉쳐 대항할 것이다"라는 말들이 한창이다. 일련의 수사진전을 '전격적'이자 '정략적'인 시각으로 보는 데서 비롯된 소리들이다.

사견(私見)이지만 YS는 이미 대통령 취임 직후부터 오늘의 조치들을 계획했던 것이 아닐까? 그는 "재벌들의 돈을 단 한푼도 받지 않겠다"고 했다. 당시 사람들은(정치인·재벌들·고위공직자들) 아마도 새 대통령이 '그저 한번 해보는 소리'이려니 했을 것이다. 오랜 타성에 젖은 사람들로선 '재벌 없는 대통령'이란 있을 수 없다고 여겼을 것이다.

YS가 누구인가? 그에게 한 가지 감탄한 것이 있다. 대통령 취임 후 '경호실장' 임명을 보며 그의 사람됨이 크다고 느꼈다. 그의 경호실장 박모씨는 10·26사건 때 경호원의 한 사람으로 궁정동 현장에 있었다. 그날 박대통령 경호원들은 모두 사살됐지만 박씨만 기적적으로 살아 남았다. 그의 인간성이 좋아 일부러 '확인사살' 을 안했다는 소문이 나돌았다. 그는 직업군인이 아닌 대학 출신의 순수한 경호원이었다.

YS와 박씨는 과거 일면식도 없는 사이였다. 그런 사람을 YS는 경호실장으로 발탁했다. 그의 직책 수행능력을 사서 YS는 자기 신변을 떠맡긴 거나 다름없다. 그게 어디 쉬운 일이었겠는가. '박·전·노'라면 절대 그러지 못했을 것이다. 박경호실장의 존재를 의식하는 사람은 거의 없다. 재벌들이나 정치인들·공직자들도 그런 사람이 있는지 없는지조차 몰랐을 것이다.

YS를 추켜세우는 것 같은 글이 돼버렸다. 분명히 말하지만 YS 개인보다 '문민대통령' 이라는 점에 무게를 둔 것뿐이다. 필자는 '문민정부' 의 존재의미를 강조하고 싶다. 동시에 '전·노' 등의 구속조치는 '용기있는 과감한 조치' 라고 평가하고 싶다.

말하지도 보지도 듣지도 못하는 독재정권은 영원히 사라져야 한다. 한국도 이제 제대로 말하고 보고 들을 줄 아는 성숙한 나라가 되어야 한다.

〈1995. 12. 14〉

못난 짓 그만하고 '용기 있는 증인'이 되시오
― 최규하 씨에 대한 고언(苦言)

노태우 씨가 피고의 신분으로 법정에 섰다.

전경호실장 이모씨와 삼성·대우·동아·대림·한보 등 재벌 총수들도 피고인으로서 나란히 법정에 섰다.

언론은 이번에도 헌정 사상 초유의 일이라고 대서특필했다. 하긴 몇 달 전만 해도 전직대통령이 구속수감되고 법정에 서게 되는 모습을 누가 상상이나 했겠는가. 뿐더러 이름난 재벌들이 한자리에서 재판을 받게 됐으니 그 모두가 처음있는 일임에 틀림없다.

현실은 그토록 준엄하고 냉혹하다는 걸 부정할 수는 없다.

같은 날 신문들은 단식중인 전두환의 건강이 나빠 조만간 형집행정지를 한 후 병원서 치료를 받게 할 방침(법무부)이라는 기사도 실렸다. 기사를 읽으면서 그는 '불행 중 다행한 처지'라고 보았다.

그의 독재치하 때 야당총재 김영삼은 20여 일간의 단식을 했지만 언론은 단 한 번도 보도할 수 없었다. 위독한 상태에서 대학병원에 긴급 이송됐는데도 신문은 한 줄도 낼 수 없었다. 전두환정권의 위압적인 언론통제 때문이었다. 오늘의 '전'은 단식시작 때부터 보도되어왔고 10여 일의 단식으로 병원에 이송될 것이라는 '소식'도 세상에 알려졌다.

'전'의 단식은 왠지 '코믹'한 데가 있다. '5공의 정통성을 주장하기 위해서'라느니 '구속조치에 대한 무언의 항의'라느니 하지만 그 모두가 어쩐지 빗나간 행동 같아 보인다. 각 정당은 '전'의 그같은 행동을 '국민에 대한 모독'이라고 평했다. 어쨌거나 '전·노' 두 사람에 관한 것은 하나하나 기록해둘 만한 것인지 모른다.

여기 또하나 역사에 기록될 사람이 있다. 최규하 — 바로 그 사람이다. 그 또한 이를테면 '전직 대통령'이다. 그가 과연 '진짜 대통령'이었는지(묘한 표현이다) 여부는 차치하고 최근 신문, TV 등에 그에 관한 보도가 자주 눈에 띈다. 그는 '바람직하지 않은 선례' 운운하면서 '궤변'을 되풀이하고 있다.

최규하 씨 — 박정권 당시 외무장관을 지낸 후 대통령 '특별보좌관'이란 새 직분에 앉아 있다가 '어느 날 갑자기' 국무총리 서리에 임명됐다. 소위 '유신국회'에서 손쉽게 인준을 받아 정식 총리가 됐다. 당시 언론계 일부에서는 적재적소(適材適所)라고 평했다. 그것은 칭찬이 아니라 비꼰 말이었다.

언론은 최씨를 '무색무취(無色無臭)한 등신 같은 사람'으로 평가했던 것이다. 그저 '윗사람 하라는 대로만 움직이는 사람'으로 보았다.

아니나 다를까. 그는 총리 취임 '제1성'으로 "국무총리는 대통령 각하의 수석보좌관이나 다름없다"고 했다. 안해도 될 불필요한 소리를 굳이 한 꼴이었다. 기자들은 '얼간이 같은 인간'이라고 비웃었다.

그러한 그가 10·26 대통령 피살사건으로 대통령 자리에 앉게 되었다. 누구보다도 최씨 자신이 어리둥절했을 것이다. 하긴 헌법상 대통령 유고시(有故時) 국무총리가 직무대행을 하게 돼 있으니까 그는 대통령 자리에 가장 가까운 곳에 있었다.

때문에 그 난리통에 형식상의 절차(소위 '전국대위원회' 대회 등)를 거쳐 어물어물 대통령이 되고 말았다. '제4공화국'의 탄생이었다. 그러나 그를 실질적인 대통령으로 보는 사람은 별로 없었다. 누가 봐도 그는 총칼 쥔 전두환 도당의 허수아비로 평가될 수밖에 없었다.

그는 1년도 못 가서 대통령 자리에서 물러났다. 물러났다기 보다 쫓겨난 꼴이었다. 10개월쯤의 재임 중 그가 대통령으로서 공식적으로 한 일은 석유생산국(중동) 방문이었다. 또 한 가지 있다. 서울에서 개최된 '미스 유니버스' 대회에 참가한 각국 미녀들의 청와대 예방을 받고 함박 웃어 보인 일이다.

허수아비 대통령이었을 망정 그 정도로 그치면 그나마 괜찮았을 텐데 그는 짧은 재임기간에 '엄청난 과오'를 소리없이 저지르고 말았다. 참모총장이자 계엄사령관인 정모씨 구속을 재가했던 것이다. 그는 12·12사건에서 5·18사태에 이르기까지 역사적 시기에 중요한 자리에 앉아 있었다. 그래서 그는 사건진상의 결정적인 부분을 알고 있고 그 내용을 증언할 수 있는 인물이 돼버렸다. 그는 '어엿한 전직 대통령'이 아니던가. 그랬던 그가 어떠한 증언도 할 것 같지 않다는 것이다.

검찰이 두 차례의 자택방문을 하며 그의 증언을 얻으려 했으나 그는 시종 입을 다물었다. 그의 변(辯)이 과연 최규하 씨답다. "대통령 재임 중의 공식적 행위에 대해 일일이 조사받는다는 것은 바람직하지 않은 선례를 만드는 것"이라고 했다. 그는 또 "전직 대통령으로서 후임 대통령에게 부담을 줄 수 없다"고도 했다.

그는 그토록 못난 사람이었나? '전직 대통령'을 방패로 '바람

직하지 않은 선례' 따위 넋빠진 소리를 하고 있으니 등신치고도
철저한 등신이구나 하는 생각이 든다.

대체 누구를 위한 '전직 대통령'인가 묻고 싶다. 작년 9월에 그
는 5·18사태 증인을 얻으려는 검찰측 서면질의에 '바람직하지
않은 선례' 운운하며 서면답변을 거부했다.

당시 필자는 그를 가리켜 "전두환 도당에 의한 '피해자'의 한
사람인 줄 알았더니 '전' 도당에 가담한 '가해자'의 한 사람같이
보이게 된다"고 했다. 가해자는 아니더라도 뭔가 '전'에게 '약점'
을 잡힌 게 있는 것이 아닌가 싶었다.

지난 15일자 『한국일보』 서울판에 한 가지 기사가 났다. '민주
당' 강창성 의원에 의하면 최규하 씨는 12·12 전후 전두환 등
'신군부'로부터 몇 차례 걸쳐 모두 1백75억 원을 받았다는 것이
다. 이에 대해 최씨 비서관측은 '사실무근'이라고 반박했지만 당
사자의 직접 부인은 아직 없다. 이 또한 대통령 재임 중의 일이라
일일이 말하는 건 '바람직하지 않은 선례'이기 때문인가?

최규하 씨에게 묻는다. 당신은 어느 나라 사람인가. 그러고도
'전직 대통령'이란 말인가. 역사를 바로잡기 위해서 당신은 사실
을 사실대로 증언해야 할 의무가 있을 것이다. 역사와 국민이 그
렇게 하기를 바라고 있다.

〈1995. 12. 21〉

고국의 '총선'과 언론
— 어떻게 봐야 하나(상)

　중학동창 양모군 등과 함께 한 자리에서 고국의 총선거 얘기가 나왔다. '괜찮은 얘기'는 별로 없었다. "선거 때마다 왜 그짓들인지 갈수록 더한 것 같다"고들 했다. '선거문화의 확립' 운운하지만 정당마다 상호 비방과 중상뿐이라는 견해들이었다. 모두가 치졸하고 저질, 한심스럽다고 했다.

　단적인 예가 나왔다. 정당들이 서로 누가 얼마를 먹었다느니 하는 소리는 요란한데 단 한 번이라도 구체적인 증거를 밝힌 일이 있느냐는 것이다. 걸핏하면 "증거가 있다" "증인을 확보했다" 하면서도 무슨 증거, 어떤 증인인지 국민 앞에 내보인 일이 없고, 최근에는 무슨 문서를 확보했다는 말도 나왔지만 무슨 문서인지 감감무소식이라는 말들이었다.

　증거·증인·문서 어쩌고 하는 것은 어찌 보면 으름장 같기도 하다. 만일 그렇다면 그들 정치인들은 국민을 대체 뭘로 알고 서슴없이 그짓들인가. 여당후보가 92년 대선자금으로 1조 원 넘게 썼을 것이라던 주장이 "3천억 원을 썼다는 증거가 있다"로 슬쩍 변하더니 그나마 이젠 숫자 제시도 없이 "밝혀라, 공개하라"는 소리뿐이다. 3천억도 큰 돈이겠지만 1조 원은 가히 천문학적 숫자이다. 3천억이건 1조 원이건 누구 말마따나 동네아이 이름도 아닐 테고, 어떻게 그리 간단하게 입밖에 나올 수 있나. '증거'가 있고 '문서'를 입수했다면 지금이야말로 국민 앞에 공개할 최상의 시점일 텐데 왜 되풀이하여 '있다, 있다'고만 할 뿐 내놓지 않는 건지(혹은 못하는 건지). 어느 누가 이해할 수 있겠는가.

"언론은 또 뭐냐"는 말도 나왔다. 정당간 상호 비방하는 꼴은 언제나 보도를 통해서 알게 되는 것이다. 정치인들의 '으름장'도 그렇다. 그런 보도들을 나쁘다고 할 것까진 없다. 어쨌거나 그 또한 '사실보도'일 테니까.

문제는 그 정도의 보도로 모든 게 기정사실화되고 다음 문제로 넘어가버리는 데에 있다. 대선자금 내막을 비롯 어느 정당의 누가 얼마를 언제 어디서 누구한테 어떻게 받아먹었는지는 국민들이 가장 궁금해하는 대목일 것이다. 그것은 특히 국회의원 총선거에 있어 정당 지도자나 입후보자들의 적격여부를 가늠하는 자가 될 수 있고 필경은 우리의 정치풍토까지 개선할 수 있는 계기가 될 수 있지 않겠는가. 그런데도 정당들이 떠드는 소리는 신문 · 방송에 요란해도 그런 내용들의 사실여부를 뒷받침할 만한 기사는 거의 볼 수가 없다.

취재능력이 없는 건가, 의욕이 없는 건가. 아니면 아예 취재할 엄두도 못낼 '말 못할 사정'이 있는 건가. 보도기관들은 국민이 알고 싶어하는 것들을 무시한 꼴이 아니겠는가. 어쩌다 그 모양이 됐는가.

필자보다도 친구들이 그렇게 보고 분개하고 있다. 그렇게 보는 독자들은 많을 것이다. 오늘의 우리 국민들은 일부 취재인들(기자 · 편집간부 등)의 무능 · 무성의와 비굴을 잘 알고 있다. 그들은

'강자' 앞에 약하고 약자 앞에 '강한' 자세로 일관해오고 있다. 그같은 몸가짐이 선거철인 요즘에 와서는 숫제 좌충우돌, 죽도 밥도 아닌 무책임한 보도일색으로 나타나고 있다. 누가 무슨 말했다는 보도는 대문짝만해도 그 말의 사실여부를 끝까지 캐본 흔적이 전혀 없다.

노태우의 비자금은 작년 8월 초 서모장관 발설 때부터 철저하게 취재해볼 일이었는데 그들은 그저 지나가는 해프닝처럼 다루었다. 그래도 괜찮은 건지 독자들은 끝내 이해 못할 것이다.

친구들 사이에서 극단적인 소리도 나왔다. 우리의 정치풍토를 뜯어고치려면 "모두들 한번 크게 혼이 나야 제정신 차릴 거다"라고 했다. 혼이 나야(좀 섬뜩해지는 말이지만), 나라에 변란이라도 나서 모두들 제 생명·제 재산 어떻게 되나, 혼비백산해봐야 제정신 든다 — 는 것이다.

심술궂은 소리 같기도 했다. 그러나 일리 있다고 여기는 얼굴이었다. 그런데 — 얘기는 이에 그치지 않고 진짜 가슴 섬뜩해지는 말이 뒤따랐다. "그래 봤자 과연 얼마 동안이나 제정신 차릴는지……" 하는 사람이 있었다. 그는 역사상의 '과거사'를 들춰대면서 "몇 차례 혼나고도 우리는 지금에 와서 결국은 여전하다"는 것이었다. 정치인이고 언론이고 '식자층'이고 달라진 게 뭐냐는 뜻이었다. 자리에 잠시 침묵이 흘렀다. 시인도 부인도 할 수 없고, 무슨 말을 해야 할지 몰랐던 것이다.

필자는 고국의 언론을 거듭 생각해봤다. 이곳 교포사회 한국어 방송을 통해 연일 '고국소식'을 전하는 언론인이 있다. 이 사람이 이따금 '괴상한' 말을 할 때가 있다. 언젠가는 노태우 아들의 말이라면서 "우리 아버지는 젊을 때부터 돈이라곤 모르는 사람이다"라는 얘기를 꺼낸 일이 있다. 또 얼마 전에는 전두환 전대통령

136

의 부인 이순자 씨가 당장 내일 끼니를 걱정하게 됐다는 소문이 있다 하고는 "그래서 이씨의 남동생(전씨의 처남)이 갖고 있는 액면 2천만 원의 예금통장을 얻어쓰려고 했는데 그나마 수사기관에 압수됐다는 것입니다"라고 무슨 비화(秘話)처럼 소개했다.

그의 말을 듣고 있노라면 '전'도 '노'도 가엾은 신세이고, 문민정부가 전직 대통령을 그렇게 다룰 수 있느냐는 것처럼 들린다. 그런 소리 하는 사람의 견식을 의심케 된다. 대체 뭘 말하려는 건지 알 수 없다. 그러고도 편집국장을 지냈나 싶다.

최근 '전·노'의 재판정에서 '전'의 아들 3형제가 그들의 아버지 정권 때 희생된 학생 아버지 박모씨와 밀고 밀치는 몸싸움을 벌였다. 그들 3형제에게 과거 이기붕 씨 일가족 4명의 권총자살사건을 들려주고 싶다. 그때만 해도 정치인들은 또는 그들의 자녀들은 가장(家長)의 잘못을 뉘우치고 국민에게 사죄할 줄 아는 마지막 양심이 있었다.

3형제는 애당초 법정방청석에 나타나는 것이 아니었다. 하물며 희생학생 아버지 즉 유족과 몸싸움을 벌이다니 무슨 낯으로 대낮의 공판장에서 그짓들인가.

〈1996. 3. 28〉

고국의 '총선'과 언론

— 어떻게 봐야 하나(하)

　고국의 총선거를 얘기할 때 "한국인들의 인물평가 기준이 뭔지 모르겠다"는 말이 나왔다. 사람을 제대로 보고 진위(眞僞)를 가려내는 안목이 부족한 것 같다는 것이다. 정치인들은 말할 것도 없고 이른바 지도급 인사일수록 공과 사를 혼돈하는 것 같다고 했다. 선입견이나 정실에 치우쳐 붕당(朋黨)의식에만 사로잡히는 작태를 보인다는 것이다.

　선거철에 '어필'하는 인물이라는 게 여·야를 막론하고 '보스'들의 선호에 따라 천거되기 십상이고 과연 어떤 사람인지조차 모호한 경우가 적지 않다고 했다. 각 정당의 입후보자들이 어떤 기준으로 공천됐는지 의심날 때가 있어 결국은 '보스'의 입김에 따라 골라잡은 게 아닌가 보게 된다.

　아니나다를까. 정당마다 '공천파동'이 일어, 낙천된 사람들의 반발이 거세고 '공천장사'라는 말도 나돈다. 몇 차례에 걸쳐 몇천만 원씩을 '보스'나 그 측근에게 '헌금' 했는데도 낙천됐다고 당사자 스스로 폭로하는가 하면, 또 어느 정당의 전국구 순위 몇 번의 누구는 몇백억 원의 숨은 재력가이지만 돈벌게 된 '과거'가 아리

송하다는 평을 받기도 한다. 그런 끝에 모정당에선 전국구 순위가
뒤바뀌기도 하고 순서에서 탈락된 해당자가 홧김에 정계은퇴를
선언하는 '진풍경'도 볼 수 있다.

그 모양들이니 인물평가고 뭐고 결국은 사당화(私黨化)될 수밖
에 없을 것이다. 정당간의 대결이랬자 '패거리 싸움' 밖에 더 되
겠느냐는 의견들이었다. 왜 선거 때만 되면 아니 선거 때가 아니
더라도 고국 정당들은 그토록 '돈'에 얽힌 추문이 무성한가. 그런
정치풍토가 어느 때 가서나 사그러질지 한심스럽다.

언론이 또 화제에 올랐다. 이번엔 필자 스스로 말을 했다. 한 신
문의 논평란을 인용했다. 요약해본다.

"……선거비용 제한액은 8천4백만 원이지만 이미 그 이상을 써
버린 입후보자들이 수두룩하고 그 액수의 2, 3배 또는 10배 이상
을 책정한 후보도 많다고 한다."

얼핏 봐선 '돈선거'를 비난하는 글이지만 그러나 다시 읽으면
선거에 몇억쯤 쓰는 건 당연한 일로 착각될 수도 있다.

입후보자나 선거운동원들은 이같은 논설에 어떤 반응을 보이게
될까? 더욱 염려되는 건 '유권자'들이다. 유권자들은 한도액 8천
4백만 원을 쓰는 후보자를 쩨쩨한 사람으로 보게 되지 않을는지?

언론들은 법정한도액을 초과할 경우 엄벌될 것이라는 경고성
논평을 되풀이 강조했어야 했다. 언론은 '신속정확한 보도'의 사
명과 함께 '사회계몽'의 역할도 지녀야 한다. 신속정확치 못하고
계몽성마저 상실한 언론이라면, 게다가 설(說)과 억측에 가득찬
기사투성이라면 그건 혹세무민(惑世誣民)하는 것과 다름없게 된
다.

친구들은 또한 지역분할현상이 큰 문제라고 지적했다. 수십 년
을 두고 영·호남의 지역감정이 논란되어왔지만 이젠 어느 새 충

청도마저 별도의 지역감정 세력을 형성하는 판국이라고 했다.

뿐더러 영남은 TK세력이니 경북(慶北)정서니 하는 게 따로 있다는 보도가 걸핏하면 지면을 '장식'하는가 하면 호남도 남과 북에 따라 미묘한 차이를 보인다는 보도마저 나왔다.

최근 이색적인 현상이 한 가지 눈에 띈다. 이른바 옥중출마라는 거다. 대구의 정모를 비롯 두 사람의 허모 등이 비록 잡혀들어간 몸이지만 제각기 이번 선거에 떳떳이(?) 출마하겠다는 것이다. 그에 따라 그들의 가족들이나 선거원들이 분주히 움직이고 있다.

알다가도 모를 일이다. 교도소에 수감된 그 사람들이 어떤 혐의로 감옥살이 신세가 됐는지 본인들은 알고 있을 것이다. 국민들 즉 유권자들도 알고 있다. 그런데도 그들은 출마했다. 지금 일부 언론들은 그들의 당선 가능성이 높은 것 같다고 보도하고 있다.

보도에 따르면 지역민들의 동정심이 그들에게 쏠리고 있는 것 같다는 것이다. 그들을 구속수감한 집권층에 대한 반감이 만만치 않다는 '해설'도 곁들었다. 보도가 마치 지역감정을 부추기는 것 같은 인상이다. 언젠가는 전두환 가족이라면 누가 나와도 합천지구에서 당선될 것이라는 기사도 있었다. 그러고보면 '떠오르는 태양' 어쩌고 한 박모의 아내가 무난히 당선된 일이 기억난다.

대체 이런 일들을 어떻게 봐야 할 것인가. 그것이 우리의 정서이자 민도(民度)란 말인가. 지역감정이란 그런 데서 싹트게 되는 건가? 필자는 지역감정에 '이유있다'고 볼 수 있는 곳은 광주밖에 없다고 생각한다.

TK건 PK건 또는 충청권이건 뭣이건 모두가 어리석은 짓들에 불과하다. 한낱 작당(作黨)행위나 다름없다. 옥중출마가 뭐란 말인가. 외국의 경우 독재자의 혹독한 탄압을 받거나 국외로 추방됐던 반대당 지도자가 국외에서 간접 출마할 때가 있다. 하지만 우

140

리처럼 어제까지 집권당에 몸담고 있던 사람들이 지난 날의 죄과
로 구속되자 마치 정치권력과 투쟁해온 사람처럼 '비장한 결의'
를 표명하며 옥중출마하는 행위는 없다. 하물며 내 고장 사람이라
고 해서 유권자들이 무조건 동정하고 몰표를 던져주는 '기현상'
도 없다.

　말하기 거북하지만 그 모두가 한국적인 우둔함과 값싼 정서라
고 하지 않을 수 없다. 누가 그런 풍토를 조장하고 있나? 누가 그
토록 지역따라 사람들 마음을 갈기갈기 찢어놓았는가?

　바로 정치인들과 그리고 언론이다. 정치인들은 지역감정을 이
용하려는 데만 혈안이고 언론은 꽹과리 치듯 무턱대고 떠들썩하
다.

　정치인과 언론들의 자성·자각 없이는 한국의 정치풍토는 언제
나 4류 수준에 머물게 될 것이다.

〈1996. 4. 4〉

사랑을 받지 못하는 정치인들

― 고국의 총선을 보고

그분은 기어이 "걸어가겠다"고 했다.

80 노인의 옹고집을 달래느라 비서들은 애먹었다. 경무대에서 이화장까지 걷기에는 결코 짧은 거리가 아니다. 하야성명으로 대통령직 사임을 내외에 천명한 이승만 박사는 "이제 야인(野人)인데 내가 어떻게 관용차를 타겠느냐"는 것이었다.

'이화장'에 들어선 그는 주변 사람들의 휴식 권유에도 불구하고 팔을 걷어붙이고 묵묵히 정원 가꾸기에 나섰다. 얼마 후 집밖이 다소 소란해졌다. 담 너머 길가를 쳐다보던 이박사는 3백여 명의 시민들과 눈이 마주쳤다. 시민들은 박수로 노박사를 '위로'했다. '여생을 편히 지내시라'는 '플래카드'도 보였다. 선글라스의 이박사는 손을 흔들며 "우리집 놀러와"라는 듯 미소지었다. 그 무렵 서울의 대학생들은 어수선했던 거리청소에 여념이 없었다. 새 사회·새질서를 다짐하는 얼굴들이었다. 그때가 60년 4월 28일께 ― 우리의 정서는 마냥 곱고 아름다웠다.

전직 대통령 전두환 등에 대한 공판이 재개되었다. 법정의 '전'은 뉘우침보다 '떳떳해' 보인다는 보도가 있었다. 돈 몇천억 원쯤 주물럭거린 건 관례에 따른 정치자금일 뿐이라는 게 변호인측 주장이다. 그 돈은 기업인들의 '자진헌금'이지 결코 뇌물이 아니라고도 했다.

더욱 해괴한 것은 '헌금'을 받지 않으면 기업인들이 위축돼 궁극적으로 경제활동에 지장을 줄 염려가 있었다는 '전' 피고의 논리이다. 한국에서나 들을 수 있는 희한한 소리이다.

이박사는 끝내 망명의 길에 올라 은둔생활을 해오다가 몇 년 후 하와이에서 운명했다. 평생을 나라에 바쳐온 그였지만 말년의 실정(失政)에 대한 책임을 면할 길이 없었다. 국민은 그의 망명생활을 안쓰러워했지만 그러나 4·19 희생자의 넋을 달래노라면 국외추방(망명)도 어쩔 수 없는 일로 여겼다. 노박사 자신도 그 점을 알고 있었을 것이다.

전두환에게도 망명의 기회는 있었다. 그러나 '전'은 한사코 국내에 머물렀다. 죽어도 조국땅에서 죽겠다는 명분이지만 내심 "내게 무슨 잘못이 있다고……" 하는 것 같았다. 12·12사태도 광주사태도 그에게는 한낱 '부득이한' 일이었나보다.

지금 '전'은 죄의식은커녕 법정에서 5공정권의 '정통성'이니, 관례에 따른 정치헌금이니 하고 있다. 최소한의 양식(良識)도 염치도 없는 자이다. 이박사는 법정의 추한 모습을 보이느니 차라리 망명의 길을 택했다. 국민도 노박사 자신도 눈물을 머금고 헤어졌다. 공과 사를 가릴 줄 아는 시대였다.

제15대 총선거가 끝났다. 결과는 이미 알려진 그대로이다. 마침 개인 용무로 서울에 체류중이던 필자는 서울과 경기 등 이른바 '수도권'을 주목했다. 우리네 정치풍토에서 어차피 영·호남이나 충청지역은 뻔한 결과가 예상됐던 때문이다.

수도권 선거는 예상 밖의 결과 — 라고 언론들이 보도했다. 무

엇이 예상 밖인가? 대부분의 신문들은 야당(국민회의)의 다수의
석을 점치고 있었고 집권당의 열세를 기정사실처럼 대서특필했던
것이다.

선거결과가 판명되자 언론들은 북풍(북한 도발행위)이 어땠느
니, '안정 속의 개혁' 성향이니, '세대교체' 열망이니, 그럴 듯한
'분석' 들이 요란하지만 뭔가 중대한 사실을 빠뜨린 느낌이다.

무엇인가? '국민회의' 는 분명 패배했다. 참패했다. 선거사상 집
권당이 수도 서울에서 승리를 차지한 것은 이번이 처음이다. 왜
그쯤 됐나? 원인은 뭔가? 이유는 바로 김대중 씨에게 있다고 본
다. DJ는 그간 세 가지 과오를 범했다.

첫째, '정계은퇴 선언' 의 번복이다. 92년 대선패배 후 정계은퇴
를 국민 앞에 선언할 때 사람들은 그의 심정을 헤아리며 그에게
거인(巨人) 호칭을 서슴치 않았다. 한국정치사를 빛낼 사람이라고
도 했다. 그러던 그가 불과 2년 만에 정계표면에 나섰다. 위기에
처한 나라를 좌시할 수 없어서라는 것이 이유였다. 불행히도 사람
들은 그에게 배신감을 느꼈다. 국가위기 운운하지만 그것은 한낱
그의 '구실' 로 보았다.

20억 원 수수가 또한 큰 실수였다. 수수 후의 언동이 더욱 빈축
을 샀다. 20억 원이건 단돈 20만 원이건 받은 건 받은 것이다. '고
해성사' 를 했다느니, '받은 것은 그것뿐' 이라느니, '아무런 조건
이 없었다' 느니 하고 불필요한 말을 해댔다. 누구(YS)는 몇천억
원을 받았을 거라는 말도 자주했다. 20억쯤은 별것 아니라는 뜻이
었나? DJ의 사람됨이 작다는 인상만 풍겼다.

정계복귀 후 그의 행동도 국민의 불신을 샀다. 또 새 정당을 만
들었기 때문이다. 걸핏하면 분당(分黨)을 일삼는 게 그의 특기처
럼 보였다. 무엇을 위한, 누구를 위한 그짓이냐고 사람들은 그의

행동을 못마땅히 여겼다. 그를 믿을 수 없는 사람으로 보았다.

　서울 유권자들은 그의 잘못을 그냥 보아넘기지 않았다. 국민회의 부총재급들이 줄줄이 서울에서 낙선한 것은 DJ에 대한 혐오감의 표시이기도 했다. "뭣 하러 그런 사람과 어울리느냐!" — 서울 유권자들은 매섭기만 했다.

　이박사와 전두환과 그리고 DJ를 얘기했다. 분명히 말해 세 사람간에는 아무런 유사점도 없다. 제각기 다른 길을 걸어온 사람들이다. 다만 — 왜 우리의 정치지도자들은 국민의 사랑을 받지 못하나, 그걸 생각해보았다. 국민이 신뢰하고 사랑할 수 있는 참된 지도자가 나와야 한다.

〈1996. 4. 18〉

3김씨
— 이제 뒷전으로 물러나야 합니다(상)

한때 '대통령병'이란 말이 있었다. 누구는 중학 때부터 대통령병 증세가 있었다느니, 누구는 계절병 환자처럼 대선 때마다 입후보한다느니. YS와 DJ에 대한 비아냥이었다.

서울에 머문 동안 한 TV에서 묘한 것을 봤다. 밤마다 총선 입후보자들의 사진과 '간단한' 이력을 소개하는데 불과 두서너 줄의 이력에는 '제11대, 12대, 13대, 14대 국회의원 출마'라는 자막이 눈에 띄었다. 얼핏 의원을 지냈다는 건가 착각했지만 출마는 했으나 낙선했다는 뜻에 불과했다. 출마 그 자체도 '이력'인가, 쓴웃음이 났다.

다른 채널에선 어느 '합동정견 발표장'을 소개했다. 입후보자들의 '정견 아닌 정견'이 배꼽을 안게 했다. 한숨이 나기도 했다. 땅바닥에 엎드려 큰절을 하는 후보자가 있는가 하면, 한 후보자는 "저는 이번이 다섯번째 출마입니다. 이번에 또 떨어지면 저는…… 유권자 여러분, 해도 너무 하시지 않습니까!" 읍소(泣訴)인지 협박(?)인지 알쏭달쏭한 '연설'도 있었다. 또 어느 후보자는 아침마다 '대중탕'에 나타나 뜨거운 욕탕에서 유권자들과 얘기를 나눈다는 것이며, 혹은 '괜스레' 장터마다 누비며 서민티를 보이려는 후보자도 있다고 했다.

그 모두가 '국회의원병'에 걸린 사람들 같았다. 병치고는 중증임에 틀림없다. 얼마 전 이른바 '여 · 야 영수회담'이 있었다. 국민회의 김대중 총재를 비롯 야당 지도급 인사들이 대통령과 청와대에서 잇따라 회동했다.

언론들은 물론 대서특필했다. 특히 YS · DJ회합에 무게를 두었다. '남북문제, 초당적(超黨的) 협력'이라는 큰 제목이 1면 톱을 장식했다. 2면 스케치 기사는 "오랜만이야⋯⋯." 친근감 넘치는 인사를 나눈 두 사람이 "민주화투쟁 때의 우정은 변치 말자"고 서로 다짐했다는 내용이 실렸다.

당사에 돌아온 DJ는 회담 성과에 만족을 표시하고 "이대로 가면 여 · 야가 '대화정치'로 진입할 수 있을 것"이라고 평가했다고 한다.

기사를 읽으면서 다소 착잡한 심정이었다. 두 사람의 회동은 백번 환영할 만한 일이며, 여야 협력체제를 마다할 사람은 없다. 없는데도 착잡한 심정이었다. 왜 그럴까?

두 사람은 남북문제에 초당적 입장에서 공동대처해 나간다고 했다. 한반도의 남북문제가 떠오른 것은 70년대 초부터였다. 한동안 주춤했다가 80년 중반부터 다시 클로즈업됐다. 6공 들어서부터는 총리급 회담 또는 단일 체육팀(축구 · 탁구 등) 구성이 이뤄져 제법 활성을 띠는 성싶었다.

그러나 현실은 국민의 기대와는 정반대로 나갔다. 북쪽 때문이었다. 김현희의 KAL기 폭파테러사건을 비롯, 서울올림픽 불참, 서울 불바다 협박, 또 최근의 휴전협정 불이행과 전쟁위협 등 긴장상태는 더해가기만 했다. 문제는 그같은 남북간의 긴장관계 그

자체가 아니다. 그에 대처하는 우리측 대응이 문제였다. 특히 정치인들의 무정책, 무정견과 획일성이 한심스러웠다.

언젠가 YS가 "어떠한 우방도 동족보다 가까울 수는 없다"고 했으나 그후 판문점에서 북한측의 '서울 불바다' 폭언이 터져나왔다. 그러자 야당들은 "그러게 왜 그런 소리 섣불리 하느냐"고 일제히 YS에게 비난을 퍼부었다. 최근에는 북한에 대한 쌀지원이 말썽이었다. 한국측 입항선박에 대한 북한의 인공기 게양강요와 선원 납치 때문이었다. 야당은 쌀원조가 성급한 짓이었다고 정부를 규탄했다.

야당의 공격은 일리 있는 것인지 모른다. 그러나 반대의 경우를 가상해보자. 만일 정부가 "동족보다는 우방이 가까울 수도 있다"고 했거나 또는 쌀지원을 일체 안했더라면 야당은 뭐라 했을 건가? 더욱 큰 비난을 퍼부었을지 모른다.

남북문제는 언제나 정쟁의 도구로 이용되는 느낌이었다. 여·야의 정치인들은 물론이고 목사나 문인(文人)·여대생들도 저마다 남북문제에 앞장서겠다는 판이었다. 정작 수백만의 실향민들은 침묵을 지킬 뿐인데 "북한에 가서 아무개를 만나보겠다"고 마치 무슨 수나 생길 것처럼 으스대는 사람들이 각계 각층에 적지 않았다. 그런 마당에 뚜렷한 '대북정책'이 나올 수 있겠는가. 북새통 틈에서 과연 소신껏 밀고 나갈 수 있겠는가.

안할 소리지만 우리의 입장에서 오늘의 북한 공산독재세력과는 대립관계에 있는 거나 다름없다. 원인은 북한 쪽에 있다. 그래서 더욱 남북문제만큼은 초당적 대응책이 필요할 텐데 불행히도 우리는 그러지 못했다. 어느 나라고 외교문제의 경우 국가정책은 여야 할 것 없이 동일보조를 취하게 마련일 텐데 남한의 통일정책은 갈팡질팡 상태로 보인다.

우리는 너무나도 상식을 벗어나고 있다. 남북문제가 한낱 정당 간의 시비와 비방자료로만 쓰여왔다. 이제 YS · DJ회담에서 '남북문제 초당적 협력'을 다짐했다. '이제사 정신들었나' 싶기도 하지만 아무튼 기대해볼 만한 소식이다. 다만 — 그같은 중대국사가 꼭 두 사람이 만나고서야 풀릴 듯 싶은 것이 어쩐지 부자연스럽게 여겨진다. 사전에 그들 정당 내부에서 협의한 흔적이 별로 없었던 것 같아 더욱 마음에 걸린다.

그래서 착잡한 심정이 든다.

〈1996. 4. 25〉

3김씨
— 더이상 정치 후진국일 수는 없다(중)

　　3김씨에 대한 '거부반응'이 은근히 국민들 사이에 번지고 있다. 특히 수도권 일대에서 그런 것 같다. 이번 총선에서 영·호남과 충청은 제각기 지역감정을 나타냈다. 3김에 대한 절대지지 때문인가 싶었지만 "꼭 그런 것만은 아니다"라고 풀이하는 사람들이 적지 않다. 그같은 해석의 근거로 그들은 "지금 대안이 없지 않은가?"라고 했다. 대신할 만한 인물이 있다면 누가 3김씨를 꼭 필요로 하겠느냐는 뜻으로 들렸다.

　　필자의 친구들 중엔 영남사람도 호남사람도 있다. 전·현직 언론인을 비롯 정치인·법조인·공직자들도 더러 있다. "왜 아직껏 대안이 없는 건가? 대안부재는 자연추세인가, 인위적 소산인가?" 필자의 질문은 그 점에 쏠렸다. "그거야……." 대답은 언제나 명확치 않았다. "대안을 가로막는 세력은 없는가?"도 물었다.

　　3김씨도 문제이려니와 그보다도 3김을 에워싼 추종인들이 쉴새없이 꿈틀거리기 때문이 아니냐는 뜻이었다. "그런 이유도 있을 것이다"라는 대답이었다. 추종세력이 3김을 빼도 박고 못하게끔 만들고 그러다보면 얼키고 설킨 뒷사정으로 3김도 '대권주자'이

거나 실세임을 내세울 수밖에 없다는 것이었다.

그러나 — 뭐니뭐니해도 1차적인 원인은 3김 자신들에게 있다. 서울에 머물 때 3김에 대한 색다른 인물평을 들었다. 역(逆)으로 본 인물평가 같은 거였다. 세 사람이 각자 당과 정치인들을 거느리고 있지만 3김 중에서 독선적인 즉 1인 전횡으로 정당을 사당(私黨)처럼 움직이는 사람은 누구이며, 돈에 관련된 3김의 추문이 그칠 새 없으나 돈 관리에 있어 어딘가 비밀스럽고 음침한 의혹을 사는 사람은 과연 누구이고, 세 사람 모두 지역감정을 부추기며 은연중 그에 기대면서 하나의 세력으로 삼고 있는데 그같은 지역감정의 덕을 많이 보는, 다시 말해 이용하는 사람은 과연 누구인가.

순서를 가려내기가 쉽지 않았다. 3김 모두 오십보 백보가 아닌가 싶었다. 굳이 순서를 매겨보라면 결국 국민들의 판단에 맡길 수밖에 없다.

총선결과를 놓고 정당들의 '자체평가'가 무성했다. 서울 47개 선거구의 여대야소현상이 두드러지게 입에 오르내렸다. 몇 가지 분석이 거론됐다. 그중 하나에 소위 '북풍'이라는 게 있다. 북한 측의 도발행위나 전쟁위협이 평화와 안정을 희구하는 유권자들을 자극, 집권당 후보자들에게 표를 찍게 했다는 것이다.

'기묘한 분석'이라는 생각이 든다. 얼핏 일리가 있어 보이지만 어딘가 빗나간 것이라고 필자는 본다. 그같은 분석대로라면 북한의 군부세력은 마치 때를 노려 남한 집권당을 도왔다는 얘기가 된다. 그렇다면 영·호남이나 충청 게다가 대구의 선거 결과는 뭐라고 설명할 것인가? 그보다도 북한의 김정일이나 군부세력은 남한 정권에 유리한 행동을 했다는 것인가?

예나 지금이나 북한은 남한정국의 혼란을 노리고 있다. 북이 군이 총선거를 겨냥했다면 그건 공포분위기나 민심교란에 목적이 있을 것이다. 북의 도발행위가 도리어 여당에 유리하게 작용했고 그래서 서울의 '여대야소' 현상이 생겼다는 견해는 어딘가 부자연스럽다.

선거 때 북한이 술렁이면 정부·여당에 유리하다고 보는 것은 정치인들의 시각일 뿐이다. 하긴 간첩망 대량검거니 북한의 남침위협 운운은 역대 군사정권의 상투적인 수법이었던 것은 사실이지만 요즘 세상에 그런 일 때문에 마지못해 집권당에 투표할 사람은 없다. 도리어 정부·여당에 불리할 수도 있다. 북한의 전쟁위협이 한두 번이었던가. 국민(유권자)은 오늘의 국제정세로 미루어 북한의 전면전 도발이란 불가능하다고 본다. 국민은 정치인들이나 언론들보다 몇 걸음 앞서 세상을 잘 알고 있을지 모른다.

이번 총선결과에서 주목할 것은 신인들의 다수 등장에 있다. 무명의 신인들이 여·야 중진급들을 쓰러뜨린 사실을 주목해야 한다. 신인들의 당선은 세대교체 문제로 이어진다. 그만큼 기성 정치인들에 대한 불신이 크다. 수십 년을 두고 같은 얼굴 같은 소리 같은 행동에 유권자들은 식상하고 있다. 3김시대 재래니, 대권도전이니, 또 그 사람들 그 수작들인가 유권자들은 외면할 지경일 것이다.

이런 보도가 있었다. 선거 직후(4월 12일) 샌프란시스코『한국일보』4C면의 기사를 인용해본다.

"……세대·학력·지역·직업별로 분석한 결과 이번 총선에서 20대 X세대들의 여당 지지현상이 눈에 띄게 드러난 것으로 나타났다. 전국적으로 20대의 유권자 중 33.3%가 '신한국당' 후보에 투표, '국민회의' 27.2%, '무소속' 13.8%, '민주당' 12.9%보다 지지율이 높았다. 학생들만 보면 40%가 '신한국당'에 투표했다.

흔히 고학력자일수록 야당 성향이 강하다는 과거의 통념도 깨졌다. 서울은 대졸자의 37%, 인천은 43.1%, 경기는 31.2%가 여당 후보자를 지지, '국민회의'나 '민주당'보다 3% 내지 30% 이상의 지지를 받았다. 또한 전국적으로 판매·생산업에 종사하는 직장인들도 38.6%가 여당을 지지한 데 비해 '국민회의'는 28%, '자민련' 12.9%에 그쳤다.

이같은 숫자보도에 3김씨는 느끼는 바가 있어야 한다. 세상을 똑바로 봐야 하지 않겠는가. 숫자상의 우위만으로 여당이 만족할 이유도 없고 더더욱 과거의 지방선거의 승리로 안이한 선거전략에 빠진 야당도 문제이다.

세상은 달라져가고 있다. 3김은 이제 뒷전으로 물러설 때이다. 사람들은 그러기를 원하고 있다.

〈1996. 5. 2〉

3김씨
— 지역감정해소에 앞정서기를(하)

총선 후 어느 외신은 한국 유권자들이 여·야로 하여금 힘의 밸런스를 갖도록 절묘한 숫자를 산출해냈다 — 고 보도했다. 여소야대도, 여대야소도 아닌 결과를 빚었다고 평했다.

집권당의 독주도 야당의 '무조건 반대'도 어렵게 만들었고, 특히 수도권에서 전통적인 여소야대 현상 변화와 신인들의 대거등장은 '개혁'과 '참신'을 바라는 국민의 뜻이 잘 나타난 것이라고 했다. 한국사람들의 의식수준이 정치발전의 전망을 밝게 했다는 것이었다.

며칠 전 김대중·김종필 야당 영수들이 회동했다. 이날 두 김총재는 "정부·여당이 야권 당선자들을 무차별 영입, 인위적으로 총선민의(總選民意)를 짓밟는 것은 '야당말살정책'이라는 데 동의했다"고 했다. 때문에 등원거부 등 대여 강경투쟁에 나서기로 의견을 모았다는 것이다.

뿐더러 "양 김씨는 4·11총선은 '총체적 부정선거'였다는 데 인식을 같이하고 정부·여당에 의해 자행된 각종 부정선거 규명에 양당의 당력을 집중키로 합의했다"는 보도도 나왔다.

두 사람의 회합은 뜻깊은 것이라고 평가한 신문도 있다. 빙탄불상용(氷炭不相容)처럼 보이던 두 김씨가 대여전략에 공동보조를 취하게 된 것만도 크게 달라진 일이라고 했다.

불과 10여 일 전 청와대에서 야당총재들은 대통령이자 여당총재인 김영삼과의 개별적인 회동을 가졌고 회담 후 대체로 만족의 뜻을 표시했다. 남북문제 초당적 협력이나 '대화정치'를 다짐했다는 보도들이었다. 초당적 협력이나 대화정치를 마다할 사람은 없다. 백번 환영할 만한 일이다. 그러나 DJ·JP회동내용을 봐서는 여야간 대화정치는 도저히 기대할 수 없을 것 같다.

원인이 있을 것이다. 1차적인 원인은 무소속과 일부 야당 당선자들에 대한 정부·여당의 성급하고 억지스런 영입작업 때문이 아니겠는가. JP는 그같은 여당행태를 '공작(工作)'이라 규정짓고 "과거 아무리 악독한 정권도 이런 짓은 안했다"고 비난했다. 악랄한 공작을 격앙된 어조로 규탄했다. 두 김씨의 회담에서는 '야당 말살정책'이란 용어가 나왔고 등원거부 방침을 굳히게 됐다고도 한다.

몇 가지 의문이 생긴다. 당선자 영입작업은 분명 정부·여당의 잘못이다. 도의적으로 시기적으로 그럴 수는 없는 일이다. 외신보도처럼 절묘한 숫자를 산출해냈다는 유권자들의 뜻도 무시하는 짓이 아니겠는가. 그러나 그렇다고 야당이 꼭 '등원거부'로 맞서야 될 것인가? 등원을 거부하면 국회는 있으나 마나이다. 국회 없는 정국은 토론·대화의 장을 잃게 될 것이다. 흔히 말하는 '장외투쟁'은 나라의 혼란을 가중케 할 뿐 그런 경우 국민은 정국이나 정치인들을 어떤 눈으로 보게 될까?

의문은 또 있다. 과거 어떠한 정권도 이토록 악독한 짓은 안했다 — 지만 그게 무슨 소리인지 모르겠다. 과거의 독재정권들은 정정법(政治淨化法)을 만들어 원천적으로 야권활동을 봉쇄했었다. '야당'이라 해봤자 '사쿠라' 아니면 '들러리' 정당이 아니었던 가? 야당의원 영입 같은 것은 아예 문제 밖인 시대였다.

군사독재 당시 DJ는 사형언도까지 받았고 YS는 당수직 박탈과 국회추방의 고난을 겪기도 했다. 국회의원이나 언론인이 정보기 관에 끌려가 고문을 당하는 일은 예사였다. 독재정권 때 어쩌다 선거를 치르면 막대한 금품살포로 거리의 술집마다 흥청거리고 들놀이에 나간 부녀자들마저 놀자 마시자로 들뜨는 판이었다. 그 야말로 '총체적인 타락선거'이자 돈살포행사에 불과했다.

지금 야당은 4·11총선을 총체적인 부정선거라고 한다. 사상 유례 없는 부정선거라고도 했다. 그 자체는 철저히 규명될 일이 다. 그러나 과거를 잊었느냐고 되묻고 싶다. 특히 한 김씨가 목청 높여 관권개입·공작정치 운운할 때는 그 사람 얼굴을 다시 보게 된다. 그가 실세인물로 행세하던 시대는 어떠했던가. 그는 자신의 과거를 까맣게 잊어먹었나? 15대 총선을 '사상최대의 부정'이라 는 건 어딘가 무리가 있다.

필자는 지난 4월 서울에 있었다. 선거가 막바지에 접어든 때였 다. 막바지인데도 선거열기를 피부로 느낄 수가 없었다. 신문이나 TV만 요란한 인상이었다. 물밑에서 어떤 부정이 자행됐는지는 잘 모른다. 모르긴 하나 어쨌든 겉으로 보기에 대포집들도 부녀자들 도 한산하고 조용했다.

옛날 선거 풍경을 아는 필자로선 그것은 하나의 변화였다. 최소 한 이번 선거가 사상 유례없는 부정선거라고 단정할 수는 없을 것 같았다. 결코 어느 쪽을 두둔하거나 편견에 사로잡힌 소리는 아니 라고 지금도 믿고 있다.

'내각책임제'의 JP와 '대통령중심제'의 DJ가 대여투쟁 공동보조에 합의했다고 한다. 투쟁에 승리하면 그후 양 김씨가 어떤 길을 걷게 될지는 미지수이다. 어쩌면 양 김씨의 이해득실에 따라 내각책임제로 선회할 가능성도 없지 않다는 보도도 있다.

정치란 참으로 요지경 속이다. 요지경 속을 이루는 것은 바로 3김씨이다. 시대가 달라져 가는데도 3김씨의 요지경 속은 여전하다. 나라와 국민에게 도움이 안되는 일들을 수십년을 두고 되풀이해오고 있지 않은가.

거듭 말한다. 3김씨가 그러고 있을 시대는 사라져가고 있다. 왜 그것을 깨닫지 못하는가. 나라는 당신들의 정치 놀이터가 아니다. 3김은 '인물' 양성에 여력(餘力)을 바쳐야 한다. 지역감정의 불길을 서둘러 꺼야 한다. 당신들이 할 일은 오직 그곳에 있다.

〈1996. 5. 9〉

영국과 한국의 정치풍토
— 고국에도 신풍이 불어야

영국은 의회주의 국가이다. 템스 강변에 위치한 의사당 건물은 역사와 전통을 과시한다. 영국의회를 가리켜 남녀의 성을 바꾸는 것과 태양을 서쪽에서 뜨게 하는 것말고는 무엇이든 해낼 수 있는 곳이라고 했다.

윈스턴 처칠(1874 — 1965)은 제2차 세계대전중의 영국수상이었다. 그는 정치가일 뿐 아니라 글과 그림에도 재질이 있었다. '처칠'은 『회고록』 등의 저서로 훗날 '노벨' 문학상을 받기도 하였다.

유럽전선이 승리로 끝난 후 '처칠'은 45년 7월 포츠담에서 개최된 미·영·소 수뇌회담 때 야당인 '노동당' 당수 '애틀리' (Clement R. Attlee)를 동반, 미·소 원수들에게 소개한 일이 있다. '애틀리'로 하여금 현장분위기에 익숙케 해 그의 국제감각과 시야를 넓혀주려 한 것이다.

종전(終戰) 후에 실시된 총선에서 '보수당'은 과반수 의석 획득에 실패했다. 수상직은 자연 다수 의석의 노동당 '애틀리'에게 넘어갔다. 전쟁승리의 영도자이자 국민의 사랑을 받던 '처칠' 보수당의 패배는 세계를 놀라게 했다. 예상밖의 일이었던 것이다. 지레짐작으로 영국의 사양(斜陽)을 예언하는 사람도 있었다.

그러나 '윈스턴 처칠'만큼은 전혀 동요하지 않았다. 그는 존 불 (John Bull)다운 특유의 얼굴에 '시거'를 입에 문 채 "영국은 이제 변화의 시대에 들어섰다. 우리 모두 힘을 합쳐 전재(戰災) 복구와 복지국가 건설에 힘써 나가자"고 국민에게 당부했다.

'애틀리'는 45년부터 51년까지 6년간 수상직에 있었다. 그는 주요 산업 국유화, 완전고용제, 복지제도 실현 등 노동당정책을 밀고 나갔다. '요람에서 무덤까지'라는 정책 슬로건은 '애틀리' 수상 당시 생겨난 것이다. '애틀리'는 수상직 수행과정에서 더러는 '처칠'의 자문을 구하기도 했다. 정책은 좋았으나 현실상의 난관이 적지 않았다. 야당(보수당)의 반대나 방해가 있었던 때문은 아니다. 정부 세입(歲入), 다시 말해 재원(財源) 문제가 갈수록 심각해지는 때문이었다.

복지정책을 밀고 나가다보니 영국은 어느 새 세계에서 가장 과세율 높은 나라의 하나가 돼버렸다. 50년대의 소득세율은 기업의 경우 최고가 무려 92.5%(연간소득)에 달했고 최저라야 42%나 됐다. 정부는 그래도 예산을 늘려야 했고 그러자니 재원확보를 위해 세율을 인상할 수밖에 없었다.

세율인상은 봉급자들의 임금인상 투쟁을 낳고, 임금인상은 물가상승을 초래하는 악순환으로 이어졌다. 시일이 지나감에 따라 근로자의 조업의욕 저하현상이 일어나 걸핏하면 노동조건개선을 요구하는 태업 또는 총파업을 벌이기 일쑤였다. 산업현장은 점차 마비상태에 들어갔다. 이른바 '영국병'은 이미 싹트기 시작한 것이다.

'애틀리' 이후 보수당과 노동당 내각이 번갈아 복지정책을 밀고 나갔지만 영국병은 갈수록 심화됐다.

79년 노동당 내각을 이은 보수당의 '마거릿 대처' 여수상은 대기업 국유화, 개인소득세 인상, 복지예산 증대 등 과거의 정책들을 모조리 반대하였다. '철의 여인' 대처는 80년대 들어 세제개혁안을 마련, 이에 바탕을 둔 국가예산안을 의회에서 통과시켰다. 정치평론가들은 당시의 예산안을 역사적인 개혁이라고 했다.

'대처' 세제는 연소득 1만 9천3백 파운드까지는 25%, 그 이상의 소득은 일률적으로 40%를 과세한다는 것이다. 개인소득의 경우 종전에는 1만 8천 파운드까지가 27%, 2만 4백 파운드까지는 40%, 3만 3천3백이면 50%, 4만 1천이면 55%, 그 이상은 60%라는 소위 누진세율을 적용해왔던 것이다.

세입 감소에도 불구하고 '대처' 내각의 개혁정책은 성과를 거두기 시작했다. 근로자의 파업이 줄어들고 생산능률도 향상되었다. 기업주들도 의욕을 보이기 시작했다. 사회는 차츰 활기를 띠어 불치병 같았던 '영국병'은 10여 년의 '대처' 정부에서 거의 치유됐다.

지난 1일 실시된 영국총선에서 올해 43세의 '토니 블레어'가 이끄는 노동당이 압도적 다수 의석을 차지하게 됐다. 보수당보다 2.5배나 넘는 의석수이다. 이로써 '보수당'은 18년 만에 야당으로 물러서게 됐다.

보수당 내각의 '존 메이저' 수상은 '대처' 전수상의 적자(嫡子)라고까지 불린 사람이다. 그가 이끄는 보수당은 왜 그토록 참패했을까? 이유는 여러 가지일 것이다. 여러 가지이지만 "영국 국민은 기분 전환을 원했다"는 논평이 가장 적절한 표현 같다.

젊은 나이의 '블레어'는 이렇게 말했다. "영국의 노쇠현상을 지양, 보다 나은 미래를 향해 새롭게 나아가겠다"고 했다. 그러나 그의 노동당은 대기업 국유화 반대, 소득세 인상반대, 예산지출 확

대 반대 등 과거의 '대처' 정책을 그대로 지속하겠다고 국민 앞에
공약했다.

'존 메이저'도 '대처' 정책을 답습했었다. 그런데도 영국 유권자
들은 '메이저' 대신 젊은 '블레어' 수상 탄생을 택했다. 영국민들
은 심기일전의 신풍(新風)을 기대한 것 같다.

돌이켜 우리 나라를 생각해본다. 고국은 연일 한보의혹으로 떠
들썩하다. 최근엔 '김현철 수사'니, 92년의 '대선자금'이니 해서
더욱 야단들이다. 나름대로 이해가 간다. 어떠한 부정부패도 뿌리
뽑아야 하지 않겠는가.

그건 그런데 — 나라가 법석댈수록 뭔가 초점이 빗나간 느낌이
든다. 뭘까? 신풍을 불어넣는 풍조가 없어 보인다. 왜 수십 년을
두고 우리는 그게 그 얼굴만 봐야 되나? 왜 70이 넘은 사람들이
정치의 주인공처럼 앞장서려는 건가? 그들의 노욕(老慾)은 지역
갈등과 정치부패를 낳을 뿐이 아니던가?

비좁은 땅에서 그 무슨 짓들인가. 패거리 집단의 정치풍토는 이
제 그만 사라져야 할 때이다.

한국에도 기분쇄신의 신풍이 불어닥쳐야 한다. 새롭고 유능한
인물들이 정면으로 나서야 한다.

〈1997. 5. 8〉

그들은 뭐였나
— 한총련사태와 대학당국 · 학부모들

    학문의 전당이니 상아탑이니 한다. 지성인들이 모인 곳이라고도 한다. 한국사회는 언제나 대학사회에 관대하다. 대학을 '치외법권'의 특수지역처럼 대해왔다. 학교당국도 학생들도 당연한 대접인양 그 속에서 안주해왔다. 허구와 가식은 없었던가?

    한총련사태는 일단 가라앉았다. 6, 7천 명이나 되는 학생들의 극렬시위로 사회가 온통 뒤집히는 듯했었다. 학생들의 시위 그 자체보다 그를 에워싼 여 · 야 정국과 언론의 반응이 또한 요란스럽기만 했다.

    양비론이 떠들썩하더니 그나마 이제는 폭력시위 불가 쪽으로 기운 듯하다. 학생들의 과격시위도 잘못이지만, 경찰의 과잉진압도 잘못이라는 야릇한 논리가 슬그머니 사그라졌다. '양비론'은 이제 어물쩍거리는 인상만을 일반시민들에게 주게 된 것이다.

    정계와 언론의 그늘에 가려 잘 보이지 않는 사람들이 있다. 대학당국자들과 학부모들이다. 그들은 뭐였나? 그동안 뭘 하고 있었나? 대학이 오늘의 그 지경에 이르기까지 그들에게 책임은 없는 건가?

지난 8월 22일, 그러니까 '한총련' 사태 수습 후 샌프란시스코
『한국일보』 사회면에 두 가지 기사가 실렸다. 하나는 전국대학의
총학장 283명이 현장인 연세대 구내를 돌아봤다는 기사였다. '불
법 학생운동 좌시 않겠다'는 주제목의 기사였다. 엄청난 피해상황
에 총학장들은 "어떻게 이럴 수가……"하고 긴 한숨을 내쉬었다
는 내용이었다. 어느 총장은 "이 정도로 피해가 심각한 줄은 몰랐
다"면서 "극렬화·폭력화한 학생운동은 근본적으로 변화해야 할
시점에 도달했다"고 말했다고 한다.

참 기막힌 노릇이다. 기막힌 사람들이라는 뜻이다. 그날 총학장
들은 정부(교육부) 주최 '전국대학 총학장회의'에 앞서 교육부 안
내로 난장판 현장을 돌아봤다. 그래서 '긴 한숨'까지 나왔다는 것
이다. 그들은 엄청난 피해에 놀란 표정을 지으며 앞으론 좌시하지
않겠다고 다짐했다.

그들의 얼굴을 다시 보게 된다. 왜? 학생시위의 폭력화가 어제
오늘에 비롯된 것인가. 숱한 화염병과 쇠파이프·곤봉 등은 언제
부터 어디에 어떻게 은닉해왔던가. 그동안 학원 내에서 불온서적
들이 나도는가 하면 학생간부들은 교내 자동판매기 운영 등 수익
사업으로 '자금' 마련도 했다. 그 모두가 오래 전부터 대학 내부
에서 자행된 일이다. 그런데도 총장은, 교수들은, 교직원들은 그
동안 전혀 몰랐다는 듯 이제 와서 긴 한숨이란 말인가?

60년대 말 일본 '도쿄대학'(東大) 야스다(安田) 강당에 2천5백
여 명의 각 대학 좌익학생들이 집결, 경찰과 대치한 일이 있다. 학
교측은 공권력의 학원개입을 요청할 수도, 안할 수도 없는 난감한
입장이었다.

교수들은 학생설득을 시도했으나 가까이 접근할 수조차 없었
다. 섣불리 접근했다간 학생들로부터 욕설과 조롱 심지어 폭행까

지 당하는 판이었다. 마침내 하야시(林建太郞) 교양학부 부장교수가 학생들에게 끌려가 불법감금되는 불상사가 났다. 감금 후 연일 극렬학생들의 지탄을 받으면서도 '하야시' 교수는 학생들 행동이 잘못이라는 소신을 굽히지 않았다. 그는 학생들과의 공개토론을 요구했다. 주동학생들은 "이런 놈은 머릿속부터 뜯어 고쳐야 한다"며 교수를 난폭하게 다뤘다. 침식마저 불편한 공포의 나날이 계속되었으나 '하야시'는 끝까지 무릎을 꿇지 않았다. 혼수상태에 빠진 그는 근 2백 시간 만에 병원으로 긴급 수송됐다.

훗날 경찰에 검거된 학생들은 '하야시' 교수를 가리켜 "적(敵)이지만 돼먹은 인간이다. 선생다운 선생이다"라고 평했다. 이 말을 전해 들은 '하야시'는 "나는 내가 할 일을 했을 뿐이다. 나는 학생들의 장래를 걱정했다"고 했다(그는 후일 도쿄대 총장직을 역임했다).

한총련 사태는 이제 수습됐다. 경찰병력이 적극 개입한 결과다. 학생들의 과격시위가 계속되는 동안 우리에게 '하야시' 교수와 같은 교직자는 없었다. 학생들의 과격시위는 오래 전부터 하나의 관행처럼 일어났던 것이다. '데모'의 낌새가 있을 때마다 비굴한 웃음을 띠고 보고도 못 본 체 알고도 모르는 체한 사람들은 누구였나? 학교 당국자들이 아니었던가? 그들은 화염병도 쇠파이프도 불온서적도 나와는 상관없는 일처럼 외면하지 않았던가? 이제 와서 한숨은 무슨 한숨이란 말인가.

또 하나의 기사 — 시위학생들의 학부모들이 '내 딸 내 아들 어디 있나요'(제목) 하며 자녀들 소재파악을 하느라 각 경찰서를 찾아다닌다는 기사였다.

"한총련 시위농성에 끼여든 학생들의 학부모들은 며칠째 밤잠을 설치며 애간장을 태우고 있다. 학생들이 분산 수용된 서울 30

개 경찰서에는 아들딸을 찾으려는 학부모들의 근심스런 발길이 밤새 이어졌다.(중략) 지방학생들도 여러 명이 연행됐다는 소식에 부랴부랴 상경한 학부모들은 경찰서 근처 여관에서 자식들의 석방을 애타게 기다리고 있다"는 기사(요지)였다. 아들딸들이 제대로 끼니를 잇고 있는 건지 근심하는 부모들이 대부분이라고 한다.

참 딱한 노릇이다. 딱한 사람들이라는 생각이 든다. 학부모들의 심정을 이해 못하는 건 아니다. 그러나 그들 또한 '그동안 뭘 하고 있다가' 라는 비난을 들어야 할 사람들이다. 자식이 그쯤되기까지 전혀 눈치채지 못했던 건가 아니면 눈치는 챘지만 '설마 그렇게까지는' 했다는 건가. 부모들은 오직 공부하는 내 자식을 머릿속에 그렸을 뿐 과격시위하는 내 자식은 전혀 상상밖이었던가?

이번의 과격시위에서 대부분 남녀학생들은 주동학생들을 뒤따른 것이라고 본다. 저학년학생들이 많았다. 어쩌면 그 학생들은 '꿈 많고 외롭고 화나고 헤매는' 세대인지 모른다. 부조리·불합리한 사회에 대한 저항감이 있었을 것이다.

원인이 무엇이건 극력시위는 근절돼야 한다. 이제 한국사회에서 필요한 것은 용기와 엄격함과 사랑을 지닌 교직자와 학부모들이다. 내심 공권력의 조속한 진압을 바라면서 겉으로 대학자치니, 신성한 학원이니 하는 건 겉과 속이 다른 악성(惡性)의 위선일 뿐이다.

〈1996. 9. 12〉

비뚤게 걷는 사회
— 정서의 황폐 · 판단능력의 상실(1)

·

상호불신이 가득한 사회이다. 인간 정서는 황폐화된 느낌이다. 세대간에, 계층간에, 지역간에 불신과 대립이 날로 심해지는 것 같다.

남을 높이 평가하거나 존중할 줄 모른다. 위선과 가면이 횡행하고 권세나 금력만 판을 친다. 사물에 대한 판단이 빗나가기 일쑤다. 의식구조도 멍들고, 진위와 선악이 뒤죽박죽, 사람들은 기본감정(喜怒哀樂)의 표출마저 어색해졌다.

몇 가지 얘기를 해본다.

■ '마이클 잭슨'의 한국공연이 실현되나보다(10월 11일, 13일). 마치 기적이라도 일어난 느낌이다. 따지는 것 많고 규제도 많은 '말 많은 사회'에 용케도 잭슨이 상륙하는구나 싶다.

공연저지운동이 있었다. 일부 종교단체가 중심이 돼 거센 반발을 보였었다. 그러나 반대이유가 지극히 한국적이다. '마이클 잭슨'의 노래와 춤은 저속하고 퇴폐적이고 그래서 젊은이들에게 나쁜 영향을 끼칠 우려가 있으며, 따라서 우리네 고유의 미풍양속마저 해칠 염려가 있다는 것이 공연반대 이유였다.

166

그랬었는데 별안간 반대운동을 철회했다. 까닭인즉 미국의 인권단체(NAACP 등)가 한국의 공연반대를 인종차별로 연결지어 강력히 항의한 때문이다. 결국 반대는 무산됐다. 맥없이 주저앉은 꼴이다. 그래서 '마이클 잭슨'은 화려하게(?) 한국에서 선보이게 됐다.

필자는 '마이클 잭슨'의 노래나 몸짓이 좋은 건지 나쁜 건지 지금도 잘 모른다(93년 12월 필자 컬럼에서 언급). 다만 그의 무대공연이 세계 도처의 젊은이들 사이에 선풍적 인기라는 건 알고 있다.

그의 한국공연이 왜 저지될 뻔했는지, 거기에 한국사회의 미숙함이 엿보인다. 불행히도 미숙한 건 젊은이들이 아니라 바로 어른들이다. 이 또한 세대간의 불신에서 연유된 우리사회 특유의 현상인지 모른다.

■ 교육감인지, 교육위원인지, 전국 각지의 그 사람들 선거과정에서 몇억대의 금품수수가 있었다고 한다. 그에 끼어든 야당 부총재가 구속되기도 했다. 명색이 교육감이……. '교육' 두 글자가 무색하다.

교육위원회는 '짭짤한 자리'라는 보도가 있었다. '소문없는 복마전'과 다름없다고도 했다. 그래서인지 교육감으로 선출되려고 투표권 있는 교육위원들에게 한 사람당 5천만 원씩 주고 교육감에 당선되고. 3억 원인가 썼다는 그 사람은 교육감이 된후 어디서 어떻게 '본전'을 뽑아내려 했을까?

뻔한 노릇이다. 교육감 자리에 앉자마자 머릿속 궁리는 돈 긁어모을 생각밖에 없을 것이다. 그거나마 서울에서나 있는 일인 줄 알았더니 전국 어디서건 그게 그거인 모양이다. 교육감이란 그런대로 명사축에 든다. 버젓이 '교육계 인사'일 텐데 알고 보니 돈

에 눈먼 사람들, 온전한 사회일 수가 있겠는가. 아마도 그런 사람
일수록 '마이클 잭슨' 공연에 상을 찌푸리며 젊은 팬들을 못마땅
히 여길 것이다.

■ 전두환 등에 대한 1심공판의 '사형선고' 이후 일반의 반응이
차츰 미묘해지는 것 같다. "그래도 전직 대통령인데……"에서부
터 "너무 가혹하다" ─ "재판이 졸속으로 진행됐다" ─ "정치적
보복의 인상이 짙다" 등등 잡다한 반응들이 나타나는가 하면 TK
지역의 반정부 감정확대니, 국가적 체면손상이니 하는 말도 나돈
다.

정말로 일반의 반응이 그렇게 돌아가는 건지, 언론의 붓대놀림
으로 그런 분위기가 조성되는지 모르지만 과연 지금 '전·노' 등
은 일반의 동정을 얻고 있는 건가 궁금해진다.

과거를 잊었나? 국민의 눈과 입과 귀가 강제로 차단된 시대가
아니었던가? '한국적 건망증'이 또 고개를 쳐드는 건가?

얼마 전 '전'의 아우가 영종도 신공항 건설지 주변의 땅 20여만
평의 소유권 소송을 법원에 제기했다. 말하자면 그 땅은 엄연히
자기 땅이라는 주장이다. 그가 언제 어떻게 그만한 땅을 갖게 됐
나? 아우는 그렇다치고 교통경찰에 불과했던 '전'의 형은 5공 시
절 밤의 치안국장(경찰청장)이라는 위세를 떨쳤다. 그들 형제뿐이
던가, 처가 쪽도 부정축재의 장본인들이었다.

'전' 자신이 얼마만큼 돈을 긁어모았는지는 아무도 모른다. 공
판 도중에도 몇백억 은닉사실이 드러났고 천억대의 행방을 계속
추적중이라는 말도 들린다. 지금 국민은 광주사태와 12·12사건
을 어떻게 인식하고 있는 건가? 그 무렵 총칼 쥔 자의 집권과정은
깡패집단 그대로가 아니었던가? 그래도 그자를 '전직 대통령'이
라고 예우해야 되는 건가? 언제부터 우리는 그토록 물렁한 국민

성을 지니게 됐나?

18세기 프랑스 대혁명의 과정에서 부패한 귀족사회에 대한 국민들의 관용은 없었다. 오늘의 한국적인 관대와 동정은 개혁을 저해하는 한국적 우둔에 불과하다. 값싸고 그릇된 정서표출은 나라의 후진성을 끝없이 반복케 할 뿐이다.

■ 3류 코미디언 같은 전국회의원 K(전 Y대 교수)가 전파를 타고 이곳 교포사회에 전하는 방송 칼럼에서 또 희한한 소리를 했다. '전'의 공판에서 병행선고된 재벌급 인사들의 실형선고에 대해 "그래서야 그 사람들 기업의욕이 생겨나겠는가"라는 것이다. 그는 'D건설' 최모를 거명하며 "해외에서 많은 실적을 올려 국제적 신용이 두터운 사람인데 국내에서 실형을 선고하다니 그 사람 체면과 국가위상이 어떻게 될 것인가"라고 했다.

그는 또 비록 집행유예일 망정 기업의욕을 상실케 하는 실형선고는 국가경제의 앞날을 불안케 한다고 했다.

그는 대체 무슨 말을 하려는 건가? 재벌기업은 무슨 짓을 해도 내버려두자는 건가? 나라의 경제란, 국가신용도란 그렇게 해야만 유지되는 건가?

〈1996. 9. 19〉

비뚤게 걷는 사회
— 사치풍조와 북한 잠수함 침투(2)

북한이 저들의 잠수함과 '승무원' 유해반송을 요구해왔다. '인민무력부'가 그같은 요구를 했다. 잠수함도 승무원들도(생사에 관계없이) 자기네 소속임을 공식적으로 시인한 것이다.

놀라운 일이다. 침투행위를 '자백'한 거나 다름없다. 어쩔 수 없는 증거물(잠수함) 때문이었나?

■ 69년 1 · 12사태 당시 북은 악화된 내외여론을 의식한 때문인지 "남쪽 인민들이 봉기한 것이다. 우리와는 아무런 관계없다"고 했다. 때문에 북은 국군의 추격을 받고 도주하다가 교전 끝에 사살된 무장대원 20여 구의 시체인수를 제의한 우리측 요구(판문점 회담)에 전혀 모르는 일이라며 유해인수를 완강히 거부했었다.

어처구니없는 짓이다. 사살된 북의 병사들은 김일성에 대한 충성을 다한 것일 텐데도 북은 시체인수를 거부할 뿐 아니라 화까지 내며 "왜 알지도 못하는 사람들 시체를 우리더러 인수하라는 거냐?"고 억지부렸다.

■ KAL기 폭파사건(87년) 때 북은 여러 증거정황에도 불구 대외선전 방송을 통해 남조선의 자작 자연극(自作 自演劇)이라고 우

겨댔다. 폭파범 김현희의 범행경위 자백을 비롯 그녀의 성장과정과 가족상황까지 모든 사실이 밝혀졌음에도 북은 시종일관 "아는 바 없다. 조작극이다"로 일관했다.

북은 김현희의 아버지로 위장했다가 불심검문 현장에서 음독자살한 김모 노인에 관해서도 남조선이 꾸며댄 사람이라 했다.

그러한 북이 지금 동해 앞바다에 침투한 잠수함과 '승무원'을 자기네 소속이라고 시인하고 있다. 북은 "정상적인 훈련 도중 기관고장으로 표류한 것"이라는 구차스런 설명을 붙였다. 그들 승무원들의 정체는 무엇인가? 왜 11명의 '승무원'들은 나란히 시체로 발견됐나? 왜 육지에 상륙했었나? 북의 행동은 의문투성이다.

북은 그렇다치고 — 이제 우리 자신을 말해보자. 이번 사태로 우리의 반응은 어떠한가. 다시 또 사회가 발칵 뒤집힌 느낌이다. 불과 달포 전 한총련 소요로 온통 야단법석이더니 이번에도 그 모양이다. 사회분위기가 심상치 않다. '구멍 뚫린 국방태세'가 논란되고 군의 기강해이가 문제시되고 있다. 국회와 언론은 연일 떠들썩하다. 국회와 언론 — 불이 나면 진화보다는 책임 추궁부터 따져드는 곳이다.

사실 오늘의 국가방위 태세는 불안한 데가 있다. '철통 같은 경비태세'를 기대할 수 없을 것 같다. 오늘의 국방태세라 했지만 실인즉 오래 전부터 그랬지 않나 싶다.

국방태세를 얘기해본다.

■ 1·12사태 당시 31명의 무장 게릴라들은 세검정 고갯길을 넘어 '자하문'까지 침투했다. 거의 '청와대' 앞까지 온 것이다. 국군 특수부대원으로 가장한 게릴라들은 휴전선을 넘을 때부터 편대를 짜고 보무도 당당히(?) 걸어서 왔다. 그 사이 이렇다 할 검문검색을 받지 않았다. 훗날 그 사실을 알고 시민들은 "임진강에서

서울까지는 북한 게릴라들의 프리웨이냐?"고 장탄식을 했다.

대통령 박정희는 사건 발생 다음날 아침 종로서에 들렀다. 서장 최규식은 손수 세검동에 출동 불심검문을 하다가 적의 총탄에 맞아 순직했다. 불심검문으로 게릴라 정체가 발각된 순간이기도 했다. 수도경비사, 보안사, 전방부대……뭘 하는 곳이었나?

■ 6 · 25 전야를 되새겨본다. 당시의 육군 참모총장 채모는 24일 저녁 한 '파티' 석상에서 만취가 돼 다음날 아침까지 곤드라지게 잠들고 있었다. 그 시간 이미 북괴군은 38선을 넘어 남침을 개시했다. 채총장은 평소 북괴 남침설이 나돌 때마다 "우리의 국방태세는 완벽하다"고 장담했다. 채총장뿐 아니라 국방장관 신성모도 큰소리였다. 그들은 "김일성이 무모한 도발을 해온다면 국군은 즉각 반격, 1주일 내에 평양까지 진격할 것이다"라고 호언했었다. 그러나 북쪽의 6 · 25남침이 개시되자 반격은커녕 불과 3일 만에 서울이 점령됐다.

■ 휴전선 근방 동해에서 해군함정 '56함'이 북의 지상포화로 순식간에 침몰된 일이 있다. 56함은 어로작업중인 우리 어선들을 보호순항중이었다. 당시 서울의 군고위 장성들은 즉각 보복공격을 감행하려 했다가 소리없이 주저앉았다.

미군 정찰기의 고공촬영으로 북의 육 · 해 · 공 병력이 만일의 사태에 대비 이미 총동원 태세에 돌입했음을 알게 된 때문이었다. 그 정도로 북에 대한 우리의 정보망은 허술했다. 따지고 보면 우리의 대북 경비태세는 언제나 허술한 상태였다. 지난번 MIG 19기를 몰고 망명해온 북한조종사는 북한은 대남전쟁이 재발될 경우 1주일이면 부산까지 장악할 수 있다고 믿고 있다고 했다. 얼마나 북이 우리 국방태세를 얕보기에 그런 자신을 갖는 건가.

왜 그쯤 됐나? 12 · 12사건 때를 생각해보자. 전두환 등 소위

'하나회' 중심의 일부 장성들이 오밤중에 경복궁 모임을 가졌다. 모임에서 제외된 전방군단장이나, 사단장급 일부장성들은 안절부절 못했었나보다. 그들끼리 나눈 군용전화 통화내용의 테이프(보안기관에서 극비 보관한 것)가 세상에 밝혀짐으로써 모든 사실이 드러났다.

그들은 경복궁 모임에 누구 누구가 가담했는지 '정보교환'을 하면서 "당신은 왜 끼여들지 못했느냐?"고 묻기도 했다. 그들은 결국 "우리야 뭐, 잠자코 보고 있을 수밖에. 그게 상책일 거야, 허허"라고 한 것으로 알려졌다.

웃음소리가 왠지 공허하다. 주동세력에서 소외된 것이 섭섭하고 불안했던가. 주동장성들은 이미 '순수한 군인'이 아닌 '정치군단'일 뿐이었다. 서울에만 눈독을 들이는 정치군인이었다. 누가 권력을 잡게 되나, 나는 어느 쪽에 붙을 것인가에만 지휘관급 고위장성들은 온 신경을 곤두세웠다. 사조직(私組織)과 분파행동에만 정신 쏟는 판이었다. 만반의 국방태세를 어떻게 기대할 수 있었겠는가.

〈1996. 9. 26〉

비뚤게 걷는 사회
— 부조리 · 부도덕은 여전히 남아 있다(3)

강장(強將) 밑에 약졸(弱卒) 없다고 한다. '약장' 밑에 '강졸' 없다는 뜻도 된다.

과거 서울에는 걸핏하면 군병력이 출동, 주요 거리와 건물 주변에 포진했다. 탱크나 장갑차까지 동원됐다. 군은 국회 · 관공서 · 공공단체 · 대학 등을 통제했다. 물론 언론사들도 관장했다. 세종로 D사의 경우 6층 건물 복도마다 착검(着劍)한 군인들이 지켜섰고 정문출입자들도 일일이 검문했다.

이른바 '계엄령' 또는 '비상사태'가 군 출동의 이유였다. 군은 마치 적진에 진입한 듯 맨손의 시민들이 왕래하는 시가지에 탱크와 장갑차까지 동원했다. "서울이 무슨 전장이라도 되나." 시민들은 내심 분개했다. 말이 좋아 비상사태의 군 출동이지 결국은 권력놀음을 하는 일부 '정치군인'의 X수작이라고 시민들은 보았다.

의문이 있다. 전두환 일당은 과연 '강장'인가, '약장'인가?

저들끼리 총격전(12 · 12사건)도 벌였고, 무고한 시민들에게까지 총질을 서슴치 않았다(광주사태). 그들은 적과 대치할 때도 그토록 '삼엄하고 민첩한 용맹성'을 보여줄 수 있었을까? 도대체 그들의 총뿌리는 후방 아닌 전방을 겨냥한 것이 아니던가.

'전'과 군내부 사조직의 정치군인들은 근 8년간 권세를 누렸다. 그들은 '정복자'처럼 국민 앞에 군림하며 마음대로 주물럭거렸다. 모두가 총칼 덕분이었다. 그들이 국가권력을 장악한 8년 동안 사회는, 민심은 어떻게 변해갔나? '한탕주의'가 만연했다. 한탕만을 노려 일확천금을 이뤄보려는 사람들이 사회에 늘어갔다. 사람들은 "우선 힘으로 이겨서 빼앗고 볼 일"이란 생각을 갖게 됐다. 정의란 언제나 승자의 것이라고 믿기에 이르렀다. '전'의 패거리들을 보며 그같은 교훈(?)을 얻게 된 것이다. 우리네 사회에 부조리·부도덕은 벌써 싹트기 시작했다.

'민나 도로보데스'(모두들 도둑놈입니다)라는 말이 널리 퍼진 것도 무리는 아니다. TV연속극에 나온 외마디 대사가 사람들의 공감을 얻었다.

'전'이 권력을 장악한 후 그와 그 친인척들의 부정부패를 비롯(장영자사건·새마을운동본부 토지매입사건 등), 전경호실장 박모, 전수도경비사령관 윤모 등의 재등장이 사람들 입에 오르내렸다. 그나마 수군거릴 뿐 큰소리로 말하지 못했다.

신문·방송 등 언론은 일체 침묵뿐이었다. 소위 '언론각사통폐합'으로 뼈대 있는 기자들은 졸지에 강제 해고됐다. 초중고 교과서에 전두환 예찬의 글이 채택되기도 했다. 신문에도 '애국·애족'의 전두환 기사만이 클로즈업됐다. '아홉시, 땡'이라는 숨은 낱말이 있었다. 밤 9시, 시보(時報)와 함께 TV 화면에 '전'의 얼굴이 나타나고 뉴스 가치가 있건 없건 무조건 머릿기사로 다뤄야 했다. 신문도 방송도 그쯤 무력화된 세상이었다.

기왕에 이런 세상인데……사람들은 차츰 체념과 냉소에 빠졌다. 무력감이 빚는 자포자기의 심리가 곁들이게 됐다. 불륜·도박

등 향락주의와 사행(射倖)행위가 번져나갔다. 응당 사치와 낭비풍조가 뒤따랐다. 사치와 낭비 — 한탕주의와 맥락을 같이한다. 타락사회의 부산물이기도 하다. 사치낭비의 세태는 갈수록 더해갔다.

최근 지상(紙上)에 나타난 큼직한 기사들의 주제목과 부제들을 소개해본다.

■ 소비재 수입 — 사치품이 44%(승용차 · 고급의류 · 화장품 등) — 7월 말 현재 37억 달러 규모

■ 흥청망청 풍조 경제 멍든다 — 1만 달러 소득에 소비는 2만 달러 수준(96년 5월 말 현재 이미 5조 2천억 원어치 소비재 수입)

■ 국민 93% '과소비풍조만연' — 부유층 과시 · 모방심리 주원인

■ 사치낭비, 해도 너무한다 — 수백만 원 속옷, 수천만 원 모피, 억대 가구까지.

모두가 올해(96)의 일이다. 사실은 80년대에도 비슷한 일들이 신문에 대서특필됐다. 86년엔 이런 기사도 났다. '마시고 즐기는 데 연 4조 원'이란 제목 아래 룸살롱, 나이트 클럽, 카바레, 안마시술소, 퇴폐이발소가 문제됐다. 룸장식 초호화판⋯⋯개업비용 수억 원, VIP용 침실에 두당(頭當) 수백만 원 — 이란 부제목도 있었다.

대체 VIP란 어떤 사람들인가? 권력 주변인물(대개 '정치군인' 출신)들 또는 국회의원들 · 고위공직자들이다. VIP는 나랏돈을 멋대로 만지작거리고 대기업 총수들과도 손쉽게 뒷거래를 할 수 있는 족속들이었다.

앞장서서 '한탕주의' 시범(?)을 보인 꼴들이다. 부정부패가 당연한 세상일 수밖에.

가장 통탄스러운 것은 군인들의 인사승진에 금전이 오고간다는 사실이었다. 고급장교일수록 온갖 연줄을 타서 돈을 대서라도 별 하나(준장) 따내기에 골몰하였다.

공군이나 해군 대령급들도 아내들이 몇천만 원 단위에서 심지어 1억의 현찰을 싸들고 참모총장 부인을 찾아가는 판이었다. 어떤 아내는 남편의 장군 승진을 위해 1천만 원을 장만, 싸들고 갔다가 총장 부인으로부터 "세상 통 모르는군" 하는 무안만 당했다. 1천만 원이 돈이냐고 퇴짜 맞은 것이다. 주는 쪽도 받는 쪽도 버젓한 군인가족들이다. 그렇게까지 해서 별을 달아봤자 어떤 장군이 탄생하겠는가.

정상적인 사회가 아니었다. 언젠가 '지존파'의 끔찍한 사건이 일어났을 때 한 시민은 "어느 때건 어디서건 터져나올 수 있는 일이었다"며 일그러진 사회를 한탄했다. 성수대교와 백화점 붕괴사고 때도 그런 일 있다 해서 하나도 놀랄 것 없는 세상이라고 했다.

사치낭비는 내일에의 희망을 포기한 타락사회 풍조다. 가끔 시민단체나 종교계에서 사회정화를 부르짖지만 일반시민들로부터 외면당할 때가 있다. 사회정화를 부르짖는 사람들이야말로 사치스런 사람들로 보기 때문이다. 고국사회 어디로 가는 건가……

〈1996. 10. 3〉

비뚤게 걷는 사회
— 겉치레 행사와 공동체 의식(4)

　오후 6시 — 큰 건물 '스피커'에서 일제히 애국가가 흘러나온다. 길가던 사람들은 저마다 그 자리에 서야 했다. 이젠 옛날 얘기가 됐지만 그런 때가 우리에게 있었다.

　시청 맞은편 P호텔에서 '6시의 광경'을 보며 좀 어색한 느낌이 들었다. 걸음을 멈춘 행인들과 달리 차량들은 그대로 달리고 있었다. 승용차·택시·버스 등, 차 속의 사람들과 애국가는 아무런 관계가 없나 싶었다. 교통정체를 염려, 차량들은 그냥 운행케 하는 것이라지만 같은 시간 질서있게 멈추면 될 게 아닌가. 차량과 보행인 사이에 차등을 둔 것 같아 '6시의 애국가'가 어딘가 겉치레 행사처럼 보였다.

　지난 6월 15일 서울에서 민방공훈련이 실시됐다. 북한공군 이철수 대위가 귀순해온 얼마 후였다. 이대위가 올 때 방공태세는 허술했다. 레이더망을 통해 정체불명의 비행물체(MIG 19기)를 포착하고도 서울에서 경보 사이렌은 전혀 울리지 않았다.

　방공훈련의 날 — 경보 사이렌은 제때에(하오 2시) 정확히 울렸다. 그랬었는데도 훈련성과는 미흡했다는 보도들이었다. 훈련받는 사람들이 문제라는 것이었다.

■ 가까운 지하대피소에 신속히 대피해야 할 고층건물 안의 기업 직원들 또는 아파트 단지 주민들은 성가시다는 듯 잘 움직이지 않았고 ■ 운행중인 모든 차량들은 도로 오른쪽에 정차하고 승차 중인 사람들도 근처에 대피해야 하는데 번거롭다며 차 안에서 그냥 꾸물거렸고 ■ 사이렌 소리를 듣고도 좌판을 벌인 채 장사를 계속하던 시장상인들은 훈련요원이 지날 때면 잠시 지시에 따르는 척했을 뿐이었고 ■ 대학 캠퍼스(서울대 경우)는 경보 시설조차 없이 겨우 본부건물에서 녹음된 사이렌소리를 내보내 많은 학생들은 훈련실시조차 모르고 있었다. 평소 학교당국의 대피지도나 통제훈련 같은 것이 전혀 없었다.

이런저런 이유로 언론들은 '민방공훈련 사각(死角)지대 많다'라고 보도했다. 아직도 정신 못 차리고 있다는 평가였다. 훈련이고 뭐고 결국 '겉치레 행사'에 불과하다는 지적이었다.

겉치레 행사 — 겉치레 사회, 고국은 겉치레에 치중하는 사람들도 가득차 있다. 민관(民官) 모두가 '형식'에 치중 적당히 어물어물 넘겨버리는 습성에 젖어 있다.

지난 주에는 필자의 이 칼럼을 통해 총칼 쥔 자들의 권력형 부정부패를 말했다. 힘의 윤리가 도덕과 질서의 개념을 파괴하고 부조리현상을 낳았다고 했다. 사회가 한탕주의에 물들게 됐다고도 했다.

'지도급' 인사라는 자들부터가 문제이다. 나라가 경제난국이라면 누구보다도 허리 졸라매는 시범을 보여야 될 사람들이 온갖 못난 짓을 거침없이 해댄다.

'시찰' 명목의 10일간 유럽 외유에서 일부 의원들의 공식 일정은 단 한 번뿐(그나마 1시간 정도) 그들 국회의원들은 남은 시간을 호화쇼핑과 관광에 열중했다. '루이 13세'라던가? 보도 듣도 못한 양주 구입으로 말썽이더니 막상 당사자는 "발렌타인 30을 구입한 것이 '루이 13세'로 와전됐다"는 어색한 변명이다. 루이 13세이건 발렌타인 30이건 '과소비'일 것이다(발렌타인 30은 '괌'의 면세점에서도 병당 2백60달러쯤 한다).

　자식(아들) 결혼식에 느닷없이 축하 비행기를 날린 여당의원도 있다. 물론 그 의원은 "나는 모르는 일"이라 했지만 설득력이 없다. 비용들이 어디서 염출되는 건지 궁금하다.

　의원들이 외국나들이를 할 경우 항공료와 숙박비는 국회사무처에서 충당한다. 1등석 항공료와 1류 호텔 숙식비가 지급된다. 그 모두가 국민의 세금이다. 국회사무처에 의하면 지난 7월과 8월 두 달 동안 해외나들이한 의원은 무려 2백16명에 달했다(전체의원 299명). 지방교육위원들의 호화판 쇼핑 외유가 떠들썩한 일도 있다. 그들도 값비싼 외제품들을 들여왔다가 큰 말썽이었다.

　국회의원이고 교육위원이고 모두들 과소비풍조에 앞장서서 '시범'을 보인 꼴이다. 고급외제품으로 사회적 스테이터스(Status)를 과시하려 했나? 못난 사람들의 못난 짓들이다. 벼락부자의 저속한 취미와 같다. 잠재한 열등의식 때문이겠으나 본인들은 그걸 의식하지 못한다.

　지금 고국사회는 북한 '잠수함 침투' 사건으로 어수선하다. 북이 그쯤 손쉽게 남쪽 바다를 넘나들었다해서 야단들이다. 공비잔당을 추적하느라 강원 일대에 수만 병력이 투입 수색작전을 벌이고 있는 터에 북은 잠수함 승무원들(시체 포함) 송환을 요구, 남한당국이 불응하면 백 배, 천 배의 보복이 있을 것이라는 으름장이다. 최근 해외공관의 한국영사 피살사건이 발생했는가 하면 휴전선 인근 상공에서 북한 전투기들의 시위비행도 있었다. 한편 "남북

180

모두가 자제하기 바란다"는 묘한 발언을 했던 미국은(크리스토퍼 국무장관) 뒤늦게 북한 비난에 나섰지만 뒷맛이 개운치 않다. 뿐더러 미국은 별것도 아닌 일 갖고(필자 보기에) '스파이' 행위 어쩌구 하며 한국계 시민을 갑작스레 구속했다. 이상하게 돌아가는 세상이다. 한국인이라면 누구나 정신 바짝 차려야 할 때이다.

추석 연후 때 무려 2천2백만 명의 귀성길 인파로 고속도로마다 크게 붐볐다 한다. 공비소탕 작전중인 동부지역에서는 민간인들의 성묘를 위해 통제규제가 일부 완화됐다.

추석날 성묘는 한국 고유의 풍속이다. 성묘만큼 겉치레 행사일 수 없고 사치낭비가 스며들 여지도 없다. 공비출몰로 어수선한 분위기이지만 그게 도리어 '질서있는 귀향길'을 이룩했다. 비로소 국민 모두의 경각심을 불러일으켰나보다.

질서있는 사회가 되어야 한다. 시민 모두의 '공동체 의식'이 어느 때보다도 강조되어야 할 시기이다. 부도덕과 불합리가 없고 위계질서가 분명한 사회라면 비뚤게 걷는 사람도 없어실 것이다.

〈1996. 10. 10〉

비뚤게 걷는 사회
— 우리 모두 자성할 때이다(5)

이런 기사가 있다.

"LA시 인간관계위원회는 '반(反)이민정서와 대처방안'이라는 연구보고서에서 LA지역 한인사회에는 7백여 개의 한인교회를 비롯 동창회 · 지역모임 · 동호회 등 많은 단체들이 있지만 시당국이나 타민족 이민단체를 상대로 자신들의 이익을 대변할 만한 협상력을 갖추지 못하고 있다."(9월 13일자『한국일보』서울판)

이 보고서는 대만계의 중국인협회(CCBA)를 예로 들면서 "한인들도 자기 주장을 관철시키려는 단합된 노력이 필요하다"고 덧붙였다. 기사는 LA 한인사회를 언급한 것이나 그것은 본국의 모습 그대로라는 인상이었다.

본국이건 해외이건 우리는 스스로를 되돌아볼 줄 아는 국민이 돼야겠다. 무엇을 반성해야 되나? 그간 본국 언론들에 보도된 일부 내용들을 간추려본다.

■ 조기교육 운운하는 소리가 가열되고 있다. 일류병에 들뜬 학부모들은 아직 대여섯 살도 안된 어린이들에게 본인의 취미나 자질에 관계없이 무언가 '특수교육'을 받게 하려 든다. 음악이나 미

술 등 예능 분야가 부모들 취향에 맞는 듯하더니 최근에는 '영어 조기교육'이 무슨 유행처럼 번지고 있다.

믿기 어려운 통계가 있다. 95년 한 해 동안 초등학생들이 영어 과외공부를 하는 데에만 자그마치 3천5백52억여 원이 쓰여졌다고 한다(교육부 집계). 이는 교육부가 97년부터 실시계획중인 초등학교 영어교육예산 1백36억 원의 무려 23.5배가 된다.

왜 그 야단들인가 싶다. 부모들의 극성은 대체 어린이들을 위해선가, 부모들 자신의 허영심을 충족시키기 위해선가. 공부 때문에 부모의 심한 꾸중을 들은 초등학교 어린이가 자살했다는 보도가 있었다. 오죽하면 어린이가 스스로 목숨을 끊었겠는가. 일그러진 사회의 한 모습이다.

■ 한국국민 93%가 오늘의 소비풍조를 '과소비'로 본다는 통계가 나왔다. KDI(한국개발연구원)에 의하면 과소비 풍조는 몰지각한 일부 부유계층의 과시적 사치낭비 경향에다가 이를 무조건 뒤따르려는 많은 사람들의 무방심리 때문에 일고 있다고 지적했다.

국민소득은 아직 선진국 문턱에도 못 미치는데 씀씀이는 세계 최고 수준이다. 숫자상으로 나타난 몇 가지 실례를 들어본다.

일본의 소비자들을 대상으로 한 대형 냉장고나 대형 TV의 전체 판매량은 38.6%와 23.4%인 데 비해, 한국은 65.1%와 48.9%로 일본의 2배에 가깝다. 한국 1인당 국민소득은 1만 76달러, 일본은 3만 5천 달러이다. 자동차의 경우는 더하다. 한국인이 타는 승용차의 평균면적은 7.14㎡ — 미국의 8.49㎡에 이어 세계 제2위이다. 참고로 일본은 6.89㎡, 국민소득 2만 6천 달러선인 독일과 프랑스는 7.00㎡와 6.60㎡이다.

누군가 비꼬기를 서울과 뉴욕·동경 등 거리에서 각국 부녀자들의 옷이나 신발, 시계, 핸드백 등 몸치장비를 비교한다면 아마

도 한국여성은 미국의 3, 4배, 일본의 두 배 이상일 것이라고 했
다.

　■ 사치낭비 풍조에다가 낮은 수준의 언행까지 겹쳐 가관일 때
가 있다. 하필이면 무대가 외국일 때가 많아 더욱 탈이다. 곰발바
닥이니, 흰뱀(白蛇)을 찾는 '어글리 코리언'들은 이미 동남아 각
국에 정평이 나 있다.

　작년 10월 밝혀진 '해외공보관실' 자료에 의하면 '호텔 복도에
서 떠들기'나 '골프장에서의 추태' '관광명소의 한글낙서' '장소
불문의 도박행위' 등이 대표적 사례로 꼽힌다. 시찰이랍시고 지방
위원들(한국)이 불시에 방문해오거나 사전양해 없이 아무 때 아무
데서나 사진촬영을 해 유럽의 일부 지방의회는 그들이 자숙해줄
것을 현지공관에 정식공문으로 요청했다.

　골프장에서의 소란행위 때문에 독일 '프랑크푸르트'의 한 골프
장은 「한국인 출입금지」라는 푯말까지 붙였다. 태국의 어느 관광
호텔은 만취상태로 새벽녘 남의 객실문을 두드리며 소란을 피우
는 한국인 숙박객 2명의 신병을 인수해가라고 한국대사관에 통보
하기도 했다.

　■ 동남아 각국에 진출한 한국기업들도 평이 좋지 않다. 값싼 노
임의 현지인 근로자들에게 한국인 간부직원이 함부로 욕설이나
소위 '기합'을 주며 인종차별적인 언행을 서슴치 않기 때문이다.

　현지인의 빈축을 사는 또 다른 이유도 있다. 수입가격의 허위신
고, 위장상표부착 등이 발각되면 으레 관계 공무원에게 뇌물제공
의 불법행위를 일삼아 현지인들의 빈축을 살 때가 있다. 한국업체
끼리 상대방을 중상·모함하는 추태를 부려 이 또한 '어글리 코리
언'의 일면을 드러내고 있다.

　왜들 그러는 건지, 꼭 그래야만 하는 건지…… . 총체적으로 비

뚫게 걷고 있다. 인정 많고 예절 바른 우리 고유의 국민성은 어디로 갔나?

조금만 겸손하고, 조금만 양보하고, 조금만 자제하면 바르게 걸을 수 있을 법한데, 양보와 겸손은 도리어 바보 아니면 약자나 하는 짓으로 여기고 있다. 세상은 정말 그쯤 돼버렸나? 우리 모두 자성해볼 때이다.

우리의 민도는 결코 낮지 않다. 어쩌다 지금 잘못돼 있지만 고국사회는 머지않아 정상화되리라 믿는다.

〈1996. 10. 17〉

그 사회 정신차려야 한다
— 한보사건과 '대통령의 아들'

　대통령 이승만은 아들 강석(양자)이 왜 갑자기 사관학교 생도로 변했는지 영문을 잘 몰랐다. 당사자와 박마리아(생모)의 설명을 듣고서야 '본인의 희망에 따른 것'인가보다 하게 되었다.

　강석은 애당초 서울대 법대에 입학했으나 '특혜입학'으로 보는 학생들의 거센 반발에 부딪쳐 부득이 안전권인 '육사'로 옮긴 것이었다.

　생전의 육영수 여사는 외아들 박지만 군의 대학진학문제로 고민했었다. 육여사는 일반대학에 넣고 싶었으나 '여러 사정'으로 미뤄볼 때 아들의 앞날이 평온치 않을 것 같아 결국 '육사'를 택했다. 부군(박정희)도 같은 생각이었다. 그러나 지만 군에게 '육사'는 결코 '안전권'이 아니었다. 내무반 동급생도들의 괄시가 만만치 않았다. 취침시간의 어둠 속에서 별안간 몰매를 맞는 일도 있었다. 뿐더러 상급생도들마저 걸핏하면 복도나 교정같은 데서 지만 군을 세워 기합을 주기도 했다.

　당시의 육사교장(중장)은 지만 군 내무반을 온건한 생도들만으로 재편성하고 상급생들의 기합도 엄금하는 등 이례적인 조치를 했다.

강석 군도 지만 군도 죄가 있다면 대통령의 아들이란 것밖에 없다. 세간의 눈총이란 그토록 차갑고 무서운 것이었다.

덧붙일 얘기가 있다. 강석 군의 경우 당시 주요 신문들은 법대 입학에서부터 '육사' 전학에 이르기까지 수시로 보도했으나 지만 군 때는 단 한 줄도 보도하지 않았다. 하지 않은 게 아니라 권력이 무서워 보도할 엄두도 못 냈던 것이다.

최근 대통령 김영삼의 차남 현철에게 세간의 이목이 집중돼 있다. 그는 수사기관(검찰)에서 철야심문을 받았고 언젠가는 구속될 것이라는 보도도 있다. 그를 보는 항간의 시선은 의혹에 가득차 있다. 정가(政街)와 언론은 말할 것도 없다. 현철 역시 대통령 아들이지만 스무 살 안팎이었던 지만 군이나 강석 군과는 입장이 다르다.

그는 나이 40에 다가서고 있다. 처신에 책임질 줄 알아야 하는 나이이다. 현실에 대한 인식도 있어야 하고 너무욱 대통령 아들로서의 조심성도 갖춰야 했다. 지극히 초보적인 상식이 아니겠는가. 그럼에도 줄곧 그에 대한 갖가지 소문이 그치지 않는 것은 그 자체가 이미 그 자신의 흠집이라고 할 수 있다.

단순한 과오 이상의 것이다. 변명의 여지가 없다. 아버지의 사과담화(25일)대로 대통령의 '부덕한 소치'로만 마무리될 일도 아니다.

필자는 '문민정부'를 소중히 여기고 있다. 지금도 변함없다. 30여 년의 군사독재에서 벗어난 사실에 큰 무게를 두고 싶다. 그래서 92년 대선 때도 YS건 DJ건 누가 대통령이 돼도 한국은 이제 정치전환점에 들어서게 됐다고 평가했다.

그러나 ― 한보사건 이후 온갖 소문으로 어수선한 사회를 보면서 "문민정권도 별 수 없나." 자칫 체념에 가까운 '위험한 사고'에 빠지기 쉽게 됐다. 현철 씨 케이스로 한층 그런 느낌이 든다.

문민정부가 출범한 지 1년쯤 뒤 서울의 친구들은 "개혁이 제대로 이뤄지려면 한 50년쯤 걸릴 것이다"라고 했다. 국민 모두 의식구조부터 고쳐야 한다는 뜻이었다.

김영삼도 문제이고 3김 모두 문제이고……정치인들·재벌급 기업인들·언론계·교육계·문화계·종교계 등등 각계 각층 모두가 거듭 태어나는 각오로 정신을 차리지 않는 한 개혁은 어렵다는 말들이었다.

"우선 정치인들만이라도 달라지면 조금씩 사회가 개선되지 않겠는가?"라는 필자 말에 친구들은 "몇백 년을 내려온 당파싸움의 고질적 체질이 쉽게 고쳐지겠느냐?" 하며 냉소적이었다.

그들은 이런 얘기도 했다. 문민정권이 들어서면서 청와대 주변의 안가들이 모두 폐지되고, 청와대 뜰에서 '열린 음악회'가 개최됐고, 청와대 뒷산의 등산도 자유로워졌지만, "그에 대해 정계와 언론 일각에서 뭐라 한 줄 아나? '그 모두가 인기 정책에 불과하다'고 비웃듯이 말했다"는 것이다.

친구들은 또 "금융실명제나 공직자 재산공개가 단행되자 일부에서는 '현실'을 무시한 독선적인 처사라는 말도 나왔다"고 했다. 또 "군 내부의 뿌리 깊은 사조직에 '메스'를 가하자 'PK(부산)세력을 부식하려는 것이다'라고 비난을 퍼부었다"고 한다.

"야당과 사전상의 없는 YS의 과격 드라이브가 국민화합을 해치고 국가의 앞날을 위태롭게 한다는 정치인들의 소리가 높았다"는 것이다.

그러고 보면 어느 것 하나 문민정부 아니 김영삼정권 하는 일에 옳은 것이 없는 것 같다. 그런 참에 한보의혹이 터져나왔다. 홍인길·황병태 등 YS 측근들이 돈을 먹었다 해서 구속됐고 차남 현철마저 구설수에 오르니 누가 문민정권을 믿을 수 있겠는가 싶다.

문민정권 자체를 말할 게 아니라 대통령 김영삼을 말하는 것이 옳은지 모른다. YS도 그렇고 그런 사람으로 봐야 될 것 같다. 그러나 문제의 핵심은 다른 데 있지 않겠는가? 과연 YS 개인에만 국한된 문제인가? YS 한 사람만 없어지면 만사 원만히 해결될 것인가? 정치도 경제도 사회도 제대로 움직여나갈 것인가?

정치인이, 언론이, 그밖에 각계 각층 인사들이 진정 양식과 정의로운 모습을 보이게 될까? 그렇게 단언하기에 망설임이 있다. 어째서?

〈1997. 2. 27〉

그 사회 정신차려야 한다
— 떡값과 정치꾼들

'떡값'이란 말이 있다. 영어로 이에 해당하는 단어는 뭘까? 직역은 우습고 의역도 딱 들어맞는 단어가 없을 것 같다. 필자의 실력 부족 탓도 있겠지만, Bribe(뇌물)도 어쩐지 어색하다. Bribe는 곧 범법행위이다. 그러나 한국의 떡값은 주는 측도 받는 측도 '단순한 인사치레'라는 개념이 통용된다.

떡값이라는 말이 나돈 지도 오래되지 않나 싶다. 무슨 은어처럼 정계·재계·관계 그리고 언론계 등에서 널리 사용돼왔다. 예전에는 촌지니 거마비 또는 '봉투'니 하던 것이 5공 들어 떡값이란 말로 통일(?)됐다. 그 무렵 전두환이 누구누구에게 떡값명목으로 억 단위의 뭉칫돈을 주었다는 말이 가끔 들렸다. 장영자 여인 사건 때는 그녀가 고위공직자나 관여 기업간부 또는 은행간부, 하다못해 동네파출소 순경에게까지, 많게는 몇천만 원 적게는 몇십만 원을 떡값으로 주었다는 것이 화제였다.

전두환이나 장영자는 '가벼운 인사치레' 삼아 집어주었고, 받는 측도 가벼운 마음이었는지 모르지만, 피차에 죄의식이 과연 있었는지, 있었다면 어느만큼이었는지부터 의문이다.

사람들의 감각은 그쯤 마비됐다. 떡값 따위 있을 수 있는 상식에 불과한데 뭘 야단들이냐 ─ 총체적인 타락사회였다.

한보의 돈 1억 5천만 원을 받고도 "아무런 조건없는 '떡값'이었다"고 말한 국회의원이 있다. 조건이 없는데 뭐가 잘못이냐는 뜻이다. 그는 동료 국회의원이자 여당의 중간간부가 건네준 한보돈을 받고도 "돈을 줄 때 한보 얘기는 일체 없었다"고 했다.

세상에 '조건없이 주고받는 돈'이 어디 있겠는가. 1억 5천만 원의 떡값이라면 당시 환율로 20만 달러에 가깝다.

땀 한방울 흘리지 않고 그만한 돈을 챙길 수 있는 그 사회가 신기하기까지 하다. 대통령 최측근이라는 홍인길 의원은 자그마치 8억 원의 한보돈을 먹고도 처음엔 "단 한푼도 받은 일이 없다" 했다가 사실이 드러나자 "나는 그럴 만한 힘(은행융자 알선)이 있는 위치에 있지 않다"는 해괴한 변명을 해댔다. 그도 역시 '떡값'으로 받았을 뿐인가보다.

어떻게 된 사회인가. 여당이고 야당이고 명색이 국회의원이라는 자들이 어째서 그토록 낯짝이 두꺼울 수 있나. 그러고도 국사를 다룬답시고 권세를 행사하니 그 사회가 어디 제대로 돼 있다고할 수 있겠는가.

집권 여당보다 야당에 대한 배신감이 더할 때가 있다. 지금 한국사회에는 불신풍조가 만연돼 있다. 정치인들에 대한 불신이 그중 크다. 그래서 야당에게 하고 싶은 말도 많다. 그쪽만이라도 정신을 차렸으면 해서가 아니겠는가.

권노갑 의원이 검찰에 소환됐을 때 야당은 '표적수사'니 '짝맞추기 수사'니 비난을 퍼부었다. "훨씬 더 많이 받아먹은 사람들도 있다"며 난리였다. 훨씬 많은 돈을 받아먹은 사람의 이름을 왜 밝히지 않나? 많은 돈이건 적은 돈이건 야당의원이 1억 5천만 원을 먹었다면 그건 그것대로 구속사유일 텐데 그걸 표적수사 운운하며 떠들어대는 야당의 '체질'에도 문제가 있다.

큰 의혹사건 때마다 야당은 "증거가 있다" "문서를 입수했다" 하면서도 증거내용이 뭔지 단 한 번도 공개한 일이 없다. 모당총재는 92년 대선 당시 노태우가 YS에게 엄청난 자금을 준 것은 세상이 다 아는 사실이라고 발언(전주 기자회견)하고도 구체적인 사실제시가 없었다. 한보의혹에도 그 정당은 "김대통령에게 수천억이 흘러갔다. 증거가 있다" 했으나 아직도 그 증거 제시가 없다.

국민의 최대 관심사인 중대사항인데 왜 말만 앞서고 증명이 뒤따르지 않는 건가. 국민에게만큼은 모든 걸 알려야 될 것 아닌가. 그게 야당의 책무가 아니던가.

한국에는 정치가(Statesman)는 없고 '정치꾼'들만이 득실거린다는 말이 있다. 정치꾼들은 '떡값'도 예사로이 주고받는다. 국회의원들은 증거가 있건 말건 본회의 석상에서 항간의 소문들을 큰 이슈로 삼아 떠들어댄다. 이번 국회에서도 일부 야당의원 발언이 가관이다. 항설(巷說)을 나열하면서 한국은 '부도(不渡)국가'나 다름없다 했고 "현정권에는 김대통령 듣기 좋은 소리만 하는 '기쁨조'가 있다"는 발언도 나왔다. 왜 하필이면 북한전용어 '기쁨조'인가?

기쁨조의 본뜻은 그게 아닌 줄 안다. '부도국가' 운운도 정치꾼다운 발언이다. 한 나라가 부도를 낼 지경에 이르렀다면 대내외에서 볼 때 그 나라의 정치·경제·사회 모든 분야가 이미 멸망 직전 상태라는 뜻이기도 하다. 그 지경에 이르렀다면 그럴수록 야당만이라도 옷소매를 걷고 나라 바로 세우기에 총궐기하는 맛을 보여줘야 하지 않겠는가. 그런 마당에 떡값이 오고갈 리도 없고, 총재 3남 결혼식에 모기업의 돈 3억 원이 '축의금' 명목으로 들어올 수도 받을 수도 없었을 것이다.

서울에는 외국대사관들이 많다. 그쪽 공관원들은 건성 서울에 주재하고 있는 것이 아니다. 그들은 한보의혹을 에워싼 한국정치인들의 '이전투구(泥田鬪狗)' 같은 싸움질을 내심 비웃을 것이다.

한보진상은 끝까지 규명돼야 하지만 이성과 냉정으로 대처해야 한다. 정치꾼들의 난장판은 백해무익할 뿐이다. 그 정력의 10만분의 1이라도 좋으니 북한의 핵폐기물 도입여부, 일본의 '정신대' 할머니 보상문제, 황장엽 비서 망명과 중국의 입장, 러시아 주재 한국인 영사의 피살사건 상황 등……나라 밖의 일에도 신경을 써야 될 것이다. 주변국가들이 당파싸움에 몰두하는 한국정치인들을 하나로 뭉칠 줄 모르는 사람으로 볼까봐 염려된다.

3김과 그 휘하의 정치꾼들, 나라 앞날을 그르치지 말라. 정치발전의 장애물이 되지 말라.

〈1997. 3. 6〉

언제쯤 밝고 바른 세상이 되려나
— 서울에 다녀와서

　시내로 가는 도중 차 안의 라디오는 '김현철' 구속과 그에 따른 여파 같은 것을 보도하고 있었다. 현직 대통령의 아들 구속과 각종 비리 사실을 전하는 '아나운서'의 목소리는 다소 격앙된 듯싶었다.

　운전중이던 기사가 시끄러운(?) 라디오를 껐다. 아마 필자의 여독(旅毒)을 염려해준 것 같다. 눈을 감고 있었으니까 기사의 염려도 무리가 아니다. "아니, 그거 다시 틀어봐요." — "네? 피곤하신 줄 알고……." 다시 뉴스가 흘러나왔다.

　"……이로써 한보의혹에 대한 검찰수사는 마무리 단계에 접어들었습니다. 수개월에 걸친 수사 결과 8명의 여·야 정치인들과 그밖의 은행장들이 구속됐고 청와대와 여·야 정당에 대한 국민들의 불신감은 더욱 깊어졌습니다. 정국은 오는 12월 대선까지 여야 대치로 경색될 전망입니다. 김현철 씨 구속의 여세를 몰아 야당은 92년도 대선자금의 진상규명까지 추궁할 것이고 수세에 몰리는 신한국당은 이른바 여·야 동질성과 자료미비를 내세워 대응할 것이 예상됩니다."

들을수록 어지러운 느낌이었다. 취재기자의 미흡 탓은 아닐 것이다. 3김이 도사리는 한 고국의 정국은 혼미 그대로가 아니겠는가. 기사내용도 자연 혼미할 수밖에.

기사에게 물었다. "왜들 늘 이러는 거요? 당신 보기에는 어떻소?" 기사는 약간 머뭇거리다가 입을 열었다. "모두들 좀 심심하신가봐요." 말인즉 심심풀이 삼아 난리치고 싸움질하는 것 같다는 뜻이었다. 좀더 새겨 들으면 "그 사람들이 도대체 나라와 국민을 생각하는 사람들이겠습니까?" 비웃는 것 같기도 했다.

기사는 올해 49세 — 재작년에 작고한 형 때부터 일해왔으며 평소 말수가 적은 성실한 사람이다. 그가 말한 모두들 심심해서 그 야단들인 것 같다는 한마디가 왠지 함축성 있게 들렸다.

한국사회의 불신풍조는 여전했다. 누가 무슨 말을 하든 혹은 무슨 짓을 하든 그 모두가 믿을 수 없는 사람들의 믿을 수 없는 언동으로 여기는 것 같다. 비단 정치인들뿐 아니라 각계 각층 모든 분야에서 사람들은 대립과 분파를 일삼고 있지 않은가.

필자는 꼭 2주일간 서울에 머물렀다. 그 사이 모 TV에서는 '돈 안 드는 선거'라는 주제로 전국적 규모의 시민들이 참여한 가운데 밤마다 토론회를 생중계하고 있었다. 교수와 언론인에서부터 가정주부에 이르기까지 잡다한 사람들이 잡다한 의견을 개진하였다. 돈 안 드는 선거……초대총선(48년) 이후 근 50년간 우리는 각종 선거를 치러왔다. 대통령선거와 국회의원선거,'지방위원선거 그리고 도지사·시장·구청장 등등, 숱한 선거가 있었다.

그간의 선거양상은 어떠했나? 선거철만 되면 돈에 유혹받지 말자는 소리가 나왔고 시민단체들의 거리 캠페인도 있었다. 선거비용 한도액을 정하고 처벌규정도 마련했다. 그래서 깨끗한 선거를 치르게 됐나? 해답은 우리 국민들 자신들이 잘 알고 있을 것이다.

이제 와서 돈 안 드는 선거를 새삼 말해본들 오랜 세월에 걸쳐 몸에 밴 그 체질을 뜯어고치기란 쉽지 않을 것이다.

토론석상에서 전주의 한 시민은 이렇게 말했다. "돈 주는 측(입후보자)도 나쁘지만 돈 받는 측(유권자들)은 더 나쁘다. 선거 즉 돈이란 그릇된 풍토는 입후보자들보다 유권자들 사이에 조성되는 것이라고 본다. 돈을 받아먹되 찍어주지는 말자는 말이 있다. 인간의 부정직성을 선동하는 말처럼 들린다. 우리는 모름지기 받지도 말고 찍어주지도 말아야 한다. 깨끗한 선거에 특별한 방법이란 있을 수 없다. 법규정이 필요한 것도 아니다. 토론 같은 것을 자주 할 필요도 없다. 국민 모두의 자각이 향상돼야 한다."

그는 끝으로 "내 의견은 평범한 소리이지만 진리가 담겨 있다"고 했다.

서울 체류중 만난 사람마다 공통된 견해를 갖고 있었다. "언론이 나라를 망친다"는 소리들이었다. 언론계에 몸 담고 있는 사람까지 그같은 자기 비판의 소리를 서슴치 않았다. 사회혼란과 불신 풍조는 무책임하고 방종스런 언론 때문이라고 했다. 싸움은 말리고 흥정은 붙이라 — 는 말이 있으나 오늘의 언론은 싸움이건 흥정이건 불난 곳에 기름 부어 부채질하듯 무분별한 횡포로 흐른다고 했다. 심지어 불이 나지도 않았는데 불이 난 것처럼 엉터리 보도를 마구 해댄다는 것이다.

"언론이 언제부터 그처럼 용감해졌는가? 독재자 앞에선 찍 소리 못했던 주제에 이제 때를 만난 듯 안하무인격인 만용을 일삼고 있다"는 소리도 있었다. 『언론이 나라 장래를 그르친다』는 제목의 책을 내고 싶다고도 했다. 모두들 언론의 '비굴한 정체'를 만천하에 폭로해야 한다는 의견들이었다.

한 친구가 "세상이 바로 되려면 한 가지 방법이 있다"고 했다.

"국민 각자 권총이나 기관단총을 소지하면 된다"는 것이다. 살벌한 발언이지만 친구는 익살스럽게 웃고 있었다. "권력자건 정치인이건 혹은 고위공직자건 나랏돈을 함부로 해먹는 놈들 또는 부조리 부도덕한 놈들은 누구건 아무 때고 쏴버릴 수 있는 세상이라면 그자들은 정신 바짝 차리게 된다"고 했다. 60년대 말께 고 홍승면(洪承勉) 선배(언론인)가 말한 '이상국가론'과 흡사하였다. 하긴 미국 같은 나라도 국민들은 어렵지 않게 무기소지를 할 수 있으니까 그런 말을 전혀 엉뚱한 소리로만 웃어넘길 수 없을지 모른다.

지난 5월 27일 서울 중심가 한복판의 P호텔 27층 객실에서 37세의 사나이가 1만 원권 지폐 60여 장과 5천 원권, 천 원권 등 수백만 원을 길가에 뿌렸다. 대낮(상오 11시 반께)의 행인 40여 명이 돈을 줍는 소동을 벌였다. 세태의 일면을 엿보는 듯했다. 돈을 뿌린 김모씨는 경찰에서 "돈만 밝히는 정치인들이 와서 주워가라고 뿌렸다"고 했다.

냉소와 불신에 찬 세상이다. 사람들은 정직과 성실이 무슨 소용이 있느냐고 생각하는 것 같다. 언제쯤 밝고 바른 세상이 되려나……고국이 걱정스럽다.

〈1997. 3. 6〉

부조리현상도 시정돼야
— 한총련 폭행치사사건을 보고

고국은 온통 92년 대선자금문제로 떠들썩했다.

확실한 진상규명이 없으면 대통령 하야 요구도 불사하겠다는 말도 나왔다. 야당 일각에서 그같은 강경발언이 나오더니 또다른 야당총재는 "대통령 하야까지 몰고 가진 않겠다. 진상을 철저히 가려내도록 국회공동조사를 발의하겠다"고 했다.

올해 들어 여당에 의한 노동법 기습통과로 파문이 컸던 한국정당들은 곧이어 터져나온 한보사건 그리고 김현철 구속 등 잇따른 비리사건으로 단 하루도 잔잔한 날이 없는 성싶다.

서울에 체류하는 동안 고국사회는 '돈 안 드는 선거'니 '정치개혁'이니, 어쩌면 그게 그것인 것 같은 이슈로 떠들썩한 느낌이었다. 그런 인상을 받게끔 신문·방송들은 허구헌날 요란했다.

그랬었는데 6월 들어 언론보도들이 별안간 딴 곳으로 집중됐다. '한총련' 학생들에 의한 구타치사사건이 언론의 톱뉴스로 클로즈업된 것이다. 사실은 필자가 떠날 무렵부터(5월 30일) '한총련' 동향은 조금씩 보도됐었다. 6·10항쟁 10주년을 맞아 학생들의 출범식이 서울에서 거행된다는 기사도 보였다.

'출범식'이란 말이 심상찮게 들렸다. "학생들이 또……" 했지만 그때는 워낙 언론마다 김현철 구속이니 또는 여덟 마린지 열 마린지 용(대선주자)들에 관한 얘기투성이라 다른 일은 관심의 대상 밖인가 했다. 그러다가 학생시위대와 전경 사이에 투석전과 화염병 대치 끝에 의경 한 사람이 죽었다는 보도가 나왔다. 국민들 시선이 단숨에 '한총련'에 쏠렸다.

사망한 의경은 학생들에게 맞아 죽은 것이 아니라 긴장과 과로 끝에 쓰러졌다는 속보가 나왔지만 그래도 국민은 심상치 않게 '한총련'의 움직임을 지켜보는 듯했다. 그러다가 마침내 경찰정보원으로 오인받은 23세의 한 민간 청년이 학생들의 심문을 받으며 장시간 집단구타당한 끝에 사망하는 불상사가 발생하고 말았다.

언론이 허둥대며 그 사건보도에 총집중됐고 사회는 '새로운 사태'로 어수선해졌다. 사람들은 작년 여름의 연세대 한총련소요를 되새겼을 것이다.

'한총련'에 대해 필자에게 한 가지 큰 의문이 있다. 주동학생들의 과격노선에 관해서는 이미 여러 보도가 있었으므로 그걸 여기서 말하려는 건 아니다.

정녕 알다가도 모를 일이 있다. '한총련' 소속 학생들이 그간 단 한 번도 식량난에 허덕이는 북한동포들을 구원하자고 외친 일이 없다는 사실이다. 북한주민들의 딱한 실정은 이미 널리 알려진 사실이다. 때문에 국내는 물론 해외교포들까지도 식량보내기운동을 벌이고 있는데, 어째서 그들은 그런 문제에 전혀 언급이 없는 건가.

이번 소요에서 주동학생들은 시위참가 학생들에게 '반미 자주(反美自主)의 전사(戰士)가 되라'는 투쟁노선을 강조했다고 한다. 뿐더러 '애국전사'들에게 보내는 지침서에서는 "우리의 영웅적

투쟁과 민족의 분노로 객관적 정세는 호전되고 민중의 마음도 우리에게 모이고 있다"고 주장했다. 류모 의경이 사망한 다음날 한총련 지도부가 그같이 강조했다는 것이다(이상 6월 6일자 『한국일보』 서울판 참조).

한총련의 '투쟁' 목표는 1차적으로 대통령하야 등 정권타도에 있고 그 다음은 오는 8월 15일 판문점에 집결, 이른바 '통일' 행사를 벌이는 것이라고 한다.

통일은 우리 민족 누구나의 소망이다. 마치 통일의 주역이나 된 듯 판문점 집결을 연례행사처럼 주장하는 한총련이 먹을 것을 찾아 육지로 바다로 한가족 집단탈북까지 서슴치 않는 북한주민들의 딱한 사정에 대해 한마디 언급도 없다는 그 사실을 우리는 어떻게 봐야 할 것인가? 그들은 대체 어느 나라 어떤 체제하의 젊은 이들인가?

의문은 보다 딴 데에도 있다. 다름 아닌 북한 자체이다. 북한은 그간 미국을 비롯 주요국제기구에 식량원조를 호소해왔다. 때로는 '남조선'에게도 요청했다.

그래서 적십자사나 UN기구 등이 식량·의약품·의류 등을 지원하고 해외교포들까지 식량보내기에 나서고 있다. 그런데 막상 북한은 지난 2월 김정일 생일기념 축하행사 때나 또는 4월의 김일성 생일추도행사 때 막대한 외화(3억 달러설)를 써가며 그들의 '힘'을 과시했다. 어느 것이 진짜 북한의 모습인지 알 수가 없다.

우리에게 나름대로의 짐작은 가지만 한 가지 분명한 것은 북한 인민들이(특히 지방에서) 부족한 식량사정으로 아사자까지 생겨나는 형편이라는 현실이다.

해외교포들도 북의 동포들을 돕는 마당에 과격시위와 폭행치사까지 서슴치 않는 '한총련'이 북한실정을 외면하듯 북한동포돕기에 한마디 말도 없다는 건 아무리 생각해도 이해할 수 없다. 북쪽 주장처럼 미제(美帝)와 '남조선' 앞잡이들에 의한 일시적 현상이니 통일될 때까지 참으라는 생각인가?

'한총련' 소속 학생들의 사상을 운위하고 싶지는 않다. 몇 차례 필자의 칼럼에서 말했지만 대부분 학생들은 불합리한 사회현실에 욕구불만이 쌓인 나머지 과격시위에 참여했으리라고 본다.

우리가 할 일은 우리 사회의 부정부패를 근절하는 데에 있을 것이다. 정치인들·공직자들·기업·언론 그리고 각계 각층 국민 모두가 크게 각성해야 될 줄로 안다. 불합리·부도덕한 사회가 지속되는 한 한총련소요 같은 불상사는 언제라도 다시 발생할 소지가 있다.

〈1997. 6. 12〉

학생이 돈벌이의 볼모인가

64년에 큰놈이 종로구 S국교 1학년생이 됐다. 녀석이 어느 새 학생이 됐다. 덕분에 필자도 학부모의 한 사람이 됐다.

그때만 해도 서울엔 전차가 다녔다. '꼬마학생'은 아침에 효자동 종점에서 경기도청(당시) 앞까지 전차를 이용했고 도청 앞에서 학교까지는 걸어다녔다. 학교가 끝나면 같은 코스로 돌아왔다.

효자동에서 수송동까지는 불과 1.5km 정도이지만 도중에 중앙청 주변 큰 길가가 있다. 부모로선 좀 불안한 통학길이었다. 아침엔 애비가 오후엔 에미가 꼬마녀석을 데려다주고 데리러 가기도 했으나 허구헌날 그렇게 할 수만도 없었다. 애비가 특히 그 모양이었다. 불규칙적인 직장생활 탓이었다.

그러던 중 통의동에 국민학교가 새로 생겨났다. 이른바 사립학교였다. 에미는 그 학교로 아이를 옮기자고 했다. 애비도 군말없이 찬성이었다.

통의동이라면 종전보다 훨씬 가까운 통학거리다. 절반도 안된다. 전차를 탈 필요도 없고 큰 길을 건널 필요도 없다. 이미 두 아이의 엄마이자 며느리이기도 한 집사람으로서나, 간밤의 술이 덜

깬 상태의 게으른 애비로서나, 가까운 거리의 학교는 두 손 들고 환영할 일이었다.

그런데 어찌된 셈인지 며칠 사이 집사람의 표정이 어두워졌다. 까닭인즉 S국교가 꼬마의 전교(轉校)를 허가해주지 않아서였다. 전학원서(그런 게 있는 줄 처음 알았다) 접수조차 안하고 말만 꺼내도 담임선생이 신경질적으로 대한다는 것이다. S교는 자기 학교학생들이 다른 학교로 옮긴다는 것이 못마땅한 것 같았다. 아이의 통학안전과 부모의 시간 사정 때문일 뿐인데……. 듣자니 비슷한 사정의 학부모들도 전학을 희망하지만 학교측은 일체 허가해주지 않는다는 것이었다.

무거운 발걸음으로 학교를 찾아갔다. 담임교사를 만났다.

"집에서 가깝고 부모의 짐도 덜 요량으로 그러니 허가해주시기 바랍니다."

"학교방침이라 우리로선 어쩔 수 없습니다."

"언제부터 생긴 방침입니까?"

"직원회의에서 결정된 것이고 교장선생님의 엄중지시도 있었습니다."

교사는 교장의 '엄중시달'을 되풀이 강조했다.

"주거지를 속여 유명국교에 입학시키는 '학구제 위반'을 단속한다는 말은 들었지만 제발로 나가겠다는 것도 단속하는 겁니까?"

"일단 우리 학교 학생이 된 것 아닙니까, 멋대로 빠져나가면 우리 학교 체면은 뭐가 됩니까?"

얘기를 나누는 사이 은근히 화가 났다. 꼬마들이 학교 체면 유지의 볼모라도 된다는 말인가. 교장실로 갔다. 법적 근거도 없는 학교방침을 다그치듯 물었다. 학생과 학부모 그리고 학교, 대체 어느 쪽을 위한 방침이냐고 약간 언성을 높였다. 그 따위 방침은 필경 장사꾼들의 장삿속이나 다름없다고 따졌다.

결국 큰놈은 통의동 학교로 옮기게 되었다. 어쩐지 뒷맛이 씁쓸했다.

얼마 전 서울 어느 초등학교 여교사의 '충격의 촌지장부'라는 기사를 읽었다(샌프란시스코 『한국일보』 6월 2일자). 여교사는 학부모들로부터 받은 현금이나 각종 선물을 월별로 구분, 현금은 1만 원 단위로, 선물은 상품명과 시가를 장부에 숫자로 기입해왔다. 그녀의 집 장롱에서는 포장지도 뜯지 않은 고급내의와 손수건, 립스틱 3백여 개 등 선물꾸러미가 쏟아져 나왔다. 검찰은 여교사가 아파트 3채의 소유자인데다 용인·서산·경주 등지에 20여 필지의 부동산 등 시가로 수십억대의 재산을 모은 사실도 밝혀냈다.

새삼 어떻게 된 사회인가 싶어진다. 평범한 봉급생활자는 평생 꿈도 못 꿀 재산을 일개 초등학교 여교사가 모았으니…….

'교육'이란 명분 아래 온갖 부정행위가 함부로 자행되는 세상이다. 교사들만 그릇된 게 아니다. 교육위원 선거에 몇천만 단위(심지어 억대까지)의 돈이 오고가는 것도 예사롭고 중고교와 소위 유명학원들 사이의 뒷거래도 상식화되고있다.

충격적인 보도가 나왔다. 학부모들이 과외수업이나 개인지도수업에 지출하는 과외비가 연간(96년도) 9조 6천억 원에 달하는 것으로 집계됐다는 것이다. 1년 국가예산의 12%나 된다. 초중고생의 53%가 과외수업을 받는다는 것도 밝혀졌다.

믿기지 않는 사실이 적지 않다. 상급학교 진학률이 높다는 C학원은 강사 1인당 월급 외에 연 6천만 원을 수당명목으로 지급한다. H대 국문과 대학원생 J씨는 작년에 일류대학 시험문제를 정확히 알아맞췄다는 이유만으로 S학원에서 주 1회 강연에 월 2천만 원을 받는다. 다른 학원에서의 강의까지 합할 경우 J씨 월수입은 훨씬 많을 것이라고 추측도 할 수 있다.

예능이건 일반학과건 개인지도의 경우 과목당 1백만 원쯤 도리어 당연시하고 있는 세상이다.

학교교사들은 학교에서의 정상수업보다 저녁시간의 학원강습에 신경을 쏟는다. '학교교사'는 일종의 간판에 불과하다. 입시학원들의 비리를 수사중인 검찰은 수능모의교사 및 교재채택과 관련, 학원들로부터 거액의 리베이트를 받은 각급 학교 현직교사 1천여 명(서울)을 가려냈다. 교육청에도 말썽이 있다. 검찰은 성동교육청 모과장과 강남교육청 직원 7명 등의 비리사실을 포착했다.

그저 먹고보자는 판이다. 교육위원도 교사들도 학원들도 왜 그들 세계에서는 그토록 큰 돈이 오고가야 하나. 90% 안팎의 학부모들이 과외비지출로 살림에 불안을 느끼며 이런 폐단이 없어지기를 바란다고 한다. 그런데도 폐단은 여전하다. "남들이 하고 있으니까."

그래서 그런가?

문제는 학부모들에게도 있다. 지금 서울에서는 네댓 살짜리 꼬마들에 대한 '조기영어학습'이 무슨 유행처럼 번지고 있다. 하루 2시간 일 주일에 세 번 정도 배우는 데 최소한 연간 7백80만 원 가량이 소요된다고 한다.

아직 제나라 말도 제대로 이해하거나 표현할 줄 모르는 꼬마들에게 서둘러 외국어를 배우게 하고 있는 것이다. 그게 과연 아이들을 위한 길인가?

〈1997. 6. 26〉

과소비 풍조 사라져야 한다
— 학원 · 예식장 그리고 해외영어연수

"……기숙사의 미국인 학생들도 '한국에서 온 유학생'이라고 자기소개를 하면 '너네집 부자구나' 하는 말이 튀어나온다. 파트타임으로 일해야 옷 한 벌 건지는 형편인데 그저 돈 걱정없이 쓸 수 있어 좋겠구나, 하는 식이다……."

이는 6월 24일자 샌프란시스코『한국일보』'여성의 창'에 실린 유학생 강수혜 양 글의 일부다.

연간 국민소득 1만 달러에 씀씀이는 2만 달러 이상의 국민들 같다는 말이 있다.

한국의 과소비현상을 여기서 새삼 말할 것 없다. '강' 양의 글을 보면서 한국은 이제 미국 젊은 세대에서까지 그쯤 인식받게 됐구나 싶었다.

'불경기' 소리가 자주 들린다. 한국경제가 불황에 허덕인다고 한다. 때문에 명퇴(명예퇴직) 아버지들이 생겼고 TV 드라마나 소설은 '불쌍한 아버지'를 다룬 것이 인기를 모으고 있다.

그런데도—겉으로 본 서울은 '여전한' 것 같았다. 그만큼 사람들은 겉멋에만 치중하는 것 같기도 했다.

206

사람들은 예나 지금이나 잘되는 장사는 학원과 예식장밖에 없
다 —고 한다. 학원과 예식장을 '장사'라고 표현하는 게 이상하게
들렸다.

서울에 머물 때 옛 직장후배의 아들 결혼식이 있었다. 사직터널
을 지나 비탈길에 위치한 예식장 빌딩을 보며 놀랐다. 건물 안에
들어서서 더욱 놀랐다.

아래층 로비의 내부장식이 화려하고 건물 안에 예식장이 네 곳
이나 있다. 예식장마다 결혼식이 한창이었다. 그야말로 결혼식 전
용 건물이었다. 웅성거리는 하객(7, 8백 명?)들이며 주차장에 즐
비한 승용차들이며……그곳에는 연회장도 있고, 기념사진 촬영도
하고 의상대여하는 곳도 있다. 이래서 '잘되는 장사'라는 건가 했
다.

학원? — 학원이 왜 '잘되는 장사'인가는 누구나 쉽게 짐작이
갈 줄 믿는다.

지난 주 필자 칼럼에서는 초중고교생들의 96년도 과외수입비가
연간 9조 6천억에 달한다고 했다. 97년도엔 13조 원에 다다를 것
이라는 추계도 있다(교육개발원 추산).

13조 원이면 달러로 146억 몇천만 달러가 된다. 환율 890 대 1
로 쳐서 그쯤된다. 그 많은 돈이 전적으로 학부모들 호주머니에서
나오고 있으니 부모들의 주름살이 느는 것도 무리가 아니다.

그런데 — 주름살은커녕 과외수업비쯤 "얼마나 된다고"라면서
별것 아닌 것으로 여기는 부모들도 있다. 일부 부모들에 국한된
얘기겠지만 그런 부모들은 '시시한' 과외수업보다는 과목별로 교
사들을 가정에 초빙해 자녀들로 하여금 '개인지도'를 받게까지
한다. 과목당 월평균 1백만 원 지출쯤 당연시한다.

이런 얘기를 들었다.

"강남지역 초등학교 일부 학부모 사이에서는 5월 하순께부터 하계 방학기간을 이용한 '어린이 해외영어연수' 열풍이 불고 있다. 중고교 학부모들에게도 같은 현상이 일고 있다. 스터디 투어 (Study Tour)라는 명목 아래 7월 23일부터 8월 13일까지 3주간 미국·캐나다 혹은 영국 현지학교에서 영어학습을 시킨다는 것이다. 태반의 부모(특히 어머니들)가 함께 간다. O여행사에 의하면 이같은 일정에 소요되는 경비는 학생 1인당 3백만 원 가량이며 어머니 동반인 경우 모두 7백만 원이 든다고 한다. 여행사는 25명 단위로 참가학생을 모집했는데 이미 6월 초순께 계약은 거의 끝났다. 이러한 여행사는 강남지역에만도 20여 개가 있다."

의문이 생긴다. 어린이를 따라간 어머니들은 어떻게 시간을 보내나? '쇼핑'이나 '관광'일 것이다.

그 자체가 잘못은 아니다. 그 정도에 문제가 있는 것이다. '쇼핑'이라는 게 특히 그렇다. 한국에는 무역자유화 이후 외국 유명 상품치고 없는 게 없을 정도라 하는데도, 미국에 오는 여행자들은 뭘 그리 마구 사재키려 드는지……교포들의 상을 찌푸리게 하게 마련이다.

미국인 상점주인이나 종업원은 겉으로 감사의 미소를 지으면서도 내심 비웃을 것이다. 갓 쓰고 자전거 타는 격인 벼락부자들의 저속한 취미로 여길지 모른다.

사치낭비에 흐르는 과소비풍조가 예사롭지 않다. 그같은 풍조는 좀처럼 가시지 않고 있다. 최근 한국정부는 경계회복의 징조가 보인다고 했으나 과소비현상이 계속되는 한 나라경제는 언제나 휘청거리게 마련이다.

각종 외국산 소비물품만도 연간 70억 달러 상당을 수입, '거뜬히' 소화해내는 나라이다. 외국상사들은 한국을 둘도 없는 '좋은 시장'으로 보고 있다. 게다가 해마다 1백만 명 안팎의 여행자들이 외국에서 쓰는 숙식비만도 6억 달러선을 넘는다. 뿐더러 그들이 사갖고 오는 물품값은 그보다 10배 이상에 달할 것으로 추산된다.

내 돈 내가 쓰는데 무슨 여러 말이냐, 한다면 얘기는 끝난다. 그러나 사회공동체의식이 없어 보인다. 선진 각국 사람들에게 배울 것은 없던가?

사치낭비로 씀씀이가 헤픈 사람들은 일부 계층에 속할 것이다. 그런데도 과소비풍조는 중상층 이하의 하부계층에까지 파급되고 있다. 그래야만 사람 대접을 받게 된다고 생각하는 것 같다. 그게 진짜 큰 문제이다.

학원과 예식장을 장사 잘되는 곳으로 보는 사회가 온전할 리 없다. 명색이 한쪽은 가르치는 곳이고 다른 한쪽은 축복하는 자리일 텐데 그게 어째서 장사와 연결지어 보게끔 돼버렸나.

교육만큼이라도 제대로 해나가는 사회여야 한다.

유학생 '강수혜' 양은 열심히 공부하는데도 단지 '한국유학생'이란 이유만으로 외국학생들은 '쇼핑이나 즐기는 부잣집 학생'으로 보았다.

'강' 양은 그게 좀 억울했다. 고국 과소비현상이 빚은 '선의의 피해자'라고나 할까.

〈1997. 7. 3〉

제3부

미국 속의 교포사회

왜 하필 우리들 교포사회에서 그짓이었나

"그 사람들 정말……." 저지른 일 자체보다 저지른 후 주최자측이 보인 '변명'이나 '대책'에 "치가 떨리도록 분하다"는 사람들의 심정이 이해되고도 남는다.

외국에서 살다보면 누구나 내 나라에 대한 향수를 가슴 한구석에 지니게 된다. 예전에 무심코 스쳐버린 이런저런 일들이 새삼 생각날 때도 있고 과거 불우했던 일마저 추억의 하나로 떠오르기도 한다. 세월이 흐를수록 향수는 짙어진다.

다소나마 향수를 달랠 수 있는 기회가 가끔 우리에게 주어진다. 고국 연예인들이 출연, 노래나 춤 혹은 익살(코미디)로 즐거운 시간을 갖게 되는 것은 이국살이 교포들에겐 그나마 큰 위안이 될 것이다.

주최측은 돈벌이 삼아 벌인 흥행일지 몰라도 몰려든 관객들은 인기 연예인들을 통해 내 나라 내 고향에 대한 향수를 달래고 싶었을 것이다.

'95 메가 콘서트 — 괜찮은 이름이었다. 괜찮았지만 그게 그만 '사기를 쳤다' 해서 교포사회의 비난이 갈수록 높다.

필자는 그 흥행에 미처 관심을 갖지 못했었다. 나이가 나이인데다 그 흥행을 화제로 삼는 사람도 주위에 없었다. 그러나 그런 공연이 열린다는 건 어렴풋이 알고 있었다. 주최측인 TV사는 물론이고 신문·라디오에까지 광고가 요란하지 않았던가. 그래서 '김건모'라는 이름도 알게 됐고('정건모'로 착각했지만) '룰라'니 '솔리드'니 하는 낯선 이름도 듣게 됐다.

실인즉 광고를 볼 때 제대로 잘 해낼까 약간 의문이었다. 일종의 불신감이다. 왜? 과거 LA서의 일들이 기억났던 것이다. LA 교포사회에서도 1년에 몇 번인가 비슷한 흥행을 벌였지만 광고 선전에 올랐던 출연 멤버의 일부가 '갑작스런 사정'으로 무대에 나타나지 않는 일이 있었다. 애당초 현지(LA)에 오지도 않았다.

때문에 LA 교포들은 공연광고에서 본국 가수나 TV 탤런트, 영화배우의 이름과 얼굴이 나열되는 걸 보게 되면 "진짜 출연하는 건가?" 의심부터 앞서는 판이었다.

이번 '95 메가 콘서트의 주최측 심태(失態)는 지난날 LA 때와 흡사한 데가 있다. 그 모두 교포들에게 큰 실망을 안겨주었다. 그러나 LA와 SF간에는 분명한 차이점이 있다. LA 교포들은 '알맹이' 멤버의 출연취소를 알게 되었을 때 "역시……" 하며 자신들의 예감이 적중된 것에 쓴웃음을 지었지만 '격분'할 정도는 아니었다. 왜냐하면 주최자측이 사전 광고를 통해 '누구누구는 국내의 바쁜 스케줄에 밀려 부득이 출연할 수 없게 됐다'는 것을 밝히며 사과했기 때문이다. 그같은 사정을 알고도 입장한 관객들이라 주최측에 분개하거나 입장료 환불 요구도 없었다.

이번 메가 콘서트의 경우는 어떠했나? 알맹이 출연자들의 결장을 미리부터 관객들에게 알려준 흔적이 전혀 없다. 더욱 공연자체도 2시간 이상 지난 후에야 막을 올렸고 진행도 뒤죽박죽 무성의 · 무책임으로 시종했다. 그날의 추태는 이미 보도를 통해 널리 알려졌으므로 여기서 나열할 건 없다.

다만 그날 이후의 주최측 태도는 너무나 상식 이하의 파렴치한 행위뿐이라 지금 교포들의 분노를 사고 있다. 몇 번이고 그 점을 지적하고 싶다.

■ 주최측은 되풀이 LA에 있는 '에이전트'가 어쩌구저쩌구했기 때문이라는 변명을 늘어놓는다. 뚱딴지 같은 소리이다. 에이전트 여부는 어디까지나 주최측과 에이전트간의 문제일 뿐 일반관객들과는 아무런 상관이 없는 일이다. 에이전트가 거짓행위를 했다면 그 또한 주최자측의 '과오'이다. 속아서 창피한 것은 자신들일 텐데 왜 그것을 관객들에 변명의 자료로 삼으려 하는가. 그토록 간단히 속았다면 처음부터 주최할 자격도 능력도 없었다는 것부터 깨달을 일이지 뭘 어쨌다고 구차스런 변명인가

■ 주최측은 '김건모' 등의 출연불능을 사전에 알고 있었다. 알면서도 말 한마디 없었고 공연도 두 시간 이상 지체했다. 그러고도 이렇다 할 해명조차 없었다. 당신들은 그토록 철면피한 인간이었나? 교포위안이니 뭐니 했지만 애당초 그런 소리를 한 것부터가 교포우롱의 수작으로 볼 수밖에 없지 않겠는가.

■ 주최측은 그후 입장료 30% 환불 운운하면서 이 핑계 저 핑계 대기에만 신경쓰는 인상이다. 30% 환불도 '입장권을 갖고 오면'이라는 '단서'가 붙어 있다. '입장권'이라니 누가 그 따위 더럽고 치사한 것을 며칠이고 보관하고 있겠는가. 환불할 바엔 깨끗이 전액하든지 아니면 끝까지 낯짝 두껍게 버티든지 할 것이지 왜 자기들 손해부터 모면하려고 얄팍한 잔꾀를 부리는 건가.

■ 입장료 25달러건 50달러건 교포들이 입은 정신적 피해는 매우 크다. 금전적 피해뿐 아니라 시간적 피해도 크다. 개개인의 피

214

해도 피해려니와 교포사회에 미치는 '불신풍조의 피해'는 이루 말할 수 없을 것이다. 그나마 내 아들 딸들에게 조상나라의 일면을 보여주려던 부모님들과 자녀들 마음에 입힌 상처를 무엇으로 보상할 수 있겠는가.

주최자인 TV 사장 '최' 아무개씨는 생각이 짧은 사람인 것 같다. 비록 손해를 보더라도 이번 일에 깨끗한 사후처리를 했다면 도리어 사람들의 신용이 두터워질 수도 있었을 텐데 당장의 손익에만 눈이 먼 나머지 너무나도 몹쓸 짓을 저지르는 게 아닌가?

새삼 교포사회가 염려된다. 그런 주최자, 그로 인한 불신풍조…… 왜 나라 밖의 우리들끼리 이래야 되는 건가. 자라나는 세대들에게 뭐라고 설명해야 되겠는가. 모처럼 자녀들을 보낸 부모들이 정말 안쓰럽다. 제발 이런 일 두 번 다시 일어나지 말았으면 한다.

〈1995. 11. 30〉

아듀 '95년
— 떠나간 사람들의 명복을 빌며

이제 며칠이면 이 해도 넘어간다. 다사다난했던 한 해라던
가……별로 한 일도 없이 한 해를 보낸 것 같은데도 나름대로 감
회가 스친다.

1995 — 잊지 못할 해가 될 것 같다. 다정했던 사람들이 하나 둘
떠나간 해였다. 사사로운 얘기를 해본다.

■ 큰 처남 철환이가 갔다. 1년 상관의 중학 동문인 그는 50년대
초에 유학차 도미, 동부에서 대학을 마친 후 줄곧 엘리트 코스를
밟아왔다. 작년 10월 철환 내외는 아침에 서울에 도착, L호텔에
짐을 풀자마자 필자의 둘째놈 결혼식에 참석했다. 10여 년 만의
그는 건강한 모습이었다. 술, 담배나 '바람'을 모르는 그였다.

다음날 아침 서울의 친·인척 10여 명이 L호텔에 모여 담소를
나누었다. 철환의 사촌 자형 오흥근(필자에겐 사촌동서) 박사가
느닷없이 "학교측 요청으로 1주일에 한 번 숙대에 나가 특강을 하
고 있다" 했다. '꽃밭'에 파묻히게 돼 자못 젊어지는 기분이라는
말투였다. 듣고 있던 철환이가 웃지도 않고 "그거, 나도 그런 자리
하나 얻을 수 없을까" 해서 좌중에 폭소가 터졌다. 필자는 그의 아

216

내 '염'에게 "지금 한 말 들었소?" 했더니 "이제 뭐 상관없어요. 손녀들 돌보기에도 바쁜데……알 게 뭐예요" 하고 약간 뽀로통한 '허세'를 부려 모두들 또 한바탕 웃었다.

금년 3월 그가 식도암이라는 기별을 들었을 때 얼핏 믿을 수 없었다. 그토록 착하고 깨끗한 몸에 암세포가 번지다니, 그럴 수가, 싶었다. 철환이는 끝내 7월에 유명을 달리했다.

■ 오랜 친구 최두열도 떠났다. 대학 2년 후배인 그는 일찍이 행정·사법고시 양과(8회)에 합격, 서울시경국장, 치안국장, 부산시장, 노동청장관 등 관직을 두루 거쳤지만 필자와는 공사의 구별없는 막역한 사이였다. 친형제나 다름없었다. 언젠가 그의 내외와 큰아들이 이곳에 들렀을 적에 그들은 필자의 비좁은 아파트에서 이틀 묵고 간 일도 있다. 밤 늦도록 술잔을 나누면서 그는 "이형, 어쩌려고 세상이 이꼴로 돼가는지." 본국 사정을 개탄하기도 했다. 5공독재가 막 기승을 부리는 때였다. 그는 이미 관직을 저버린 몸이었다.

최두열은 89년 여름 '큰아들'을 교통사고로 잃었다. 미국 유학 중인 아들은 여름방학 때 일시 귀국하는 길에 일본 도쿄에서 변을 당했다. 그로 인한 충격으로 그는 지병인 '당뇨병'이 급격히 악화됐다. 그는 거의 실명(失明)상태였다. 백방으로 약을 써봤으나 끝내 떠나고 말았다.

생전에 그는 골프장에서 뜻대로 공이 굴러 들어가지 않는 '퍼팅' 때마다 "이형, 이게 무슨 운동이라요" 했다. 골프운동은 티셧과 훼어웨이셧 그리고 맑은 공기와 걷는 걸로 충분하지 않느냐는 그의 지론이었다. 그다운 성격의 일면이 엿보였다. 그때의 그 모습이 지금도 눈에 선하다.

■ 9월 중순 두 살 위인 친형 갑식이 떠나갔다. 간암이었다.

불과 두 살 차이였지만 동생에게 엄하고 자상한 형이었다. 서울에 들를 때마다 형은 숙소와 용돈, 차량 등 모든 걸 뒷바라지해주었다. 형은 필자의 처신을 늘 힐책하곤 했다. 철딱서니없다고 호되게 야단치며 "너, 하는 짓은 개망나니 같다"고 했다.

한동안 실의와 염세에 빠져 형이나 친구들과의 소식마저 끊고 세상을 등지고 지낼 때, 형은 몇 차례 미국 왕래 끝에 필자를 찾아내고 말았다. 형은 대뜸 "네가 지금 제정신이냐!"고 호통쳤다. 형은 한참 동안 세상 순리를 일러주며 사람된 도리를 다하라고 꾸짖었다. 형의 눈에 이슬이 고여 있었다. 형의 깊은 정이 뼛속 깊이 스며들었다.

형이 '암'인 것 같다는 형수의 국제전화를 받던 순간 숨을 집어삼켰다. 이 무슨 조화인가! 그러나 형의 증세는 호전되는 것 같았다. 서울 '원자력병원'에서 방사능 치료중인 형은 조기 발견 덕분에 차츰 암세포가 소멸돼간다는 소식이었다.

지난 9월, 출판 관계로 서울에 도착한 것은 목요일 오후였다. 곧장 형에게 달려갔다. 형은 다음주 월요일 새벽 운명하였다. 회복 증세라더니……담당의사 멱살을 잡아 흔들고 싶었다. 형수는 형의 임종을 지켜볼 수 있던 필자에게 하느님이 인도해주신 거라고 조용히 말했다.

서울을 떠나기 전 형의 묘지를 혼자 찾아갔다. 묘석 앞 풀 위에 앉아 담배를 한모금 피울 때 저절로 눈물이 흘러내렸다. "형……." 끝없이 소리없이 흘리고 말았다.

어두운 한 해였다. 이 해도 다 지나려는 참에 또 우울한 소식이 전해온다. 역시 친구이자 아우 같은 S(전 D사 편집국장 · 상무이사)가 췌장암으로 투병중에 있으나, 가족과 친구들의 전언은 거의 절망적이라고 한다. 최선을 다하고 있는 그의 아내 목소리는(전화) 울먹이고 있었다. 이 무슨 해인가.

지난 10월엔 집사람에게 교통사고가 났다. 이곳에서 살아오면서 '교통사고' 와는 전혀 무관한 우리 가족인 줄 알았는데. 아내가 전신마취의 응급수술중일 때 세상을 저주하고 싶었다. 인간에게 주어진 하늘의 시련치곤, 해도 너무하지 않나 싶었다. 다행히 아내는 불구신세는 면했다.

우울한 얘기를 늘어놓았다.

하고 싶은 말이 있다. 인간이란 어떤 경우에도 용기와 희망을 잃지 않는다는 사실이다. 친구들은, 처남은, 형은 먼저 떠났다. 가족에게 불행사도 있었다. 그러나 우리 가정과 필자에게 삶에 대한 용기와 희망은 다시 솟아나고 있다. 그것을 말하고 싶었다.

새해에 복 많이 받으시고 희망과 용기를 잃지 않는 보람찬 나날을 보내시기를 기원합니다.

〈1995. 12. 28〉

찾아오면 반갑고 떠나가면 더 반갑다(상)

서울 강남의 한 사립 초등학교 인근 제과점에서 — 아이스크림 한 개씩을 산 두 명의 꼬마 중 한 녀석이 점원에게 치른 돈은 현금 아닌 '수표'였다. 액면 1백만 원의 버젓한 보증수표였다. 놀란 여점원이 "돈(현금) 가진 것 없니?" 했더니 2, 3학년쯤 돼보이는 꼬마는 "그거 못쓰는 거예요?" 순진한 얼굴로 되묻더라는 것이다.

설마 엄마가 그만한 용돈을 주지는 않았을 테고. 아마도 꼬마는 거실이나 응접실 바닥에 떨어졌던 걸 무심코 집어들었을지 모른다. 그 얘기를 하며 서울의 한 친구는 "요즘 세상, 있는 집 가정에선 있을 수 있는 일이겠지" 했다. 무슨 풍자처럼 들렸다.

"안방의 장롱 침대 화장대 세트는 2천만 원 가량, 거실의 이탈리아제 응접세트는 약 1천만 원, 중국산 실크 카펫이 6백만 원짜리, 천장의 샹들리에 3백여만 원……주방의 식탁이 5백만 원, 대형 냉장고 3백여만 원, 전자오븐 1백60만 원……서재의 목제 대형 책상과 책장이 근 7백만 원 — 강남지역 한 고급 아파트(60평)에서 가정부로 일하는 K아주머니는 갈수록 좌절감에 빠져 한숨의 나날을 보내고 있다."(『한국일보』 '과소비 너무하다'의 특집 연재

기사 일부 인용)

　서울의 과소비현상은 분명 비정상적이다. 얼마 전 한국에서 가짜 고급 골프 세트를 대량으로 위조해온 일당이 적발됐다는 보도가 있었다. 기사를 보며 쓴웃음이 났다. 가짜인 줄도 모르고 비싼 돈 주고 구입한 건 어떤 사람들일까?

　81년께던가. 친구들과 서울 근교 N골프장에 갔다가 내심 감탄(?)한 일이 있다. '티업' 차례를 기다리는 사람들이 한결같이 일본 '혼마'(本間) 제품의 '블랙 시프트' 채들이었다. 당시의 시가로 '드라이버' 한 개에 1천 달러 내외인 특급제품이다. 가볍고 잘 나간다는 것이었다.

　그나마 '혼마' 제품은 60년대 말까지만 해도 주로 '드라이버'나 2, 3번 우드채에 국한됐던 것이 어느 틈에 '아이언' 채마저 블랙 시프트가 등장했다. 그쯤되면 풀세트 값이 모두 합쳐 얼마쯤 되는 걸까? 아무튼 그 무렵 '혼마' 제품은 무슨 유행처럼 나돌았다. 참고 삼아 — 이곳 TV에서 중계하는 세계 정상급 프로 골퍼들은 누구 하나 '블랙 시프트' 채를 쓰는 것을 못 보았다.

　한국의 사치와 낭비는 벼락부자 계층의 못난 풍조인 줄 알았다. 실제 그렇게 보고 싶었는데 사실은 너나 할 것 없이 대부분 사람들이 그런 풍조에 젖어 있는 것 같다. 이른바 '중산계층' 사람들도 고급제품 선호에 흐르고 있다. 35평 아파트에 사는 한 가정주부가 집에 어울리지 않는 호화판 대형 응접세트를 월부로 들여놨다가 남편과 대판 싸움 끝에 파경에 이르렀다고도 한다.

　지금 미국이나 일본, 유럽 각국 업체들은 한국을 '단골시장'처럼 가까이 하기를 노리고 있다. 한국 알기를 비싼 물건일수록 잘 팔리는 곳으로 여긴다. 그래서 서울에는 세계 각국의 고급상품치고 없는 게 없다.

왜 사회가 그쯤됐나? 그런 사회, 그런 풍조가 몸에 밴 사람들이 외국여행을 하게 되면 어떤 행동을 하게 되나?

"한국에서 온 친지나 방문객이 '쇼핑' 안내를 부탁할 때면 그만 가슴이 덜컥, 겁부터 난다. 비록 미국에서 살고 있는 몸이지만 서울 여행자들이 찾는 품목들은 여지껏 보도 듣도 못한 최고품들이기 때문에 대체 어딜 가면 그런 물건을 구입할 수 있나 사방에 알아보느라 쩔쩔매게 된다. 그러고도 알아내지 못했을 때는 뭐라고 '변명'할 것인지. 창피해서 상대방 얼굴을 제대로 쳐다보지도 못한다."

어느 교포 내외의 한숨어린 말이다.

'쇼핑' 안내는 그렇다치고 교포들의 더욱 큰 골칫거리는 소위 '관광안내'를 부탁받을 때라고 한다. 쇼핑이 주로 여자측 부탁이라면 관광은 대개 남자 여행자들의 경우이다.

예전 LA에서 이런 얘기를 가끔 들었다. '관광안내'를 부탁하는 본국 여행자들의 10중 8, 9는 말이 좋아 '관광'이지 거의가 그렇고 그런 곳을 은근히 기대한다는 것이다. 성인영화나 라이브쇼 같은 것을 보고 싶어하고, 외설잡지나 비디오 테이프를 몇 개씩 사 재끼는 사람이 적지 않다는 것이다. 비디오 테이프는 개당 50달러를 넘는다. 김포공항 세관에서도 엄중단속한다고 들었는데 테이프가 비싸다거나 세관이 겁난다는 여행자는 한 사람도 못 봤다고 했다.

여행자들 중엔 태극기를 꽂느니, 국위선양이니 못난 농을 하면서 '흰 말' 어쩌구저쩌구 부탁할 때도 있다(요즘은 AIDS가 겁날테지만). 그럴 때마다 부탁받은 교포는 난처한 입장이라는 것이다.

교포사회의 분위기를 흐려놓는 것은 다름 아닌 본국 여행자들

이 아닌가 싶다. '리노'나 '라스베이거스' 등 도박장에 가보고 싶
다는 여행자도 적지 않다. 그들 여행자들은 몇천 달러쯤 날려버리
기 일쑤이고 몇만 달러를 잃는 사람도 있다. 그 때문인지 '카지
노'장에서는 한국이나 일본 여행자들은 어느 때고 환영받는다. 1
백 달러 안팎의 칩으로 조심스레 시간을 보내는 안내인들(교포)
눈에 그같은 본국인들의 작태가 어떻게 비칠 것인가?

　문제는 또 다른 곳에도 있다. 여행자 중엔 진정 미국의 관광명
소를 찾는 사람도 있다. '캘리포니아' 주변에만도 차로 몇 시간이
면 다다를 수 있는 곳들이 있다. 그런 곳을 가보고 싶어하는 여행
자는 건실한 편이라고 할 수 있다. 그런데 안내하는 사람 입장에
선 그 또한 골칫거리일 수가 있다.

　어째서?

〈1996. 2. 15〉

찾아오면 반갑고 떠나가면 더 반갑다(하)

미국에 오는 본국인 여행자치고 이곳 교포이민과 접촉하지 않는 사람은 거의 없다. 친인척이나 친구 또는 직장이나 고향 선후배 등 여행자는 누군가를 찾게 된다. 만나면 서로 얘기 나누기에 시간 가는 줄 모르게 된다.

한국인들의 미국여행은 해마다 늘어난다. 미 관계당국 자료에 의하면 지난 91년의 경우 그해 1월부터 9월 말까지 아홉 달 동안 미국여행 한국인들은 모두 21만 7백64명 — 이는 전년도 같은 기간에 비해 무려 33.3%가 증가한 것으로 하루 평균 7백81명이 입국한 셈이 된다. 입국증가율은 '아르헨티나'에 이어 세계 제2위로 높다는 것이다.

앞에서 필자는 일부 그릇된 본국 여행자들에 관해 언급했다. 사치스런 '쇼핑'이나 탈선 '코스' 안내 부탁 등은 교포들의 마음을 어지럽히기도 하고 골칫거리가 될 수도 있다고 했다. 미국땅에서 힘들게 살아가는 이민자들 눈에 '몰지각한 여행자'들의 작태가 어떻게 비칠 것인가 여행자 스스로 한번쯤 생각해보기를 바랐던 것이다.

필자는 또한 '순수' 관광 여행자들도 때로는 교포들을 괴롭게 한다고 했다. 이유는 이러하다.

찾아온 사람은 대개 일정의 모든 것을 이쪽에 떠맡긴다는 자세이다. 여행자들은 생판 낯선 땅에 들어선 사람처럼 행동한다. 마중나간 사람(교포)은 공항도착 즉시부터 숙소와 식사, 관광지 교통편의 등 모든 것에 신경을 쓰게 된다. 여행자는 으레 알아서 잘 해 주겠지 하는 표정이다. 한두 번 미국여행의 경험이 있는 사람도 마찬가지다.

그것이 잘못이라는 건 아니다. 어차피 '찾아온 사람'과 '마중한 사람'의 입장이니까 손님 쪽이 의지하려는 건 당연한 노릇일 것이다.

그런데 여기에 문제가 뒤따르게 된다. 명승지·유적지 등 관광안내가 교포입장에선 은근히 고민거리이다. '시간' 때문이다. 시간을 짜내기가 쉽지 않은 것이다. 관광안내를 제대로 하려면 적어도 한나절, 경우에 따라선 이틀쯤 예정을 잡아야 한다. 그게 문제이다.

미국은 짜임새 있고 에누리 없는 사회이다. '시간은 즉 돈'인 사회이기도 하다. 대부분의 교포들 입장에선 직장이건 자영업(스몰 비즈니스)이건 갑자기 시간을 딴 데 쓰게 되면 그만큼 지장을 초래하게 된다.

직장인의 경우 2, 3일 결근하거나 혹은 휴가일수를 쪼개서 시간을 낼 수 있겠지만 직장에 따라선 며칠간의 결근일 경우 의사진단서를 첨부해야 되는 곳도 있다. 또 휴가일수 조절도 다른 동료들과의 근무관계상 아무 때나 손쉽게 조절할 수 있는 것도 아니다.

자영업 '오너'들도 딱한 사정이다. 자영업이라야 부부 또는 몇 사람 함께 고생하는 것이 태반인데 어느 누가 '팔자 좋게' 관광안내를 한답시고 자리를 비울 수 있겠는가.

방문객이 주말에 나타나면 좀 괜찮을 것 같지만 반드시 그런 것도 아니다. 자영업의 경우 주말에 더욱 바빠질 수도 있다. 한편 직장인도 평상시의 기계적인 생활에서 벗어나 모처럼 즐거운 주말을 보내고 싶을 것이다.

대부분의 교포들의 생활은 결코 편안하고 용이한 것이 아니다. 비록 이곳 생활에 있어 의·식·주는 걱정없다 해도 적당히 어물거리며 손쉽게 그렇게 되는 것은 아니다. 미국사회에서 '적당주의'는 통하지 않는다.

불행히도 한국인 여행자들은 교포들의 속사정을 모르는 것 같다. 어지간히 짐작할 법도 한데 그걸 입밖에 내는 여행자는 없다. 여기저기 구경하고 나면 고맙다는 인사는 하지만, 그 정도의 안내 서비스는 당연한 일로 여기는 얼굴이다. 그뿐이던가. 그들은 어디를 가든(관광명소) 모든 비용은 응당 이쪽에서 부담하는 것으로 알고 있다. 임시숙소로 정한 '모텔' 숙박요금이나 그곳에서 사용한 한국과의 국제전화값마저 교포가 지불할 때도 있다.

여유가 있는 사람이라면 별 문제가 아니겠지만 그렇지 못한 사람의 입장에선 시간손해에 금전부담마저 겹치니 그야말로 엎친 데 덮친 격이 된다.

따분한 소리를 늘어놓았다. 거듭 말하자면 여행자와 이곳 거주자는 '찾아온 사람'과 '반기는 사람'의 입장이다. 양자간의 관계는 눈앞의 손익을 떠나 만나서 기쁘고 다정할 수 있다. 다만 양자간에 얼마만큼이라도 절도(節度)와 예의가 있으면 좋겠다. 특히 여행자가 그 점을 알아차렸으면 한다.

여행자로선 불과 며칠 동안 신세질 뿐인데 할지 몰라도 찾아오는 사람은 당사자 한 번으로 그치지 않는다는 걸 알아야 한다. 시도 때도 없이 나타나는 본국 사람들로 해서 이민교포들은 몸도 마음도 피곤해진다.

미국은 경쟁사회라고도 하지 않던가. 경쟁에서 낙오되지 않기 위해선 잠시도 옆길로 새나갈 겨를이 없다. 하물며 이민자의 입장은 오죽하겠는가.

해마다 늘어나는 한국인 여행자들 — 그들도 이젠 익숙한 여행자가 돼야 한다.

'찾아오면 반갑고 떠나가면 더 반갑다' — 이런 말 듣지 않는 여행자들이 되기 바란다.

〈1996. 2. 22〉

힘 닿는 데까지 열심히 하겠습니다

— 여러분께 감사드리며

　감사의 말씀을 드리고 싶습니다.

　그날 밤 — 집에 돌아온 저는 깊은 감회에 잠겨 있었습니다. 그처럼 고맙고 감격스런 시간이 제 생애에 있으리라고는 꿈에도 생각해본 적이 없었던 것입니다.

　명색이 언론인의 한 사람이면서 이 나이가 되도록 내가 해온 일이 뭐였나 늘 부끄럽고 죄스럽게 여겨왔습니다. 기념회에 참석해주신 여러 인사들께서는 저에게 가슴 벅찬 감격을 안겨주셨습니다. 전화나 서신으로 격려해주신 낯선 분들도 제게 용기를 부어주셨습니다. 고맙고 고맙기만 합니다.

　제가 기자 세계에 몸담게 된 것은 54년 5월부터입니다. 처음엔 직장인의 한 사람이 됐다는 단순한 마음이었지만 어림도 없는 일임을 이내 알게 됐습니다. 어렴풋이 짐작은 했어도 너무나 변화무쌍한 세계에 뛰어든 꼴이 됐습니다. 예나 지금이나 우리 사회는 파란도 많고 곡절도 많기 때문이었습니다.

　기자란 그런 것들을 취재하고 기사로 작성해야 되는 직업이었습니다. 그것도 마감시간이라는 '악마'의 성화에 쫓기면서 그래야 했습니다. 전생에 무슨 악연이 있었는지 저는 편집국에서도 사회부 그것도 경찰이나 검찰 혹은 법원 등 이른바 사건부서만을 맡아왔습니다.

올챙이 기자 때부터 제게는 단 하루도 신문을 멀리할 경황이 없었던 것 같습니다. 뒤돌아보면, 55년의 서민호 씨 옥중회견을 비롯, '대구매일 필화사건' '김창룡 특무대장 피살사건' '장면 부통령 저격사건' 등……기자가 된 지 불과 몇 해 사이에 큰사건들과 씨름해야 될 팔자였습니다.

데스크(차장)나 부장의 재촉을 받으며 뭐가 뭔지 그저 뛰고 쓰고, 쓰고 나면 다시 뛰는 생활을 계속했습니다. 정치깡패 이정재나 명동·충무로 일대의 두목 이화룡 등 주먹세계와 가까이 접촉하기도 했습니다. 그들 세계를 통해 한국 사회의 한 모습을 엿볼수도 있었습니다. 지금 생각하면 태반은 얼떨결에 그저 자신에게 성실하고 직업에 충실하자 마음먹었던 것 같습니다.

3·15 마산 시민궐기와 4·18 고대학생 가두데모 등 '4·19의거'로 이어지는 일련의 현장취재는 저에게 기자 직분의 보람을 느끼게 해주었습니다. 당시는 조·석간시대였습니다. 사(社)에 들를겨를 없이 아침부터 오밤중까지 연일 전화나 인편으로 송고했었지요. 국회 앞 시위학생들이 학교로 되돌아가는 길에 을지로에서 종로 4가 천일백화점 앞에 이를 무렵 어둠의 골목길에서 깡패들의 집단 습격을 받고 피를 흘리며 길가에 쓰러졌습니다. 저는 그만 자신의 직분을 잊고 사진기자와 함께 도주하는 깡패들을 뒤쫓기도 했습니다. 깡패들 습격은 데모행렬의 선두를 천천히 따라가던 경찰 백차(지프)의 고의적인 유도가 발단이었다는 사실을 훗날 밝혀냈습니다.

4·19 다음해에 5·16이 터졌습니다. 왜 우리 나라는 이런 일

들을 겪어야 하나 암담한 심정이었습니다. 서울시청 안에 설치된 소위 '계엄사' 검열관에게 신문대장을 사전 검열받아야 할 때 저는 처음으로 기자직업에 대한 회의와 허탈감에 빠져버렸습니다.

그해 7월 사(社)에서는 제게 해외출장을 지시했습니다. 두 달 가량 중근동과 북아프리카, 유럽지역을 돌면서 "무엇이든 좋으니까 읽을 거리(기사)를 써보내라"는 것이었습니다. 그같은 취재지시는 분명 보기 드문 일이었습니다. 그러나 그건 이례적인 일이었습니다.

그 당시 신문들은 소위 계엄사의 검열로 지면 꾸려나갈 '기사부족'으로 애먹는 실정이었지요. '민정이양'이 63년 말께부터 실현되면서부터 언론도 다소 되살아 나는 듯했습니다. 그러나 기자직업에 대한 회의는 좀처럼 사라지지 않았습니다. 더 깊어졌는지 모릅니다.

언론계 주변에서 믿어지지 않는 일들이 하나둘 생겨나기 시작했습니다. 같은 사에서, 다른 사에서 언론인들이 권력층 그늘에 들어갔습니다. 그들은 집권당의 '전국구의원'이나 그밖의 벼슬자리를 얻었습니다. 기자라 해서 정계에 몸담지 말라는 건 아닙니다. 그러나 하필이면 군사독재 아래서 집권당의 벼슬을 탐낸다는 것은 누가 봐도 그릇된 일이 아닐 수 없습니다.

그후의 언론계가, 언론인들이(일부이겠지만) 어떤 처신을 해왔는지, 한마디로 국민(독자)에 대한 배신이었다고 저는 생각합니다.

제 자신의 과거가 부끄럽기만 합니다. 털어놓고 말씀드려 저도 총칼 정치권력의 영향권 안에 있었던 꼴이기 때문입니다. 무어라 말할 자격도 없는 것이지요.

이민생활은 저에게 있어 일종의 정신요양기간 같았습니다.

얼마 전 신문·방송보도는 수백억 원인가를 뿌렸다는 전두환의 자금살포 대상에 언론계 사람들도 있다고 했습니다. 저는 한국의 정치풍토가 오늘의 그 지경이 된 것은 언론계의 고질적인 병폐체질에도 그 원인이 있다고 생각합니다. 지금 총선거를 앞둔 고국의 각 정당은 수준 이하의 온갖 진흙싸움을 벌이고 있습니다. 따지고 보면 그 모두가 패거리 싸움에만 열중하는 정치인들과 곁에서 덩달아 날뛰는 언론의 무책임한 기사나 가십 때문이라고 할 수 있지 않겠습니까. 요즘의 정치기사들은 설(說)과 추측일색입니다. 멋대로 장구치고 북치는 꼴입니다.

출판기념식사에서 원로작가 최태웅 선생의 축하말씀은 제게 무한한 영광과 감명을 안겨주었습니다. 선생님은 "1주일에 한 번씩 좋은 친구를 만나온 것 같다"고 하시며 "슬픈 시대인 이 시대의 언론인으로서 슬기롭게 대처해 나가기 바란다"고 격려해주셨습니다.

그분의 말씀을 저는 늘 가슴 깊이 간직하고 힘 자라는 데까지 일해나갈 것입니다. 참석해주신 모든 분과 독자 여러분들 그리고 신문사 동료들께 거듭 감사의 말씀드립니다.

감사합니다.

(이 글은 샌프란시스코의 각계 인사들 1백40여 명이 참석, 필자의 출판을 격려 축하해준 데 대한 답례인사의 요지였습니다.)

〈1996. 3. 21〉

홍도야 울지 마라
— 다정다감했던 시절

　"한번 구경할 것을……." — 이곳 공연을 성황리에 마쳤다는 걸 TV 방송을 통해 알았다. 연극 「홍도(紅桃)야 울지 마라」 얘기다.

　그걸 보고 싶었다. 50여 년 전 우리네 세정(世情)이 어떠했나, 엿볼 수 있을까 해서였다. 「홍도……」는 한시절 세상을 휩쓸다시피 하지 않았나 짐작된다. 필자도 어릴 적에 그 '노래'를 들었던 기억이 난다.

　연극도 영화도 혹은 소설(?)도 이때까지 「홍도야 울지 마라」를 직접 보거나 읽은 일은 없다. 줄거리를 제대로 모르는 사이 노래부터 먼저 다가선 셈이다. 그만큼 노래는 널리 유행했었나보다.

　필자 어릴 적에 어디선가 그 노래가 가끔 들렸다. 그것이 정확히 언제적 어디서인지 기억이 희미하다. 소학교 때인지 중학교 때인지, 해방 전인지 후인지, 방과 후 길가에서 였는지 혹은 주택가였는지(그 나이에 술집은 아닐 테고) 모두가 확실치 않다. 아무튼 노래따라 연극내용도 어렴풋 짐작했다.

　솔직히 말해 가사를 통한 「홍도야 울지 마라」는 얄팍한 신파극의 하나려니 했다. 그 무렵 서울엔 「이수일과 심순애」 「검사와 여

선생」 등의 소설·영화간판이 자주 눈에 띄었다. 이른바 '유식층'
은 그런 것들을 흔해빠진 신파조로 비웃지 않았나 싶다. 당시는
중학 초년생이나 심지어 국민학교 5, 6년짜리 꼬마들도 부모나 선
생님 몰래 영화나 연애소설에 열중할 때이기도 했다.

필자는 해방 직후 영화 「이수일과 심순애」를 단성사에서 관람
한 일이 있다. 원작(일본 '곤지키야샤' (金色夜叉))에 비해 어색하
고 과장된 연출진행에 "그게 아닐 텐데, 눈물 짜내긴가." 쓰게 웃
은 일이 있다. 그래서 '홍도'도 비슷한 거려니 했을지 모른다.

50년대 중반 들어 또다시 「홍도야……」 노래를 듣게 됐다. 무교
동 주변의 술집이나 길가에서 가끔 들려왔다. 잊고 있던 노래라
뭔지 반가운 심정이었다. 기자생활이 차츰 궤도에 오른 때였다.
얼큰한 기분에 노래가사를 유심히 들어봤다. 그 가사는 문인이자
기자생활도 하셨던 고 이서구(李瑞求) 씨가 지었다는 걸 우연히
알았다.

그 가사가 도마 위에 오른 일이 있다. 60년대 후반께던가, 가사
가 몇몇 기자들(D지)의 '토론 주제'로 채택(?)됐다. 말이 좋아 토
론이지 술김에 그저 갑론을박 떠드는 자리이다. 언젠가 소개한
「갑돌이와 갑순이」 때도 그랬지만 기자들이란 별 것 아닌 걸 갖고
열을 낼 때가 있다. 역시 '스트레스' 해소책의 하나이다.

「홍도야……」의 가사 때문에 도마 위에 오르게 된 것은 다름 아
닌 '홍도의 오빠'였다. 오빠에 대한 규탄과 옹호가 엇갈렸지만 규
탄 쪽이 좀 우세하였다.

"그 오빠란 작자말야, 그 친구 홍도가 그 고생할 동안 뭘 하고
있었던 거야. 딴엔 공부한답시고 시일 보냈던 모양인데, 짜아식
그러구 있을 팔자가 아니었을 거 아냐."

오빠 이해론자가 반론을 했다.

"오빠인들 오죽했겠느냐. 홍도를 위해서라도 열심히 공부해서
어서 출세하고 싶었던 게 아니겠어."

"야, 그 친구 학비 대체 어디서 나온 거냐!"

"그야 홍도가 보태주었겠지, 그러기에 오빠도 마음 편했을 리
없지 않아! 오빠는 늘 미안한 마음으로 장차 홍도를 책임지고 돌
볼 생각이 아니었겠냐."

"미안, 책임 좋아하네, 인마, 홍도는 이미 시궁창 속 처지인데
공부고 나발이고, 당장 막노동을 해서라도 돈 모아 구해냈어야 할
것 아냐! 홍도를 위해 공부한다구? 말 같지 않은 자기 변명일 뿐
이야."

"넌, 세상물정 모르는 게 늘 탈이야. 막노동이라고 아무나 할 수
있는 거냐, 아무 데나 일감이 있는 줄 아느냐! 인마, 너보단 오빠
가 생각이 깊었을 거다."

어느 쪽 말이 옳고 그른지. 토론을 위한 토론이니까 그건 별문
제 아니었다. 기자들은 「홍도야 울지 마라」의 가사가 통속적이라
는 데 의견이 일치했다. 전원일치였다. 그렇긴 해도 「홍도야 울지
마라」는 그런 대로 당시의 세태를 엿볼 수는 있다고 결론지었다.

잠깐 가사 일부를 옮겨본다.

"사랑을 팔고 사는 꽃바람 속에 너 혼자 지키려는 순정의 등불,
홍도야 울지 마라 오빠가 있다. 아내의 나갈 길을 너는 지켜
라……."

기자들이 오빠를 비난한 것은 아마도 "홍도야 울지 마라 오빠가
있다. 아내의 나갈 길을 너는 지켜라"라는 대목이었을 것이다. 그
게 도무지 연약하고 무책임한 오빠 이미지로 떠올랐던 것 같다.

작년 가을 본국의 어느 극단이 이곳 산호세(San Jose)에서 「홍
도야 울지 마라」를 공연한다는 소식이 있었다. 결국 본국 사정으

로 취소됐지만 그때도 "한번 가볼까" 했었다. 그러다가 이번에 마침내 공연하게 된 것이다.

　최근 둘째놈의 카세트 테이프에서 두 명의 요즘 젊은이들이 부른 그 노래를 정말 오랜만에 들은 일이 있다. 편곡도 가수들도 괜찮았다. 들으면서 자꾸만 지나간 세월이 회상됐다. 객지생활 탓인지, 나이 탓인지, 옛 시절이 그리워지기도 했다.

　「홍도야 울지 마라」— 언젠가는 관극할 기회가 있을 것이다.

〈1996. 5. 16〉

감동하는 정서를 심어주기를
—『최태응 문학전집』에 붙여서

　전부터 아는 일본인이 '카세트 테이프' 한 개를 필자에게 전했다. 지난번 서울에서 머물 때다. 한국 음식을 잘 먹고 노래(대중가요)도 무척 좋아하는 그가 한번 들어보라며 '테이프'를 주었다.

　테이프는 일본에서 활약중인 한국가수 김연자가 부른 10여 곡이 담긴 것이다. 일본 NHK가 특별기획한 '김연자 — 가요의 밤' 행사를 수록한 것으로 장소는 방송국 '홀', 반주는 NHK 전속 관현악단이 도맡았다.

　김연자는 '홀'을 가득 메운 청중들 앞에서 우리 대중가요들을 우리 말로 노래했고 전통적인 한국 의상을 곱게 차려 입었다. 그녀가 부른 곡에는 「눈물 젖은 두만강」 「꿈에 본 내 고향」 「목포의 눈물」 등도 있었다. 노래가 끝날 때마다 관중들은 우레와 같은 박수를 보냈다. 손수건으로 눈시울을 닦는 사람도 많았다고 한다.

　그날 공연은 TV망을 통해 일본 각지에 생중계됐다. 행사가 끝난 후 미처 못 본 사람들과 한 번 더 듣고 싶어하는 사람들의 불같은 성화로 NHK는 며칠 후 재방을 했다 한다.

　서울에서 돌아와 그 '테이프'를 들어봤다. 노래도 잘 부르고 반주도 좋았다. 같은 곡이라도 가수따라 반주따라 전혀 다른 맛이 난다는 걸 새삼 알게 됐다. 곡목들은 대개 어릴 적이나 젊을 적에 들었던 기억이 난다.「황성 옛터」「단장의 미아리고개」「노란 샤쓰 입은 사나이」 등도 수록돼 있다.

부끄럽게도「꿈에 본 내 고향」을 들을 때는 그만 눈물이 찔금거렸다. 예전에 몰랐던 뭔가가 가슴 속에 흘렀다. 그런 감정을 뭐라 표현할 것인지 잘 모르겠다.

지난 주 이곳『한국일보』로컬면의 '창간 26주년' 기념행사가 산호세에서 있었다. 원로작가 최태응(崔泰應) 옹을 비롯, 여류문인 신예선(申禮善)·김옥교(金玉橋) 여사와 최백산(崔白山)·최금산(崔金山) 형제분, 그리고 이재상(李在祥)·김희봉(金希峰) 씨 등 고국 또는 교포문단에서 집필해오는 많은 분들이 참석하였다.

몇몇 분이 필자에게 귀한 것을 주셨다. 간행(刊行)된 그분들의 작품집들이다. 그중에는 상항문협이 엮어낸 '서른세 사람의 만남'도 있었다. 다음날부터 그 책들을 읽었다. 딴엔 '탐독'이라 할 만큼 부지런히 읽었다. 자신도 모르게 눈을 뗄 수가 없었다. 읽어가면서 왜 진작 이런 글들을 대하지 못했나 했다.

필자가 젊었을 때 당시의 젊은이들은 국내 문학 서적에 친근감을 느끼지 못했다. 구미 각국이나 일본 작품에만 쏠렸었다. 구미 작품이라야 번역물(일어)들이었지만, 그렇게 된 데에는 까닭이 있었다.

필자 나이 또래들은 어려서부터 일본어만을 배웠고(조선어 교과서는 소학 1년 때 폐지됐다) 때문에 해방 후에도 한동안 한글 익히기에 힘이 들었다. '철자법'도 제대로 모르는 시일이 있었다. 무척 창피하고 비애국적인 노릇이었다. 더욱 한심한 것은 그래서 우리 문학작품을 가까이하지 못했다는 사실이다.

기자생활을 하면서부터 사정은 달라졌다. 철자법이 틀리면 '교정부'에서 가만히 있지 않았다. 우리 문학작품들도 차츰 친하게 됐다. 작가 최태웅의 이름도 알게 됐다. 물론 작품들을 대한 덕분이다. 외람되지만 최태웅 씨는 깊이 있는 줄거리를 담담하고 짜임새있는 필치로 이어나가는 작가라는 인상을 받았다.

오늘도 그분들의 작품을 읽고 있다. 돋보기의 눈이 피곤해지면 잠시 책을 놓는다. 책을 놓으면 읽은 데까지를 되씹어본다. 메말랐던 정서가 어느 새 젖어 있음을 느끼게 된다.

필자는 문학세계의 내부를 잘 모른다. 독자의 한 사람일 뿐이다. 그 세계에 대한 지식이 거의 없다. 읽고 있는 작품이 순수문학이라고 하는 건지, 대중문학이라고 해야 옳은지조차 분간 못한다. 읽고 나서 '좋았다' 싶으면 그게 즉 좋은 작품이 아닌가 할 정도이다. 맛있는 음식을 모처럼 배불리 먹은 것 같은 독후감을 가질 때도 있다.

보다 진하게 가슴이 흔들릴 때가 있다. 감동할 때이다. 훌륭한 작품에 감동하게 되고 그 작품에 관한 숨은 얘기를 들으면 또 한번 감동하기도 한다.

작가 최태웅 씨와 그 밖의 여러 교포문인 작품들을 읽으면서, 그리고 읽고 나서 잔잔한 감동이 일었다. 외지생활에 어려움도 많았을 텐데 용케들 창작활동을 계속하는구나 싶기도 했다.

지금 우리에게 필요한 건 감동하는 정서라고 생각한다. 교포사회에 그게 부족한 것 같아서이다. '자질'이 없는 때문은 아닐 것이다. 그럴 만한 기회가 쉽지 않은 환경에서 살아가기 때문이 아닐까?

사람은 문학작품에서 감동의 정서에 젖어들 수 있다. 그러한 정서는 사람의 마음을 말끔히 씻어줄 수 있다. 인간만이 가질 수 있는 고도의 감정이다.

24일에 『최태응 문학전집』 출판기념회가 열린다. 고마운 생각이 앞선다. 전집을 이 지역에서 볼 수 있다는 게 고맙다. 그렇게 되기까지 뒤에서 애쓰신 분들(서울대 권영민 교수 등)도 고맙기만 하다.

작가 최선생에게 본받을 것이 한 가지 더 생겼다. 아직도 왕성하신 '창작활동'이다. 비록 문인은 아니지만 필자도 꼭 그분처럼 자기 천직에 대한 노력을 게을리 말아야 하겠다.

최선생님, 오래오래 건강하셔서 우리들 정신세계를 흡족하게 적셔주시기 바랍니다.

〈1996. 5. 23〉

차별의식
— 인간사회의 고질현상인가(상)

본래 자식놈들과의 일상대화가 드문 편이지만 미국 산 지 20년
이 지나도록 자식들에게 단 한 번도 묻지 않은 것이 있다. 성장과
정의 아이들에게 신경쓰는 내색을 하는 게 도리어 위축감을 줄까
봐서이다.

'인종차별' 문제이다. 그녀석들이 소·중학에 다닐 때 실은 가장
근심스러웠던 문제다. 낯선 분위기에 잘 적응해 나갈까 늘 신경이
갔고 학교와 급우들의 멸시와 놀림을 받지 않나 걱정이었다.

그래도 잠자코 있었다. 저들 자신이 같은 나이 또래들의 환경을
익혀 나갈 일이라고 애써 마음먹었다. 차별 당했다면 그 또한 미
국사회에서의 체험이라고 생각했다. 자식들도 이젠 사회인이 됐
으나 지금도 그런 생각에 변함은 없다. 어찌보면 무책임한 노릇이
지만 그 길만이 최선의 대응책인 성싶기도 하다.

요즘 남부지방의 '흑인교회'들이 잇따라 방화(放火)되고 있다.
지난 18개월 동안 30여 건의 흑인교회 방화사건이 연쇄적으로 발
생했다. 매스 미디어는 인종 관련 사건이라고 크게 보도했고 '클
린턴' 행정부도 우려를 표명했다. FBI도 본격 수사에 나섰다. 그

간의 수사 결과 '유력한 용의자'는 떠올랐지만 아직 범인이라고 단정할 만한 '결정적 증거' 포착에 이르지 못하고 있다 한다.

왜 하필이면 교회인가? 흑인들에 대한 백인 우월주의자들의 온갖 만행은 들었어도 이번 사건처럼 생명이나 재산상의 직접 가해가 아닌 교회방화라는 것이 어쩐지 불안을 더하게 한다.

흑인교회 지도자들은 "연방수사국 등 기관들이 인종차별을 범죄동기로 보기를 꺼려 하기 때문에 방화된 교회 교인들에게 수사의 초점을 맞추려 한다"고 불만을 표시했다. 이에 수사당국은 이미 13세의 백인 소녀와 2명의 백인 등을 '연행조사중'이라고 밝혔다. 어떻게 결말날 것인지 주목된다.

미국사회의 '흑백문제'는 원만하고 타협적인 해결이 거의 불가능한 것 같다. 백인과 기타 유색인종들과의 관계도 비슷한 사정일 것이다.

'흑인'을 얘기해본다. 필자가 처음 흑인들을 본 것은 8·15광복 후 서울에 진주한 미군병사들 가운데서였다. 그들의 '새까만 피부'에 놀랐다. 가까이 보기가 겁날 지경이었다. 그때만 해도 새까만 사람 하면 남양토인(南洋土人)을 연상했고 토인 즉 식인종이 태반이라는 그릇된 인식이 있었다. 어느 날 방과 후 집으로 가는 도중 길가 전신주 위에서 흑인병사가 뭔가 작업중이었다. 그걸 구경하고 있는데 전봇대에 들러붙은 그가 필자를 내려다보며 히죽 웃는 것이 슬며시 무서워져 그곳을 빨리 지나간 일이 있다.

6·25 때 피난수도 부산에서 흑인 여가수 '마리아 앤더슨'이 미군병사들을 상대로 흑인영가를 불렀다. 그 자리에는 주한 미군 대사를 비롯 많은 백인병사들도 참석했다. 모두들 '앤더슨'의 노래에 깊이 감동, 음악회가 끝나자 일제히 기립 박수했다. 흑인도 저쯤되면 백인들의 존경을 받나보다 했다.

68년 멕시코 올림픽 때 금메달에 빛나는 일부 흑인 육상선수들이 시상대에서 고개를 숙인 채 검은 장갑을 낀 한쪽 손을 치켜들었다. 미국 내의 인종차별에 항의한 것이다. "역시 흑인들은 서럽구나……" 싶었다. 그 무렵 흑인지도자 '마틴 루터 킹' 목사가 암살됐고 앨라배마 주에선 흑인학생 입학등록을 둘러싸고 백인 학부모·학생들과 '웰레스'란 주지사 등이 맹렬히 반대 급기야 군병력 출동으로까지 번지는 판이었다.

작가나 책이름은 잊었지만 백인이 갑자기 흑인이 됐을 경우를 가상해서 쓴 책이 한국서도 널리 읽혔었다. 미국사회에서 흑인이 겪는 갖가지 부당한 현실, 이를테면 역 대합실의 흑백 구별, 식당 출입 제한 그리고 백인화장실 사용금지 등……백인 같으면 그런 사회에서 단 하루도 견뎌내지 못할 것이라는 줄거리의 소설이었다. 작가는 백인인 것으로 기억한다.

그동안 법률들이 개정돼 흑백차별이 예전과 많이 달라졌다지만 그래도 차별의식의 뿌리는 남아 있다 할 수 있다. 남부지방의 흑인교회 연쇄방화사건이 그것을 말해준다.

차별의식은 비단 흑백간에만 있는 게 아니다. 유색인들과 백인 사이, 심지어 백인사회끼리도 차등시각으로 대립할 때가 있다. 전형적인 WAPS계와 유럽계 이민간 또는 북구와 서구·동구 출신에 따라 반목할 때가 있다.

자기들만의 사회를 고집하며 거리를 두고 남을 대한다. 차별의식이란 민족따라 종교따라 문화·관습따라 파생하는 것 같다. 초창기 소련 공산체제는 '차별없는 다민족사회'를 외쳤지만 독재자 '스탈린' 이래 소 연방사회에서도 민족간의 또는 인종간의 알력과 차별이 늘 말썽이었다. 오늘날 '러시아' 국내에서 야기되는 일부지역의 충돌사태는 차별하는 측과 차별받는 쪽의 싸움이라고

242

할 수 있다.

지난 토요일 이곳 채널 7(ABC)의 TV 뉴스는 흑인교회 방화사건을 성토하며 교회재건기금을 호소하는 흑인들의 집회를 보도했다. 그런가 하면 한쪽에선 중국의 '티베트' 인권탄압을 규탄하는 백인주도의 음악집회(Freedom Concert)가 열리기도 했다. 인종차별과 인권탄압은 엇비슷한 데가 있다.

우리들 한국이민들은 과거 독재통치나 식민통치를 통해 '인권탄압'이 뭔지, '차별사회'가 뭔지 직접 경험했거나 보고 듣고 한 사람이 적지 않을 줄 안다. 우리는 미국사회의 차별문제를 외면할 수 없다. 그와 함께 지난날의 우리 자신들을 한번쯤 되돌아봤으면 한다.

무엇을 되돌아보자는 건가?

〈1996. 6. 20〉

차별의식
— 인간사회의 고질현상인가(하)

중국인이 어느 무진(無盡) 회사원(32)을 상대로 경찰에 폭행혐의 고소장을 냈다. 전치 10일의 진단서도 첨부했다. 경찰조사 결과 음식점 종업원인 중국인 피해자는 5개월째 밀린 외상값 지불을 독촉하다가 한국인 가해자한테 회사 옆 골목길로 끌려가 두들겨 맞았다는 것이다. 예전 서울에서 있었던 일이다.

샌프란시스코 시내를 비롯 베이징역에는 중국음식집이 많다. 필자 동네(Albany)에도 있다. 주인이나 종업원 중엔 과거 한국서 살던 사람들이 있다. 서울이나 인천 · 부산 등에서 살았다고 하며 한국말도 곧잘 한다. 그들을 대하면 좀 궁금해지는 게 있다. 그들은 한국서의 생활이 즐거웠을까, 괴로웠을까?

95년 초 명동성당 앞에서 동남아 '네팔' 노동자들이 침묵의 시위를 벌였다. 서울과 지방 주요 도시에는 '네팔' '스리랑카' '태국' 등 동남아 출신 노동자 1만 2천여 명이 한국서 과거 일했거나 현재 일하고 있는 실정이다.

그들은 한국기업체들의 부당하고 억울한 '차별대우'에 항의했다. 저임금, 중노동에다가 욕설 · 구타 등 인간 이하의 대우를 받는다고 했다. 월 40만 원 안팎의 급여도 제때에 받지 못할 뿐더러 노동중 부상을 입거나 병환이 생겨도 보험금·퇴직금도 없이 끝내는 해고당한 끝에 강제출국 당하기 일쑤라고 했다. 그들은 기업주들의 횡포에 항의, 산재보상과 체불임금청산을 요구하는 집단시위를 하기에 이르렀다.

한국서는 '베트남' 여성들과 얽힌 사연들이 이따금 화제에 오를 때가 있다. 멀리 월남전 당시의 국군장병과 기술자 파견 때부터 현장에서 빚어진 부작용 현상 같은 것이다. 월남인들은 그후 남편(?) 또는 얼굴조차 모르는 '아버지'를 찾아 힘들게 한국까지 왔지만 거의가 허탕친다. 그렇게 되면 그들 중 특히 2, 30대 여인들은 밤의 술집에 나서게 마련이다. 서울과 부산 번화가 한모퉁이엔 한때 '월남 아가씨 있음'이란 광고가 뭇사내들의 호기심을 돋구기도 했다. 그 아가씨들 — 어쩌면 모녀 2대에 걸쳐 기구하고 슬픈 사연을 한국과 맺게 됐을지 모른다.

한국은 경제발전으로 '잘사는 나라'로 알려져 있디. 아시아 각국에서 그렇게 소문나 있다. 언제부터인가 중국교포들이 한국 국내에 많이 드나들게 됐다. 한국에서라면 비록 단칸방 신세일망정 취직 또는 조그만 장사를 해서라도 돈을 모으게 되고, 장차 고향(중국)서 잘살게 된다고 믿기 때문이다. 그들의 눈에 한국은 '기회의 나라'로 비치는가보다.

그러나 그들이 직면하는 한국사회는 어떠한가? 일자리를 얻자 저임금에 허덕이게 되고, 장사는 아예 엄두도 못낼 만큼 어지러운 세상임을 알게 될 것이다. 어느 중국교포는 땀흘려 모아둔 '작은 목돈'을 못된 자의 꾀임에 빠져 몽땅 날려버려 비관 끝에 자살하기도 했다. 지금 그들은 '서울은 무서운 곳'이라고 수군거린다고 한다. 중국교포들은 고국과 고국사람들을 경계의 눈초리로 대하게 됐다.

외국인 근로자들(동남아)은 한국과 한국 기업주들에 대해 '차별대우'를 항의했다. 차별대우 — 그런 말을 한국이 듣고 있다. 한국은 차별사회인가?

우리에게 혈연·지연·학연이란 말이 있다. 글자 그대로 핏줄·출신지·학교 등과 연고있는 인간관계를 말한다. 사람 사는 세상인데 연줄따라 다소간 덕을 보는 건 있을 수 있다. 그러나 정도가 지나치면 폐단이 된다.

작년 2월께 이곳에 들른 서울 외대 K교수가 이런 말을 했다. "역대 정권의 청와대 경호실에 지방출신은 한 사람도 없다"고. 그 지방 사람이라면 자질·능력을 갖추고도 채용이 안된다는 것이다. 인품도 학벌도 지방사람이란 '사실' 앞에 아무런 소용없는 세상이라고 K교수는 개탄했다.

그게 대체 무슨 사회인가? 노태우정권 당시 정부는 관공서와 국영기업체에 지시를 내려 "인사채용할 때나 민원서류 취급할 때 본적지 기재란을 일체 삭제하라"고 했다. 그에 대해 청와대는 지역차별 방지책의 하나라고 했다. 그러는 청와대 자신은 특히 경호실의 경우 그 지방사람을 중용했다는 소리를 못 들었다.

"……한국은 지구상에서 보기 드문 단일민족국가이다. 인종차별이란 말은 처음부터 생소하다. 그런데도 지역에 따라 알게 모르게 차별의식이 있는 사회라면 정말 예사로운 일이 아니다……." (93년 필자 칼럼 내용 일부에서)

우리는 지금 미국에서, 다민족사회에서 살고 있다. 인종불명의 '잡종'들도 끼여 있다. 한국 같으면 부모 중 한쪽이 외국인일 경우 그 사실이 무슨 꼬리표처럼 자식에게 붙어다닌다. 외모만으로 금세 알아볼 수 있는 "트기"(혼혈아)들은 뭇사람들의 냉대 속에

246

살아야 한다. 당사자들의 사람됨이나 자질에 관계없이 이른바 '순혈성'(純血性)을 잃었다 해서 그 사람은 눈에 보이게 안 보이게 차별의식에 시달리게 된다.

군이 우리 자신을 얘기해봤다. 한번쯤 되돌아봄직해서였다.

미국 백인종들에게 차별의식은 있다. 하지만 미국사회는 누구에게도 '기회가 있다'는 점이 다른 나라들보다 몇 발짝 앞서 있을 것이다. '미국을 움직이는 사람들' 중엔 흑인도 더러 끼여 있다. 나름대로 흑인들도 각 분야에서 자신들의 '자질'을 살려나가고 있다.

백인들에게도 흑인들에게도 그리고 물론 우리 한국사람들에게도 훌륭하고 능력있는 사람들은 미국사회에 얼마든지 있다. 앞날의 사회는 지구상 어디서나 그런 사람들이 주축을 이뤄나가야 한다. 양식 있는 인간사회라면 차별도 차츰 개선될 것이다.

〈1996. 6. 27〉

아들의 지능과 여아 낙태
— 어리석은 사람들

 7대 불가사의라는 게 있다. 61년 여름 그중의 하나를 바로 눈앞에서 봤다.

 '카이로' 서쪽 사막 한복판에 위치한 피라미드(Pyramid)에서 어렴풋이 '불가사의'를 느꼈다. 기원전 2700년, 왕릉으로 쌓아올린 암석 중엔 무게 40톤짜리도 있고 시체안치실은 지금도 말끔하다. 높이는 143m. 미로 같은 내부 통로를 걸으면서 현지 안내원의 이런저런 설명에 그저 어안이 벙벙했다.

 7대 불가사의는 그렇다치고 이 세상엔 또다른 불가사의가 있다고 전부터 느껴온 것이 있다. 남성과 여성이 비슷한 숫자로 나뉘어 있다는 사실이다. 인류기원 이래 '당연한 일'로 여겨왔을지 모른다. 그러나 생각해보면 생각할수록 신통한 일이다.

 오늘의 세계인구는 50억을 넘는다. 50억 — 엄청난 숫자임에도 인종이나 지역·신분에 관계없이 남자와 여자가 고르게 태어나는 사실이 신통하게 여겨진다. 전쟁이나 질병 따위로 다소 균형을 잃기도 했으나 다시 비슷한 숫자로 되돌아오게 마련 아니던가. 조물

주의 위대함 덕분인가, 우주의 자연법칙인가. 필경은 하늘의 섭리로 여길 수밖에 없을 것 같다.

최근 신문·잡지에서 희한한 기사가 눈에 띄었다. 희한하다기보다 어처구니가 없는 내용들이다. 두 가지 예를 들겠다.

■ 얼마 전 한국에선 태아의 성별을 미리 식별, 임산부에게 알려주는 의사를 법으로 처벌키로 했다는 소식이다. 처벌 이유는 뻔하다. 태아가 여아일 경우 산부에게 심리적 악영향을 끼칠 염려가 있기 때문이다.

옛날부터 한국은 유별나게 '남아선호'에 흐르고 있다. 비슷한 나라도 더러 있겠지만 한국은 좀더 노골적이다. 딸만 줄줄이 낳은 아내는 시부모나 남편 앞에서 기를 못 편다. 그게 어째서 아내만의 잘못(?)일까마는 그런 이치는 한국에서 통하지 않는다.

세상은 달라졌어도 아들 선호의 습성은 여전하다. "똑똑한 딸자식이 못된 아들보다 훨씬 좋다", "출가했어도 친부모를 잊지 않는 것은 그래도 딸자식뿐이다"라는 말도 있지만 어쩐지 단순한 위로 같기도 하고 '격려' 같기도 하고 알쏭달쏭 선뜻 통할 것 같지 않다.

뱃속의 아기가 여야로 식별될 때 서슴없이 낙태를 하는 아내들이 적지 않다 한다. 놀랍게도(놀랄 것도 없지만) 남편도 이에 동의, 아내는 '공공연히' 낙태수술을 받는다. 미국의 Anti Abortion 운동가들이 알았다간 아마 분노에 앞서 그 자리에서 실신, 쓰러질지 모른다.

낙태수술이 성행되다보면 부산물 같은 현상이 뒤따르게 마련이다. "한국은 머지않아 여자 부족시대를 맞이할 것이 예상된다"는 기사가 나왔다. 당연한 노릇이다. 인위적으로 남녀 숫자의 밸런스를 파괴하는 못난 행위의 결과가 아니겠는가.

하늘의 뜻을, 자연의 흐름을 거역하는 사람들. 무엄하고 어리석고 어처구니없는 짓을 하고 있다.

■ "아들의 지능은 엄마를 닮는다" — 이런 보도도 있었다. 호주의 유전학연구소의 한 연구원이 논문을 통해 그같은 연구결과를 영국 전문지에 발표했다는 것이다.

"……남성은 X염색체를 한 개만 갖고 있는 반면 여성은 첫번째 X염색체가 손상되더라도 두번째 염색체를 활용할 수 있으므로……."

무슨 얘기인지 알 듯 모를 듯한 소리로 아들의 지능과 엄마를 연결시켰다. 어쨌거나 그게 지금 사람들 입에 오르내리고 있다.

필자가 로스앤젤레스에서 거주한 70년대 당시 '칼텍'(CIT=파사데나)의 한 교수가 LA일대의 큰 지진을 '예고'했었다. 다년간의 연구와 통계로 미루어 "틀림없다"고 교수는 장담했다. 교수는 몇월 며칠쯤이라고 날짜까지 제시했다. '칼텍'은 동부MIT를 능가할 만큼 권위 있는 대학이다. 그래서 LA 일대는 더욱 뒤숭숭한 분위기였다.

막상 그날 — 아무 일도 발생하지 않았다. 그날의 며칠 전에도 며칠 후에도 아니 몇 달 후에도 지진은커녕 지진징조조차 없었다. 부랴부랴 임시휴가를 따내 먼 지방에 피신갔던 직장인들이 하나둘 LA로 돌아왔다. 남아 있던 사람들이 농을 했다. "지진 때문에 죽을 뻔했다. 그렇게 무서운 것일 줄이야."

웬놈의 논문발표가 그리 흔한지 걸핏하면 연구결과다 통계숫자다 해서 '전문가'라는 사람들의 발표가 미국사회에서는 쉴새없이 쏟아져 나온다. 식품이나 환경 등 위생문제의 경우 '차라리 먹지도 말고 숨도 쉬지 말라는 거냐'고 비꼬던 어느 흑인(골프장에서)이 기억난다.

「아들의 지능은 엄마를 닮는다」라는 논문은 특히 한국사람들이 관심을 갖게 될 것 같다. 그 '지능'이란 단어 때문일 것이다. 그렇지 않아도 일류병으로 허둥대는 부모들이 수두룩한 세상이 아니겠는가.

이번 '논문'으로 또다른 부작용현상마저 염려된다. 여자친구를 대하는 남자들의 눈이, 아내를 보는 남편의 눈이 심지어 엄마를 보는 자식들(아들)의 눈이 달라지지 않을는지. 이러다간 '못되면 조상탓'이라는 핑계가 '어미탓'으로 될지 모르겠다. 이래저래 여자만 손해보는 세상인가?

사담이지만 필자의 가계(家系)엔 좀 별난 데가 있다. 가친에게도 필자에게도 모두가 남자형제뿐이었다. 지금 필자의 자식놈 셋도 모두가 사내들이다.

돌아가신 할머니나 어머니를 그리고 아버지 형제분들과 필자 자신의 형제들을 새삼 '검토'(불손을 용서하소서)해보았다. 할머니나 어머니를 닮은 분도 있지만 함아버지나 아버지 쪽을 닮은 사람도 있다. 닮았다는 건 비단 용모나 성격뿐 아니고 '지능'까지를 포함해서 말하는 거다. 아무리 봐도 1백% 모계(母系)만을 닮은 것 같지는 않다. 필자의 자식놈 경우도 마찬가지이다.

사담 또 하나 — 지금 필자에겐 8살짜리를 맏이로 세 명의 손녀가 있다. 고녀석들 성장을 바라보는 게 그토록 낙일 수 없다. 그애들이 누구의 '지능'을 이었는지 그런 건 별로 상관도 않고 유심히 바라본 적도 없다.

여아라고 낙태하는 사람들, 아들의 지능이 어쩌구하는 사람들, 경망스럽다. 비웃고 싶다.

〈1996. 7. 11〉

두 번 다시 불행한 일이 없기를

― 안수 사망에 대해

불행한 일이 또 발생했다. '사건'이라 하기엔 좀 뉘앙스가 강할 것 같고, 그렇다고 '사고'라고만 보아넘길 수도 없을 것 같다. 다름 아닌 '안수(按手) 치사' 불상사를 말하는 거다.

작년 이곳 '에머리빌'에서도 있었고 이번 LA서 또 일어났다. 앞으로도 발생할지 모른다. "미국까지 와서……" 하는 생각이 든다. 한국서도 과거 가끔 있었던 일이다. 당시 일선기자들의 취재원고를 보면서 이 무슨 짓들인가, 싶었다.

안수기도라지만 그건 그쪽의 명분일 뿐 '안수' 끝에 사람목숨을 잃게까지 한다는 것은 납득하기 어렵다. 안수의 안(按)에는 따스한 정과 사려가 담겨 있을 법하다. 按手, 편안 安에 손수변 扌가 있다.

안수를 했다면 사람(환자)을 쓰다듬고 어루만지고 하는 손길이 연상되는데 실제로는 그런 것과는 거리가 멀었던 모양이다.

현지 언론이나 수사당국의 표현대로라면 병약자를 '마구 때리고 차고 밟고 했다'는 것이다. 작년 8월 '에머리빌' 때도 이곳 TV나 신문들은 그렇게 보도했다. 교포언론들도 미국언론들도 그런 방향으로 크게 다루었다.

창피한 노릇이다. '미국까지 와서……' 란 말에 어폐가 있을는지 모른다. 미국이라고 특별한 곳일까마는 그래도 기사마다 화면마다(TV) '한국인' 을 들먹이는 게 남부끄러웠다. 미국언론매체들은 그들의 시각으로 볼 때 꽤나 '놀랍고 무서운' 일이라는 듯 대서특필했다. 상식 밖의 무지와 야만의 소치로 보는 것 같았다.

이번 LA 불상사에 대해 변호인측은 '고의성 없는 단순사고' 일 뿐 결코 '구타치사사건' 은 아니라고 주장한다. 말하자면 과실치사는 될지 몰라도 살인죄에는 해당되지 않는다는 것이다. 변호인측 주장이 실제에 어긋나는 것은 아닐지 모른다. 설마 죽이려고 때렸던 것도 아닐 것이기 때문이다.

일을 저지른 사람들은 피의자 입장에서 법정에 서게 됐다. 그들은 처음부터 피해자가 죽으리라고 예상했던 것은 아니라고 진술한다. '환자' (피해 사망자)의 병환을 치유할 수 있다는 일념으로 온갖 방법을 다한 것뿐인데 그만 숨을 거두어버렸다는 뜻의 진술이다. 그러나 그렇기로서니, 싶다. 일반적인 사회상식으로는 이해의 한계를 벗어나고 있지 않은가.

남들이 무지와 야만의 소치로 보는 그 '방법' 이 문제가 아닐 수 없다. '안수기도' 라는 말에서 '기도' 의 두 글자는 빼야 될 것이다. 좀더 엄격히 가린다면 '안수' 라는 용어도 어울리지 않는다. '안수기도' 의 개념은 그런 것이 아니지 않겠는가.

사망자는 정신질환에 시달리던 사람이었다고 한다. 그러나 정신질환이란 말은 '사회적 통념' 일 뿐 가해자들 눈에는 사망한 사람의 정신과 육체 내부세계에 마귀나 악령이 도사린 것으로 비쳤나보다. 안수를 했다는 3명의 가해자 중엔 사망자의 남편이 있고 선교사라는 사람도 있다. 그들이 '별의별 방법' 끝에 일을 저지른

게 어처구니 없다.

그들 말마따나 설령 피해자를 위해 기도를 하고 안수를 했더라도 그런 것들 외에 현대의학 요법도 가미했어야 되지 않았을까. 하나님 세계는 무한일 것이다. 믿는 사람(환자)이 믿는 사람(의사)에게서 치료를 받는 일은 얼마든지 있을 수 있을 법한데 왜 시종일관 '안수' 뿐이었나?

가해자 쪽 사람들은 그들 나름의 방식(안수기도)으로 완치한 사람도 있다는 말을 할 때가 있다. 마귀·악령을 내쫓아버림으로써 정신이상자로 하여금 정상적인 사람으로 회복케 했다는 것이다. 어떻게 들어야 할 것인지. 굳이 해석해본다면 가벼운 초기증상의 경우 일종의 '쇼크'(때리고 치는) 요법으로 요행히 제정신을 되찾게 했을 것이다 — 라고 하면 아마도 그들은 펄쩍 뛸지 모르겠다. 신앙의 힘으로 악마를 쫓아버린 것인데 왜 비뚤어지게 보느냐고.

신앙이나 성서해석은 어디까지나 성경적이어야 하지 않을까. 필자가 이런저런 소리로 참견할 성격의 문제는 아니더라도 그러나 인간의 생명을 죽음에 이르기까지 '안수' 하고 '기도' 하라는 말씀은 성경 어느 구절에도 없지 않겠는가.

변호인측 말마따나 '고의성 없는 과실치사' 이건 뭐건 '기도' 나 '안수' 를 들먹거리며 끝내 불행사를 야기키시키는 일은 두 번 다시 있어선 안된다. 대부분의 믿는 사람들로선 그같은 행위를 이단시한다. 상식대로라면 죽은 사람이나 죽게 한 사람들이나 양쪽 모두 정신질환자가 아닐까 싶어진다. 아무리 생각해 봐도 비정상적인 일이다.

각성할 때라고 생각한다. 이민생활은 외롭고 고달프기도 하다. 만사 어렵고 힘들다 해서 신경과민이나 정신쇠약증에 걸려 이상행동을 하게 된다면 딱한 노릇이다. 그런 사람은 경건한 기도와 함께 병원을 찾아야 한다. 그게 하늘의 가르침이라고 믿는다. 무지와 야만으로 보이는 일로 교포사회에 창피스럽고 망신스런 인상을 안겨줘서야 되겠는가.

정신적 어려움이나 심리적 갈등은 누구에게도 있다. 힘들다고 여겨질 때 신앙의 길을 걷는 것은 선량한 사람들의 상도(常道)이다. 그 길에 이단이란 있을 수도 없고 있어서도 안된다.

하고 싶지 않은 말을 안할 수도 없다는 심정으로 몇 마디 했다. 우리 모두 맑고 건강한 삶의 길을 걸어야 한다.

〈1996. 7. 18〉

베를린에서 '애틀랜타' 까지
— '올림픽'의 어제와 오늘

소학 1학년 때쯤이던가, 그 또래 아이들에게도 마라톤 손기정 (孫基禎)은 유명한 사람이었다. 남승룡(南昇龍)이라는 이름도 알고 있었다.

1등과 3등 — '베를린' 올림픽대회가 끝난 지 1년 이상 지났는데도 그 무렵 '손기정'에 관한 얘기는 두고두고 사람들 입에 오르내렸다.

베를린 올림픽대회 — '미의 제전'으로 불렸다. 그때가 1936년, 만 60년 전 일이다. 훗날 알게 됐지만 그 무렵은 나치독일 '히틀러'의 절정기였고 유럽에 전운이 감돌기 시작한 때였다.

그런 시기임에도 '베를린' 올림픽은 오늘날에도 훌륭한 대회였다는 평을 받고 있다. 대회진행을 담은 기록영화는 불후의 명작으로 평가되고 있다. 촬영기술과 편집도 우수했지만 소재인 올림픽 경기 자체가 짜임새 있게 잘 치뤄져 그만한 작품이 완성됐다는 것이다.

1996년의 '애틀랜타' 올림픽 — 개회식 행사는 '하나의 대서사시였다'고 한다. "마치 꿈꾸는 듯한 영광의 3시간 47분이었다"는 보도도 있다. 최첨단 과학기법으로 진행된 개막식 광경은 과연 환상적이기도 했다.

197개국 참가에 선수와 임원 1만 5천여 명……수많은 자원봉사자들과 스타디움을 꽉 메운 관중들, 모두가 일체감을 이뤄 '미국의 저력'을 엿보게도 했다. 적어도 이번 대회는 할리우드의 사치스런 '쇼' (LA 올림픽 때 소련측 비아냥)는 아니었다.

'애틀랜타' 대회가 어떠한 기록영화를 낳을 건지 벌써부터 주목된다. 모든 건 이제부터일 것이다. 개회식도 중요했지만 각 종목의 경기장면도 중요할 것이다. 선수들의 표정 하나 하나, 관중들의 반응 그리고 대회장 주변에서 일어나는 일들, 빈틈없이 기록에 담아야 한다.

올림픽의 어제와 오늘 — 필자 나름의 소감을 말해본다.

▪ 올림픽 행사에 정치색을 띤 테러 행위를 우려하는 소리가 들린다.

테러 행위가 실제 있었던 것은 72년 '뮌헨' (독일)대회 때였다 '이스라엘' 선수들이 아랍계 테러범들에 납치됐고 끝내 양쪽 모두 희생자를 내고 말았다. '테러' 행위는 아니더라도 80년의 '모스크바' 대회나 84년의 LA 대회는 당시의 미·소 냉전을 반영하듯 '반쪽대회'에 그쳤다. 모스크바 대회 때는 소련의 '아프가니스탄' 침략에 항의하는 서방 각국들의 참가거부로, LA 대회는 그에 대한 공산 블록 국가들의 맞대항조치로 소련권 각국이 불참했다.

테러도 아니고 동서냉전도 아닌 것도 있었다. 68년 '멕시코' 대회 때는 일부 흑인 육상선수들이 금메달 시상대에서 고개를 숙인 채 검은 장갑을 낀 손을 치켜들었다. 미국 내의 흑백인종 차별에 무언의 항의를 한 것이다.

▪ 올림픽 대회 때마다 주최국은 경비강화를 하게 된다. 교통혼

잡이나 관중정리 때문이 아니다. 테러 행위에 대비하는 것이다.
이번 '애틀랜타' 대회도 경비가 삼엄하다. '폭발물' 발견으로 수
사당국과 언론매체들이 법석이었으며 바짝 긴장하기도 했다.

  겉으론 '올림픽'을 즐기는 것 같으면서도 사람마다 테러에 대
한 경계심이 있다. TWA기 폭파참사를 올림픽과 연결하는 시각마
저 있다. 그 사건은 소형 '미사일'에 의한 테러인지, 기체 자체에
결함이 있는 건지 조사중이라지만 아무튼 그로 인해 사람들의 신
경이 무척 날카로워진 것은 사실이다.

  ■ 색다른 얘기 하나 ― 89년에 들어서면서 동구 각국의 공산체
제가 붕괴되기 시작했고 중국에서는 천안문사태가 일어났다. 그
같은 일련의 사태발생들의 간접적인 원인이 실은 서울올림픽(88
년)에 있다는 견해가 있었다.

  그때까지만 해도 동구사람들은 서울을, 한반도를 잘 모르고 있
었다. 심지어 이웃 중국사람들도 한국(남한)이란 그저 조그만 이
웃나라이려니 했다. 그랬었는데 '올림픽' 대회 개최지로 갑자기
떠올랐다. 그 대회는 '모스크바'나 LA 때와 달리 모처럼 동서 진
영 각국이 거의 참가하는 큰 행사였다.

  '애틀랜타' 개회식날의 TV 시청자는 전세계에서 약 30억 명에
달했다는 추산이지만 서울올림픽 때도 그랬다. TV를 통해 동구사
람들도 중국사람들도 열심히 관람했다. TV 화면을 보면서 사람들
은 개최지가 서울이라는 사실을 새삼 생각했을 것이다. 대체 한국
에서 어떻게 국제적인 대규모 행사를 치를 수 있나 했을 것이다.

  시청한 사람들은 자연 그러고 보면 우리는 뭔가 하며 자기 주변
을, 자기 나라를, 통치자들을 다시 보게 됐다는 것이다. 뭔가 잘못
돼 있다고 느끼게 됐고 급기야 정치체제를 뒤엎을 사태로 번져나
갔다 ― 고 분석하는 사람이 생겨났다고 한다.

■ 올림픽에는 자본주의국가 특유의 '상업주의'가 깊숙이 파고
든다는 말도 들린다. 그리스 '아테네'에서 1백 년 전에 비롯된 순
수한 '스포츠' 정신은 점차 사라지고 그 대신 스폰서로 군림하다
시피하는 대기업들의 장삿속이 마구 나도는 판이라는 것이다.

IOC(국제올림픽위원회)도 주최국도 올림픽행사에서 얼마만큼
흑자를 낼 수 있느냐에 골몰한다. 뿐더러 TV 중계권을 점유한 쪽
도 단단히 한몫 보려고 혈안이다. 보도에 의하면 중계권자인
NBC-TV측은 각종 광고로 이미 경비지출을 웃도는 떼돈을 벌었
다고 한다. NBC는 IOC에 지불한 방송중계료 4억 8천9백만 '달
러'를 빼고도 1억 8천9백만 '달러' 이상의 순이익을 챙겼다는 것
이다.

이쯤되면 '스포츠' 행사인지, 기업광고주들의 장삿속 행사인지
알 수가 없게 된다.

〈1996. 7. 25〉

선수들을 어지럽히지 말라
― 올림픽 의 어제와 오늘

폭발물이 터졌다. 사망자와 중경상자가 났다. 경기의 열기에 찬 물을 끼얹듯 사건은 뜻밖의 장소에서 뜻밖의 시간에 발생하고 말았다.

마라톤에서의 손기정의 역주(力走) ― 메인스타디움에 들어설 때의 모습은 당시의 온 겨레에게 깊은 감동을 안겨주었다. 국민적인 감격이었다. 어린 나이의 필자도 몇 번인가 백림(伯林) 올림픽 기록영화를 봤다. 학교강당에서 또는 영화관에서(그 영화만큼은 어린이 '입장허가' 였다) 보았다. 머리에 월계관을, 두 손에 '감람수(橄欖樹)' 화분을 들고 금메달 시상대에 서 있는 손기정 모습이 지금도 기억에 생생하다.

그때의 '마라톤' 경기에 또다른 감동적인 장면이 있었다. 손선수와 영국의 '하버' 선수가 나란히 달리면서 잠깐 말을 주고받는 장면이 있다. 근 30km 지점에서 음료수를 마시며 뛰고 있는 손기정에게 '하버' 는 "너무 마시지 마라, 참아라"고 한다. 목이 마르더라도 지나친 음료수 섭취는 뛰는 데 지장을 주니까 삼가라는 주의였다. 경쟁선수에게 주는 선의의 충고였다. 훗날 학교 선생님은 그 장면을 몇 번이고 얘기하면서 스포츠 정신의 모범이라고 극구 찬양했다. 어린 마음에도 '스포츠'란 그런 것인가보다 했다.

'애틀랜타' 올림픽으로 눈을 돌려본다.

■ 일부 경기는 '스포츠' 아닌 그 무슨 사투와도 같다. 평소 닦아온 기량을 발휘하는 경기장이 아니라는 인상이다. 선수나 감독의 표정이 살벌하고 관중들마저 응원의 한계를 벗어나고 있다. 특히 여자체조경기에서 그렇게 느껴졌다.

기왕이면 금메달을……그 심정을 이해 못하는 건 아니지만 여자체조경기는 어딘가 처절하고 참혹한 느낌마저 든다. 여자체조선수들은 대개 15, 6세 안팎이다(간혹 20세 전후의 선수도 있지만). 체구들이 작고 아직 어린 티가 난다. 그래선지 극도로 긴장한 선수들 얼굴이 민망스러울 때가 있다.

한 선수가(미국의 '케리 스트럭') 왼발을 접질리는 부상에도 불구 '코치'의 불 같은 채찍으로 뜀틀경기를 마치고는 왼발 부상이 도져 제 힘으로 선수석에 돌아올 수 없을 징도였다. 고통으로 일그러진 얼굴이었다. 그 '감독'인지 '코치'인지, 중년의 사나이(과거 '루마니어'팀 감독)는 그녀의 경기 진행 도중 연상 "Yes, You can do it! Yes! Yes!" 소리치며 난리였다.

미국 여자체조가 단체경기에서 금메달을 따낸 것은 '기적'임에 틀림없다. 때문에 NBC-TV도 흥분했다. 다음날 아침 그 '코치'와 그 '선수'를 스튜디오에 끌어들여 인터뷰가 진행됐다. 사회자는 간간이 코치와 선수에 대한 칭찬을 아끼지 않았다. 드라마틱한 영광을 이룩한 사람들로 여기고 있었다. 그 화면을 보면서 쓴웃음이 났다. 경기 때 그 '코치'의 미친 듯한 채찍질, 랜딩 직후 선수의 고통스런 얼굴……어딘가 억지와 무리가 엿보였고 그게 과연 '스포츠'인가 의문스럽기만 했다.

■ 우리 한국 '팀'에게도 할 말이 많다. 선수들이나 임원(감독·코치)들에 대한 것이 아니다. 그 주변에서 서성대는 사람들에게 하고 싶은 말들이다. 한마디로 "선수들 앞에서 실없이 어쩌구저쩌구 하지 말라"고 말하고 싶다. 무슨 장관이니 국회의원이니 혹은 명사니 하는 사람들, 뭣 하러 연습중인 선수들 앞에 나타나서 수선 떠는 건가.

'격려'한답시고 이런저런 말을 늘어놓는 게 도리어 방해가 될 수 있다. 선수들은 이미 고국을 떠난 순간부터 최선을 다할 것을 스스로 다짐했다. 나름대로 전력을 다하고 있는 터에, 출전을 눈앞에 둔 선수들에게 다가와서 새삼 무슨 놈의 격려란 말인가.

목에 힘주고 점잔 빼고, 격려하러 온 건지, 매명(賣名)하러 온 건지 알쏭달쏭한 사람들이다. 결국은 관전하러 온 구경꾼에 불과할 텐데, 관중들 틈에서 응원하고 그리고 조용히 돌아가면 될 일이지, 뭘 연습장까지 나타나서 보도진의 '카메라'를 의식한 듯 선수들 앞에서 되지도 않은 수작들인가.

■ 보도진에게도 문제가 있다. 그들은 무의미하고 무책임하게 들뜬 모습을 쉴새없이 드러내고 있다. 특히 1백 수십 명의 제작진을 파견했다는 모TV가 요란스럽기만 하다. 방송국 사장은 뭣 하러 왔는가. 그도 또한 '구경꾼'에 불과할 것이다.

신문들도 극성스럽다. 지나친 억측보도가 한두 가지가 아니다. '금메달 14개'니 '종합전적 5위 목표' 운운하는 등의 예상보도가 그 대표적인 예다. 첫 금메달 소식은 여자사격……전병관(역도)의 위업에 기대……큰 활자의 예상보도들은 모조리 빗나갔다. 축구 8강 진입은 거의 기정사실처럼 떠들썩거렸으나 현실은 '8강 탈락' 즉 8강 진입 불가로 낙착됐다.

예상이 뒤바뀌면 보도들은 재빨리 선수나 감독 탓하기에 급급하다. 일부 선수들의 부진원인은 오히려 보도진의 북새통에 있지 않을까? 연습중인 선수들에게 걸핏하면 카메라나 '마이크'를 들이댄다. "컨디션이 어떠냐?" "어느 선수를 그중 강적이라고 생각하느냐?" "금메달을 따내면 가장 먼저 누구에게 소식을 전하고 싶은가" ─ 그 모두가 심리적 압박감을 주는 쓸데없는 질문이다. 제발이지 선수들을 가만히 놔두라.

애당초 종합성적 5위 운운부터가 잘못이었다. 참가국 197개국에 달하는 '올림픽'이다. 따지고 보면 종합순위 10위권에 들어도 훌륭한 일이 된다. 10위 아닌 20위권에 들기만 해도 대견한 노릇이 아니겠는가.

5위니 7위니, 금메달 12개니 14개니, 한국의 체육실력이 향상돼서 그런 말이 나오는 것이겠지만 그렇다고 그 동안 다른 나라 선수들은 낮잠자고 있었던 것은 아니지 않겠는가. 덤벙대지 말라. 보도진도 관중들도 순수한 스포츠 정신을 되찾을 때이다.

〈1996. 8. 1〉

금메달만이 값진 것은 아니다
— '올림픽'의 어제와 오늘

　마라톤의 이봉주 선수가 2위로 골인했다. 1착과의 시간차는 불과 3초, '올림픽' 마라톤 사상 처음 있는 근소한 차였다. 골인 직후 1착과 2착의 두 선수는 손을 맞잡고 잠시 포옹까지 나누었다. 서로의 분전(奮戰)을 칭찬하는 듯했다. 보기 좋은 장면이었다. 뒤늦게 '메인스타디움'에 들어선 선수들도 최선을 다한 진지한 모습들이었다. 모두가 훌륭한 선수들이었다.

　'애틀랜타' 올림픽은 끝났다. 성화도 꺼졌다. 보다 빨리(Faster) 보다 높이(Higher) 보다 멀리(Longer) — '올림픽' 아마추어리즘(Amateurism)의 스포츠 정신이기도 하다.

　197개국 참가에 선수 임원이 1만 5천여 명, 미국은 사상 최대규모의 올림픽을 치렀다고 말하고 있다. 최대규모에 걸맞게 훌륭한 대회였는지 여부는 전문가들의 평가에 맡길 일이다. 다만 사마란치 IOC 위원장이 지적한 "지나치게 상업주의(Commercialism)에 흘렀다"는 한마디가 왠지 뒷맛을 씁쓸하게 한다.

　그간 TV나 신문을 통해 보며 느끼며 한 것들을 순서없이 적어본다.

■ 이른바 '종합전적'의 산출방식에 납득이 잘 안 간다. 미국은 '메달' 수 위주인데 한국은 금메달 숫자부터 따진다. 양쪽 모두 일리 있을 법하나 극단적인 경우를 가상하면 자칫 '넌센스'가 될 것 같다.

한국은 스스로 종합전적 10위라고 하지만 미국식으로 하면(신문집계) 8위가 된다. 필자의 소견으로는 미국식이 좀더 합리적이라고 본다. 금이건 동이건 메달 그 자체에 무게를 두고 있다고 볼 수 있기 때문이다. '금메달보다 값진 은메달'이란 말도 있다. 최선을 다한 선수들의 근소한 차이를 생각하면 꼭 금메달에만 치중할 것인가 싶다. 정 그렇다면 금 5점 은 3점 동 2점 정도로 점수를 매겨 종합순위를 결정짓는 방법은 어떠할까?

■ 드림 팀인가 하는 미국의 농구팀 선수들. 그친구들은 대체 뭣하러 '올림픽' 경기에 출전하는 건지 치사한 느낌이 든다. 7년 전 속계약에 몇천만 달러씩 받는 직업선수들이 왜 '올림픽'에까지 끼여드는 건가. 하긴 88 서울올림픽부터는 '테니스' 종목 '프로'들도 참여하게 됐지만 정 그럴 바엔 야구도 권투도 '프로' '아마'의 구별없이 마구 뛰어들게 해버리는 게 어떻겠는가.

소위 '드림 팀' 선수들은 이번 대회기간 중 선수촌 아닌 1류호텔에 묵었다. 게다가 외출 때마다 전속경호원이 따라다니는가 하면 호텔측은 출입구에 검색장치까지 설치하는 수선을 떨었다. 제기랄놈의 '드림 팀'……그 '찰스 버클리'인가 하는 선수는 '앙골라' 전(7월 22일 밤) 때 심판이 안 보는 틈에 팔꿈치로 상대방 선수를 세차게 밀어제쳤다. 못돼먹은 플레이였다. 화면을 보면서 화가 치밀어 오르기도 했다.

■ 일부 경기 종목의 '심판제도'에도 문제가 있다. 수영의 '다이빙'을 비롯 기계체조·리듬체조, 하다못해 3회전의 권투시합 등

심판원의 판정으로 우열을 가리는 종목은 많다.

경기에 현저한 차이가 나면 몰라도 엇비슷한 기량일 경우 심판원들이 과연 공정한 판단을 내렸는지 의문이 갈 때가 있다. 그래서인지 선수나 감독이 불만을 드러낼 때가 있고 관중들마저 야유를 퍼붓기도한다. 국제심판원이라는 사람의 평가점수도 크게 벌어질 때가 있다. 명색이 전문가들인데 어째서 그토록 보는 눈이 다를 수가 있나?

서울대회 때는 권투의 모선수가 심판판정에 불복 말썽을 빚었다. 심판 판정에 맡기는 종목은 차라리 없애는 게 어떻겠는가. 심한 소리인가?

■ 선수촌 주변에서 몇 가지 웃지 못할 일도 있었다. '아프리카'의 모선수가 위조지폐 1백 달러권을 사용하다 적발되기도 했고 방뇨행위나 여자선수를 희롱하려다 저지된 선수도 있다. 혹은 거리에서 '직업여성'에 말려들 뻔한 선수도 있었다.

색다른 얘깃거리도 나왔다. 출전 전야나 또는 며칠 전의 섹스는 도리어 '효과적'이라는 '기발한' 주장이 나오는가 했더니 '프랑스' 선수단의 임원이나 감독은 대회기간 중의 선수들 섹스를 일체 금지했다는 소리도 들렸다. 어느 쪽이 선수들에게 알맞는 주장인지 선뜻 판단이 안 선다. 일반 상식으론 삼가는 게 좋을 것 같긴 하지만.

■ 일본의 일부 언론들은 요즘 일본이 스포츠 3류국임을 스스로 개탄하고 있다. 이웃 한국이나 중국이 나름대로 성과를 올린 데 반해 일본은 20위권에 들까말까 할 정도라며 "체력은 국력이다. 일본국력의 현주소는 어디냐!"고 야단들이다. 인구비례나 국토의 크기로 보아 분단국가 한국의 전적에도 훨씬 못미친 데서야 변명의 여지가 없다는 소리도 높다.

유도종주국임을 자부하는 일본의 자존심도 상실됐다. 그들의 자랑 고가나 다부라도 우승에 실패했다. '다무라 료코'는 17세의 북한선수 김모양에게 완패했다.

그 북한선수는 시합 당일 아침까지 깊이 잠들어 있어 코치가 흔들어 깨울 정도였다고 한다. 그녀의 '일상적인 평범한 행동'에서 일본선수들은 뭔가 깨닫는 것이 있어야 될 줄로 안다.

■ '애틀랜타' 올림픽은 끝났다. 끝나가는 마당에 타주(他州)에서 파견된 2명의 경비요원이 저녁식사 후 식당을 나오다가 피격된 사건이 발생했다. 1명은 사망했다. 신문·방송이 또 떠들썩했다. 이 또한 테러사건인가 해서였다. 기념공원 폭발물 사건도, TWA기 폭파사건도, 그보다 앞선 사우디아라비아 미군숙소 폭파사건도 '유력한 단서'니 '용의자 윤곽파악'이니 떠들썩하지만 아직도 '범인검거' 소식은 없다. 애당초 '올림픽'을 미국에서, '애틀랜타'에서 개최한 것부터가 잘못이 아니었나 하는 생각이 들기도 한다.

한국선수들은 잘 싸웠다. 서울이나 '바르셀로나' 때보다 비록 금메달수는 적었어도 메달 총수에 있어서는 여전히 한국의 저력을 과시했다. 종합순위 10위건 8위건 한국은 잘 싸웠다. 금 아닌 은메달의 마라톤 이봉주 선수가 한결 돋보였다. 최선을 다한 그에게 찬사를 보낸다.

〈1996. 8. 8〉

단합된 모습이 우리의 자랑이다
— 광복 51주년을 맞아

선생님이었지만 은사라는 이미지는 없었다. 그는 일본인이었고 소학교 4학년 때 담임교사였다. 그해 6월의 어느 비 내리는 날 아침 그는 교실에 들어서자 대뜸 "아무튼 조센징(朝鮮人)이란……" 하고 비난하기 시작했다. 비난이 아니라 욕지거리로 들렸다.

그는 '조센징'들은 남이야 뭐라든, 어떻게 보든 자기밖에 모르는 사람들이라고도 했다. 그가 그쯤 흥분하는 데는 이유가 있긴 있었다. 아침 등교길에 한 상점 2층에서 길가에 쏟아버린 대얏물(세숫물?)이 그의 발언저리에 튕겨 바지와 구두를 적셨기 때문이었다(당시만 해도 비 오는 날 서울거리는 진흙길이 적지 않았다).

어린 학생들은 담임교사의 신경질적인 화풀이에 처음에는 웃음을 참느라 애먹었다. 그러게 조심해서 다닐 일이지 물벼락을 맞다니, 교사가 좀 멍청해 보였던 것이다. 그러나 아이들 표정이 차츰 변해갔다. 교실에 무거운 분위기가 감돌았다. 교사의 조선인 욕설이 한계를 넘어서기 시작하는 때문이었다.

아이들 듣기에도 심상치 않은 소리를 마구 해댔다. 교사는 "오늘날 조선이 왜 이모양 이꼴이 된 줄 아느냐?" 하고는 "너희들 조센징은 옛날부터 게을러 빠졌다. 추운 날 온돌방에 처박혀 있기만 하고, 꿈쩍도 하기 싫으니까 요강이나 찾고……게으르다보니 남이사 피해를 보든 말든, 세상이 어찌되건 그저 자기밖에 모르는 민족이 된 것이다"라고 지껄였다.

그뿐인가, 그는 또 "양반입네, 벼슬입네 점잔 떨며 헛기침이나 하고, 몇 사람 모이면 끼리끼리 작당해서 허구헌날 중상·책략·모함 등 당파싸움이나 일삼는 게 너희들 조상이었다. 지금도 '조센징'은 마찬가지다." — 교사는, 그자는 멋대로 늘어놓았다.

아이들은 그의 폭언을 일본놈의 오만이자 불손이라고 보았다. 흙탕물쯤 튕겼기로 조센징 운운하며 흥분하고 욕할 것까진 없지 않은가. 분한 심정이었다.

교사인 그는 일본인, 학생들은 조선인……비록 어린 나이였지만 그런 따위 폭언에 한마디 대꾸할 수 없던 것이 지금도 분했던 일로 여겨진다.

8·15광복 후 우리는 기쁨과 함께 두려움도 겪어야 했다. 웬 정당, 웬 단체가 그토록 많이 생겨나는가. 좌우세력의 충돌은 그나마 사상이나 이념이 게재된 싸움이라손치더라도 우익끼리도 좌익끼리도 모두가 분파작용을 빚고 반목했다.

사회 혼란이 날로 심해졌다. 김구·여운형·송진우·장덕수 씨 등 지도급 인사들에 대한 암살사건이 잇달아 발생했다. 우리 나라는 어떻게 돼가는 건가, 중학생인 필자 보기에도 앞날의 사회가 어떻게 될지 어른들 하는 짓이 한심스럽기만 했다.

뒤돌아보면 우리처럼 불우했던 민족도 없을 것 같다. 조국광복에 이어 6·25 — 4·19 — 5·16 — 5공 전제(專制) 등, 마음 편하게 숨을 돌릴 겨를이 없지 않았던가. 8·15 때 4·19 때 그리고

5·16 때 우리에게 민족부흥의 기회가 있었다고 보는 사람들이 있다. 그러나 실질적인 성과를 거둔 것은 5·16 후뿐이라고 보는 견해가 있다. 왜 하필 그 시절인가. 군사독재가 아니었던가?

부분적으로나마 수긍이 간다. 그같은 견해가 전혀 틀렸다고 할 수는 없을 것 같다. 막말로 모로 가든 기어가든 안정질서(국가기강이라 해도 좋다)가 잡힌 가운데 번영에의 길로 걷기 시작한 때문이다. 독재정권이었지만 경제발전의 기틀이 잡히기 시작한 건 사실이었다.

8·15나 4·19가 보다 큰 의미가 있었는데도 불행히도 그때마다 우리가 목격한 것은 사회혼란 그것뿐이었다. 혼란의 원인은 뭔가? 정쟁(政爭)이었다. 소위 정치 지도층들이라는 게 싸움질하기에만 여념이 없었다. 비단 정치인뿐 아니었다. 교육·문화·종교·일반 단체 가릴 것 없이 분파대립이 갈수록 심화되는 판국이었다. 그 틈에서 언론 역시 제멋대로였다. 국민들은 도대체 어느 장단에 맞춰야 할 것인지 옳고 그른 것을 판단할 수 없을 지경이었다.

"박정권의 치정(治政)을 긍정하는 건 독재자 '히틀러 시대'의 독일부흥을 평가하는 것과 같다"고 비판하는 사람들도 있다. 그릇된 비판은 아니다.

문제는 박정권의 출현이, 그같은 시기가 우리에게 불가피했던 건가, 아니었던가에 있다고 본다. 총칼 쥔 자들이 통치자로 등장하게끔 된 데는 우리 사회 자체에도 미흡한 점이 있었기 때문이 아니었을까?

이른바 문민정부가 들어선 지 만 3년 반이 지났다. 최근의 한국 신문을 펼쳐보면 '사회혼란'이 여느 때처럼 또 일어나고 있는 느낌이다. 모처럼 '자유로운 세상'인가 싶었는데 그게 도리어 화근이 된 것인지 모른다.

군사독재시대엔 끽 소리 없던 각계 각층 사람들이 요즘에는 중구난방으로 제각기 자기만이 옳다고 야단들이다. 정치인들의 싸움은 갈수록 심해지고 지역분할현상도 더욱 노골화되고 있다. 모든 분야에서 반목과 대립만이 하나의 풍조를 이루고 있다.

어쩌자는 건가? 30여 년 만에 맞이한 자유를 그리 어수룩하게 소화할 것인가. 우리들 의식수준은 그 정도밖에 안되는 건가.

오늘은 광복 51주년의 날 — 17일에는 샌프란시스코 주요거리에서 '퍼레이드'와 민족제전이 펼쳐진다. 작년에 처음 열린 '퍼레이드'에서 우리는 한인사회의 성장을 실감할 수 있었다. 교포사회의 단합된 모습은 우리의 자랑이다. 본국사회이건 교포사회이건 우리는 한데 뭉칠 줄 알아야 한다.

〈1996. 8. 15〉

남들이 본받는 굳건한 교포사회를

새해 첫날이 밝았다. 복 많이 받으시라는 인사가 오고간다. 소원성취하시라고 힘주어 말하는 사람들도 있다. 피차에 나누는 새로운 다짐이기도 하다.

사람들의 소망은 간절하다. 해마다 '좋은 세상' 이 되기를 기원한다. 우리는 지금 이국땅의 다인종사회에서 나름대로 살아오고 있다. 외롭고 힘겨울 수도 있고 따뜻한 인정이 한결 그리울 때도 있다. '좋은 세상' 이란 상부상조하는 봉사사회일 것이다.

불행히도 — 우리들 교포사회에는 부족한 점이 여전히 남아 있다. 뭉치기 앞서 갈라지는 사람들이 있다. 긍정보다는 부정에 흐르는 사람들도 있다. 본국사회의 못난 짓들을 그대로 닮은 것 같다. 우리들의 어쩔수 없는 천성인가?

결국은 사람됨이 문제이다. 한국인은 분명 우수하다. 천부의 자질과 능력을 갖고 있는데도 그릇되게 움직이려 든다. 우리들의 결격사유를 특히 단체행동에서 보게 된다.

새해 첫날부터 안됐지만, 우리의 결점을 순서없이 얘기해본다.

■ 지금은 신앙인(목사) 생활에 전념하지만 50년대와 60년대 초

'후라이보이' 곽규석은 그의 독특한 원맨쇼로 인기절정이었다. 한국팬들 못지않게 당시 미 8군장병들도 그를 좋아했다.

영어마디와 그 자신이 소리내는 '음향효과'를 섞어가며 혼자 진행하는 단막 추리극에 미군들은 미친 듯이 박수갈채를 보내며 열광했다. 병마개 따는 소리, 술 따르는 소리, 문 열고 닫는 소리, 한방(펀치) 먹이는 소리, 또 제트 전투기 급강하와 기총소사, 폭탄 터지는 소리까지 갖가지 '음향효과'를 해내어 사람들은 신기에 가까운 그의 재능에 탄복했다.

70년대 후반께던가, 그 '후라이보이'가 LA에서 '교포위안의 밤'을 개최한 일이 있다. 극장을 꽉 메운 교포들은 재치있는 그의 익살에 쉴새없이 폭소를 터뜨렸다. 그는 웃긴 얘기도 했다.

"서울발 미국행 여객기에 탑승한 한 남자 승객이 미국에 도착할 무렵 입국자 신고란에 내용을 기입하다가 섹스라고 적힌 빈칸에서 그만 펜을 멈추었다. 섹스라니……승객은 '원, 별걸 다 적으라네……'라고 중얼거렸다. 생각 끝에 승객은 에라 모르겠다며 '일주일에 한 번'이라고 기입했다."

이건 후라이보이가 지어낸 얘기일 것이다. 그래도 웃음을 자아내게 하는 데가 있다. 그래서 사람들은 허리를 잡고 웃었다.

그런데 — 그런데 이때 어두운 관객석에서 누군가 이런 말을 하는 것이 들렸다. "저거 전에도 서울에서 써먹던 얘기야." 재탕에 불과하다는 것이었다. 알기나 하고 웃는 거냐, 난 벌써 들었던 사람이라고 관객들을 비웃는 건지, 뽐내는 건지, 어쨌건 장내의 흥을 깨는 듯한 한마디였다.

못된 심보가 엿보였다. 재탕이건 삼탕이건 모두들 웃고 재미있어 하면 자기도 함께 웃든지, 잠자코나 있든지 할 것이지 뭘 굳이 그따위 심술궂은 한마디 해대는 건가.

■ 미군정 때 '문교부장'을 지낸 유억겸(兪億兼) 씨(고인)가 이런 얘기한 일이 있다. 사립명문 연세대에는 한국인 교수와 미국인 교수들이 있었는데 학교교육이나 운영방침은 교수회에서 토의한 후 찬반을 묻는 투표를 통해 최종결정을 내렸다. 더러는 찬반 양론으로 장시간 토론이 벌어질 때가 있어도 결국 투표결과로 마무리 짓게 마련이다. 말하자면 '다수결원칙'이 준수됐던 것이다.

이에 대해 유박사는 뒷얘기를 들려주었다. 투표로 확정된 학교 방침이 시행되는 과정에서 한국인과 미국인 교수들의 반응은 딴판이라는 것이다.

미국인 교수는 비록 자기의견이 관철되지 않았어도 과반수를 넘는 교수들이 찬성한 이상 자기의견을 미련없이 철회하고 새 방침에 따른다는 것이다. 뿐더러 확정된 방침에 앞장서서 협력하며 열심히 밀고 나간다고 했다.

이에 비해 일부 한국인 교수들은 자기의견과 다른 투표결과에 대해 두고두고 못마땅해한다. 그러다가 새 방침의 결함이라도 드러나는 날이면 그것 보라는 듯 그러게 뭐라 했느냐, 잘될 턱이 있나며 심지어 속시원해한다는 것이다.

유씨는 그런 걸 가리켜 '민주주의 훈련이 잘된 사람과 안된 사람의 차이'라고 말했다. 자기의견과 다르다고 처음부터 팔장낀 채 불평만을 늘어놓고 실패하기만 기다리는 듯한 습성은 속히 없애야 한다고 했다. 유씨는 "그런 습성이 자칫 비방과 모함에 가득찬 사회를 낳는 한 원인이 된다"고도 했다.

달갑지 않은 두 얘기를 했다. 말하는 쪽도 듣는 쪽도 어찌보면 자신들의 흠집을 드러내는 것 같은 얘기다. 그렇게까지 심각해할 것 아닌지 모르지만 그러나 늘 마음 한구석에 남는 것들이다. 특히 이역(異域)사회이기에 한국사람끼리 그런 것은 꼭 시정해 나갔으면 하는 문제점으로 삼아, 서로가 고쳐 나가고 싶은 것들이다.

작년 이곳 '광복절' 기념행사는 한인커뮤니티의 뜻깊은 행사였음에도 간간 유쾌하지 못한 소문이 들렸다. 일부지역 모모단체들은 예상밖의 소극적인 자세를 보였다는 것이다. 그 지역이나 단체에게 나름대로의 이유는 있었을지 모른다. 그러나 들리는 말처럼 그날 행사를 주도하는 '사람'이나 '단체'를 인정할 수 없어서 즉 못마땅하고 아니꼬와서 참여를 안했다면 그건 어느 모로나 불참한 사람들의 잘못이다.

광복절의 행사는 어디까지나 8·15의 뜻을 되새기는 민족적 행사이다. 뜻깊은 민족의 날을 되새기면 될 일이지, 주관단체가 어디이건, 누가 주도했건, 왜 그런 것부터 따져봐야 하나? 우리에게 그 고치지 못하는 '결함'은 없었던가? 상대를 인정 않고 '흠'만 잡는 그릇된 습성은 없나?

지난 96년 한 해는 교포사회에 있어 고난의 해이기도 했다. 시민권자가 아니라는 이유 때문에 적지 않은 교포들이 특히, 노인분들이 어려움을 겪어야 했다. 설움과 고충도 있었을 것이다. 그런 참에 90을 넘은 할머니가 시민권 시험에 합격했다는 거짓말 같은 사실이 크게 보도됐다. 합격사실을 전해 듣고 담담한 표정을 지은 할머니 얼굴에서 우리 민족의 강인한 의지와 능력을 새삼 알게 된 느낌이었다.

거듭되지만 우리는 우수한 민족이다. 타민족에 뒤지지 않는 자질·교육·노력·인내 등을 갖춘 민족이다. 굳이 민족을 강조하려는 건 아니다. 다민족·다인종으로 구성된 미국사회에서 사는 만큼 모든 사람에게 시범이 될 수 있는 한인사회를 이룩하자는 것뿐이다.

작년 11월 하순 북가주 '기독교윤리실천운동' 측에서는 밝고 건

전한 교포사회 실현을 위한 캠페인을 벌인다고 했다. '기윤실'은 일부 교포들의 문제점으로 정직성과 도덕심의 결여를 지적했다. 그밖에도 인사성의 부족이나 자기를 실제 이상으로 과시하려는 허세가 있다고 했다. 또 교포사회 '지도급 인사'들에 대한 비판은 무성하면서도 교포들이 단체활동에의 참여나 협조정신이 부족한 것도 교민사회의 결점이라고 했다. 이같은 사실들은 '기윤실'이 실시한 설문조사에서 나타났다고 한다.

이미 한두 번 언급했지만 우리 모두가 조금만 더 겸손하고, 조금만 더 사양하고, 조금만 더 자제할 줄 알면 교포사회 문제해결에 큰 어려움이 없을 것 같은데. 말은 쉬워도 막상 실천에 옮기기는 어려운가보다.

우리는 우리 자신의 못나고 어리석고 그릇된 일들을 가끔 목격했다. 이른바 '이민 1세'들인 세계가 잘못되지 않았나 싶을 때가 있다. 고국사회 특유의 그릇된 풍조를 그대로 이곳까지 옮겨온 것 같기 때문이다.

남을 칭찬하거나 존경할 줄 모르고, 도리어 흉보고 내리깎는 일은 없는가? 질투·시기에 사로잡힌 나머지 중상·모함을 일삼는 일은 없던가? 남의 불행을 즐겨 화제삼는 고얀 심보는 없는가?

"……본국사회에서 흔히 볼 수 있는 그릇된 일들이 여기 교포사회에서도 노출될 때가 있다.(중략) 무의식중에 상대를 의심하고 경계하고 기피하려는 사람들도 있다. 그런 사람일수록 막상 떨어진 곳에선 상대방의 일거일동을 주시한다. 결국 겉으로는 관심도 없는 척, 흥미도 없는 척 애써 시늉을 하는 것이다.(중략) 가까웠던 사람끼리가 어느 새 불편한 사이가 되고, 그 친구 그런 사람이 아니었는데……은근히 비난을 한다.(중략) 교포들끼리 서로 돕고 잘해나가자는 말을 자주 듣는다. 그런 취지에서 단체도 늘어나고 모임도 자주 갖지만 현실적으로 하나로 뭉치는 결과와는 거리가 멀다.(중략) 괜스레 목에 힘주거나 몹시 바쁜 척하는 사람들도 있다. 잘난 체, 아는 체하는 자존(自尊)의식과 직결된다. 허식과 위선일 수도 있다.(중략) 우리가 고쳐야 할 점은 많다. 우리끼리이기에 서로가 흉금을 털어 얘기를 나누며 자성하고 각성해야 될 줄로 안다……."(94년 5월 샌프란시스코『한국일보』'스펙트럼'란에서)

필자가 말하고 싶은 건 화합할 줄 아는 교포사회가 되자는 것이다. 통칭 10만 교포들이 북가주에 거주한다. 1세에서 3세까지 많은 사람들이 다양한 생활을 영위하고 있을 것이다. 10만의 교민들이 화목하게 지낼 줄 모른다는 건 부끄러운 일이 아닐 수 없다.

교포사회의 앞날은 결코 어두운 것은 아니다. '기윤실' 캠페인에서 보듯 정화대상이 있을지라도 그래도 한인사회에는 밝은 면이 더 많다고 본다. 1.5세나 2세들의 모습에서 그런 걸 보게 된다.

여기 96년 정초 샌프란시스코『한국일보』'신년특집'란에 소개된 유학생 정희영 양이 쓴 수기일부를 소개해본다(정양은 연세대 3학년 재학중 UC버클리에서 유학생활을 했다).

"……지나가다 '하이' 하며 자기소개를 해오는 교포학생들도 왠지 두려웠다. 하지만 지금 생각해보면 우리 나라와는 달리 좀더 자유스럽고 서로 허물없이 친해질 수 있는 분위기였다.(중략) 단 한 번 있었던 한국역사시간에 눈을 빛내며 강의를 경청하고 열심히 질문까지 한 교포학생들, 언제나 서투른 한국말로 독립운동하셨던 할아버지 이야기를 들려준 '멜라니 한' 교수님, 자신은 어디까지나 코리안이라고 당당히 밝힌 토론시간의 한 교포학생……나로 하여금 한국에 있을 때 이상으로 끈끈한 동포애를 느낄 수 있게 해주었다.(중략)

내가 이곳에 머문 동안 나는 PKI(Project Korean Involvement) 라는 교포학생 봉사활동에 참여한 적이 있다. PKI는 대학생으로 서 사회에서 누리고 있는 혜택과 행복을 한국교포들과 함께하려 는 한인학생들의 단체였다. 내가 보았던 그들의 모습은 참 아름다 웠다

학과공부와 시험에 쫓기는 바쁜 시간 중에서도 그 시간을 쪼개 가며 '경로잔치' 'SAT 소개' 등 무언가 보탬이 되려고 노력하는 교포학생들을 보며, 나는 한국에서 좋은 점수를 받아오는 것이 큰 벼슬이나 하는 것처럼 부모님 앞에서 수선을 떨곤 하던 과거 내 모습들이 부끄러워지는 것을 느낄수 있었다……."

우리는 화목하게 지내야 한다. 새해에는 꼭 단합된 교포사회의 모습을 보여야 한다. 과거의 못난 습성들을 일체 떨쳐버리자. 본 국사회의 일그러진 모습을 아예 보지도 말자. 우리에게 타고난 자 질은 있다. 남들이 본받을 수 있는 시범사회를 이룩해보자.

〈1997. 1. 1〉

딱하고 민망하던 '파란 눈의 며느리' 이야기

세상은 많이 달라졌다. 이루 헤아릴 수 없을 만큼 많은 것이 예전과는 다르다 — 새해를 맞을 때면 그런 감상에 젖기도 한다. 한국에서 이혼소송이 늘어나고 있다 한다. 그 사유 가운데 자못 '걸작'인 것이 섞여 있다.

'선량한' 남편에게 아내가 손찌검을 하거나 두들겨 패기까지 해서 견디다 못한 남편이 용기를 내어 이혼소송을 제기했다느니, 아침에 남편·아이들을 직장과 학교에 보낸 가정주부가 대낮의 심심한 시간을 돈까지 받고 외간남자들을 상대로 그렇고 그런 시간을 보낸 사실이 탄로났다느니, 허영심에 들뜬 아내가 분수에 넘치는 가구들을 마구 사들이고 지출금액을 메우려 도박에 빠진 끝에 남편의 예금통장을 날려버리고 집문서까지 잡히기에 이르렀다느니.

세상은 여러 형태로 달라져 가지만 특히 여성층의 변화가 큰 것 같기도 하다. 실례인 줄 알면서도 굳이 그렇게 보는 건(세상엔 몹쓸 남편들이 훨씬 많을 텐데도) 그만큼 참 여성의 상(像)이 그리워서인가?

얼마 전 샌프란시스코『한국일보』'가정 · 여성'란에 파란 눈의 며느리를 소개하는 가정기사가 났다. 캐나다 여성인 그 며느리가 "못하는 한국음식이 없다"고 시어머니의 자랑이 대단했다. 기사를 보며 한 미국인 여성이 떠올랐다. 그녀의 남편(정확히는 '전남편'이지만)은 필자보다 한 살 위의 중 · 고교동창생, 금실 좋은 그들 내외였는데 이혼하고 말았다. 원인이 뭔지, 누구의 탓인지, 어쩌면 생활문화의 차이 때문 같기도 한 두 사람의 얘기를 해보겠다.

그녀가 한국인 청년 C와 결혼한 것은 50년대 초반께 — 그녀도 C도 아직 대학생의 몸이었다.

전형적인 백인 중산층 가정에서 태어난 그녀, 아버지는 '산호세' 시내 SC대학 인문과 교수였고 어머니는 지역사회 봉사활동에 여념없는 여성이었다.

그녀와 C청년은 SC대학 학생이었다. 문과와 법과로 두 남녀의 전공은 달랐지만 초급학년 때는 가끔 한 강의실에 앉을 때도 있었다. 그후 두 사람만의 만남이 시작됐고 서로 이해하며 사랑하는 사이가 됐다. 1년 후 두 사람은 결혼했다. 조촐한 혼인식이었다.

C가 태평양 건너 미 '캘리포니아' 주에 도착한 것은 8 · 15 다음 해인 46년 여름철이다. 그때 그의 나이 불과 17세, 해방 후 처음 실시된 6년제 중고교의 '고교 1년생'이었다. 어릴 적부터 외국을 동경하던 그는 영어실습 삼아 가까이 사귀던 한 미군장교가 보증인이 돼줌으로써 마침내 군용 선박편으로 미 본토 서부에 첫발을 디디게 됐다.

미국에서 그가 기거하게 된 곳은 '산호세' 남쪽에 있는 어느 과수원 집이었다. 과수원은 다름아닌 그 미군장교 소유이며 그의 내외와 몇 사람의 고용인들이 운영하는 곳이었다. 군에서 제대, 과수원에 돌아온 장교와 그의 아내는 C에게 늘 미소를 띠며 친절하게 대했다. 그 내외의 꼬마남매들도 C를 곧잘 따랐다.

C에겐 빠뜨릴 수 없는 일과가 있었다. 반드시 지켜야 할 의무 같은 것이었다. 학교(9th grade)가 끝나면 곧장 집으로 와서 학교에서 배운 것을 부지런히 복습할 것과 일손이 모자랄 때는 하루 2, 3시간 가량 과수원일을 도울 것 등이었다. 그밖에도 주인 내외가 바쁜 날엔 저녁식사 준비 등을 거들어줘야 했다.

C는 그가 그리던 '미국생활'이 생각했던 것보다 수월치 않다고 생각했다. 따지고 보면 과수원일도 잔심부름도 또 학교공부도 그가 과수원 주인 내외의 신세를 지는 이상 마땅히 해야 될 일이겠고 그건 미국인 특유의 '의무와 권리' 또는 '노동과 보수' 사고에 연유한 것인지 모른다(과수원일을 하면 당시 돈으로 하루 7달러 정도 그에게 지급됐다).

그러나 젊은 C는 이따금 견딜수 없는 고독과 향수에 젖어들었다. 유복한 집안에서 고생 모르고 자라온 그는 몇 번이고 한국에 되돌아갈까 하는 충동을 느꼈지만 자기 앞날에 대한 홀어머니(아버지는 작고)와 누이동생의 기대와 서울을 떠날 때 선망에 찬 눈으로 축복 · 격려해주던 학교친구들을 생각하면 그럴 수 없는 일이었다.

C의 과수원 생활은 그럭저럭 계속됐다. 외로움도 차츰 잊어나갈 수 있었다. 청년기에 접어든 그의 생활에 변화가 일기 시작했다. C는 고교를 마치고 산호세에 있는 SC대학에 등록금(Tuition) 면제혜택을 받고 입학했다. 과수원집을 떠나 대학기숙사로 옮겼다. 고맙게도 과수원 주인 내외는 숙박비에 보태 쓰라면서 일정 금액을 건네주었다. 당시만 해도 고국으로부터의 송금은 1백 달러 이내(그나마 정부가 승인한)로 엄격히 제한된 때였다.

C의 대학생활은 과수원 내외의 도움과 그동안 푼푼이 모아둔 저금으로 큰 어려움 없이 지낼 수 있었다. 그는 여름방학이면 과수원집에 내려가 일손을 돕고 보수도 받았다. 대학에서 C는 백인여성인 그녀를 알게 됐다. C는 신장 168cm, 보통 체격에 보통 용모를 갖춘 평균적인 한국남성 — 두 남녀는 서로를 감싸듯 사랑하고 결혼을 원했다.

그런데 문제가 있었다. S대학교수인 그녀의 아버지가 그들의 결혼을 완강히 반대한 것이다. 어머니도 반대의견이었다. 성인자녀들의 개성을 신뢰하며 존중한다는 미국인 부모답지 않은 일이었다.

부모가 뭐라 하든 C에 대한 그녀의 사랑은 변함이 없었다. 딸자식이 자기 뜻대로 결혼하고 집을 떠날 때 아버지는 중고차 '폭스바겐' 한 대를 '결혼선물'로 주었다. 전별선물처럼 주었다. 딸자식은 아버지에게 고맙다고 인사하는 것을 잊지 않았다.

아내가 된 그녀의 열정이 대단했다. 두 사람만의 포근한 보금자리를 꾸려나가기에 정성을 다했다. C에게 있어 그녀는 사랑스러운 아내이자 훌륭한 내조자이기도 했다. 아내는 자기 학업을 중단하다시피 하며 남편의 공부를 도왔다. '노트' 정리를 대신하고 도서관에서 법률서적을 빌려오기도 했다. 그뿐 아니었다. 어디서 구했는지 소책자(몬트레이 미군부대 근처 서점에서 구했을 것이라는 추측)를 보며 김치를 담가내기도 했다. 서투른 솜씨였지만 C는 오랜만에 맛보는 '김치 비슷한 김치맛'에 그만 눈시울이 뜨거워졌다. 아내의 사랑이 고맙기만 했다.

여담이지만 — 그 무렵 베이지역 한국인 교포가 드문 중에도 일부 유학생들은 C내외 아파트에서 그녀가 담근 '김치' 신세를 지며 향수를 달랬다고 한다. 그녀는 미국인 여성이자 한국인 아내였다. 내조의 노고를 아끼지 않는 전형적인 한국여성 타입이었던 것이다.

2년 후 C는 마침내 변호사시험에 합격했다. C의 노력과 아내의 뒷바라지가 결실을 보게 된 셈이다. 그후로 C는 비교적 순탄한 길을 걷게 됐다. 그 사이 C내외에게는 세 명의 자녀가 생겨났다. 변호사·지방검사직 등을 역임한 C는 70년 봄 주한 미8군의 법률고문·변호사가 돼 근 24년 만에 서울땅을 밟게 됐다. 아내도 물론 함께 왔다.

아내는 난생 처음 시어머니에게 인사드렸다. 시어머니는 한국 고유의 격식대로 아들 내외의 큰절을 받기를 원했지만, 미국인 여성에겐 무리였다. 양장 차림의 며느리는 남편이 하는 대로 방바닥에 무릎을 꿇고 절을 했다.

C의 어머니는 종로구 S동에 있는 큰 한옥에 살고 있었다. C가 성장한 곳이기도 하다. C내외는 그 집에서 어머니를 모시고 살게 됐다. 달리 말하면 C의 아내는 시집살이를 하게 된 것이었다.

아내에게 힘든 나날이 시작됐다. 불행히도 — C의 모친은 보수적(한국적?)이자 매사 격식을 따지는 사람이었다. 게다가 성격이 괄괄한 편이어서, 외아들 C는 나이 40을 넘었어도 어머니 앞에서 함부로 언동하지 못할 정도였다.

시어머니는 '파란 눈의 며느리'를 달갑지 않게 여겼다. 양반가정의 풍습을 중시하는 모친으로서 파란 눈의 며느리의 일거일동은 하나같이 마음에 들지 않았다. 예의범절을 모르는 버르장머리 없는 며느리로 보였다. 하고 많은 며느리감(한국여성)을 두고 왜 하필이면 저런 따위와 결혼했나. 어머니는 혀를 차며 아들까지 못마땅히 여겼다.

C의 아내는 한국말을 몰랐지만 집안 돌아가는 낌새를 눈치로

알아차릴 수 있었다. 그녀는 새벽 일찍 일어나 식모 곁에서 음식 만드는 법을 배우기도 하고 걸레로 대청마루를 닦기도 했다. 그러나 시어머니의 심사는 좀처럼 풀리지 않았다.

그녀가 아침상을 들고 안방에 들어가면 시어머니는 상을 찌푸리며 "왜 네가 가져오느냐, 식모 아줌마를 오라 해라"고 소리쳤다. 시어머니는 마룻바닥을 훔치는 며느리꼴도 "보기 싫다"며 고래고래 소리 지르기도 했다. 급기야 시어머니는 "네년 때문에 집안꼴이 말이 아니다" 했고 "우리 집안을 망칠 년"이라며 욕지거리를 퍼붓기도 했다. 며느리는 한국말을 몰랐어도 분위기는 알 수 있었다.

겁에 질린 며느리는 어찌할 바를 몰랐다. 정성을 다하면 언젠가는 시어머님도 이해해주시겠지 하며 되도록 명랑한 척 미소를 잃지 않으려 애썼지만 도리어 시어머니의 비위를 상하게 할 뿐이었다. 시어머니는 미소짓는 며느리가 '뻔뻔스런 고얀년'으로 보였나보다.

파란 눈의 며느리는 끝내 시어머니에게 받아들여질 수 없는 존재였다. 웃음을 잃은 아내는 남편 C에게 "나는 어떻게 하면 좋겠느냐"고 하소연했다. 그녀로선 처음 보이는 통사정이기도 했다. 그녀는 이미 '약한 여성'이 돼 버린 것이다. 그녀의 통사정에도 불구하고 뜻밖에도 남편의 얼굴은 시무룩했다. "나에게 말한들 어쩔 도리가 있느냐, 어머니는 고지식한 옛날 사람이니 당신이 좀더 잘해나가야 될 것 아니냐"고 했다.

시간이 감에 따라 C내외 사이에 금이 가기 시작했다. 기진맥진한 아내는 더이상 시어머니 모시기에 자신이 없었다. 해결할 방법이 없을까 C와 의논하고 싶었지만 남편은 냉소하듯 외면하기 일쑤였다.

어느 날 C는 결정적인 실언을 했다. C는 이렇게 말했다. "세상에 아내는 여러 번 생겨날 수 있어도 어머니는 태양처럼 오직 한 사람뿐이다" — C의 말은 하나의 진리일지 모른다. 그러나 그들 내외가 당면한 처지에서 남편이 아내에게 할 소리는 아니었다.

아내는 절망적이었다. 자기가 얼마나 무력한 존재인가를 알고 한탄했다. 자신을 잃은 그녀는 마침내 이혼을 결심했다. 며느리 자격이 없음을 스스로 인정한 것이다. 아내는 남편 곁을 떠나 홀로 미국에 돌아갔다. 25년 전쯤의 일이다.

그후 — 두 사람은 두 번 다시 합쳐지는 일이 없었다. 8군 소속 변호사직을 그만둔 C는 다시 미국에 돌아왔지만 그때 그는 어머니가 주선한 새 아내(한국여성)를 동반하고 있었다. 그후 어머니는 별세했고 C도 8년 전에 고인이 됐다. 작고 당시 C의 직함은 캘리포니아 주 고등법원 '판사'였다.

C의 미국인 전처가 지금 어디서 사는지, 아직도 살고 있는지 필자는 모른다. 알 길도 없거니와 꼭 알아야 할 일도 아니다. 모든 건 C내외 사이에 빚어진 일이라 제3자가 개재할 성격의 문제는 아닐 것이다. 다만 그녀가 참 안됐다는 생각이 들 때가 있다.

새해 1997년 — 세상은 더욱 속도 빠르게 변하고 사람들도 달라질 것이다. 남녀간의 사랑은 국적을 초월할 수도 있다. 이 글을 읽고 "요즘 세상에 그런 일이 있겠느냐?" 하고 웃을 분들이 있을 것이다. 그러나 우리 모두 자신의 주변을 생각해봤으면 한다.

교포 가정에도 파란 눈의 며느리가 또는 사위가 차츰 늘어날지 모른다. 그런 경우에 걸맞게 특히 1세들은 아버지·어머니를 막론하고 마음의 준비를 해두는 것이 좋을 것이다. 새해맞이 잡상(雜想)을 늘어놓았다.

〈1997. 1. 1〉

미국 속의 한인사회 현주소를 바로 알자

해방 후 한동안 우리 사회는 좌우대립으로 혼란했다.

좌익은 남산에서, 우익은 서울운동장에서 찬탁·반탁대회를 열고 끝나면 데모행진에 들어가게 마련이었다.

어느 날 양쪽 행렬이 약 15분 간격으로 화신백화점 앞 네거리를 지나갔다. 다행히 양쪽 데모대의 충돌은 없었으나 그들이 외치는 구호나 선동자들로 시민들마저 열기에 휩싸였다.

필자도 몇몇 학우들과 시민들 틈에 끼여 구경하고 있었는데 그때 참으로 '희한한 장면'을 목격했다. 좌익 행렬 선두의 젊은 남녀들이 구호를 부르짖을 때 바로 옆에서 '옳소!' 하는 큰소리가 들렸다. 나이 3,40대쯤 돼 보이는 중년남자가 절규하듯 '옳소! 옳소!'를 연발하고 박수도 쳤다. 흥분한 얼굴이었다.

얼마 후 종로 쪽에서 우익행렬이 다가왔다. 이번엔 반탁구호가 잇달아 들렸다. 왜 반탁을 해야 되는가의 열변도 있었다. 길가의 시민들이 다시 술렁거렸다. 박수와 '옳소' 소리도 요란했다. 그런데 놀랍게도 '옳소!'를 외치는 사람들 중에 조금 전의 그 '중년남자'가 끼여 있었다. 역시 '옳소! 옳소!'의 연발이었다.

새삼 그 사람을 쳐다보았다. 불과 몇 분 사이에 좌·우 모두에게 '옳소!'로 호응했으니 대체 그 사람 속마음이 뭔지. 어안이 벙벙했다. 혹시 정신이상자인가 싶었으나 그런 것 같지는 않았다.

오래 전 일이지만 지금도 기억날 때가 있다.

본국 정치인들이 가끔 이곳 교포사회에 나타난다.

여·야 할것없이 국회의원들이 나들이하며 교포들 앞에서 무슨 강연회인지, 보고회인지를 하고 간담회 같은 것을 가질 때도 있다.

그런 중에 한 의원이 이런 강연을 했다.

"……나라가 늘 시끄럽고 혼란스러운 것을 정치인의 한 사람으로서 부끄럽게 생각하며 교포 여러분을 대할 면목이 없다는 심정입니다. 해외에서 힘들게 지내시는 동포 여러분께 본국에 대한 근심 걱정만을 끼쳐 드려 정말 몸둘 바를 모르겠습니다.

여·야를 막론하고 모두가 저희들 정치인들이 못나고 미숙한 탓이라고 자책합니다. 굳이 변명의 말씀을 드린디면, 우리 나라는 지금 과도기에 처해 있는 상태라고 봅니다. 30여 년의 군사통치가 빚은 '힘의 윤리'와 부조리·부도덕에 가득찬 사회풍토가 아직도 완전히 가시지 않고 있습니다.

그런 마당에 갑자기 누리게 된 온갖 자유로 나라는 도리어 혼란을 빚고 있습니다. 자기만이 옳다고 우격다짐으로 나서는 사람들이 너무 많아 자칫하면 난장판을 연출할 때가 있습니다.

비단 저희들 정치인뿐 아니라 모든 공직자·기업인·언론인 등 각계 각층 사람들이 대오각성해서 깨끗한 사회를 이룩하도록 노력하겠습니다.

저희들을 좀더 지켜봐주시기 바랍니다. 이 한 말씀을 드리고 싶어 이역만리에서 고생하시는 동포 여러분 앞에 염치불구하고 서

게 된 것입니다. 저희들의 철없는 과오를 한 번만 너그러이 보아
넘겨주시기 바랍니다."

그 정치인은 숙연한 자세로 고개 숙여 끝을 맺었다.

그에게서 모처럼 정치인다운 정치인을 보았다 — 고 했으면 좋
겠는데 실인즉 이건 필자의 공상에 불과하다. 다시 말해 그같은
본국 정치인을 단 한 사람도 본 일이 없기에 멋대로 머릿속에 그
려본 것이다.

여지껏 직접 · 간접으로 보거나 듣고 한 여 · 야 정치인들은 "저
사람이 대체 뭘 어쩌자는 건가?" 싶은 사람들뿐이었다. 교포들 앞
에서 기껏 한다는 소리가 무책임한 장광설뿐이고, 잘못된 것은 모
두 남의 탓으로 돌리는 광대 같은 사람들뿐이다.

그 사람들 말 같아서는 본국 사회의 앞날은 '갈수록 태산' 같은
느낌마저 든다. 그런 소리, 교포들 앞에서 늘어놓고 뭘 기대하는
건지, 그들이 진정 해외교민들의 입장이나 심정을 조금이라도 이
해하고 있는지조차 의문이 갔다. 최소한의 양식도 없고 예의도 모
르는 사람들 같았다.

조국을 떠나 해외에 이주한 교포들은 출가한 딸자식과 같다. 이
곳을 찾아드는 본국사람은 친정식구나 다름없다. 하물며 본국의
국회의원쯤 되면 친정의 손윗사람뻘이 될 것이다. 그런 사람이 출
가한 사람 앞에 나타나서는 말끝마다 친정식구 험담이나 하고 잘
못된 건 모두 남의 탓으로 돌리는 말을 늘어놓으니 듣고 있는 출
가한 사람 심정은 어떻겠는가, 나오느니 한숨뿐일 것이다. 친정도
문제려니와 그걸 무슨 좋은 소식이랍시고 지껄이는 사람은(정치
인들) 더욱 한심스럽게 보이게 마련이다.

그들이 교포들의 심정을 제대로 이해한다면, 교포들의 입장을
제대로 존중한다면 네탓 내탓할 처지이겠는가. 공상으로 그려본

것 같은 정치인이 나타날 법도 한데 현실의 정치인들은 대개는 자기선전이나 하고 공수표 같은 허튼 소리 늘어놓고 사라지기 일쑤이니 한숨이 나오게도 됐다.

꼭 한 사람 바른말을 한 국회의원이 있었다. 그는 이곳에 머물때 초청강연이나 간담회 등 잡혀진 스케줄을 보면서 이런 말을 했다. "교민들과 얘기를 나누다보면 아무래도 본국정치나 사회실정을 언급하게 될 텐데, 어려운 여건 속에서 살아가는 교포들 마음을 어둡게 하는 결과가 될까봐 걱정이 앞선다"고 했다. 그는 우울한 표정이었다(94년 2월 이부영 의원).

얼마 전 『한국일보』 '로컬' 면에 이런 제목의 큰 기사가 났다. 주제목은 '대선 열기, 교포사회까지 여파', 부제목의 하나는 '본국대선 후보, 국회의원 등 잇따라 상항 방문'이었다. 기사내용 앞부분을 소개해본다.

"4월 들어 본국 국회의원들의 미주 방문이 부쩍 늘어나고 있는가운데 본국 정치인들의 후원회가 조직됐거나 조직되고 있어 대선을 향한 열기가 교포사회에서도 번지고 있다."— 읽고 나서 위화감을 느꼈다.

교포들이 본국 정치 특히 선거에 관심을 갖는 건 있을 수 있는일이다. 비록 멀리 떨어져 사는 몸이긴 해도 고국의 대통령선거라면 누구나 관심을 갖게 될 것이다. 다만 이곳 교포사회에까지 번진다는 그 '열기'가 어쩐지 부자연스럽게 여겨진다. 그같은 열기속에서 갑자기 부산하게 움직이는 사람이(교포) 생긴다면 그건 어떤 사람들일까 싶기도 하다. 하물며 무슨 '후원회'니 '찬조금'이니 하게 되면 그런 단체는 누가 어떻게 움직여 나가는 건지, 혹은그런 행동이 과연 후원대상자에게 도움이 되는 건지 의문스럽게된다.

교포들이 본국선거를 지켜보는 것은 고국의 앞날이 어떻게 될까 궁금해서이지 국내의 특정 정당이나 특정 정치인을 지지하자는 것은 아닐 것이다. 대부분 교포들은 그럴 정신적·시간적 여유가 없다. 당장 이역생활에 적응해 나가기에도 바쁜 사람들이 아니겠는가.

교포들은 취업문제·자녀교육·환경적응 등 눈앞의 할 일이 많다. 과거 미국을 방문한 대통령도 교민들에게 "하루 속히 미국사회에 잘 적응해나가기 바란다"고 당부하지 않았던가.

이민자의 몸으로 이곳 커뮤니티에서 훌륭한 사람의 하나가 되고 남들이 본받는 한인사회를 이룩하는 것은 교포들의 급선무이자 당면과제일 것이다. 본국도 그러기를 바라고 있을 것이다. 만일 본국정치인 중에서 교포들의 후원회 결성을 바라는 사람이 있다면 이미 정치인의 자격조차 없는 사람이라고 생각했다. 자기 한몸의 영화영달을 꿈꿀 뿐 교포들에 대한 애정도 이해도 없는 사람일 것이다.

교포사회에도 문제가 있다. 왜 본국선거철만 되면 갑자기 바빠지는 사람들이 이곳에 생겨나는 건가? 그게 문제이다. 95년 샌프란시스코『한국일보』창간기념 특집란의 기사일부를 요약해본다.

"……김상수 씨(새크라멘토)의 글엔 이런 대목도 있다. '그런 모임이라면 만사를 제쳐두고 교포유지로서 행여 빠질세라 끼여드는 꼴이란 우습다. 그런 것에 열중하고 본국 고위층 사귀어 보자는 속셈인지……실속 없는 짝사랑 모습이다' ― 실속 없는 짝사랑, 김씨의 말은 정곡을 찌르고 있다.

본국 유력인사라면 제만사로 접근해보려는 일부 교포가 있다. 불행한 일이다. 본국 유력인사에게 접근해서 한번쯤 만나게 되면 상대가 알아주건 말건 무슨 실속이나 차린 것처럼 교포들에게 은

근히 뽐내려는 못난 짓은 삼갈 일이다.(중략) 짝사랑일망정 순수한 것이라면 이해도 동정도 할 수 있지만 김씨 말마따나 딴 속셈이 곁들여 있다면 그건 정말 웃지 못할 넌센스가 된다.

그런 꼴 보이기 때문에 본국 인사들은 내심 교포사회를 낮게 평가하게 되고 그러다보면 거리낌없이 무책임, 무의미한 소리를 함부로 뇌까리게 된다.

본국의 일부 계층 사람들이 해외교포 특히 재미교포들을 보는 시선은 결코 고운 것만이 아니다. 교포들에 대한 그들의 선입견은 멸시와 냉소로 이어질 수도 있다. 그런 선입견이 실인즉 본국정치인들 가슴 속에 더 잠재해 있다고 본다. 그들이 교포들 앞에서 어쩌구 저쩌구 멋대로 하는 언동이 그 증거라고 볼 수 있지 않겠는가."(후략)

우리가 굳이 비뚤어진 시각으로 본국정치인들을 대할 건 없다. 낮게도 높게도 볼 것 없이 상식적인 선에서 대하면 된다. 그렇거늘 우리들 스스로 선거철이라 해서 덩달아 들뜨고 일기마서 빚는다면 그건 하나의 만화가 된다.

지구상에 한인 교포들이 모여 사는 곳은 많다. 중국에도 러시아에도 일본에도 그리고 미국에도 몇십만 명 내지 1백만 명 이상의 한국인들이 살고 있다.

그 많은 해외동포사회 중에서 본국의 선거철만 되면 아무개 정치인 후원회다 지지모임이다 하며 웅성거리는 곳은 재미교포사회밖에 없다.

이상현상이 아니겠는가? 하긴 재력 있는 몇몇 재일교포가 소리 없이 본국정치인에게 재정상 지원하는 경우는 있다. 그러나 그건 어디까지나 기업인과 정치인의 관계에서 비롯된 소리 없는 행동일 뿐이다. 재미교포들처럼 아무개 지지 서명운동이니 회원가입이니 떠들썩거리는 사람은 어느 나라 교포들에게도 찾아볼 수 없다.

무엇을 위한, 누구를 위한 그 야단들인가? 그래 봤자 본국인들은 "미국교포들은 그토록 할 일 없는 사람들인가" 비웃을 것이다.

고국에 훌륭한 정치인이 나오는 것을 마다할 교포는 없다. 고국이 잘되기를 바라는 마음은 누구나 마찬가지이다. 그러나 재미교포사회에는 당장 눈앞의 과제들이 적지 않다. 교포사회에도 어렵고 딱한 사정에 처한 사람들은 있다. 무엇보다도 상부상조해 나가며 하나로 뭉친 한인사회 실현이 우리들이 해나갈 일이 아니겠는가.

본국 선거에 신경쓸 경황은 없다. 관심은 갖되 관심으로 그쳐야 한다. 투표권 행사를 할 수도 없는 우리들 입장에서 본국정치와 정치인들에게 도움이 되면 얼마나 되겠는가. 혹자는 후원회가 격려의 뜻이 될 수 있다 할지 모르나 그거야말로 자칫 한쪽만의 짝사랑이 될 염려가 있다.

염려스러운 것은 몇몇 떠돌이 같은 사람 때문에 열심히 살아가는 교포들 가운데 혹시 피해자가 생겨나지 않을까 하는 것이다. 선의의 교포들을 어지럽히는 일이 있어서는 안된다.

본국사회는 본국인들이, 교포사회는 교포들이 잘 다져나갈 일이다. 그것이 각자의 책무이자 도리이다. 사람에겐 누구나 나서야 될 일이 있고 나설 것까진 없는 일이 있을 것이다.

나설 것까지 없는 사람들에게, 다시 말해 생활하기에 바쁜 사람들에게 불요불급(不要不急)한 일로 신경쓰게 하지 말아야 한다.

교포들에게 "옳소!"를 기대한다면 그것은 큰 오산이다. 무정견(無定見)하게 '옳소!'를 연발하는 교포는 한 사람도 없을 것이다. 줏대없이 동조할 사람도 없다. 교포들은 본국실정을 그들 나름대로 볼 것은 보고 알 것은 알고 각자 판단하고 있다.

　일부 인사들은 더이상 한가한 행동일랑 삼갔으면 한다. 본국정치인들도, 우리들 자신도 교포사회를 실없이 들먹거리는 것은 일종의 '프라이버시' 침범과 같다.

〈1997. 5. 14〉

제4부
분단국가 한반도의 남과 북

최고 지도자의 전처 소식과 폐쇄사회

8·15광복 후 한동안 남한 각지는 온통 좌익세력으로 뒤덮이는 듯했다.

붉은 깃발을 높이 든 그들 공산세력은 착취계급 타도와 노동자·농민해방을 부르짖으며 기승을 부렸다. 그들은 평양의 김일성을 하늘처럼 떠받드는 구호를 외치기도 했다.

그 무렵 서울에는 북한에 관한 여러 소문이 나돌았다. 특히 두 가지가 사람들 입에 오르내렸다. 첫째, 이북에서는 너나할 것 없이 아무나 상대에게 '동무'라고 부른다는 것이고, 둘째는 '불순분자' 색출을 한답시고 자식이 친부모를 고발하는 것쯤 예사롭다는 것이었다.

좌우익간에 서로 비난을 하던 때라 '두 가지 소문'도 다소 과장된 것이 아닌가 했지만 그러나 사실인 모양이었다. '동무'도 '친부모 고발'도 좌익분자 자신들이 그렇게 선전하는 때문이었다.

아니 오히려 자랑으로 아는 것 같았다. 공산혁명의 '위대한 과업' 수행에 있어 계급·연령·성별의 차등개념 타파를 위해 '동무' 호칭은 당연하다는 것이고, 하물며 종교인 또는 과거의 지주

계급 친일파 등 '반동분자'들을 아들딸이 친부모일망정 서슴치
않고 당에 고발하는 것이야말로 '충성스런 인민'이라는 것이었
다.

그로부터 근 50년이 흘렀다. 세계는 많이 달라졌다. 정치 이데
올로기의 세계가 얼마나 큰 변화를 일으켰는가는 여기서 새삼 말
할 것도 없다.

다만 우리로선 '북한'이 궁금하다. 94년 7월 '수령' 사망 후의
북한이 더욱 궁금해진다. 개방의 조짐이 보일 듯하더니 여전히 폐
쇄국가인 듯 하고……. 어쩌면 북한 나름의 '진통기'에 접어든 것
같기도 하다.

최근 북한 뉴스가 한창이다. 쉴새없이 큰 기사가 보도되고 있
다. 작년에 북한총리 강모의 사위와 어느 대학교수가 한국에 망명
한 것이 큰 뉴스이더니 최근에는 외교관 신분으로 해외근무중이
던 북한고위층 자제 내외가 따로따로 망명해와 다시 화제를 모으
고 있다. 그러던 것이 마침내는 김정일의 전처인지 애인인지 하는
여성마저 언니와 함께 북한감시망을 벗어났다는 보도도 나왔다.

과거에도 동구 각국에 유학중이던 북한학생들의 망명이 가끔
있었다. 그들이 대개 당간부 자제 아니면 '엘리트'층의 학생들이
라 해서 주목됐었는데 이젠 숫제 김정일 발밑에 불똥이 떨어진 셈
이 될 만큼 북한인들의 남한 망명이 잦아졌다.

뭔가 심상치 않다. 당장 북한체제의 붕괴나 김정일의 몰락을 의
미하는 건 아니다. 그렇긴 해도 잇따르는 망명소동은 분명 심상치
않은 징조가 아닐 수 없다.

그 사회를 찬양했던 옛날의 좌익사람들이 생각난다. 그들은 '동
무호칭'과 '자식에 의한 친부모 고발'을 위대한 '혁명사회'의 필
수과정이라고 했다.

북한은 지금도 그런 사회인가? 그런 사람들로 가득찬 사회일까?

"조사를 마친 수사관은 '할 말이 더 없소?' 했다. 나는 '어머니를 뵙게 해줄 수 있는가?' 하고 물었다. 수사관은 주선을 약속했다. 내 가슴에 잔잔한 설레임이 일었다. 며칠 후 어머니가 계신 고향(전북)의 큰형집에 들어섰다. 어머니는 마루에 앉아 계셨다. 지팡이를 옆에 놓으시고 먼 하늘을 쳐다보는 듯했다. 노령의 어머니는 눈이 안 보이셨다. 단숨에 달려가 '어머니, 접니다!' 어머니를 끌어안고 그만 울음을 터뜨렸다. '누구야, 이게 누구냐, 네가 대진이구나!' 주름살이 가득한 얼굴을 쭈글거리며 눈물을 흘리셨다."
— 거물급 간첩 강대진(姜大振) 씨가 19년 만에 어머니를 만나는 장면이었다.

80 넘은 어머니와 50대 아들의 대면이었다. 아들 대진씨는 북한 124부대 소속 상좌(上佐) 계급의 고급 정치장교였다. 월북 후 다섯 차례나 남파돼 지하조직공작을 벌여오다가 70년대 들어 제발로 경찰에 자수해온 사람이다.

북한 124부대는 남한의 전후방 교란을 목표로 하는 정예부대이다(김신조 씨 등의 청와대 습격 미수사건도 그 부대 소행이다). 강씨는 부대의 책임고급장교의 한 사람이다. 그러한 그가 자진해서 수사기관에 자수해온 것이다. 왜 그랬을까?(그의 수기는 훗날 D지 사회면에 연재됐음)

오늘의 북한에 관해, 많은 사람들이 많은 소리를 한다. 정치체제나 경제실정, 군사현황 등 숱한 내용들이 가끔 알려지지만 늘 한 가지 아쉬운 것이 있다. 그쪽 사람들의 가족관계 다시 말해 부부 사이나 또는 부모와 자식들간의 애정이나 신뢰가 어떤 것인지, 그에 대한 설명이 미흡하기만 하다.

북에서는 가족 중에 '망명자'가 생길 때 남은 가족들은 평양에서 쫓겨나 중노동수용소같은 데서 감시를 받게 된다고 한다. 이럴 경우 '남은 가족'들은 '망명친족'을 내심 어떻게 생각하는 걸까? 원망하게 되나, 아니면 내 핏줄기 무사하기만 빌게 될까……

성혜림(成惠琳) 씨의 모스코바 거주는 우리에게 많은 것을 생각케 한다. 그녀의 장남 김정남(金正男, 26)은 김정일의 장남이기도 하다. 성씨와 정남군은 어머니와 아들의 사이이다. 지금 평양의 아들은 어머니의 해외거주 사실을 어떻게 받아들이고 있나? "어머니는 '반동분자'다"라고 앞장서서 규탄해야 되나? 예전의 공산주의자들 같으면 응당 어머니를 비난했을 것 같다.

지금도 북한은 그러한 사회인가?

"우리의 최고 지도자를 모독하는 전대미문의 대죄를 범한 남조선에 대해 단호한 보복조치를 취하겠다." — 북한의 주장이다. 남한에서의 성씨 보도에 관련된 그들의 입장표명이다.

이 때문에 외국순방중인 한국대통령의 신변안전을 위한 현지경비가 한층 강화됐다고 한다. 북한의 화풀이는 엉뚱한 데로 번지는 것 같다.

김정일 씨 — 왜 그러는 건가. 당신 자신부터 반성해볼 것은 없던가?

〈1996. 2. 29〉

북한 — 공산귀족계층부터 도태해야 한다

영국은 한때 노동쟁의의 빈발로 공장마다 생산기능이 마비될 정도였다. 이른바 '영국병'의 하나로서 임금인상·근로시간 단축을 요구하는 노사분규가 그칠 사이 없었다. 그 무렵 영국 정부 관계자의 안내로 휴업상태인 한 공장을 시찰한 소련 공산당 간부는 혼잣말처럼 "이해 못할 일이다. 공산국가 경영방식을 본받으면 간단히 해결될 텐데……." — 뜻인즉 소련처럼 정부가 노동량이나 생산고를 미리 계획 할당해서 생산실적과 능력을 기준으로 노동자들을 대우해주면 된다는 것이었다. 그 간부는 노사간의 단체교섭권이나 인금인상투쟁 등 영국에서 볼 수 있는 것들은 아예 있을 수 없는 일로 여기는 모양이었다.

동서냉전이 한창일 때 한 토막 우스갯소리가 나돌았다. 동·서 사람 사이에 이런 대화가 있었다.

동 — 우리 인민들은 의·식·주에 차별없이 모두들 고르게 잘 지내고 있다.

서 — 그런 차별없기로는 세상에 교도소만한 데가 또 있을라구.

동 — 아니, 우리 사회가 교도소와 같다는 소리인가?

서 ─ 천만에, 엄연히 다른 점이 있지.

동 ─ 그야 그렇지……. 헌데 다른 점이란 무엇인가?

서 ─ 교도소는 형기를 마치면 다시 자유의 몸으로 되돌아갈 수 있지만 당신네들은 평생 되돌아갈 곳이 없거든.

흔히 서방세계와 공산국가의 차이는 '자유'와 '평등' 이념에서 비롯된다고 했다. 어느 쪽이 보다 나은 이념인지는 사람마다 생각이 다를 수 있을는지 모른다.

'평등이념'을 말해보자. 개개인의 자유가 보장되지 않아 불편한 데가 있겠지만 그 대신 모두가 비슷한 생활조건의 사회라면 사람들은 그런 대로 살아갈 수 있을 것 같기도 하다. 누구나 같은 처지가 아니겠는가. 생활물자 공급이 공정·평등하게 뒤따른다면 공산국가도 나쁠 것 없지 않나 생각할 사람이 있을 것이다.

우리는 북한이 그나마 그런 사회이기를 바랐다. 비록 남한에 비해 넉넉치 못할망정 당초부터 자유개념을 모르는 북쪽 사람들은 그런 대로 살아갈 수 있으리라 보고 싶었다. 그러나 현실은 그렇지 않은 것 같다. 북한이 지금 어떤 실정인가. 북한은 결코 평등한 사회가 아니다.

'조선인민공화국'의 평등이념에 의문을 품기 시작한 것은 꽤 오래된다. 지난주 필자의 칼럼에서 자수한 북한 124부대 총좌 강대진 씨를 얘기했다. 그 강씨의 수기에는 이런 대목도 있다.

"……당의 고급간부나 군장성들의 부패는 이루 말할 수 없다. 그들은 평양 시내 외딴 곳에 있는 고급주택지에서 인민들과 차단된 호화생활을 누리고 있다. 시내에는 그들만의 차량도로가 따로 있다. 그들은 각종 물자횡령과 뇌물수여를 자행하며 승진이나 당원 자격 부여를 미끼로 노동자들은 물론 여성농락까지 일삼기도 한다.

그뿐 아니다. 동유럽 유학에서 돌아온 그들의 자녀들은 밤마다
은밀한 장소에서 댄스 파티에 열중하고 낮이면 외국인 전용 물품
판매소에 들락거린다. 각 시·도 지방인민위원회는 철저한 관료
주의로 운영되고 감기약 하나 구하는 데도 인민들은 간부의 허락
을 받아야 한다.”

강씨는 비교적 윤택한 혜택을 받는 군부대 정치장교였지만 “그
러나 '공산귀족계층'의 부패상에 환멸을 느꼈다”고 자신의 자수
동기를 밝혔던 것이다.

강씨가 자수한 것은 70년대 초 — 그로부터 20여 년의 세월이
흘렀다. 오늘의 북한 — 지금 북한은 극심한 식량난과 각종 물자
의 결핍으로 허덕이고 있다. 급수사정도 나빠 하루 2시간 정도로
제한되고 식량배급도 제때에 실시되지 않아 이젠 평양거리에서마
저 강·절도 사건이 발생하고 외국인들을 노린 소매치기범들이
횡행한다는 보도들이다.

매사 '우리식대로'를 주장하던 자존심이 강한 북한이 식량과
그밖의 물자지원을 미국·일본 등에 요청하기에 이르렀다. 말이
좋아 '요청'이지 사실상 구걸이나 다름없다. 왜 북한의 실정은 그
토록 악화됐나?

흔히 수해나 외화 부족 또는 무리한 군사예산 때문이라지만 이
유는 과연 그런 것뿐이겠는가? 강씨가 말한 20여 년 전의 '공산
귀족'들은 대를 이어 지금도 존재하리라고 본다. 그들은 평등사회
이념에 완전 배치되는 존재들이다. 20여 년 전 저들만의 호화파티
를 즐기던 젊은이들이 이젠 40대 후반에 접어들었을 것이다. 고급
당간부나 군장성의 자녀로서 귀족행세가 몸에 밴 그들이 오늘날
그 사회에서 어떤 자리에서 어떤 일을 하고 있는지가 궁금하다.
혹시나 김정일 '지도자 동지' 주변에서 권력을 주물럭거리고 있

는 것은 아닐까?

북한의 인민들은 오늘의 어려움을 모두가 미제(美帝)와 남조선 앞잡이들 탓이라고 생각하고 있다. 남조선을 '해방'하면 자신들의 생활은 한결 나아진다고 믿고 있다. 인민들은 그렇게 '사상교육'을 받아왔다.

누가 그런 교육을 시켜왔던가. 공산귀족계층이 아니었던가?

성혜림 자매사건으로 북한 귀족사회의 뒷모습이 엿보였다. 보도에 의하면 배우 출신의 성여인은 본래 '지도자 동지'의 친구의 형수였다고 한다.

친구의 형수를 어떻게 지도자 동지가 '애인'으로 삼을 수 있었는지, 그 사이 '친구'나 '친구형' 그리고 성여인 자신은 어떤 입장이었는지……바로 그런 데에 사회악화의 근본원인이 있을 것 같다.

북의 인민들이 딱하고 가엾다.

〈1996. 3. 7〉

북한과 미국 그리고 한국
— 하늘에서 귀순한 북한장교

　북쪽 하늘에서 '미그' 기 한 대가 남으로 날아왔다. 북한 공군 '이철수' 대위(30)가 미그 19기를 몰고 귀순해온 것이다. 지난 83년 2월 이웅평 대위(29)가 역시 '미그' 19기를 몰고 귀순한 지 실로 13년 만의 일이다.

　예전의 일이 기억난다. 53년 가을 북한 노금석 상위(上尉)가 미그 15기를 몰고 귀순해왔다. 당시 미국은 한반도 하늘에서 대결하던 소련 미그기에 관한 예비지식이 거의 없는 상태였다. 기체 내부를 분해, 정밀 검사해본 일이 없었다. 미국은 보상금 '10만 달러'를 내걸고 전파망(라디오)을 통해 조종사와 미그기가 자유진영으로 귀순해올 것을 적극 권유했다. 한국말과 중국말의 방송 메시지를 자주 내보냈다. 그러던 참에 노금석과 미그 15기가 극적으로 귀순해 왔다. '노' 상위는 응당 10만 달러의 보상금을 타게 됐다. 53년의 10만 달러가 요새 화폐 가치로 얼마쯤 되는 건지⋯⋯. 몇 달 후 '노' 상위는 '소문없이' 미국 유학생(텍사스 주 어느 대학 공과 전공으로 기억)이 됐다. 국내 신문에 전재된 외신에서 그쪽 남녀학생들에게 둘러싸여 활짝 웃고 있는 그의 사진과 함께

304

"노금석은 10만 달러를 은행에 정기예금할 경우 은행이자만으로도 학비와 기숙사비, 용돈을 해결할 수 있다"고 보도했다.

이번 귀순해온 '이철수' 대위는 이것 저것 합쳐 약 5억 원 상당 주어진다고 한다. 아파트 한 채와 승용차 한 대가 포함되고 그밖에 민간 기업체들의 기증에 따라 각종 혜택이 늘어날 것이라 한다. 뿐더러 본인 희망에 따라 공군장교로나 혹은 민간기업체 취직도 보장을 받는다. 남하 후 수원비행장에서 두 손을 치켜들고 '만세!'를 부른 이대위의 얼굴이 인상적이었다.

이대위의 귀순으로 남쪽 사람들은 새삼 북한을 쳐다보게 됐다. 대체 그쪽 사정이 어떠하길래. '시베리아' 벌목공들의 참상과, 중국땅으로의 월경자(越境者) 증가 소문이 한창 나돌고 있다. 근래 대학교수나 외교관 내외의 망명에 이어 전처인지 애인인지 '지도자 동지'의 측근 여인마저 탈북생활 사실이 밝혀졌다. 북한에서는 무슨 일이 언제 어디서 일어날지 종잡을 수가 없다.

필자에겐 한 가지 '놀라웠던 사실'이 있다. 이곳 한국말 TV에서 기쁨조 소속이라는 아가씨들이 무용(?)하는 화면을 보며 놀랐다. 반라의 젊은 여자들이 자본주의 국가의 톱레스 쇼를 빰칠 만한 요염한 자태로 춤추었다. 그렇게 해서 그쪽 고위간부들에게 기쁨을 주는 게 그녀들의 '직업'인가보다. 소위 '공산주의 국가'에서 그런 일이 있을 수 있다는 게 이해하기 힘들었다.

얘기가 옆으로 샜다. 좀 가다듬어야겠다. 미국은 한국의 우방이다. 미국이 한국을 떼밀고 북한과 가까이 지낼 것이라고 가상할 사람은 없다. 없지만 어딘가 미국이 답답하게 여겨질 때가 있다. 대북 강경정책을 바라는 것은 아니다. 강경책이건 유화책이건 '분명한 입장'을 미국이 보였으면 하는 것뿐이다. 한·미·일은 그동안 대북정책 공동보조를 강조해왔다. 회합도 자주 갖고 그때마다 상호협력을 다짐했다. 그런데도 이따금 각자 개인 플레이의 인상을 풍길 때가 있다. 그게 '외교'라는 건가?

북한의 '핵폭탄 보유' 운운에서부터 오늘의 식량원조문제에 이르기까지 한국과 미국은 대북정책에서 미묘한 입장 차이를 엿보일 때가 있다. 필자는 이미 몇 차례 이에 관해 언급한 바 있다.

북한은 지난 3월 휴전협정 파기를 일방적으로 선언하고 '비무장지대'를 인정하지 않는다고 공언했다. 그들은 시기가 문제일 뿐이지 전쟁은 언제고 일어난다고 공언하기도 했다. 그후로 휴전선 비무장지대에서의 북한의 도발행위가 빈발하고 해상 침범도 서슴치 않는다.

남한 비방 방송도 더욱 격렬해지고 대미·대일 비난을 퍼붓기도 한다. 그러면서도 북한은 외교총력을 기울이다시피하며 북·미관계 개선을 시도하고 있다. 그쪽 고위급 간부들이 뻔질나게 미국에 드나들고 있다. 그러다보니 한국은 따돌림받고 있는 인상이다. 북은 의식적으로 한국을 제쳐놓으려 한다. 이른바 '4자회담'에도 선뜻 응하지 않는 것도 한국 도외시 방침의 하나가 된다.

북한사정을 짐작 못하는 건 아니다. 북한이 현상태대로 권력체제를 유지하려면 남한은 일종의 장애물일 것이다. 남쪽을 인민들에게 보일 수는 없지 않겠는가. '남반부'는 모든 면에서 자신들보다 앞서고 있다. 그 사실을 목격할 때 인민들은 비로소 자신들의 처지를 알게 될 것이다. 그뿐인가. 오랜 세월 자신을 속여 거짓 선전을 일삼아온 권력층의 정체도 알게 된다. 북이 '개방정책'을 머뭇거리는 것도 그 때문이다. 그에 비하면 북·미회담이나 양국관계 개선은 북으로서 모양새도 좋고 인민들에 대한 입장도 편할 수 있다.

지난 4월 10일 남한의 관심이 투표를 하루 앞둔 '15대 총선거'

에 쏠리고 있을 때 한 신문에 '미, 대북제재 완화 검토'라는 기사가 게재됐었다. 미 국무부의 한 관리가 "미국은 북의 전쟁도발 행위와 휴전협정 파기에도 불구하고 대북경제제재 완화조치를 신중히 검토중이라고 밝혔다"는 내용이었다.

이보다 앞서 미국은 북한 '미사일' 문제를 다루기 위해 북·미 단독회담(미사일 회담)을 가진 바 있다. 또 최근에는 '미군 유해송환' 문제로 역시 북·미 단독회담을 하고 있다. 어찌 보면 미국은 북의 미사일 해외유출 금지를 설득하기 위해 또는 유해송환을 촉구하기 위해 그리고 필경은 한반도 평화유지를 위해 부득이 북한과의 접촉을 자주 해오는 것 같다. — 과연 그렇게만 봐야 할 것인가?

동북아에서의 북한이란 존재는 미국에 있어 여러 가지로 중요한 의미를 지니고 있다. 우리가 지켜봐야 할 곳은 북한에 앞서 미국일지 모른다.

〈1996. 5. 30〉

북한과 미국 그리고 한국
— 왜들 그래야만 하나

　한반도가 요즘 부산한 느낌이다. 총선 후유증이 떠들썩하던 참에 '느닷없이' 미그 19기가 날아들었고 며칠 후엔 월드컵경기 한·일 '공동개최' 소식으로 국민들의 눈과 귀가 바빴다. 곧이어 북한 과학자와 방송작가의 망명도 잇달았다.

　귀순해온 '이철수' 대위는 내외신 기자회견에서 "북한은 서울을 24시간 내에, 부산 등 남한 전역을 7일 만에 점령하는 '전쟁계획'을 갖고 있다"고 했다. 남한 육·해·공 병력과 장비가 완전 '허수아비'냐고 사람들은 어처구니없어 하면서도 한편으론 "북은 그 정도로 남을 우습게 아나" 전율을 느끼기도 했다. 그같은 북한의 대남인식이 무모한 전쟁도발로 이어질까 우려하게 된다.

　미국이 즉각 반응을 나타냈다. 미국은 "우리가 아는 범위 내에서(북한에 관해) 그같은 정보는 없다"고 했다. 특히 2백여 기의 북한전투기들이 휴전선 인근에 배치돼 남침에 대비하고 있다는 이대위의 발언을 '아는 바 없다'고 했다. 그것은 곧 부정하는 것과 다름없다. 어쨌거나 미국은 '신속한 반응'을 보였다.

　미국 — 다양한 얼굴을 갖고 있다. 다분히 한국우방으로서의 얼굴이겠지만 언제나 꼭 그렇다고만 볼 수 없을지 모른다. 한·일간이나 한·러시아 또는 한·미 무역관계에서 정책상·외교상의 미묘한 차이가 한·미간에 노정될 때가 있다. 특히 대북정책에서 그러하다.

미국은 그간 여러 모로 '대북접촉'을 해왔다. 북도 '고위급 인사'들이 뻔질나게 미국에 드나들며 북·미관계 개선을 도모해왔다. 그러는 사이 미국은 한반도 문제해결에 없어서는 안될 나라가 됐다.

미국은 '4자회담'을 제안했다. 4자회담에 중국은 환영의 뜻을 보였고 러시아와 일본은 시무룩한 입장인 것 같다. 그러나 막상 불투명한 것은 북한 태도이다. 북은 지금도 4자회담을 탐탁치 않게 여기는 태도이다. 내심 반대하면서도 표면상의 대미접촉은 계속하고 있다. 미국의 대응은 어떠한가?

미국 — 잠깐 재작년께 일들을 되돌아본다.

"……북과 미국의 '실무접촉'처럼 아리송한 것도 없다. 무슨 속셈들인지 알다가도 모를 회담을 했다가 안했다가를 되풀이해오고 있다.(중략) 미국은 북에 관해 뭘 '깊숙이' 알고 있는 건지 모르고 있는 건지조차 종잡을 수가 없다.

실무자 접촉의 목적이 핵문제해결에 있는 건지, 양국 국교정상화인지 아니면 그냥 질질 시간을 끌어가자는 건지 분간하기 힘들다.(중략) 어느 새 북은 정체를 알 수 없는 '무서운 존재'처럼 부각됐다. 어째서 일이 그렇게 돌아가는 건가. 북은 과연 핵폭탄 보유국인가……."

94년 5월 샌프란시스코 『한국일보』 '남과 북 — 누가 이 사람을 모르시나요'의 일부를 인용해본 것이다.

94년 4월엔 이런 글도 있다.

"······외교에는 비밀이 따르게 마련이라지만 국교도 없는 북·미 양국이 북의 핵폭탄 제조 운운으로 긴박감을 나돌게 하더니 요새는 원자력 '경수로' 문제로 바뀌었다. 그 사이 사정거리 1천km 이상의 '노동 2호' 미사일 개발이니, 서울 불바다니 자못 험악한 말들이 튀어나왔다.(중략) 한국과 미국 또는 한·미·일간에 자주 '한국입장 지지'라는 성명도 나온다. 그럼에도 시일이 지나다보면 미국은 어느 새 한걸음씩 북측 요구에 다가서는 느낌이 든다. 북의 '전쟁위협'에 겁먹은 때문인가 아니면 그쪽 '외교 솜씨'가 능숙한 때문인가? 어느 쪽도 아닐 것이다. 능숙한 외교 솜씨를 가진 측은 결코 북한이 아니다······."

미국은 최근에도 북과 단독회담을 자주 갖는다. '무서운 존재'에게 '양보'하는 건가? 미국은 북한에 대해 '원조'와 '관용' 정책으로 전환했나보다. 이른바 '인도주의'를 내걸기도 한다. 식량원조이건 '달러' 원조이건 원조 그 자체는 나쁠 것 없다. 남한 사람들은 그렇게 여긴다. 다만 미국의 대북정책에 순수성이 없어 보이는 것이다.

북은 남에 대해 강경일변도이다. 경색 그대로다. 전쟁위협에다가 실제 휴전선 침범행위를 서슴치 않는다.

필자는 북의 권력체제가 쉽게 무너지리라고 보지는 않는다. 독재 권력의 핵심이 김정일이건 그밖의 다른 세력이건, '강경파'이건 '온건파'이건 그들은 현재대로의 권력구조를 유지하려고 전력을 다할 것이다. 그들에게 있어 남한과의 접촉은, 즉 남북 '평화통일'은 자신과 가족들의 완전몰락이라고 생각하기 쉽다. 북에서 자행된 피비린내나는 '숙청'의 역사는 앞으로도 되풀이될 가능성이 있다.

달포 전 남한이 북한에게 2002년도 '월드컵' 축구의 분산개최를 제언했을 때 북은 응낙할 뜻을 보였다가 얼마 안 가서 "그럴 계획이 없다"고 FIFA에 통보했다. 월드컵 열기가 한반도 평화에 공헌할 것이라는 남쪽 기대에 찬물을 끼얹은 꼴이다. 일본과의 치열한 '개최지 경쟁'이 있었던 것을 알면서도 북은 한국입장에 불리한 행동을 서슴치 않았다. 일본의 원조를 얻어내려는 속셈이었던가?

북은 왜 그러는 건가. 그들은 88년 서울올림픽 때도 불참했다. '쿠바'나 국내사정이 여의치 않은 6개국을 제외한 160개국이 한반도에 모여들었는데도 바로 눈앞의 북은 불참했다. 처음부터 '불참'으로 일관했다면 그나마 "그런가보다" 할 수도 있었는데 북은 일부 경기종목의 평양개최를 요구했고 폐회식은 북에서 해야 한다고 떼를 쓰기도 했다. 억지가 섞인 무리한 요구들이었다.

그들은 15만 명 수용능력의 '거대한 경기장'이나 1백5층의 메머드 호텔(柳京호텔·현재까지 미준공)을 뽐내기도 했다. 그러나 올림픽 행사는 경기장이나 호텔만으로 성사되는 것이 아니다. 전산기재 등 부대설비나 '프레스' 서비스, 교통도로망 등이 완벽해야 된다. 편의시설의 불충분에도 불구하고 북한은 무리한 요구를 되풀이해 남을 당혹케 했다. 그러다가 별안간 '불참' 선언을 했다. 그러고도 남의 비협조적 태도 탓이라고 전세계에 선전했다. 그 무렵 북은 KAL기 폭파소동 등 '테러' 행위로 한반도의 불안과 불신감을 조성하려 했다. 다행히 세계는 북의 책동을 규탄하는 쪽으로 흘렀다. 이웃 중국마저 KAL기 폭파를 '만행'으로 보았다.

북한 — 김정일 씨 혹은 고위 권력자들, 당신들은 과연 우리 동족인가? 당신들 행위는 한반도 불안을 내심 바라고 있는 일부 강대국에 남모를 회심의 미소를 짓게 할 염려가 있다.

〈1996. 6. 6〉

북한과 미국 그리고 한국
— 누구를 위한 치안관인가?

"일본은 내심 남북 분단상태가 지속되기를 바라고 있다"고 하면 일본인들은 펄쩍 뛴다. 긴장된 한반도의 불안은 일본의 안전과 직결되므로 "우리도 진정 한반도의 평화통일이 이뤄지기를 원한다"는 것이다. 그럼에도 일본의 한반도정책은 불투명해 보일 때가 있다. "강력한 라이벌의 등장으로 지레 겁먹는 게 아닌가?" 물으면 그들은 사뭇 격앙된 어조로 "지나친 해석이다. 일본은 시종 한국편이다. 한반도가 '적화통일' 되면 일본도 망한다"고 한다.

중국은 어떠한가? 중국은 '남북 당사자간의 해결'을 한반도정책의 기본원칙처럼 내세운다. 한반도 문제가 꼬일 때마다 중국은 "남북당사자들이 직접 만나서 원만히 해결해 나가기 바란다"고 했다. 그게 중국의 기본입장이라는 것이다.

중국 역시 '통일된 한반도'를 원치 않는 눈치이다. 요컨대 현상태대로 남북으로 갈라진 한반도가 바람직한 것 같다. 그 점에서 일본과 같다. 단 중국은 방위상의 '완충지대'로서 북이란 존재가 필요한 모양이다.

미국 — 미국을 말할 차례이다. 미국은 분명 한국의 우방이다.

6·25 때 그랬듯이 현시점에서도 만일 한국이 북한이나 주변국가들의 공격을 받는다면 미국은 지체없이 그들의 군사력을 동원 한국방어에 나설 것이다. 방위조약 의무를 준수하려는 때문만은 아닐 것이다. 한반도는 어느 모로나 중요하기 때문이다.

21세기는 동북아 중심의 아시아시대가 된다는 시각이 적지 않다. 특히 경제면에서 비약적인 성장이 예상되고 한·중·일이 세계의 정치·경제·군사의 중추지대가 될 것이라고 점치는 사람들이 많다.

오늘날 미국은 명실공히 '세계의 치안관' 역할을 도맡아하고 싶어하는 나라이다. 89년 소련을 비롯한 동구 공산체제국가들의 잇단 붕괴로 미국의 위상은 더욱 뚜렷해졌다. 그 미국은 지금 북한과 '부지런히' 접촉하고 있다. 4자회담이라는 한반도정책을 제안해놓았고 한편으로는 북·미 단독회담을 자주 갖는다. 북미회담의 '명분'은 있다. 명분이란 국내외 반대론자들에 대한 설득용 '내용'이라는 뜻이다.

최근의 외신 몇 가지를 요약해본다.

■ "……4일(5월)부터 뉴욕에서 열린 미군 유해송환협상은 북한과 미국이 빈번한 접촉을 해오는 상황에서 열렸다는 점에서 주목된다.(중략) 미사일협상이 군사면에 연계된 회담이라면 유해송환회담은 많은 미국인들의 동조를 얻을 수 있는 '감각적 사안'이다.(중략) 미국인들은 미행정부의 북한접촉에 이의를 제기할 수는 없게끔 되어 있다."

■ "미국 전략 및 국제문제연구소(CSIS)는 21일 워싱턴에서 '북한 그리고 4자회담'이란 주제의 세미나를 개최했다. 이날 국무부 정책분석관 '존 메릴'은 '북한은 미국과의 관계개선을 추구하겠다는 정책을 세워두고 있다'고 했고, '존스 홉킨스' 대학의 '돈

오버도퍼' 객원교수는 '한국은 모든 면에서 북한보다 우월하면서도 북한을 포용하는 데 있어 소극적이다. 한·미관계는 그간 5차례의 정상회담에도 불구하고 최근 더욱 껄끄럽다. 한국은 미국이 그들을 배제한 채 북한과 거래하고 있지 않나 오해하고 있다'고 발언했다."

한국의 국내보도 하나를 덧붙여본다. 방한중인 '로버트 갈루치' 전국무부차관보가 지방에서 있은 학술회의에 참석, 연설했다.

"……한국국민은 북한을 대화의 장으로 이끌어내려는 그들 정부의 노력을 지지해야 하며 한국정부도 보다 유연하고 적극적인 대북정책을 전개해서 수용할 것은 과감하게 수용할 수 있어야 한다"고 했다.

그럴 듯한 말이기는 하지만 달리 보면 한국 국민과 정부를 싸잡아 비판한 느낌이 든다.

요즘에 와서 미국의 대북정책은 북한식량문제로 급선회했다. 이른바 '인도주의' 명분 아래 식량난 해결 우선으로 돌아섰나보다.

UN기구도 4천3백만 달러 상당의 긴급지원책을 발표했다. 내역은 식량지원에 2천6백만 달러와 아동들을 위한 의료시설이나 의약품 지원 등으로 돼 있다. UN은 그같은 원조의 대부분을 주로 한·미·일에 분담케 할 계획이라고 했다.

원조는 빠를수록 좋다. '인도상'의 문제를 주저할 아무런 이유가 없다. 북한 인민들 특히 어린이들을 굶주림과 질병에서 구해내자는 데 반대할 사람이 어디 있겠는가. 다만 원조하는 데 있어 누구는 적극적, 누구는 소극적이라는 평을 듣게 된다면 그건 문제가 아닐 수 없다. 하물며 한국이 소극적이라는 인상을 받는다는 건 있을 수 없다.

　미국이 마치 원조의 중심 역할 국가처럼 비쳐질 때 다른 원조국들은 멋적은 꼴이 된다. 막말로 뭣 주고 뺨 맞는 격이 되는 나라가 생긴다면 그 원인이 대체 어디에 있나 우리 모두 곰곰이 생각해봄 직하다.

　동네가 평온하면 '치안관'의 할 일은 하품밖에 없다. 강도사건이건 방화사건이건 혹은 난폭한 폭력사건이건 이따금 그런 것들이 발생해야 치안관의 존재 의미가 성립된다. 말썽도 없고 굶주린 사람도 없는 평화로운 곳이라면 치안관은 아예 필요가 없게 된다.

　미국은 바쁘다. 지구상엔 분쟁지역이 있고 기아선상의 나라들도 있다. '세계의 치안관' 미국은 바쁠 수밖에 없다.

　바쁠 때마다 미국은 그걸 싫어하나, 좋아하나?

〈1996. 6. 13〉

남북통일
― 당사자간 해결은 불가능한가

　"……우리민족서로돕기운동 북가주 지부에는 24일(9월) '발기
인대회 시기가 적절치 않다'는 견해가 폭넓게 확산되고 있다. 본
부측(서울)은 모든 행사를 자제했으면 한다는 의견을 전해왔
다.(중략) 한인사회에서도 북한동포돕기 골프대회 같은 것을 굳이
할 필요가 있느냐고 언론사에 항의하는 등 우리민족서로돕기에
대한 우호적 분위기가 급격히 경색되고 있는 실정이다."(후략)
『한국일보』9월 25일자 로컬면 2A 톱기사)

　잠수함 침투사건 후의 기사였다.

　예전의 일 하나 말해보겠다.

　불쑥 ― 그야말로 불쑥 그 여인은 사내동생집에 나타났다. 숨을
삼키며 크게 놀란 동생에게 여인은 "오빠는 평양에서 잘 지내고
있다. 그동안 어떻게 지냈니? 언니(올케)와 아이들은 지금도 그
집에 살고 있니?" 하고 물었다. 여인은 40대 초반 ― 행방이 묘연
해진 지 14년 만에 서울의 동생집에 나타난 것이다. 여인은 6·
25 혼란틈에 월북했던 것이다. 자진월북이었다.

　그러나 그녀 오빠의 사정은 달랐다. 평양에서 잘 지낸다는 오빠

는 '납북인사'였다. 6 · 25 당시 미처 서울을 빠져나가지 못한 오빠는 어느 날 은신처에 밀어닥친 소위 '치안대' 대원들에게 붙잡혀 강제로 북에 끌려갔다. 처자식들을 남겨둔 채였다. 그후 소식은 끊기고 생사여부도 확인할 길이 없었다.

서울에 나타난 여인은 그날 오후 남동생과 함께 올케집에 갔다. 여인은 올케를 보자 오빠의 전언이라며 한 통의 편지를 건넸다. 올케가 떨리는 손으로 받아본 남편의 편지에는 내 걱정을 말라는 외마디와 "XX(여인)에게 숙식과 잡비 등 편의를 제공해주기 바란다"는 당부의 말이 적혀 있었다. 틀림없는 남편의 필적이었다.

그이는 살아 있었구나……. 아내는 놀랍기도 하고 기쁘기도 하고 가슴은 마냥 두근거렸다. 그이가 끌려간 지 벌써 14년, 장성한 자식들을 보여주고 싶었다. 그동안의 고생이 헛되지 않았다는 가슴 뿌듯한 심정이기도 했다.

좀더 듣고 싶어 아내는 이것저것 시누이에게 물었다. 이미 60대에 다가섰을 남편의 모든 근황이 궁금했다. 그러나 여인은 "오빠는 잘 있다. 공장에서 기술지도 책임자로 일하고 있다"는 말뿐이었다. 그러면서 여인은 "위대하신 수령님 은혜로 행복하게 살고 있다"는 한 마디를 잊지 않았다.

그 한 마디에 아내의 가슴이 섬뜩했다. 비로소 제정신이 든 기분이었다. 시누이의 정체는? 서울엔 어떻게 왔으며, 목적이 뭔지, 아주 온 건지, 잠시 들른 건지 모두가 알 수 없는 일이었다. 여인은 긴 말을 하지 않았다. 짐작컨대 서울에 온 '목적'은 있는 것 같았다.

그로부터 여인은 사내동생과 올케집을 번갈아 드나들며 숙식을 했다. 어떤 때는 하루이틀 '외박'을 했다가 다시 나타나곤 했다. 뭔가 바쁜 것 같기도 했다.

올케에게 고뇌의 나날이 시작되었다. 차츰 공포와 불안의 눈으로 여인을 대하게 됐다. 여인은 틀림없이 남파간첩 — 어떻게 해야 할지 올케는 몰랐다. 동생도 마찬가지였다. 누이이자 간첩인 그녀를 경찰에 고발할 것인가 고민했다. 올케와 동생의 마음을 눈치챘음인지 여인은 어느 날 "내게 좋지 않은 일이 생기면 오빠의 신변안전도 보장 못하게 된다"고 했다.

올케와 동생의 고뇌는 바로 그 점에 있었다. 아내는 육감으로 여인이 건네준 남편의 편지내용이 결코 그이의 본심이 아니라는 걸 알고 있었다. 동생도 누이(여인)는 이미 북한의 지령대로 움직이는 사람으로 보고 있었다. 그렇지만 그들은 수사기관에 고발하지 못했다. 남편 그리고 친형의 신변을 염려한 때문이었다. 어쩔 수 없는 혈육의 정이었다.

몇 달 후 여인은 경찰대공 수사진에 의해 검거되고 말았다. 노상에서 고정간첩과 접선도중 일망타진된 것이 경찰이 단독으로 정보탐지해서 내사를 벌여온 결과였다. 올케나 사내동생의 제보가 있었던 것은 아니었다. 64년 가을철에 있었던 일이다.

당시 서울지검 공안당국은 납북인사 가족들이 북한의 대남 거점확보의 1차대상이라고 밝히면서 '인간의 심리적 취약점을 노린 악랄한 수법'이라고 지적했다. 북한은 납북인사들의 노동력 착취뿐 아니라 대남공작에도 이용한다는 것이었다(참고 — 올케와 동생에게 '불고지죄'가 적용됐으나 정상참작으로 올케는 불기소 처분, 동생은 재판결과 만 1년 6개월의 실형을 선고받고 복역했다).

6·25 당시 적치하 3개월의 남한 땅에서는 갖가지 민족의 비극이 있었다. 철사줄로 두 손을 묶인 채 뒤돌아보며 또 돌아보며 미아리고개를 끌려 넘어간(「단장의 미아리고개」 가사에서) 사람들은 적지 않았다. 가족들은 수복 후에도 자나깨나 내 남편 내 형제

가 '살아만 돌아오기를' 기원했다. 눈물의 세월이었다.

납치범죄는 형법상 살인 못지 않은 중벌이 과해진다. 인간의 생명을 볼모로 하는 비열한 수단을 쓰기 때문이다. 북한은 주저없이 비슷한 수단을 자행하고 있다. 14년 만에 나타난 여인은 "오빠는 무사하다"를 내세워 올케와 동생을 이용했다. 북에서 밀파된 여인은 남에 있는 오빠 가족에게 "내게 위험이 닥치면 오빠의 생명도 보장 못한다"는 협박을 했다. 여인은 분명 그 사람(납북인사)의 누이동생이다. 아무리 '자진월북'을 했을망정 오빠를 인질삼아 가족에게 접근, 공작활동의 은신처로 삼다니 가족 중심의 우리 사회에서 있을 수나 있는 일이던가.

굳이 옛날 얘기를 해보았다. 오랜 세월이 흘렀으니 북한도 이젠 달라졌을 것이라고 보고 싶어서였다. 동족간에 더이상의 비열한 수법은 필요없을 것이라고 믿고 싶었다.

그러나 한낱 기대에 그칠 것 같다. 북한의 세습체제나 최근의 도발행위로 미루어 그들은 여전히 수단방법을 가리지 않는 대남공작을 일삼는다고 볼 수밖에 없다.

북은 극심한 식량난에 허덕이고 있다. 북한을 도와야 한다. 굶주린 인민들에게 식량을 보내야 한다. 우리의 동포들이다. 문제는 그쪽 권력주변인물들에게 있다. 누구를 위한 그들의 존재인가?

〈1996. 10. 31〉

남북통일
— 그 많은 회담 무엇을 위해서였나

　한 농가집 사람의 전화신고로 동해에 침투한 북한잠수함 침투사건의 승무원 이광수는 우리측 군경수색대에 생포됐다. 유일한 '생포자'이다. 생포된 지 약 40일 만에 기자들 앞에 나타난 이광수는 체포당시를 회상하며 "농가 사람들이 경찰에 신고할 줄 생각해본 일도 없었다"면서 "농가에 전화가 있다는 것도 미처 몰랐다"고 했다.

　그 동안 남한을 보고 느낀 것에 대해 '이'는 "듣던 바와 전혀 딴판이다. 생활수준에 있어 북조선은 상대도 안된다. 귀순자들도 만나봤다"고 했다. 비로소 눈뜬 사람 같았다.

　63년 5월 IOC(국제올림픽위원회) 종용에 따라, 홍콩에서 남북단일팀 구성을 위한 양쪽 대표자회의가 있었다. 해방 후 처음 열린 남북간의 공식회담이었다. 각국의 홍콩주재 기자들이 회담장소인 '페닌슐러' 호텔에 밀려들었다. 물론 남쪽 기자들도 현지에 특파됐고 북에서도 '조선중앙통신' 김덕현 기자 등 3명이 왔다. 모두들 회담취재에 열중했으나 가장 바빴던 것은 한국기자들이었다. 한국기자들은 국제전화로 또는 전보로 송고하느라 북적거렸다. 그 때문에 호텔측 교환대나 외국전보수신국 직원들이 두 손을 들 지경이었다.

이상하게도 북한의 기자들은 한가롭기만 했다. 당일의 회담을 마친 남북대표의 공동기자회견이 있을 때 남쪽기자들이 남북대표 가릴 것 없이 가차없는(?) 질문을 쏟을 때에도 북의 기자들은 팔짱을 끼고 구경하듯 보고만 있을 뿐 질문하는 것을 볼 수 없었다. 대표들의 답변이 애매모호하면 한국대표에게도 남쪽 기자들은 "그게 무슨 뜻이오? 좀더 확실하게 말해주시오." 항의하는 듯 큰소리로 되물었다. 그럴 때면 북한기자들은 적이 놀라는 얼굴들이었다.

당시 우리측 기자들은 회담장소 근처인 '머린' 호텔에 투숙하고 있었다. 북측은 대표일행도 기자들도, 차로 약 15분 거리의 '만다린' 호텔에 함께 묵고 있었다. 저녁 때 저쪽 기자들을 전화로 불러내 남쪽 기자들이 "홍콩 사이드에 한잔 하러 가자" 했으나 대답은 으레 "지금 좀 바빠서……"였다. "송고하는 거요? 마감시간이 몇 시요?" 물으면 "기사분량이 많아서 시간이 꽤 걸릴 것 같다"는 아리송한 대답이었다.

회담이 없는 날 필자는 북의 수석대표이자 단장인 김기수(체육부 부부장)를 그의 호텔방(스위트룸)에서 단독 인터뷰하게 됐다. 호화스런 실내에 들어서자 안락의자에 깊숙이앉아 있던 김단장은 미소를 띠고 일어서며 "반갑수다" 손을 내밀었다. 응접탁자 위에는 몇 병의 고급양주와 아이스큐브, 안주접시 등이 보였다.

실내에는 '단장님의 수행원'이라고 자기를 소개한 남자 한 명이 있었다. 필자가 권한 '상록수' 담배(당시)를 두 사람에게 권하자 김단장은 한 모금 피우며 "맛 괜찮수다" 했고 '수행원'은 담배를 못한다며 사양했다. 인터뷰가 막 시작될 때 김덕현 기자가 나타났다. 그는 필자에게 "이선생이 왔다기에" 하며 반가운(?) 기색

을 보였다. 그는 필자에게 이기자, 이동무 혹은 이형 등의 호칭을
한 번도 쓰지 않고 늘 '이선생'이라고 했다. 인터뷰 시작과 함께
소형녹음기(일제)를 김단장 앞에 놓자 수행원과 김기자는 "그게
뭐요?" 하면서 잠시 만지작거렸다.

　회견이 진행되는 동안 북한 김덕현은 뭔지 열심히 메모하고 있
었다. 필자가 "이건 특종 취재인데, 김형, 남의 특종기사를 새치기
하려는 거요?" 농을 걸자 그는 어리둥절한 표정이었다. '특종'이
란 말의 뜻을 몰랐던 것이다.

　남북회담은 아무런 성과없이 약 20일 만에 끝나 서로가 일단 헤
어졌다. 두 달 후인 7월에 다시 같은 장소에서 같은 얼굴들이 마
주앉아 2차회담을 열었으나 역시 진전을 보지 못했다. 그러다가
또 몇 달 후 이번에는 IOC 본부가 있는 스위스 '로잔' 시에서 '브
런디지' 위원장(미국인·사망) 주재 아래 세번째 회담을 가졌다.
회담은 그러나 '완전결렬'되고 말았고 다시 만날 가망이 전혀 없
게 됐다. 결렬 직후 '브런디지'는 "결렬책임은 남북 어느 쪽에 있
다고 보는가?"라는 필자 질문에 "남북 모두가 자기 주장에 한치의
양보도 안한다"고 말할 뿐이었다. "단일팀 구성은 아주 불가능하
다고 보는가?" 계속 질문하자 "그건 나보다 남북대표들에게 물어
보기 바란다"는 대답이었다. '브런디지'의 답변은 남북한은 하나
로 뭉칠 줄 모르는 사람들이라는 것처럼 들렸다.

　71년 가을 분단 26년 만에 남북가족찾기 적십자예비회담이 판
문점에서 열렸을 때 남쪽신문들은 한결같이 "안녕하십니까" —
"안녕하십니까"라는 제목을 달아 남북대표들의 악수교환장면을
크게 보도했다. 다소 감상적인 편집이었지만 그런 대로 분단민족
의 온갖 감회를 잘 나타냈다. 이산가족의 만남은 민족의 염원이
아니겠는가.

"······홍콩회담 때의 김덕현 기자가 지금 예비회담의 부단장 자격으로 우리 대표들과 마주앉고 있다. 많은 기자들이 몰려들었다. 북쪽 기자들도 적지 않다. 북한 기자들을 볼 때마다 심정이 착잡해진다. 지금 이 순간 북한 인민들은 과연 얼마만큼 이산가족찾기 '남북회담'의 진행상황을 알고 있을까? 판문점 예비회담에서, 대한적십자가 제의한 내용을 북쪽 신문·방송들은 전혀 보도하지 않고 있다. 인민들이 알지 못하는 회담 앞날에 어떠한 성과를 기대해야 좋을지 모르겠다."(71. 10. 15『동아일보』횡설수설 요약)

지금은 96년 11월 — 그때의 남북적십자회담이 있은 지 어느덧 25년의 세월이 흘렀다. 그동안 남북간에 여러 명목의 회담이 열렸다. 총리급회담도 있었고 정상회담(김영삼 — 김일성)도 실현될 뻔했었다. 극소수나마 이산가족들의 상봉도 있었고 일부 체육경기(탁구·축구)의 단일팀도 구성됐었다.

그럴 때마다 좀더 큰것(통일)이 이뤄질 듯도 싶었으나 현실은 그게 아니었다. 통일은커녕 서울 불바다, 핵폭탄 제조설, 노동 1호(2호까지) 미사일 시험발사 등······한반도에 심상치 않은 분위기가 가끔 감돌았다.

그러던 북한이 극심한 식량난으로 한·미·일의 동정어린 관심을 받아오더니 별안간 잠수함 침투사실이 발각돼 남북간의 긴장이 또다시 고조됐다. 북은 잠수함이 우리측에 나포되자 엉뚱하게도 백 배, 천 배의 대남보복 운운하며 또 으르렁거리기 시작했다.

생포된 이광수는 북한의 도발이 끊이지 않는 이유를 "전쟁이 나면 북조선이 꼭 이긴다는 승리의 확신이 있기 때문이다"라고 했다. 인민들도 그렇게 믿는다고 했다. "회담을 백날한들 무슨 소용이 있겠는가" — 어설픈 생각이 든다.

〈1996. 11. 7〉

북한사회, 우리들의 수치이다
— 한 가족 17명의 탈출을 보고

전·노 두 전직 대통령 등의 2심(서울고법) 판결이 났다. '전' 피고는 사형에서 '무기'로, '노' 피고는 22년 6월에서 '17년'으로 감형됐다. 전씨의 경우 상고심 확정판결(사형)이 내려진 후 대통령 사면조치가 있을 것이라는 '언론관측'이 또 빗나간 것 같다.

지구 곳곳에 분쟁지역이 있다. 국가간 또는 지역간에 크고 작은 분쟁이 그치지 않는다. 그러나 오늘의 한반도처럼 국토가 분단된 채 평화도 전쟁도 아닌 상태로 대치하는 나라는 없다.

독일도 베트남도 분단국가의 비극을 벗어났다. 왜 한반도는 반세기가 넘도록 분단된 상태인가. 주의사상이나 정치체제의 차이 때문인가? 사람들은 "애당초 북에 무슨 주의사상이 있다는 거냐?"고 한다. 북한이 즐겨 주창해온 '주체사상' '유일사상' 등은 과거의 공산국가들(소련·동구 각국)도 이해하지 못하는 그야말로 '우리식대로'일 뿐이라는 것이다.

북한 특유의 세습왕조와 그를 에워싼 특권계층은 전세계에 한반도의 수치를 보이고 있다할 수밖에 없다.

한 가족 17명이 북한탈출을 결행, 중국대륙과 홍콩을 거쳐 마침

내 서울에 도착했다. 임신 7개월의 임산부를 비롯 61세의 중풍환
자와 3세, 5세의 꼬마들까지 긴 일가족 17명이 '두만강'을 건넌
지 44일 만에 서울땅을 밟게 됐다. 상상을 초월하는 일대 '탈출
드라마'이다.

왠지 어릴 적 읽은 「엄마 찾아 3만리」가 생각났다. 소년장편소
설 『쿠오레』(Cuore) 중의 한 이야기로 기억되는(착오이면 용서바
람) 「엄마 찾아 3만리」는(왜정 때 제목 「어머니 찾아 3천리」) 많
은 소년소녀들의 가슴을 울렸다.

44일간에 걸친 결사의 탈출극에 왜 「엄마 찾아…」가 떠올랐을
까. 줄거리도 시대배경도 다르지 않는가. 그러나 — 어딘가 공통
점이 있어 보였다. 엄마를 꼭 찾겠다고 머나먼 길에 나선 소년, 굶
지 않을 곳을 꼭 찾아가겠다는 한 가족 17명……보다 나은 세계를
찾는 그들의 집념은 우리에게 감동을 안겨준다. 인간의지가 얼마
나 강인한가를 가르쳐주고 있지 않은가.

새삼 '북한'이라는 곳을 생각해본다. 어떻게 된 사회이며 그 안
에서 무슨 일이 벌어지고 있나 궁금해진다. 탈북가족들은 붙잡힐
경우에 대비, 각자 극약을 품고 있었다고 한다. 발각되는 순간 어
린 것들은 부모가 음독케 할 각오였다. 그들은 왜 그토록 비장한
각오를 할 수밖에 없었나? 거기에 한반도의 비극이 있다.

북한의 식량난은 널리 알려진 사실이다. 아사자가 생겨날 정도
라고 한다. 그같은 사정인데, 먹을 것 찾아 탈북을 기도했기로 그
게 뭐 그리 큰 죄악이라고 북한은 국경감시를 강화해가면서 꼭 붙
잡으려는 건가.

'쿠바'의 경우를 보라. 94년 8월 '쿠바' 탈출 난민들이 해상을
통해 그칠 새 없이 '플로리다' 주로 밀려들었다. '쿠바'는 독재자
'카스트로'가 지배하는 공산국가이고 북한과는 끈끈한 동맹관계

에 있다. 서로가 상대방을 사회주의 모범국가라고 추켜세우고 '지상낙원'을 이뤘다고 찬양도 한다.

그들 사이에는 그러나 한 가지 다른 점이 있다. 카스트로는 국외탈출자들을 철저히 단속하지 않았다. 사회주의 '시범국가'의 체면·위신이 있을 법도 한데, 카스트로는 미국을 향하는 탈출자들을 보고도 못본 체, 알고도 모르는 체 거의 방임했다. 왜? 충분히 먹이지 못하는 형편에 먹을 것 찾아 빠져나가려는 사람들을 잡아가둔들 어쩌겠느냐 해서였다. '카스트로'에겐 동족에 대한 일말의 인간성이 있었나보다.

북은 어떠한가? 탈북자가 늘어나자 국경지대 감시를 한층 강화하고 중국 당국에는 이탈자 단속에 협조해줄 것을 강력히 요구하고 있다. 어쩌자는 건가? 굶주린 인민들을 붙잡아서 어떻게 하겠다는 건가? 피도 눈물도 없는 비인도적 처사이다. 남들(외국들) 보기에 우리 민족의 수치가 아니겠는가?

비슷한 수치감을 전에도 느낀 일이 있다. 작년 4월 북·미간의 국제전화가 개통됐을 때다. 그때의 감상을 옮겨본다.

"……한반도는 지구상 유일한 분단국가이다. 그렇기로서니 북·미간의 국제전화가 개통된 마당에 바로 눈앞의 동족끼리는 여전히 전화통화조차 불가능하다는 건 제3자(국)들 보기에도 이상한 일이 될 것이다. 동족끼리 뭘 그리 원수지간처럼 그러느냐고 비웃을는지 모른다.

생각만 있다면 당장이라도 남북간 민간전화개통이 실현될 텐데 현실은 그게 어느 세월에나 이뤄질지 까마득한 실정이다. 북·미간의 전화개통은 우리로서 창피하고 부끄러운 일이다."(95년 4월 필자 칼럼에서)

'4자회담' '북·미접촉' 등 낯익은 용어들이 쉴새없이 들린다.

한반도 평화에 도움이 된다면 무슨 회담이건 누가 마다하겠는가. 그러나 그에 앞서 우리들 한민족은 남들이 함부로 넘볼 수 없는 '부끄럽지 않은 민족'이 돼야 하지 않을까? 남북간의 전화불개통은 분명 우리의 수치이다. 북이 좀더 깨닫는 바 있으면 좋겠다.

전직 대통령들이 피고인으로 또는 증인(최규하)으로 법정심문을 받을 때 정치권 일각과 일부 언론은 "나라꼴이 말이 아니다. 외국이 한국을 어떻게 보겠느냐. 창피하다"고 했다. 그런 말에 어쩐지 납득이 안 간다.

부정부패사회를 조장한 장본인들이라면 전대통령이건 장관이건 재벌이건 은행장이건 법대로 처리하는 것을 보고 외국은 도리어 '한국은 살아 있다'는 인상을 받을 것이라고 생각한다. 그들이 구속됐다 해서 결코 나라 수치는 아닐 것이다.

북한 — 북은 달라져야 한다. 북한에서도 세습왕조나 특권계층이 재판에 회부되는 날, 그런 날이 온다면, 진정 한반도의 모습은 새로워진다.

꿈인가? 비록 꿈일지라도……새해에 걸어보고 싶은 민족의 꿈이기도 하다.

〈1996. 12. 19〉

어떤 가상 ─ 황장엽 비서와 김정일

황씨 망명의 행선지가 밝혀졌다. 이른바 '제3국'인 필리핀에 도착, 모처에서 보호중이라고 한다. '라모스' 대통령도 황비서의 안전을 공식확인했다.(19일 아침 TV 보도)

지난 6일 이런 보도가 있었다. "……중국측 종용으로 '베이징'에 도착한 남북한 협상팀이 비밀리에 접촉중인 것으로 알려졌다. 북한은 그간 중국을 통해 황씨 망명용인조건으로 30만 톤의 곡물을 남한측에 요청해왔다."(본국지 외신 참조)

작년 가을에 읽은 일본소설 「김정일 암살지령」(94년 6월 발행)이 생각난다. 제목만 봐선 김이 암살지령을 내린 것 같지만 내용은 정반대, 김정일을 암살하려는 움직임에 관한 것이다. 놀랍게도 김정일 제거를 결심한 사람은 다름아닌 아버지 김일성 ─ 당돌하고 황당무계한 소설이었다. 줄거리를 대충 말해본다.

1993년 서울 ─ '안기부' 아시아국 차장 안모는 직속상사인 국장 지시로 그날 오후 '홍콩'으로 가야 했다. 국장은 "오늘 아침 중국 '국가안전성(省)'으로부터 전화가 있었다. 급히 협의할 일이 있으니 믿을 수 있는 사람을 보내달라고 요청했다. 장소는 '홍콩'

시내 X호텔 605호실, 시간은 내일 오후 3시, 중국측은 양덕평(揚德平, 소설 이름) 안전성 차장을 보낸다고 했다"는 것이다.

두 사람은 다음 날 제시간·제장소에서 만났다. 둘은 구면의 사이였다. 양이 용건을 꺼냈다. "이번 일은 우리 나라 최고지도자(鄧小平)가 직접 지시한 겁니다. 실은 북조선 김일성 주석이 얼마 전 우리 지도자 의향을 타진해온 것이 있어 그분은 즉각 우리에게 방 안작성을 지시했습니다. 그분께서는 김주석 뜻을 이루어주라는 것이고, 한국과도 협의하라는 것입니다. 안동지, 나와 함께 온 북한사람을 소개하겠습니다."

양차장은 다른 방에서 한 노인을 데리고 왔다. 학자풍인 그 얼굴을 안차장은 '안기부' 북한자료사진에서 본 기억이 났다. '양'은 "김일성 주석의 최근 최응진 동지입니다"라고 소개했다. "우리의 회합장소로 홍콩을 택한 것은 각국 정보원 특히 북조선 공작원들의 눈을 피하기 위해서입니다. 최선생 동태는 쉽게 그들 눈에 띌 것입니다"라고 했다

최고문(김일성 최고고문)이 입을 열었다. 진지한 표정이었다.

"김일성 주석은 공화국(북한)의 핵무기나 미사일개발 등에 반대 입장입니다. 막대한 예산이 소요될 뿐 아니라 개발한들 도리어 공화국 안전이 위협받게 될 것이라고 생각하는 거죠. 그러나 불행히도 김주석은 개발사업을 중지시킬 힘을 사실상 잃은 상태입니다. 정일 동지가 군과 당의 실권을 장악, 그의 뜻대로 움직이고 있습니다."

"작년(92년)까지만 해도 정일 씨는 김주석에 충실한 듯 보였습니다. 그러나 작년 가을 주석께서 산책중 넘어져 약 한 달 동안 정양하셨을 때 정일 씨 독주가 표면화되기 시작했습니다. 올해 3월 NPT 탈퇴가 한 예입니다. 나중에 그 사실을 안 김주석이 대노, 아

들을 크게 꾸짖었으나 정일은 '지도자인 내가 하는 일에 일일이
참견하면 나는 뭡니까!' 라고 반발했습니다. 그때 주석께서는 큰
충격을 받았지요. 심장약화에 혈압이 높은 80줄의 김주석에게 감
정격화는 절대 금물입니다."

잠시 말을 멈춘 최노인은 "김주석은 '정일이가 공화국(북한)을
망치려 든다'는 심정을 토로한 일이 있습니다. 아들을 후계자로
지목, 권력을 넘겨준 것을 후회한 거죠. 아들에 대한 김주석의 불
안은 벌써부터 싹튼 것이라고 생각합니다. 83년의 '아웅산' 테러
사건, 87년의 '대한항공기' 폭파사건 등 무모한 대남공작으로 국
제여론이 악화되고 공화국이 테러 국가로까지 지목되지 않았습니
까. 김주석은 무력통일의 불가능함을 알고 있었습니다. 특히 88년
의 서울올림픽과 89년의 동구 공산국가들의 붕괴, 중국의 개방정
책 등 국제정세 변화로 주석은 '남북평화공존'의 길을 모색하게
된 것입니다."

최고문은 이런 말도 했다.

"김정일은 핵무기와 미사일 개발에 열성이 대단합니다. 그는 지
금 90년 후반께 사정거리 2천km의 미사일을 제조, 핵탄두를 장착
시킨 무기생산을 꿈꾸고 있습니다."

별것 아닌 소설 내용을 장황하게 늘어놨다. 이유가 있다면 오늘
의 김정일은 과연 어떠한가, 가상해보는 때문이다.

김일성이 사망한 지도 3년이 돼간다. 지금 김정일의 마음은 편
안한가? 주변인물들의 충성심은 틀림없는 건가? 여전히 무력통일
을 꿈꾸고 있나? 자신의 신변에 불안을 느껴본 일은 없나? 식량난
가중과 탈북자 증가는 누구의 책임으로 돌려야 하나? 잠수함 침
투는 과연 필요한 일이었나? 아버지 김일성 없는 오늘의 입장에
'고독감'을 가져본 일은 없나?

황장엽 비서 망명은 결코 '위장망명'이 아니라고 본다. 그는 분명 북한 실정에 환멸을 느껴 망명했을 것이다. 다만 — 북한 실체는 무엇이며 정책결정은 누가 하는 건가? 북·미간의 접촉은 북의 미국 이용인가, 미국의 북 이용인가?

진짜 궁금한 것이 있다. 가상이지만 — 74세의 황장엽 비서와 김정일 사이에 그 어떤 사전교감은 없었던가?

〈1997. 3. 20〉

또다른 가상 — 황장엽이 서울에 도착하면

94년 7월 사망하기 얼마 전 김일성은 주석궁에서 아들 정일과 또 의견이 대립됐다. 모처럼 실현되는 '남북정상회담'을 앞두고 김일성은 남조선 대통령이 평양에 오면 '백만인민환영대회'를 열자고 했으나 정일은 안된다고 반대했다.

김일성은 북조선의 통일염원 의지를 내외에 선전하려 한 것이었고 정일은 그같은 인민대회는 자칫 남조선과 외국이 착각할 염려가 있을 뿐 아니라 반동분자들의 책동으로 뜻밖의 사태가 발생하면 큰일난다고 했다.

그날의 언쟁 이후 김일성은 몸져 눕게 됐다. 평양인민들마저 믿지 못하는 정일은 '통치자'로서의 능력이 없다고 판단한 때문이었다. 부자간에 의견이 맞선 자리에는 당비서 황장엽만이 배석하고 있었다(TV 보도에서).

74세의 황비서는 지금 '제3국' 필리핀 당국의 보호를 받고 있다. 멀지 않아 서울에 도착할 것으로 보인다.

황씨 망명은 처음부터 세계의 주목을 받았다. 그는 김일성의 신임이 두터운 측근인사였고 당서열도 또한 높다. 정일을 어려서부터 가르친 경력도 있다. 이른바 주체사상이론 창시자이기도 하다.

그러한 그의 망명은 그 동기에 갖가지 억측을 낳게 했다. 억측은 아직도 무성하다. 북한체제가 머지않아 붕괴되리라고 점치는 사람들도 있지만 그것이 곧 황비서 망명동기라 보기엔 어딘가 부자연스럽다. 황비서는 주중 한국대사관을 통한 간접적 의사표명에서 "나의 행동을 북에 있는 내 가족들도 미친 짓으로 볼 것이다"고 했다. 망명을 결행한 것은 체제(북한) 앞날에 절망을 느꼈고 그래서 더욱 한반도의 평화와 민족의 행복을 바라게 된 때문이라고 했다.

그가 말하는 북한체제란 무엇일까? 지난 2월 14일자『한국일보』로컬 1면 톱기사 요지를 인용해본다(기사에는 95년 방북 황비서와 대화를 나눈 LA 교포실업인 '백영중'의 말이 인용됐다. 이하 '백'씨 발언 요지).

"……황씨는 김일성 사망 후에도 여전히 북한 실세이다. 그는 김정일과 독대를 수시로 할 수 있는 사람이다. 한국전 당시 모스크바 대학에 유학중이던 황비서는 일본서 공부한 부인과 함께 김정일 집에 드나들며 역사·철학 등을 가르친 '스승'이자 정일의 오늘을 있게 한 이념적 후견인이기도 하다." — '백'씨는 사견임을 전제 "황장엽 비서 망명이 단순한 망명인지 체제붕괴를 막기 위한 고도의 전략인지는 알 수 없지만, 김정일은 기존 채널을 통해서는 자신이 하고 싶은 말을 마음대로 할 수 없어 다른 방법으로 자기 생각을 조심스레 한·미·일 등에 전달하려 했는지도 모른다"고 말했다고 한다.

황씨 망명은 이른바 '위장망명'은 아니라고 본다. '백'씨 말처럼 고도의 전략이라면 그것은 도리어 북한권력층 내부의 암투를 직감케 할 뿐이다.

　교조적 존재였던 김일성의 후광을 잃은 지도자 김정일은 어느
새 공룡처럼 커진 측근세력에 실질적인 지도력을 상실했다고 볼
수도 있다. 북한 집권세력간의 대립이 생겨도 이럴 수도 저럴 수
도 없는 허울만의 지도자가 아닐는지.

　정일에게 김일성과 같은 카리스마는 없다. 얼핏보아 자기 측근
세력들이 '지도자 김정일'을 떠받드는 것 같지만 그들은 결국 자
기들 권력유지에만 급급한 무리라고 정일은 깨달았는지 모른다.

　황비서 망명에 대한 북의 반응은 그들 특유의 획일성을 완전히
잃은 인상이다. 처음엔 "남조선이 납치해간 것이다" "보고만 있지
않겠다"며 '엄청난 보복' 운운의 으름장이었다. 다수의 북한요원
들로 하여금 한국대사관 건물주변을 둘러싸기도 했다. 그러다가
갑자기 "변절자는 갈 테면 가라"는 소리를 하기 시작했다. 베이징
에서의 황씨 탈환이 불가능함을 깨닫자 황씨의 '배신'을 김정일
이 애써 과소평가하려는 것 같다고 언론들은 보도했다. 진짜 속셈
은 아무도 모를 일이다.

　황씨는 작년 가을께부터 망명할 뜻을 남한 모기업인에게 내비
쳤다고 한다. 아무리 믿는 사람이기로 북쪽 사람이 그런 뜻을 섣
불리 남쪽사람에게 표명할 수 있을까? 황씨는 재일본 '조총련'과
의 회합 참석 후 '베이징'에서 망명했다. 장소가 일본 아닌 중국
이었다는 것이 미묘하다. 한반도를 에워싼 그의 '국제감각'을 알
수 있을 것 같다.

　지금 김정일은 핵무기와 장거리 미사일개발을 거의 포기한 상
태라고 본다. 그런 것 개발해봤자 중국도 러시아도 달갑지 않게
여길 것이고, 일본의 재무장을 촉진하는 원인이 될 수도 있다. 뿐
더러 언제 어디서 날아올지 모를 미 잠수함 발사의 핵미사일 한방
이면(잠수함당 12기 보유 — 82년) 북한지역은 그야말로 '불바

다' 가 된다. 김정일은 이제사 그걸 깨닫게 된 게 아닐까?

북한은 무엇보다도 식량난·물자난부터 해결해 나가야 한다. 북한은 외화부족을 메우려고 그간 달러 위조, 마약 재배, 해외공관의 밀수행위 등 안간힘을 다해봤지만 국제여론의 지탄대상이 됐을 뿐이다.

북한이 살아남는 길은 개인숭배의 폐쇄사회를 개방하는 것뿐이다. 그러나 그러자니 체제붕괴의 위험을 염려하게 된다. 그래서 4자회담에 관해서도 그들 권력층끼리 찬반양론으로 대립, 그럴수록 김정일은 빼도박도 못하는 입장일 것이다.

그는 옛 스승이자 자기들 부자의 측근인 황장엽 당비서를 마지막 카드로 사용했는지 모른다. 황비서가 서울에 들어가면 미국·중국·일본·러시아 그리고 남한에도(당파싸움에만 정신 파는 불안한 곳이지만) 모종의 메시지 전달역할을 할 수 있다고 생각했는지 모를 일이다.

황비서는 중국을 떠나는 지난 19일 자기는 "진정 한반도 평화와 민족의 행복을 바란다"고 거듭 말했다. 그는 남조선 학생들의 반정부 시위를 이해할 수 없다고도 했다.

황비서는 머지않아 서울에 도착할 것이다. 서울에서의 황씨 언동은 내용에 따라 파장을 불러일으킬 것 같다.

남북문제에 또다른 가상이 뒤따른다. — 두고 볼 일이다.

〈1997. 3. 27〉

흐트러진 보안태세
— 정치풍토에 원인 있다

'황장엽 기자회견'이 신문과 방송에 크게 보도됐다. 국내는 물론 외국서도 보도했다.

회견에서 비로서 밝혀진 게 하나 있다. 소위 '황장엽리스트'란 전혀 없다는 사실이다. 황씨 자신 그런 말 한 적도 없고 정부측에서 내비친 일도 없다고 한다.

그간 얼마나 자주 리스트 운운했었던가. 특히 정계와 언론에서 그런 말이 무성했다. 야당은 황장엽리스트의 정치적 악용을 경계한다고 했고 언론은 이에 맞장구치듯 했다. 그 바람에 국민들도 '리스트'라는 것에 관심이 쏠렸다.

이번 회견으로 이번에는 '파일'(File)이란 용어가 새로 등장했다. 야당은 또다시 '황장엽파일'의 정치적 이용가능성을 경계하고 있다는 보도가 나왔다. 왜 꼭 그런 생각부터 하는 건지. 한국적 비극이자 희극을 보는 기분이다. 여야의 상호불신이 그쯤됐나 쓴웃음이 났다.

기자회견 날짜 하나 정하는데도 관계당국이 매우 신경을 썼다는 기사도 있다. 요약해서 소개해본다(12일자 샌프란시스코 『한국일보』 3C).

"……기자회견이 너무 늦어지면 대통령선거가 임박해서라는 오해를 받을 것 같고 그렇다고 황비서를 한국에 넘겨준 중국의 입장을 고려하면 너무 서두를 수도 없고……당국은 회견날짜를 잡았다가도 때마침 '국민회의'와 '자민련' 측 대표들의 국회연설과 겹치는 바람에 두 차례 연기한 일도 있다. 그런가 하면 미국은 4자 예비회담(8월 5일 예정)에 끼칠 영향을 고려 회담 이후로 회견을 미뤄달라고 요청한 일도 있다. 당국은 이래저래 곤욕을 치렀다."

당국의 입장을 알 만은 하다. 알만 하지만 어째서 그렇게까지 이것저것 신경써야 되는 건지.

황비서 회견은 우리에게 새삼 경각심을 불러일으켰다. 북한에 관한 비슷한 말은 과거에도 들어왔지만 북한 권력서열 21위이자 인민회의의장까지 지낸 74세의 황씨 발언은 귀담아 듣기에 충분했다. 황씨는 "……답답하게도 남한 사람들은 북의 전쟁준비에 무관심해 보인다. 북한은 남한의 내부와해를 획책, 꾸준히 대남공작을 해왔다. 그같은 사실이 몇 차례 발각됐는데도 남한은 그런 일 다 잊은 듯 태평한 것 같다. 남한에서 걸핏하면 데모와 파업하는 걸 보고 개탄했었다. 남한 사람들은 북에 대해 무감각하고 무지하다. 그 틈에 북한 간첩들은 제집 드나들듯 남한을 왕래하고 있다"고 했다.

황비서는 남한의 발전은 필경 북한 인민들에게 도움이 된다고 하면서 남쪽의 단결을 강조, "나는 대한민국 군과 안기부 그리고 정부가 강해져야 한다고 생각해왔다"고 했다. 바로 이 대목이 야당과 일부언론의 오해를 샀다.

오늘의 한국정치 풍토로 미뤄 누가 감히 정부나 안기부 강화를 입밖에 낼 수 있겠는가. 그런 소리 섣불리했다간 야당과 재야단체를 비롯 지식층인사 일부나 언론으로부터 일제히 두들겨 맞을 것이다.

회견 석상에서 어느 기자가 질문했다. "황선생은 망명 전에 작성했다는 서한에서 '남한은 군과 안기부·여당을 강화해야 한다'고 했는데 이 서한은 직접 쓴 겁니까? 그렇게 쓴 동기는 무엇이며 외부인사의 도움은 없었는지요?" ― 얼핏 들으면 '외부인사'가 바라는 대로 쓴 것이 아니냐는 말 같았다.

황씨 망명 당시 정치인들 반응이 생각난다. 그때 야당에서는 10개항의 의문점을 제기했다. 황씨 서한은 정부기관(안기부)이 시키는 대로 작성된 것이 아니냐고 했다. '위장망명'일지 모른다는 소리도 있었다. 황씨를 정치적으로 이용할 우려가 있다는 말도 나왔다. 무슨 '알레르기' 증세처럼 '정치적 이용'에 신경을 곤두세웠다.

황씨 회견은 끝났다. '황장엽리스트'란 말도 사라졌다. '위장망명'설도 쑥 들어갔다. 그런데도 '정치적 이용'이란 소리는 여전히 나돈다. '리스트'는 없어도 '파일'이란 한마디 때문에 정치적 이용가능성을 미리부터 걱정하는가보다.

왜 그토록 정치적 이용을 걱정해야 하나? 정부·여당이 황씨파일에 등장한 인물들의 덜미를 잡아 꼼짝달싹 못하게 할 것 같아서인가? 그렇다면 정부는 규탄받아 마땅하다. 그같은 행위는 군사독재정권 때 정권유지수단으로 악용됐던 것이 아니겠는가.

그러나 반면에 간첩사건에 관련됐거나 이적행위가 판명된 사람을 수사한다 해서 그걸 '정치적 이용'이라고 본다면 그 또한 비정상적이다. 야당이 떠들수록 까딱하다간 '제발이 저려서'라는 국민의 오해를 받을 염려가 있다.

한때 '민주인사'니 '공안정국'이니 하는 말이 자주 들렸었다.

'한때'가 아니라 요즘도 들린다. 지난 4월 21일 모재야단체는 황 씨 '리스트' 설과 관련, 다음과 같은 성명을 발표한 일이 있다.

"황장엽 씨 망명이 단순한 '도피'인지, 통일을 위한 것인지 정 부는 그의 망명성격부터 규정짓고 진상을 공개하라. 황의 진술만 갖고 공안정국 분위기를 조성, 민주인사들을 구속하는 사태가 벌 어진다면 절대 용납할 수 없다"고 했다.

공안정국이란 무엇인가? '민주인사'란 어떤 사람들을 말하는 것인가? 우리는 과거 어느 목사가 평양에서 김일성을 만나는 모 습을 보았다. 그 목사는 평화통일문제를 진지하게 의논하기 위해 서였다고 했다. 한 여대생은 평양에서 주먹손을 치켜들며 이북학 생들과 통일을 함께 외치기도 했다. 목사도 여대생도 다른 명목으 로 출국, 여러 경로를 거쳐 입북했었다.

그들이 서울에 돌아오자 '민주인사'로서 환영하는 사람들이 있 었다. 그들이 구속됐을 때 한 월간잡지에는 '자나깨나 겨레사랑과 통일밖에 모르는 사람'(목사)과 '하나가 된 조국을 염원했던 학 생'(여대생)이 시대의 사슬에 얽혀 감옥살이를 한다는 내용의 글 이 실렸다. 언론계 인사의 글이었다.

감상과 낭만에 젖은 글이라고 필자는 보았다. 그게 도리어 정치 적 시각에서 비롯된 글이라고 보았다.

〈1997. 7. 17〉

대북원조는 자신의 마음가짐부터

― '우리민족서로돕기운동'의 허와 실

"……한반도 비무장지대 총격사건을 계기로 미국 의회 내에 대북 강경기류가 거세지기 시작했다. 특히 공화당측과 일부 민주당 의원들은 클린턴 행정부의 대북 유화정책에 불만을 나타내 대북원조를 제한 또는 금지하는 법안을 제시했다." (후략)

60년대만 해도 우리에게 절량농가(絶糧農家)란 말이 있었다. 해마다 춘궁기엔 아사자가 발생하기도 했다.

사람이 제때에 먹을 것을 못 먹고 굶주림 끝에 죽는 것처럼 비참한 일은 없다.

"……북한동포들이 굶주림과 병마에 시달려 죽어가는 사실을 알면서도 그들을 살려내는 일에 최선을 다하지 못한다면 우리 자신 인간성이 마비된 사람이 아니라고 말할 수 있겠는가. 북한 동포들의 고난을 덜어주기 위해 식량뿐만 아니라 비료나 헌옷가지 등을 보내는 일에 전국민이 참여해야 된다고 나는 확신한다." ― 한국의 강모 원로목사가 「아침을 열며」라는 기고문(신문)에서 한 말이다.

강목사님 말씀은 백번 옳다. 그분의 '확신'에 이의를 제기할 사람은 없다.

지금 한반도 내외에서 우리민족서로돕기운동이 한창이다. 본국을 비롯 해외 교포들도 이에 참여하고 있다. 미·일 등 외국에서도 대북 원조에 동조하고 있다. 이미 대한적십자사나 UN 기구를 통한 식량원조 등이 북한에 송달됐고 앞으로도 계속 보내질 예정이다.

전세계가 북한 사정을 그쯤 긴박하고 절실한 것으로 보고 있다. 때문에 원조의 손길을 뻗치고 있다. 사상과 체제를 초월한 것이기도 하다.

북한을 알다가도 모르게 될 때가 있다.

최근 북한은 옥수수 1천30여 톤을 일본에 '수출' 했다. 수출한 옥수수는 외국에서 지원받은 것 중에서 빼돌린 의혹이 짙다는 보도가 나왔다.

외화사정이 극도로 악화된 때문인 것 같다는 해설기사도 있었다. 그렇기로서니……하게 된다. 옥수수는 사람의 식량이 될 수 있다. 아무리 다급한 사정이 있기로 북한 처지에서 먹는 문제 이상 다급한 것이 또 있었던가.

북한에서 배급제가 무너진 지도 오래된다. 2백 내지 3백만 명의 어린이들이 영양실조로 발육부진 상태라는 북한이 먹을 것을 외국에 수출했다는 사실을 우리는 어떻게 봐야 하나. 북한의 진짜 얼굴이 무엇인지 분간하기 힘들게 된다.

그뿐인가. 북한은 지난 16일 군사분계선(MDZ)을 침범, 국군에게 포격까지 가하는 등 교전을 벌여왔다.

또 그짓인가 싶다. 교전상태로 인해 '서울시민들도 놀랐다'고 한다(『한국일보』17일자 사회면 '톱').

얼마 전 북한은 우리 함정에 함포사격을 가해온 일도 있다. 작년 가을에는 동해 앞바다에서의 잠수함 침투사건도 있었다. 대체 어쩌자는 건가?

그간 한국은 도합 15만 톤의 쌀을 북한에 보냈다. 최근 대한적십자사는 육지 경유(중국)의 애로를 무릅쓰고 옥수수와 라면 등을 보내고 있다. 7월 말까지 5만 톤을 보내게 된다.

그런데도 북한 당국은 단 한 번도 '감사하다'는 공식적 의사표시를 한 일이 없다. 감사는커녕 태극기 대신 인공기 게양을 강요한 일이 있고 선장이 감금된 일도 있다. 그러고도 무력도발까지 일삼는다. 꼭 감사표시를 기대는 건 아니지만 무력도발만큼은 해도 너무하지 않은가?

잠깐 한국의 식량실정을 말해본다.

미국 '세계식량 · 환경문제연구소'의 브라운 소장은 96년도 한국의 곡물자급률은 27%에 불과하다고 밝힌 일이 있다. 다시 말해 한국에서의 곡물소비량의 73%는 수입에 의존해야 한다는 것이다.

여기서 말하는 곡물이란 쌀과 밀 · 콩 그리고 사료용 곡물 등 모두를 포함한다. 쌀은 넉넉하리라고 우리는 생각해왔다. 그렇지만 각종 곡물의 73%를 수입하고 있다니 어리둥절하게 된다.

곡물수입으로 한국은 96년도에 약 1백9억 달러를 소요했다는 사실도 판명됐다. 1백9억 달러는 한국의 한해 무역적자 액수의 절반 가량이 된다. 한국은 결코 식량이 남아도는 나라가 아니다.

남한사회에도 절박한 사정은 있다. 2주 전 이곳 한국 TV의 본국 뉴스는 충격적인 사실을 전했다. 서울 '파고다' 공원에서 소일하는 노인들 중에는 형편상 점심끼니를 거르는 사람도 있다는 것이다. 딱한 사람들이 있다는 사실보도였다.

실정이 그럴진대 일부에서 동포애나 인도주의를 너무 앞세워 떠들지 말라는 것 같았다.

결코 북한을 돕지 말자는 뜻은 아니었을 것이다. 돕더라도 한번쯤 자기 주변도 살펴봐야 한다는 것을 내비치고 있었다.

우리가 상대하는 건 북한인민들이지 북한의 권력계층은 아닐 것이다.

다시 한번 우리 자신을 말해보겠다.

얼마 전 『한국일보』 '뉴욕' 발 로컬면에 이런 기사가 났다.

그곳 교포 유지들이 '우리민족서로돕기운동'을 둘러싸고 갖가지 추태를 부린다는 것이다. 돕기운동의 부서를 무슨 감투인양 모함과 투서질이 난무하는 모양이다. 목회자까지 끼여 있다고 했다.

그 사람들이 과연 제정신인가? 박애니, 인도주의니, 모두가 위선과 기만에 가득한 사람들 같다.

민족서로돕기는 묵묵히 그리고 행동이 뒤따르면 된다.

〈1997. 7. 24〉

광복의 기쁨과 분단의 아픔
— 광복 52주년을 맞이하며

　45년 8월 15일 — 나라는 감격과 흥분의 도가니였다.

　수십만 시민들이 독립만세를 외치며 거리로 쏟아져 나왔다. 임시정부 요인들이 곧 입경(入京)한다는 소문이 퍼져 사람물결이 순식간에 서울역 광장에 밀어닥치기도 했다.

　며칠 후(8월 21일) 저공비행으로 서울 상공에 나타난 미 P51 쌍발전투기는 "미 24군단장 존 R. 하지 중장의 휘하부대가 곧 서울에 상륙한다"는 전단을 뿌렸다. 미군은 9월 9일에 인천을 경유하여 서울에 들어섰다.

　서울에 온 '하지' 중장은 발빠르게 행동했다. 그는 당일(9일) 하오 4시 '총독부' 건물 제1회의실에서 왜정총독 '아베'(阿部信行)와 조선군사령관 등을 참석시킨 가운데 '항복조인식'을 치렀다. 조인식은 불과 30분 만에 끝났다. 왜정 통치가 명실공히 한반도에서 사라진 순간이었다. 겨레는 거듭 조국독립의 감격을 만끽했다.

　그로부터 52년의 세월이 흘렀다.

　작년 8월 작가 이호철 씨는 월간 『신동아』에 기고한 글에서 '광복의 날'을 맞는 소감을 이렇게 말했다. 요약해본다.

"……8 · 15는 나 같은 이산가족에게 있어서는 광복이라기보다는 고향 상실의 시발점이라는 쪽의 의미가 더 강하다. 51년 전 그날 8월 15일, 일제사슬에서 벗어난 감격을 미처 다 맛볼 사이도 없이 어느 새 나라와 강산은 두동강이 나고 있었다. 나라를 되찾은 것과 동시에 강토가 두 동강이 났다는 이 엄연한 사실을 홀시할 수는 없는 것이다……."

32년 함경남도 원산 태생인 65세의 이씨는 "50년 12월 혼자 집을 떠나 남하한 후로 내 나이 예순이 넘도록 고향에 가볼 엄두는커녕 아버지 어머니가 살아계시는지, 누나들이랑 동생들이 어떻게들 사는지, 소식 한 장 주고 받지 못하다니, 바야흐로 정보화시대의 도래를 구가하는 이 지구촌에 아직도 이런 놈의 기막힌 현실이 한반도말고 또 어디있다는 말인가" 하며 한탄했다.

광복의 날은 기쁜 날인가, 슬픈 날인가?

악독한 일제를 물리친 건 분명 우리의 기쁨이지만 국토 약탈의 현실은 비극일 수밖에 없다.

해방된 지 2년 만인 47년 8월 15일『조선일보』에 게재된 '서글픈 광복의 날' 제하의 사설을 원문대로 옮겨본다.(부분 생략)

"……거국적인 감격과 환희가 폭발되던 역사적인 기념일을 다시금 맞이하게 되었다. 해방 2년은 우리 강토가 양단된 채 문자 그대로 수난과 혼란의 연속반복 틈에서 대중은 물적 심적으로 불가형언의 격렬한 진통 속에서 신음해왔다. 그럼에도 불구하고 국내 정파간의 보조의 혼연일치를 보지 못함은 통사(痛事)가 아닐 수 없다.(중략) 반도문제는 결코 국제정국과 괴리시켜 고려할 수 없으며 우리는 민족의 전역량을 집결하여 약속된 희망의 새 조선 건설에 총진군하여야 한다."

예전 문장이라 좀 생소한 느낌이 들지만 그때에도 정당간의 대립이 사회불안의 한 원인이었음을 짐작하게 한다.

사회가 불안할 수밖에 없었을 것이다. 8·15 후 불과 2년 만에 '서글픈 해방의 날'이란 제목의 신문 사설이 나온 사실이 우리를 서글프게 했다.

52년이 지난 오늘의 국내 정국도 혼란스럽다. 나름대로 경제는 성장해왔음에도 정치집단간의 싸움질은 예나 다름없다.

50년 전의 신문사설은 한반도 문제를 국내는 물론 국제정세와도 떼어서 해결할 수 없다고 했다. 국제정세란 무엇인가? 연말의 대선에만 혈안이 되어 있는 오늘의 여야 정치인들에 묻고 싶다.

한반도를 에워싼 오늘의 강대국 동향을 한말시대와 흡사한 데가 있다고 보는 이가 있다. 오늘의 정치인들은 미국을, 중국을 그리고 일본이나 러시아를 어떻게 보고 있나? 그들을 어떻게 보느냐 보다 그들이 우리를 어떻게 보느냐도 깊게 생각해봄직하다.

남북은 아직도 분단상태에 있다. 그래도 '광복의 날'은 다가오고 있다.

작가 이호철은 앞서 소개한 글을 이렇게 끝맺었다.

"……8·15 하면 그저 기계적으로 해방·광복의 날로만 받아들였던 점은 이제 지양되어야 할 것이다. 진정한 해방과 광복은 통일이 되는 바로 그날일 것이기 때문이다." — 그는 거듭 8·15는 우리 민족에게 있어 진정 광복의 날인가, 아니면 분단이산의 날인가를 물었다.

국토분단의 비운을 강대국 탓으로만 원망할 시대는 지났다.

제2차 세계대전 종료 후 50여 년이 지나도록 민족이 하나로 뭉치지 못한다는 것은 필경 우리 자신의 수치로 여길 수밖에 없다. 이 점 북쪽의 독재권력자들도 뉘우치고 깨달았으면 하지만……한낱 꿈에 불과할 것인가?

8·15 광복절 52주년의 날이 2주일 앞으로 다가섰다. 이날을 뜻깊게 맞기 위해 이곳 '한인회'를 비롯 각 단체들이 행사준비에 바쁘게 움직이고 있다. 고국 아닌 이역만리이기에 어려움도 많을 것이다. 8·15는 진정 우리 민족의 날 ─ 우리 모두 이날의 뜻을 되새겨보자.

〈1997. 8. 1〉

등소평의 사망과 중국의 앞날

중국의 '작은 거인' 등소평(鄧小平)이 갔다. 향년 92세. 파란 많은 일생이었다. 40년대 초반에서 오늘에 이르는 사이 중국을 상징하는 인물은 모택동(毛澤東)과 등소평으로 대표된다. '모'는 광대한 중국대륙을 하나로 통일, 5천년 중국 역사상 처음 있는 대역사(大役事)를 이룩했고, '등'은 '죽의 장막' 중국을 개방, 시장경제를 과감하게 도입 경제기반의 터를 닦아놓았다. '모'는 '잠자는 (또는 병든) 사자'를 깨웠고, '등'은 그 사자에게 먹을 것을 주느라 힘쓴 셈이다.

'등'은 "검은 고양이건 흰 고양이건 쥐를 잘 잡으면 된다"는 말로 유명하다. 사회주의이건 자본주의이건 중국은 잘사는 나라가 되어야 한다는 말이었다. 등소평은 79년 미국을 공식방문했다(카터 당시). 미국의 산업시설과 과학기술의 현장을 시찰했다. 그의 개방정책은 그때를 계기로 싹트기 시작했을 것이다.

'등'은 '부도옹(不倒翁)'으로 불리기도 했다. 오뚝이란 뜻이기도 한 이 말은 생전의 주은래(周恩來)에게 붙여진 것이었으나('주'는 문혁 당시 '홍위병' 난동의 공격대상에서 제외됐음), 76

348

년 모택동 사망 후 등소평의 대명사처럼 됐다. 그는 '문화혁명'의 소용돌이 당시 모든 공직을 박탈당했고 장남은 홍위병들의 폭행으로 불구자가 되었다.

'등'은 과거 모주석 밑에서 중국공산당 총서기장을 지낸 일도 있다. '요인' 중의 한 사람이었다. 58년 여름 소련 수상 '흐루시초프'가 북경을 방문했을 때 '모'는 당간부들을 '흐' 수상에게 소개했다. 그때 '모'는 '등'을 가리켜 웃음띤 얼굴로 "저기 있는 작달막한 키 작은 사나이, 아주 맹랑하고 보통이 아닙니다"라고 농담조로 말했다.

60년 초부터 '교조주의'와 '수정주의' 논쟁으로 중소간의 이념대립이 표면화됐다. 60년 11월 '모스크바'에서 열린 세계공산당 대표자회의에서 등소평이 인솔한 중국대표들은 소련을 맹렬히 공격했다. 각국 대표들은 슬픈 눈으로 양대 지도국의 싸움을 지켜보았다.

'모'의 노선에 충실했던 '등'도 필경은 그의 눈 밖에 나서 실각하고 말았다. 그나마 등소기(鄧少奇)나 임호(林彪)처럼 주자파(走資派)의 낙인이 찍히지 않은 것만도 요행이었다.

그러던 그가 중국의 실권자가 된 것은 78년부터라고 한다. 모택동 사망 후 화국봉(華國鋒)과 강청(江靑)·왕홍문(王洪文)·장춘교(張春橋) 등의 소위 '4인방'과의 실권다툼을 벌였으나 군부세력을 등에 업은 '등'이 어느 새 실권자가 됐다. 부도옹의 면목이 여실했다.

이제 — 등소평의 사망이 알려지자 세계 언론이 크게 보도했다. 구미 각국이나 아시아 각국은 그가 이룩한 중국의 경제성장을 높이 평가하면서도 한편으론 89년 '천안문사태' 당시의 시위군중 탄압을 독재자의 처사라고 지적하고 있다. 당시 그의 심복이자 행정원 수상 조자양(趙紫陽)은 시위학생들 주장에 귀를 기울였다 해

서 사태진압 후 추방되고 말았다. 이 때문에 '등'은 필경 독재자
에 불과했다는 평을 받고 있다.

그럼에도 등소평에 대한 긍정적인 평가는 높다. 그는 '천안문사
건'의 오점을 스스로 알고 있었을 것이라는 시각도 있다. 알고는
있었지만 '어쩔 수 없이' 취한 대응책으로 보는 시각이다. 인구
12억의 중국에서 '백화제방(百花齊放), 백가쟁명(百家爭鳴)'의 정
책은 시기적으로 무리가 뒤따르지 않았나 하는 시각일 것이다. 모
처럼 통일대륙을 이룩하고도 자칫 대륙에 난세(亂世)가 재현될까
그는 염려했을지 모른다.

등소평이 떠난 지금 중국의 앞날을 점쳐 보는 사람들이 적지 않
다. 인접국가인 한반도의 궁금증도 이만저만이 아니다. 한국은 황
장엽 비서 망명과 관련, 앞으로 한중관계나 조중관계(북한)에 어
떤 변화가 있게 되나 신경을 쓰는 것 같다.

필자의 사견이지만 — 중국의 한반도정책 즉 대남, 대북 외교정
책에 특별한 변화는 없을 것으로 본다. 개인간 또는 국가간의 신
의를 존중하는 중국이 북한과의 '역사적으로 오랜' 관계를 쉽게
저버리지는 않을 것이다. 그러나 한중간의 무역거래액은 이미 백
억 달러 선에 다다랐고 작년의 강택민(江澤民) 주석 총비서의 방
한을 비롯 전기침(錢其琛) 외교부장은 그동안 몇 차례 방한했다.

한국과의 우호관계는 중국 자체의 이미지 개선뿐 아니라 대미,
대일관계에도 영향을 미칠 수 있다. 중국은 결국 한반도정책에
'원칙대로' 나가는 방향을 택할 것이다.

앞으로 다소간의 변화조짐은 있더라도 중국의 개방정책과 시장
경제체제의 기본노선에 아무런 변동이 없을 것이다. 세계가 그리
고 중국 자신도 그러기를 바라지 않겠는가.

〈1997. 2. 21〉

1백년 만의 반환과 홍콩의 앞날

— 전세계가 지켜본다

'홍콩'이 영국에서 중국으로 돌아오게 됐다.

동양의 진주 홍콩이 다시 중국 영토로 귀속된 것이다.

인수인계식(Handover Ceremony)은 7월 1일 영시(현지)에 거행됐다. 세계 각국의 TV·신문들이 몰려들어 크게 보도했다. 식장에는 '찰스' 영국 황태자와 '블레어' 수상 내외, '대처' 전수상이 참석했다. 중국측은 상백빈 중국수식과 이붕 수상, 진기침 외상 등이 참석했다. '올브라이트' 미 국무장관 등 세계 각국의 주요인사들 얼굴도 보였다. 인계하는 측 인수받는 측 모두가 감회 깊은 표정이었다.

이보다 앞서 영국 정청(政廳) 산하 기관들은 국기(유니언 잭) 하강을 끝마쳤다. 하강행사에 참석한 장관은 "This is Chinese City, a very Chinese City……" 하고 감개무량한 듯 말했다.

중국은 온통 축하 무드이다. '베이징'을 비롯한 주요 도시마다 별도로 축하행사를 거행했다. 중국은 인수행사를 세 시간 앞둔 밤 9시부터(현지시간·6월 30일) 그들의 병력선발대를 '경계선' 너머 홍콩 시내로 들여보냈다. 수십 대의 트럭·버스 등에 분승한

정장의 육·해군 병사들이었다. 승용차에 탑승한 행정관리인 듯
한 사람들도 보였다. 이곳 CNN — TV 중계방송은 'Chinese
Troops enter Hong Kong'이라는 타이틀 아래 병력진입상황을 상
세히 현장보도했다.

홍콩인구는 약 6백50만 명이다. 그 사람들은 35스퀘어 마일의
비좁은 땅에서 살아왔다. 홍콩인들은 지금 착잡한 심정으로 역사
의 날을 맞이하고 있다. 보도는 비단 홍콩 현지인들뿐 아니라 전
세계가 오늘 이후의 홍콩을 주시할 것이라고 했다.

중국이 시장경제정책을 채택하기 전까지 세계 각국은 '홍콩'을
대중(對中)무역의 유일한 창구로 삼아왔다. '홍콩'은 자유무역으
로서뿐 아니라 면세도시로서도 번영을 누려왔다. 세계의 관광객
들이 해마다 몰려들었고 그들은 자국보다 값싼 유명 '브랜드' 상
품 사기에 돈 아까운 줄 모를 정도였다. 평론가들은 그 또한 성공
한 영국정책의 하나라고 평했다.

홍콩 주민들은 저들의 앞날에 낙관론과 비관론을 뒤섞고 있다.
낙관론자들은 비록 중국이 독재체제 국가이지만 경제적 가치가
엄청난 '홍콩'을 대륙 스타일로 다스리지는 않을 것이라고 생각
한다. 본토의 통치방식은 '홍콩'의 퇴색을 초래할 뿐 아니라 중국
자신의 큰 손실임을 통치자들(중국)은 잘 알고 있을 것이라고 보
기 때문이다. '홍콩' 경제는 90년대 들어 연 5.5%의 고도성장률
을 나타내고 있다. 만일 그같은 성장률이 중국 통치로 둔화되면
모든 책임은 중국이 짊어질 수밖에 없다. 중국 정부에 대한 비난
은 다른 곳 아닌 중국 국내에서 먼저 쏟아져 나올 것이다.

중국반환에 대한 비관론자도 적지 않다. 중국은 그간 여러 차례
에 걸쳐 향후 50년간을 "홍콩을 특별행정지역으로 분류해서 '1국
2체제' 원칙을 적용하겠다"고 다짐했고 "기존의 자유생활과 경제

활동을 홍콩주민들에게 보장하겠다"고 강조해왔다. 그럼에도 주민들은 그러한 행정체제란 사실상 불가능하다고 본다. 상업활동을 보장하는 정책에 앞서 입법·사법상의 자치제도부터 보장해야 된다는 소리가 높다.

단적인 예로 최근에 구성된 PLC(입법기구)를 들고 있다. 작년 12월 중국 전인대(全人代)에서 통과시킨 PLC는 홍콩반환 이후 입법기관 역할을 도맡게 되지만 완전한 입법권을 갖는 것은 아니다. 뿐더러 '전인대'가 지명형식으로 임명한 인사들은 거의 친중국계 인사들이라는 말도 있다. PLC에 관해서는 대부분의 홍콩사람들뿐 아니라 외국에서도 의구심을 품고 있다.

'홍콩'이 어떻게 변모할지는 현재로서는 아무도 예측 못한다. '홍콩'은 150여 년 만에 본토 품안에 돌아왔다. 150년 만의 감회를 제3자는 짐작하기 어려울지 모른다. 다만 — 20세기 들어 영국의 홍콩통치는 억압보다 자유의 길로 걸어왔다. 그 결과 빈곤보다 번영을 낳게 했다. 반환식 석상에서 찰스 황태자는 "홍콩은 아시아와 동서양을 잇는 공존시대 역할을 해왔다"고 했다. 중국도 그 자체를 부인하지는 못할 것이다.

'홍콩' 반환으로 영국은 아시아지역에서의 마지막 교두보를 잃게 됐다. 그만큼 세계정세는 민감하게 변해가고 있다.

한국 — 한국도 집안싸움에만 몰두할 때가 아닐 것이다. 정치인도 언론도 좀더 주변사정에 눈길을 돌려야 한다.

〈1997. 7. 1〉

제5부
문민시대와 언론자유

그게 취재이며 기사이던가
— 본국 기자들에게 묻는다(상)

　서울에서 발행되는 모일간지 기획물로 연재중인 「코리아타운이 시든다」 제하의 기사가 이곳 교포사회에서 논란의 대상이 되고 있다. 지난 달 26일부터 시작된 그 기사는 한인타운(LA)의 현실을 '몰락과정'이라 표현했다.

　그 신문에 의하면 한인사회에서 장사가 되는 업종은 유흥업소·선물센터·극소수의 한식집뿐이라는 것이며 한인타운 경제는 아무런 향후대책도 없다고 했다. 기사는 이어 최근 문을 닫게 된 모전자회사를 예로 들어 한국인 업소 등이 잇달아 자취를 감추고 있다고 강조하면서 1세 이민자들은 대부분 망해버려 완전히 사라졌다고 했다.

　뿐더러 기사는 "한인타운은 범죄와 매춘의 소굴인데다 한국인 젊은이들은 유흥가에 쏠리는 실정이다"면서 한인타운 주변의 치안상태는 "대낮에 걸어다닐 수 없을 정도로 위험하다" — "그 틈에 매춘이 독버섯처럼 확산되고 있다"는 내용을 실었다.

　잠간 다른 얘기부터 해보겠다. 영화화까지 된 「○○의 고향」이란 소설로 소문 높던 작가 C가 LA를 다녀간 일이 있다. 시내 한복판(Wilshire Blvd.)의 작은 M공원을 보고 난 C는 서울에 돌아가서 이런 글을 썼다(모일간지 게재).

"……우두커니 벤치에 앉아 햇빛을 쐬는 노인들, 지난날을 그리는 건지 눈을 감은 채 꼼짝도 않는 노인도 있고, 모이를 쪼는 비둘기들을 물끄러미 보고 있는 사람도 있다. 간혹 몇몇 노인들이 근처에서 서양식놀이(Cricket? Horse Shoe? ― 필자주)에 열중하고 있지만 어딘지 쓸쓸하고 생기마저 없어보인다. 고국풍경이 새삼 떠올랐다. 자식 내외와 손자·손녀들의 효도를 받으며, 나이든 분들끼리 한나절 외롭지 않게 시간 보낼 수 있는 우리 나라 노인들은 참으로 행복하다고 생각했다."(요지)

필자는 그 글을 읽고 작가라는 사람의 좁은 시각에 놀랐다. 세상을 보는 안목이 고작 그정도인가 싶었다. 70년대 초 서울에 한 '양로원'이 있었다. 그곳에서 이따금 의문의 자살사건이 발생했다. 노인들이 스스로 목숨을 끊는 것이었다. 그 사실이 밖에 새어니와 경찰이 내밀히 수사에 착수했고 기자들도 현장취재에 나섰다.

취재 결과 노인들의 자살 이유가 드러나기 시작했다. 이유는 ― 양로원측의 규칙이 가혹하리만큼 엄한 탓에 '견디다 못한' 노인들이 자살의 길을 택한 것이었다. 그 양로원에서는 기상에서부터 취침에 이르기까지 그리고 식사시간이나 일과들이 철저한 규율로 운영됐고 조금이라도 규율에 위반하는 노인들은 가차없는 '기합'을 받아야 했다.

누가 '기합'을 주었나? 2, 30대의 젊은이들이었다. 규율반 젊은이들은 노인들에게 '엎드려 뻗쳐' 등의 기합쯤 예사롭게 주었고, 때로는 매질까지도 서슴치 않았다. 노인들은 그들을 무서워했다. 노인들에게 직계자손 등 일가친척이 전혀 없는 것은 아니다. 있지

만 버림받은 신세로 전락한 노인들은 결국 양로원에서 시일을 지
내다가 자살하기에 이른 것이다.

작가 C는 공원 벤치에 앉은 미국 노인들을 불쌍하다 했다. 노인
들이 딱하다고 묘사했다. 꼭 그렇게만 보이던가? 그 노인들은 실
인즉 평화롭고 자유롭게 자기 나름의 시간을 보내는 건지도 모른
지 않겠는가?

미국 노인들은 최소한의 생활이 보장된 복지혜택을 주정부로부
터 받고 있다. 오랜 세월의 '납세자'들은 환불혜택과 같은 상당금
액이 지급되기도 한다. 뿐더러 미국사회에는 시니어 시티즌에 대
한 다방면의 특전도 있다. 미국 노인들이 불쌍하고 쓸쓸해 보이는
건 어디까지나 동양식 시각에서 비롯된다. 겉으로 보기에 그런 것
뿐이 아니겠는가. 미국에 '핵가족' 현상이 보편화한 지는 오래된
다. 가족들과 함께 지내는 게 번거로워 자식 내외집을 피하는 것
은 오히려 노인측이다. 1년에 한두 번(크리스마스, 추수감사절)
자식 내외와 손자 손녀를 보면 그걸로 충분하다고 노인들은 여기
고 있다.

겉모습만 훑어본 인상만으로 미국사회 노인들 어쩌구한 작가 C
는 고국의 노인들 처지부터 똑바로 봤어야 했다. 노인이란 이유만
으로 버스기사들과 나이 어린 여차장들은 상을 찌푸리며 내팽개
치듯 그대로 발차, 길가에 쓰러진 노인이 생겨나는 그런 사회를 C
는 생각해본 일이 있는지.

C씨 얘기가 좀 길어졌다. 본국기자들을 말하려던 게 옆길로 샜
다. 서두에 언급한 모일간지 기획기사는 한마디로 왜곡·과장에
흐르고 있다. 남의 얘기를 주워듣고, '현장취재'도 없이, 짐작만으
로 써댄 인상이 짙다. 그런 걸 옛 기자들은 작문기사라며 비웃었
다. 그때에는 그같은 작문기사가 데스크(부·차장)를 통과할 리도

없었다.

왜 그토록 안이한 취재로 시종하는 건가. 그런 기자들이 쓰는 작문기사도 문제려니와 보다 큰 문제는 편견이나 선입견이 뒤섞인 취재자세이다. 그런 것이 자칫 언론의 횡포를 초래한다. '약자에게 강하고 강자에게 약한' 추악한 언론인상을 풍기게 된다. 그런 기자일수록 무턱대고 긍정보다 부정에 치우치는 기사를 써댄다.

기자들이 며칠간의 여행만으로 '교포사회'를 쓰지만 그 내용은 수박 겉핥기에도 못 미친다. 지레짐작과 멋대로 가미된 잔재간에 가득찬 기사이게 마련이다. 그러고도 지면(본국지)에 게재되는 게 신기할 지경이다. 작가 C씨보다도 저수준을 맴돌고 있다. 일선기자들도 데스크들도 '교포사회'에 대해 그 무슨 '알레르기' 증세라도 있는 사람들 같다. 그들이 교포들을 보는 눈은 결코 동족을 대하는 눈이 아니다. 동포사회의 부정적 측면만 보려는 눈들이다.

왜 그러는 건가? 왜 그래야만 하나? 해외 거주의 악조건을 무릅쓰고 열심히 살아가는 동포들을 그따위로 보도하는 본국언론이 지구상 어디에 또 있겠는가.

〈1996. 11. 14〉

언론공해 이곳까지 오염시키려나

― 본국 기자들에게 묻는다(중)

교포상인들을 가리켜 '돈밖에 모르는 사람들'로 미국사회에서 평가받고 있다고 소개한 본국 TV가 있었다. 교포사회를 다루는 신문·TV 등의 소위 기획기사들은 매사 그런 식으로 써댔다. 몇 가지 예를 간추려본다.

■ 뉴욕 청과시장의 교포상인들은 억척같은 장사로 시장점유율을 넓혀왔다. 그 때문에 자리를 잃어가는 상인들(소수민족계)의 반감이 높아가고 있다. 새벽녘 시장바닥엔 한국인들이 실어나른 채소류·생선류 등이 쌓여 있고 이따금 한국말 고성이 들리는 부산한 움직임을 보인다. 곁눈질로 보는 다른 나라 출신 상인들은 '돈벌기에만 열중하는 한국인들'을 경원하거나 멸시한다.

■ 흑인 빈민가에 자리잡은 교포 가게들은 '흑인 동네에서 돈만 챙겨가는 사람들'이라는 평을 듣고 있다. 유태인 못지 않은 사람들이라고 흑인들은 욕을 해댄다. 다른 지역에 살면서 장사할 때만 나타난다는 소리도 있다. 흑인 '불량소녀'에 대한 '두순자' 여인의 총기발사사건은 흑인들의 악감정을 위험수위에 다다르게 했

다. LA 흑인폭동 때의 한·흑간 충돌은 일어날 것이 일어나고만 불상사가 아닐 수 없다.

■ 교포끼리 동업자간의 경쟁이 도를 지나쳐 상대방에 대한 중상·모함이 성행한다. 때문에 교포들의 밀집지역을 아예 멀리하는 한인업주들이 있다. 그뿐 아니라 현지 주재의 본국 공공기관이나 대기업의 협조를 필요로 하는 '사업인'들은 직접 본국에 투서를 하는 경우도 있다.

이같은 보도들이 교포사회의 실태처럼 본국 신문·TV에 소개된다. 최근 C일보는 「한인타운이 시든다」란 제목의 기획기사(연재물)에서 유흥업소에만 쏠리는 교포젊은이들이니 독버섯처럼 번지는 매춘이니 했다.

그 기자들, 그 보도들……미국까지 와서 뭘 보고 뭘 취재한 건지, 그토록 얄팍한 취재밖에 할 수 없었나 묻고 싶다. 하필이면 한인타운에서 유흥업소나 매춘행위 같은 것만 보이던가?

돈밖에 모르는 사람들이란 도대체 무슨 소리인가? 뉴욕청과시장의 경우 한국상인들의 속도 빠른 성장을 이곳 미국 신문·시사주간지는 한국인들의 '근면성과 노력'의 결과라고 높이 평가했다. 두순자 여인의 총기발사사건도 현지법원에서는 '형 집행유예' 평결로 매듭지었다. '두'여인의 총기발사를 부득이했던 것으로 정상참작을 한 것이다.

그 사건으로 한·흑간의 충돌이 있었다 해도 지금은 양자간의 친목과 우의를 다지는 좋은 행사들을 자주 볼 수 있지 않은가.

본국 언론은 마치 볼장 다본 곳처럼 교포사회를 묘사했다. 볼장 다본 곳이 어디를 말하는 건지 대부분의 교포들은 선뜻 이해가 안 간다. 절대다수의 교포들이 어디서 어떻게 살고 있는지, 그런 것을 깊고 넓게 취재할 것이 아니겠는가. 시간도 충분했을 것이다.

취재하기 힘에 겨우면 교포 일간지나 TV · 라디오 등의 로컬보
도면을 지켜보라. 광고란도 주목해보라. 교포사회는 시들어가고
있지 않다는 것을 이내 알게 될 것이다. 본국 기자들 — 위로 출장
삼아 건달처럼 미국에 와서는 유흥업소 주변만 서성거린 게 아닌
지?

교포학생들이 많은 유명대학이나 도서관에 가본 일이 있나? 미
국 유수의 사기업체나 공공기관, 그밖의 여러 직장에서 일하는 교
포직장인들을 본 일이 있나? 또 자영업으로 생활터전을 굳혀 나
가는 한인들을 취재해본 일이 있나?

본국 대통령(YS)은 작년 7월 샌프란시스코 방문시 미국 각지의
한국인 과학자들과 환담을 나눈 자리에서 교포과학자들이 본국
과학기술 향상에 이바지해줄 것을 당부했다. 본국의 대학이나 대
기업도 교포들의 지식과 경험을 필요로 하는 실정이라고 했다. 그
런 과학자들은 왜 취재하지 않는지? 취재가치가 없어서인가?

국기(國技)인 태권도를 미국 청소년들에게까지 널리 보급, 자랑
스런 한국상을 심는 '숨은 애국자'들은 눈에 띄지 않던가? 백인사
회에 깊숙이 진출한 교포들은 많다. 사업에 성공한 어느 교포가
이곳 문화단체나 본국 대학에 거액을 기부한 일도 있다. 1.5세나
2세 청소년 교포들은 각 분야에서 두각을 나타내고 있다. 그들 젊
은이들에게서 유흥업소나 매춘 따위에 관심을 갖는 모습은 찾아
볼 수 없을 것이다.

본국 기자들에게 말한다. 결코 교포사회를 좋게만 보라는 것은
아니다. 그런 소리할 생각도 없고 할 필요도 없다. 다만 있는 그대
로를 취재하고 보도하라. 기자 본연의 직업의식에 충실하라는 것
이다. 편견과 사시(斜視)의 안일한 취재보도는 있을 수 없지 않겠
는가.

교포사회는 착실히 성장해오고 있다. 이제는 한인 커뮤니티의 모습도 뚜렷해졌다. 70년대의 한인사회와 비교해서 오늘의 괄목할 만한 발전상에 새삼 놀라는 사람이 적지 않다.

교포들은 불리한 여건들을 용케 견디어내며 자라왔다. 살아가기에 그만큼 노력을 기울여왔다. 직장인도 자영업인도 외롭고 고달플 때가 있다. 내외가 함께 일터에 나서거나 투 잡(Two Job)을 뛰는 사람도 적지 않다. 모두들 사람답게 살아보려는 꿈을 지니고 견디어왔다.

그런 사람들이 어째서 '돈밖에 모르고' '싸움질만 하는' 사람들처럼 보이는 건가. 돈밖에 모르다니, 그럼 수신교과서에 나오는 성인군자처럼 현실을 초연해서 살아가란 말인가. 그게 가능한 일이기나 하던가.

교포들은 '황금만능' 사조에 젖은 사람들이 아니다. 본국 기자들은 지금 본국 사회와 교포사회를 혼돈, 착각하고 있는 게 아닌지 모르겠다. 교포사회는 부조리와 부정부패, 사치낭비와 허영·위선에 가득찬 사회와는 다르다. 그런 사회체질이 몸에 밴 본국 기자들이 멋대로 행세하며 되는 소리 안되는 소리 마구 써댈 수 있는 사회가 아니다.

'찾아오면 반갑고 떠나가면 더 반갑다'란 글을 실은 일이 있다. 본국 방문객과 교민관계를 말해본 것이다. 그때의 제목을 이렇게 고쳐보고 싶다. 본국기자라면 찾아오는 것부터 반갑지 않다 — 고.

이곳은 결코 언론공해의 오염지역일 수 없다. 공해기자들 — 찾아오지도 말고, 기웃거리지도 말라.

〈1996. 11. 21〉

남의 가슴에 못박지 말라

— 본국 기자들에게 묻는다(하)

사람은 때로 남몰래 눈물을 흘린다. 밖으로 머금고 속으로 흘리는 눈물도 있다. 어디선가 오늘도 말 못할 사연으로 홀로 우는 우리 교포들이 있을 것이다. 그들은 결코 내색을 하지 않는다. 외로움과 힘겨움을 견디며 살아간다. 노력한 만큼 대가가 돌아오는 사회를 믿고 견디어낸다.

■ 한국의 대통령이 외국나들이를 할 때면 현지 공관원이나 일부 교민들이 급한 심부름으로 시달릴 때가 있다. 수행기자들 때문이다. 기자들은 돈뭉치(1백 달러권)와 품목 리스트가 적힌 종이를 내밀며 그 물품들을 서둘러 구입해 달라고 부탁한다. 리스트에는 가정용 고급 전자제품들이나 고급 시계, 골프 세트 등이 적혀 있다. 여성장신용품과 고급 화장품 등이 포함될 때도 있다.

교포들에게 두 가지 의문이 생겨난다. 하나는 '기자란 그토록 돈 많은 사람들인가?' 이고 다른 하나는 '이런 물품들 세관(김포) 통과는 염려없나?' 이다.

순박한 의문이다. 순박한 건 잘못이 아니지만 실태를 모른다는 흠이 있다. 정경(政經) 아닌 정언(政言)유착의 실태를 너무나 모르

364

는 것이다.

■ 군사독재시대 '청와대 기자회견'은 말이 좋아 대통령회견이
지 내막인즉 각본대로 진행되는 '쇼'에 불과했다. 주역은 대통령,
배석한 국무위원들과 기자들은 '엑스트라'에 불과했다. 사전에
점검된 기자들의 질문을 '정해진 순서'에 따라 기자들이 차례로
질문하면 대통령은 이 또한 미리 작성된 원고(답변)를 읽어가는
것이었다.

공식회견이 끝나면 대통령과 기자들 사이에 별실에서 환담이
벌어진다. 대통령의 농담 비슷한 한마디에 웃음소리가 일제히 터
져나온다. 기자들이 '앞을 다투어' 웃는 것이다. 별로 우습지도
않은 말인데도 기자들은 크게 웃는다. 추종과 아첨의 웃음이다.

■ LA 시내 '올림픽 Blvd.' 한복판은 코리아타운으로 유명하다.
그 거리 모퉁이에 미국인 경영의 한 모텔이 있다. 한국인 방문객
들이 곧잘 투숙한다. 70년대 중반 그곳에 투숙한 두 명의 기자들
(부장급)이 다음날 아침 창백한 얼굴로 생기마저 잃은 적이 있다.
그 모텔은 그렇고 그런 여자들이 출몰하기로 소문난 곳이다. 소문
을 듣고 일부러 투숙한 그들은 그렇고 그런 시간을 '즐겼다'. 그
러나 그들은 호주머니와 손가방 속의 현금 일체가 고스란히 없어
진 사실을 얼마 후 알게 됐다(70년대 한국 여행자들은 '현금' 위
주였다). 여자들은 이미 사라진 뒤였다. 어느 새 어떻게 빼돌린 건
지. 샤워하는 사이 그랬던 건가? 취기와 함께 꿈나라를 헤맨 사이
였나? 어쨌거나 그같은 실태는 그 무렵 교포사회의 쉬쉬하는 화
제거리였다.

■ 미국에 오는 본국 여행자들이 은밀히 찾는 것이 있다. LA에
서 일할 때 그곳에 온 본국 언론사 기자들도 그러했다. 그들은 으
레 포르노 잡지나 비디오 테이프를 찾는다. 체류중에 성인영화 또

는 라이브 쇼를 꼭 보고 싶어했다. 그 자체가 여행목적인가 싶을 정도였다. 80년대 초 '비디오' 테이프는 평범한 것(?)이 한 권에 50달러, 좀더 '진한 내용'이 담긴 것은 1백 달러까지 호가했다.

그때도 궁금한 게 있었다. '세관통과' 여부 그것이다. 그 무렵 본국 신문엔 '외설잡지·비디오 등 반입, 세관서 철저단속 방침' 이란 기사가 났었다. 기사를 쓴 건 누구이고 갖고 가는 건 누구인가, 절로 쓴웃음이 났다.

본국 기자들 홍보는 글이 되어버렸다. 필자 또한 같은 직종에 있는 몸으로 남의 일처럼 얘기해선 안될 것이다. 필자가 말하려는 건 보다 딴 데에 있다. 문민정부 출범 후 언론자유시대가 왔다는 소리가 들린다. 언론계도 그것을 부인하지 않는다. 30여 년의 군사독재기간 언론기관과 기자들은 얼마나 움츠리고 지내왔던가. 그런데 — 여기서 열거한 기자들은 실인즉 모두가 독재시대의 기자들 얘기였다. 그들에게서 움츠린 기자상은 떠오르지 않는다. 움츠리기는커녕 독재자 그늘에서 기자의 직분을 충분히 이용 약삭빠르게 세상을 헤엄쳐 나간 모습이 연상될 뿐이다.

그같은 기자들은 극소수에 불과할 것이다. 극소수지만 비슷한 습성과 체질을 지닌 기자들이 오늘날에도 여전히 꿈틀거리고 있다. 그야말로 '독버섯'처럼 번질 가능성도 점점 커지고 있다. 그게 문제이다. 언론의 자유가 도리어 언론의 횡포와 사도(邪道)를 조장할까 염려된다. 오늘날의 일부 기자들은 집권자 주변은 물론 그밖에도 각 정당 실세에게도 접근, 사설 비서나 대변인 같은 기사를 쓰며, 충복노릇을 한다. 그러다 보면 해괴한(?) 기사가 눈에 띄게 마련이다. "……하게 될 전망도 배제할 수 없다는 견해가 나돌고 있다" "……할 것이라는 관측이 ○○주변에서 유력하게 대두되고 있으나 근거없는 낭설로 보는 측도 있다"는 등 아마도 기자 자신 뭘 얘기하려는 건지 모를 것 같은, 죽도 밥도 아닌 기사들이 예사로 지면에 등장한다. 용케도 데스크(부·차장)를 통과했다 싶지만 따지고 보면 '데스크' 역시 한통속이 아니겠는가? 모두들 '한자리' 얻기 아니면 이재(理財)에 정신을 팔고 있는 것 같다. 언론의 총체적인 타락현상이다.

다른 형태의 탈선을 빚을 때도 있다. 이른바 '흥미위주'의 기획물 기사에서 볼 수 있다. 취재대상이 '약자'일 경우 기사는 더욱 왜곡·과장에 흐르기 쉽다. 무슨 화풀이라도 하듯 편견과 선입견으로 생사람을 때려잡는 내용일 수도 있다. '볼장 다본 한인사회' '사라진 이민신화' '시드는 한인타운' 등이 바로 그런 것들이다. 교포사회를 흠잡고 내리깎음으로써 심심치 않은 술상의 '안주감'으로 삼으려 했나? 그런 걸 읽을거리랍시고 본국의 독자들이나 시청자들에게 제공해야만 속이 후련해지던가?

"고향이란 멀리서 바라보는 곳, 그리워할 때가 언제나 다정하다"고 한다. 교포들은 누구나 가슴 속에 향수를 지니고 있다. 고국이 잘 되기를 바라고 있다. 고향을 그리는 나머지 신정 바라는 순수한 마음이다. 순수한 가슴에 못을 박는 자 누구인가.

기자들이여, 언론 정도(正道)로 돌아가라.

〈1996. 11. 28〉

황장엽 비서 망명과 언론보도와 정치인들

전세계가 숨을 삼키는 공포 속에서 미·소간의 정면충돌을 우려했었다. 한국도 예외는 아니었다. 그때가 62년 10월 — 핵폭탄을 탑재한 소련 선박이 '쿠바'를 향해 항진중이었다. 소련은 쿠바에 핵기지 건설까지 계획하고 있었다. 핵위협에 직면한 케네디 대통령은 즉각 '해상봉쇄'를 선언, 쿠바에 기착하는 어떠한 선박도 이를 격침할 것이라는 단호한 방침을 내외에 밝혔다. 미해군 함정들이 출동했고, 공군에게도 비상 대기령이 내려졌다.

소련 선박이 '쿠바' 근해에 접근해올 때 3차 세계대전이 터지려나 극도의 긴박감이 감돌았다. 그러나 막판에 소련 선박은 진로를 바꾸어 회항하였다. 사실상 패배나 다름없는 회항이었으나 미국 신문·방송들은 소련의 자존심을 건드리는 자극적인 보도를 일체 삼갔다.

소련 수상 흐루시초프의 입장을 배려한 때문이었다. 언론과 행정부와 여·야 정당 그리고 국민들도 평화와 국익 우선의 공동보조를 취해 섣부른 언동을 자제했다.

북한 황장엽 비서가 주중 한국대사관에 피신중이다. 소위 '주체

368

사상' 이론 창시자이자 북한 체제의 원로격인 황씨(74)의 망명은 분명 놀라운 일이다. 세계 각국이 이 사실을 보도했다. 한국언론은 연일 대서특필이다.

그런데 — 이 사건을 다루는 한국언론이 어딘가 허둥대는 인상이다. 앞뒤 가릴 것 없이 닥치는 대로 써대는 느낌이다. 간혹 무책임한 예상보도가 멋대로 나돌기도 한다. 황씨 망명의 시기와 장소에 의문점 운운하는 야당 목소리도 마구 보도되는 판이다. 도대체 황비서 망명에 따른 문제의 초점이 무엇인지 독자들을 어리둥절케 한다.

지금 세계 이목은 중국에 쏠리고 있다. 중국은 사건 직후부터 한국언론에 강한 불만을 나타냈다. 온갖 예측보도들이 중국의 입장을 난처하게 만드는 때문이다. 한 나라의 대외정책은 비밀사항에 속할 수 있다. 자국 내에서 발생한 외국의 거물급 인사 망명 같은 민감한 사항의 처리는 그 나라 대외정책을 판가름할 수 있는 '기능자'가 된다.

좋든 싫든 중국은 황씨 망명으로 난제해결의 열쇠를 떠맡게 된 입장이다. 중국은 자고로 멘스(面子)를 중히 여기는 나라이다. 자신과 상대의 체면을 다함께 존중하는 중국사람들이다. 황씨 사건은 남북 양쪽의 입장과 중국 자신의 입장까지 신경쓰게 하고 있다.

중국은 표면상 당사자 해결원칙을 내세우며 "남북간 협상에 의한 원만한 해결을 바란다"고 한다. 듣는 측에 따라 해석이 다를 수 있겠지만 필자 보기에 중국은 한국측에 기울고 있는 것 같다. 사실은 — 이런 말을 이 시기에 해서는 안될 것이다. 남의 마음 속을 함부로 들여다보는 말이 된다. 그걸 알면서도 말한 것은 이미 한국언론들이 그런 보도를 해버렸기 때문이다. 중국이 불쾌한 건

'추방형식에 의한 제3국 경유 한국망명 허용'이란 한국보도였을 것이다. 제3국이란 '미국'이라는 보도도 있다. 왜 하필 미국인가. 중국의 자존심을 건드리는 무책임하고 근거없는 보도였다.

그같은 보도들로 중국은 결단을 미루게 되지 않겠는가. '중국은 한국과의 우호적 관계에 손상을 입히지 않을 것'이라는 보도도 있었다. 이 또한 불필요한 기사이다.

확실치도 않은 보도들이 마구 쏟아져 나오고 멋대로 추측하는 사람들도 많다. 사건 직후 이곳 교포사회에서 전달되는 모방송 '고국소식' 시간에서는 "한보의혹으로 온통 나라가 뒤숭숭한 이 때에 하필 어떻게 거물급 망명사건이 발생했는지, 이상하게 보는 사람들도 있다"고 했다. 마치 남북한간의 합작극 같다는 말투로 들리기도 했다.

신문에는 또 '북풍'이란 활자가 등장했다. 북풍이 또 김영삼 정권을 돕는다는 뜻이다. 작년 4월 총선에서 서울 야당의 패인을 휴전선에서의 잦은 도발행위(북한의) 때문으로 해석한 때의 그 '북풍'이다.

"야(野), 제3자 개입의혹 주장"이란 큰 보도도 나왔다. 귀순의 사를 밝힌 황비서의 자필서신에 북이 사용하지 않는 어휘가 있다는 것이며, 1월 2일에 작성된 것도 시기적으로 수상하다는 것이다. 말하자면 그 서신은 조작된 것이라고 보는 것이다. 때문에 야당은 '10대 의혹'이라는 걸 제기했고 신문에 대서특필됐다. 그런가 하면 어느 날 신문에는 황씨의 망명으로 '북의 1급기밀 베일이 벗겨진다'는 주제 아래 '권력동향·핵개발·경제현황 — 남한의 고정간첩실태도 밝혀질 것'이라는 부제의 큰 기사가 보였다. 이에 대해 정치권은 특히 야당은 황풍(黃風) 운운하며 또 야단이었다.

도대체 뭐가 어떻다는 건지 모르겠다. 얼마 전 모신문에는 주중 한국대사관의 2층 약도를 소개, 친절하게도(?) 황씨의 은신 거실까지 표시해주는 보도를 했다. 그러면서 보도는 약 150명으로 증강된 중국 공안당국의 무장경비원들이 대사관 주변을 보호중에 있다했다. 또 그곳에는 2백 명을 넘는 건장한 체격의 북한요원들이 서성거리고 있다고도 했다. '남조선의 납치극'이라고 억지주장을 하는 북한은 황비서 출국저지는 물론 '보복조치'로 한국 공관원들의 신변마저 위험해질 가능성이 있다고 한다.

그렇다면 뭣 하러 대사관 건물내부의 평면도와 더더욱 황씨의 거실까지 굳이 보도하는건가, 독자들의 궁금증이나 '알권리'를 충족시켜주기 위해서였나?

언론도 정치인들도 뒤죽박죽 국익이고 남의 나라(중국) 입장이고 아랑곳없이 그저 하고 싶은 대로 해대는 사람들이다.

김정일의 전처 조카 월남귀순자인 '이한영'씨에 대한 의문의 총격사건이 서울에서 발생했다. 경찰은 고정간첩들의 소행, 사업부진으로 인한 원한관계의 두 갈래로 수사중이다. 앞으로 어떤 보도들이 또 쏟아져 나올지, 숫제 흥미거리이기도 하다.

〈1997. 2. 20〉

그 사회 정신차려야 한다
─ 타락한 '언론공화국'

　서울 상주 외국 특파원들이 한국신문 · 잡지 등의 주요 내용을 현지 소식으로 본사에 송고하는 것은 있을 수 있는 일이다. 그러나 서울 주재 1년쯤 지나면 그들은 "이곳 보도들을 무턱대고 따라갈 수가 없다"고 말한다. 기사 내용을 곧이곧대로 믿기 힘들다는 뜻이다. "우리 나라에서 그런 식으로 보도했다간 명예훼손의 고소 사태가 날 것이다"고 한다.

　어느 기자(일본인)는 "한국은 미국이나 일본보다 훨씬 더 언론자유가 있는 것 같다"는 묘한 소리를 했다.

　'언론공화국'이란 말이 있다. 무슨 뜻일까?

　실은 서울 S대 신문방송학과 김정택(金正鐸) 교수의 저서 『언론공화국』(92년 발간)을 그대로 옮긴 것이다. 김교수는 과거 서울에서 일선 기자생활을 겪었고 그후 미국에 유학 '미주리' 대학에서 박사학위를 받았다. '언론공화국' 속에 이런 내용이 있다. 요약해 본다.

　"……우리 나라를 빗대어 '언론공화국'이라고 한다. '군인공화국'이니 '재벌공화국'과 같은 맥락에서 유래한 말이다. 오늘날의 언론은 언론자유를 마음껏 누리고 있다. 영향력이 막강해졌지만 그 영향력이 옳게 수행되고 있지 않다. 영향력 곧 특권처럼 작용돼 출세의 도구나 이재(理財)의 수단으로 이용된다. '언론공화국'이란 말은 그같은 현실을 비꼰 시민들의 분노표시이기도 하다."

이런 내용도 있다.

"……우리 나라 기자들 특히 정치부 기자들은 정당을 취재할 때는 마치 그 정당간부나 된 것처럼, 국회를 취재할 때는 원내총무와 밀착된 사람처럼 행동을 일삼는다. 객관적인 입장에서 취재하는 것이 아니라 한쪽에 치우쳐 정치인들 농간에 맞장구를 치며 왜곡과장된 정보양산에 가담한다. 이는 기자의 본분을 망각한 행위이다. 누군가 말하기를 "군사독재시대에는 언론이 너무 무기력해 언론인들의 파토스(혈기)가 필요했다면, 오늘날의 언론은 너무 방종하기에 로고스(지성)가 강조되어야 한다"고 했다. 매우 적절하게 지적한 말이다.

『언론공화국』이 출간된 지 만 5년이 지났다. 그 사이 언론인상은 조금도 달라진 것이 없다. 더욱 심해지지 않았나 싶기도 하다.

기자들은 안이한 취재 자세부터 고쳐야 한다. 확인 취재도 하지 않고 남의 말이나 뜬소문을 멋대로 기사화하는 타성을 버려야 한다. '발로 취재하라'는 건 취재의 초보적 상식이다. 항간의 풍문·낭설에 억측까지 가미해서 3류작문을 써대는 버릇은 어디서 배운 건가.

설(說)에 바탕을 둔 정당간의 반박이나 성명 등을 기정사실처럼 보도하는 것은 기자들 할 일이 아니다. 언론들은 재작년 여름 전직 대통령의 수천억 축재설이 나왔을 때(서석재 발설) "정치적 복선이 있는 소리인 것 같다"고 대수롭지 않게 여겼다가 몇 달 후 국회 본회의에서 구체적인 내용이 폭로되자(박계동 의원) 벌집 쑤

신 듯 허둥댔다.

서울의 모신문 간부는 오늘의 각사 편집국엔 2백 내지 3백 명 안팎의 가자들이 있다고 했다. 태반은 정치·사회·경제 등 이른바 취재부 기자들이다. 취재에 필요한 차량이나 통신시설 등도 완벽에 가깝다고 그는 말했다. 예전에 비해 월등 나아진 여건이다. 그런데도 어째서 무책임한 기사투성인가?

수사기관이 아닌데 어떻게 샅샅이 파헤칠 수 있느냐는 소리가 있다. 일리 있는 말 같지만 외국의 경우 수사당국이 도리어 신문보도를 통해 수사에 필요한 단서나 정보를 얻게 될 때가 있다. 취재가 수사를 앞지른 것이다. 우리 기자들 같아선 '워터게이트' 사건 취재 때의 끈질긴 정신은 아예 엄두도 못낼 것 같다.

왜 그토록 편견 위주의 잡설이 난무하는가. 대표적인 예는 전파로 전해오는 '고국소식'이다. 과거 모사 편집국장까지 지냈다는 P는 떠도는 소문까지 멋대로 각색, 되는 소리 안되는 소리 마구 늘어놓는다. 언젠가 그는 "그래도 명색이 전직 대통령 부인인데 이순자 씨는 당장 내일 끼니를 걱정하게 된 것으로 알려지고 있다"고 했다. '전'이 사과 궤짝에 담은 수십억(60억?)의 현찰을 쌍용시멘트 회장 집에 보관시키고 있는 사실이 수사 기관에 포착되기 전의 방송이었다. P는 뭘 말하려 했나?

"그나마 그때는 물가가 안정 상태였고 먹을 것 걱정도 없었다"며 5공시절을 회고조로 말하는 사람도 있다.

그 시절을 되돌아본다. 전두환은 한마디로 박정권이 남긴 유산을 까먹은 것에 불과하다. 18여 년의 박정권은 독재체제임에도 '하면 된다'는 추진력으로 수출 입국과 새마을운동 정책을 밀고 나가 국민 사이에 '잘살아보자'는 의욕을 돋구어냈다. 그런 시대를 이어받은 '전'은 80년대의 국제원유 가격하락 등 3저현상의 덕도 보았다. 게다가 '전'은 권세를 마음껏 휘둘러 언론이나 노조 · 학생 등 시끄러운 존재들을 총칼로 짓누른 독재자였다.

'언론통폐합'으로 반골(反骨)기자들을 거리에 내팽개쳐버릴 수 있었고, 노조고 뭐고 '버릇없다'는 '국제상사'와 산하 기업들을 하루아침에 없애버리기도 했다. '정치정화법'에 묶인 정치인들은 저항을 한들 별수 없었다. 신문에는 전두환 정권 찬양 기사만이 눈에 띄지 않았던가. 그러다보니 사회에는 '한탕주의'가 만연됐고 사람들은 허탈과 체념에 빠진 채 '민나도로보데스'(모두들 도둑놈입니다)가 유행처럼 번져나갔다. 과소비 풍조마저 싹터 가히 부조리 · 부도덕의 시대였다.

경호실장과 안기부 부장까지 지낸 장세동은 현대 재벌 정주영을 앞세워 '일해재단' 건물부지를 물색, 그곳에 초호화판 가옥을 지었다. 그 '장'은 '전'이 수감됐을 때 과거 '전'한테 받은 30억원을 고스란히 바치면서 "필요하실 것 같아서"라고 했다. 그래서 무슨 의리의 사나이처럼 신문 · 방송 등에 묘사되기도 했다. 도둑이 두목에게 충성을 표한 깃뿐인데 그런 걸 의리라고 하는 거가? '전'이나 '장'에게 국민은 아예 안중에도 없었을 것이다.

그래도 그때가 그립다는 것은 자유보다 빵을 달라는 노예근성과 흡사하다. 사회가 정녕 정신을 차리려면 무엇보다도 언론의 각성이 있어야겠다. 모처럼 갖게 된 '언론자유'를 헤프고 무분별하게 남용해서는 안된다.

〈1997. 3. 13〉

파파라치와 신문 · 잡지와 일반인들

고려장이라는 게 있었다 한다. 고구려시대 늙고 병든 사람을 구덩이 속에 산채로 두었다가 죽으면 그곳에 매장하였다는 것이다. 늙고 병들었다면 더욱 보호가 필요했을 텐데, 좀체로 믿겨지지 않은 사실이다.

느닷없이 웬 '고려장'인가? 이유가 있다.

최근 '파파라치'라는 족속이 큰 사회문제로 거론되고 있다. 그들의 인정사정없는 추적이 다이애나 왕세자비를 죽음으로 몰고 갔다는 비난의 소리가 높다. 그런 와중에 어쩌다 떠오른 게 고려장 ─ 가령 오늘날에도 고려장 비슷한 일이 발생한다면 그들 파파라치는 어떤 행동을 취했을까. 좀 당돌한 가상이지만, 아마도 그들은 한 인간이 구덩이 속에 내버려졌다가 죽기에 이르기까지 그 과정을 사진 찍기에만 열중했을 것 같다.

파파라치 ─ 일명 '파파라초'. 유명인들을 뒤쫓아다니는 사진가들. 최신판 영어사전에 의하면 이 단어는 본래 이탈리아어로 윙윙거리며 주위를 맴돌고 있는 벌과 같은 곤충을 뜻하는 것이라고 한다. 사전에는 친절하게도 Paparazzo = A buzzing insect라는 설명도 있었다.

프리랜서 사진가들이 왜 파파라치로 불리게 됐나는 누구나 쉽게 짐작될 것이다. 그들은 신문이나 주간지. 월간지 또는 TV 등과 계약을 맺고 자신들이 찍은 사진(혹은 필름)을 팔아 넘긴다.

몇 컷의 사진이 몇천 달러에서 심지어 50만 달러나 1백만 달러로 흥정될 때가 있다. '특종'을 찍어내면 평생 팔자를 고칠 수 있다. 수단방법을 가리지 않게도 됐다.

프랑스 경찰이 7명의 파파라치로부터 압수한 20통의 필름에는 구조활동을 담은 사진이 한 장면도 없다. 처참한 사고차량과 인사불성의 중상을 입은 다이애나와 남자친구 도디 파 예드 등 동승자 모습뿐이었다. 파파라치족에 비난이 쏟아지게도 됐다. 오죽했으면 경찰이 '응급구조 의무불이행' 혐의로 그들을 수사하겠는가.

사고 후 일부 신문은 사고의 직접원인은 운전자의 과음·과속 때문이지 파파라초들에게 있는 것이 아니라는 보도를 했다가 빗발치는 여론의 공격을 받기도 했다. 사람들은 오토바이로 악착같이 달라붙은 파파라치야말로 사고를 일으키게 한 상본인으로 보고 있다.

그러나 보다 근본적인 원인은 딴 데에 있을 것 같다.

파파라초에 대한 비난이 한창 일고 있을 때 독일 제1의 판매부수를 자랑하는 『빌트 차이퉁(Bild Zeitung)』은 사고 직후 승용차 안에 축 처져 있는 다이애나 모습이 희미하게 담긴 사진을 크게 실었다. 그 신문은 이 사진 필름을 1백만 달러에 구입했다는 소문이 나돌아 일반의 분개를 샀다. 그같은 신문·잡지사들이 있는 한 프리랜서 사진사들은 어느 때 어느 곳이건 상대가 유명인사일수록 기승을 부리게 마련이라고 했다. 파파라치들에 앞서 그들과 계약한 신문·잡지부터 비난받아 마땅하다.

그런데 — 잘못은 과연 신문·잡지에만 있는 것인가?

독일 유력지가 빈사상태의 다이애나 사진을 게재했을 때 많은 사람들이 욕설을 퍼부었다. 그렇게까지 잔인하고 무신경할 수 있느냐고 분개했다. 그러나 그날 그 신문의 판매부수는 전례없이 기록적인 것이었다 한다. 뿐더러 '사건 하면 그 신문이 떠오르게끔' 깊은 인상을 심어놓았다. 그 신문이 그런 것까지 내다보고 사진을 실었는지 여부는 필자도 잘 모른다. 다만 파파라치에 대한 반감이 아무리 커도 다이애나의 마지막 모습을 보고 싶어하는 일반의 관심을 이겨내지는 못하리라 신문사측은 판단한 것이 아닐까?

새로운 문제가 생긴다. 파파라초도 매스 미디어도 오늘도 건재하다. 계속 활동하고 있다. 어째서 그쯤 되었나?

모 시사주간지에 실린 글 일부를 소개해본다.(요약)

"……다이애나는 파파라치가 죽인 것이 아니라 그녀에 대한 일반의 병적인 관심과 호기심이 죽인 거나 다름없다. 현대장비를 갖춘 파파라치가 온갖 수단 방법을 동원해서 찍어대는 유명인사들의 프라이버시 사진이 비싼 가격으로 팔려나가고 이를 게재한 주간지나 신문이 날개 돋힌 듯 팔리는 이유도 유명인들의 사생활을 들여다보려는 일반의 병적인 습성 때문이다."(후략)

현대사회의 단면을 정확히 지적한 내용이다.

프랑스와 영국·독일 등에서는 시민의 사생활 보호법률을 강화해서 이를 어기는 신문 잡지기자들을 엄중히 처벌하자는 의견이 대두되고 있다. 문제는 그것만으로 발본색원의 효과를 거둘 수 있을까 하는 데에 있다. 결국은 지나칠 정도로 불필요한 일반의 호기심부터 없어져야 될 것 같다.

현재 서울에 거주하는 한 프랑스 여성의 글을 소개해본다(9월 15일자 『한국일보』 13면)

378

"……프랑스인인 나는 파리에서 사고가 나고 프랑스의 파파라 초가 가장 악질적이라는 보도를 접하면서 더욱 화가 났다. 파파라 초에게 '존재의 이유'를 마련해주는 것은 바로 호기심 많은 우리들 자신이 아니겠는가. 이번 사고 때 현장에 달려온 어느 기자가 구경꾼들에게 "사고 모습을 생생하게 담은 신문이나 잡지를 사보겠느냐"고 묻자 "그렇다"고 대답했다고 한다.(중략) 나는 그같은 사진이 신문이나 TV에 나오면 아예 눈길을 돌려 버린다. 처참한 모습의 사람들을 상업적으로 이용하는 것이 아닌가 하는 생각이 들기 때문이다……."

이 글의 제목은 '사생활과 호기심'이다. 이같은 냉철한 사람들이 사회에 많이 있었으면 한다.

〈1997. 9. 25〉

멀리서 본 한국 · 가까이서 본 미국

지은이/이효식

펴낸이/양계봉

만든이/김진홍

펴낸곳/도서출판 전예원 · 주소/서울 서초구 우면동 476-2 · 우편
번호/137-140 · 은행지로번호/3006234 · 대표전화/571-1929 ·
팩스/571-1928 · 등록/1977. 5. 7 제16-37호

제1판 제1쇄 인쇄/ 1997년 11월 20일

제1판 제1쇄 발행/ 1997년 11월 30일

ⓒ 이효식, 1997   값 9,000원

ISBN 89-7924-083-×   03810